SKYNET TRACKING

吕铮 —

著

四川文艺出版社

图书在版编目（CIP）数据

无所遁形 / 吕铮著. — 成都：四川文艺出版社，
2019.11

ISBN 978-7-5411-5535-2

Ⅰ.①无… Ⅱ.①吕… Ⅲ.①推理小说-中国-当代
Ⅳ.①I247.5

中国版本图书馆CIP数据核字（2019）第221568号

WU SUO DUN XING

无 所 遁 形

吕铮 著

出版统筹　一　航
选题策划　航一文化
编辑统筹　康天毅
责任编辑　彭　炜
特约编辑　康天毅
封面设计　xiao.p
版式设计　林晓青

出版发行　四川文艺出版社（成都市槐树街2号）
网　　址　www.scwys.com
电　　话　028－86259287（发行部）　　028－86259303（编辑部）
传　　真　028－86259306

邮购地址　成都市槐树街2号四川文艺出版社邮购部　610031
印　　刷　湖南天闻新华印务有限公司
成品尺寸　166mm×235mm　　开　本　16开
印　　张　20　　　　　　　　字　数　370千
版　　次　2019年11月第一版　印　次　2019年11月第一次印刷
书　　号　ISBN 978-7-5411-5535-2
定　　价　45.00元

与怪物战斗的人，应当小心自己不要成为怪物。
当你远远凝视深渊时，深渊也在凝视你。

——尼采

目录

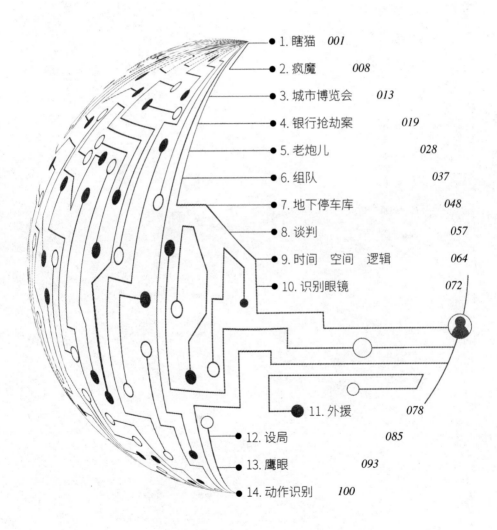

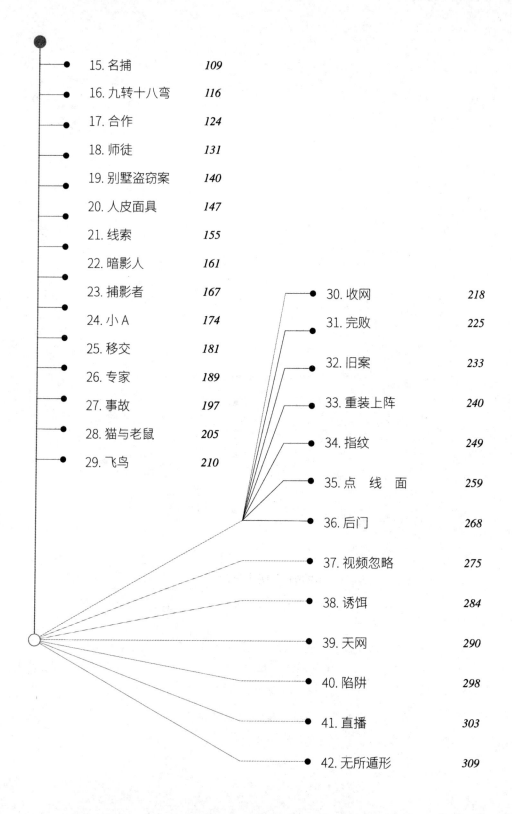

1. 瞎猫

　　冬至之前，海城迎来了几场雨，密密稠稠的，还夹着冰碴，和经久不散的雾霾裹在一起，像个巨大的罩子一样笼罩在城市上空。天气很冷，街上几乎看不到人，反倒显得医院检查室里格外温暖。黎勇躺在检查床上，大睁着眼睛盯着手电筒，耳畔响起雨打玻璃的声音。

　　"这里模糊吗？这里。"女医生戴着口罩，眉间有一颗痦子，正用手拨开黎勇的眼皮，借着手电的光亮仔细观察着。

　　"看不清，这儿……也不清楚。"黎勇说。

　　"什么时候这样的？"

　　"两个多月了，磕在公交车顶上了。"

　　"公交车顶？你够有本事的啊。"医生笑道。她拨开黎勇的另一只眼皮。

　　"嘿，周主任，你是不知道啊，我们这帮抓耗子的，哪儿都蹿，没准下次就磕飞机上了。"黎勇调侃。

　　"听小林说你挺神的啊，是海城警界的四大名捕？"周主任直起身，关上手电筒。

　　"别听他瞎扯，那是糟践我呢。我们俩是警校同学，人家都支队长了，我这还满街乱窜呢。"黎勇自嘲。

　　周主任摘下了口罩，笑了笑："你们公安局的人都挺逗的，受了伤也跟没事儿人似的。听说你还有个外号，叫鹰眼神探？"

　　"嘿，那是以前，现在都叫我瞎猫。"黎勇也笑。

"咱别盲了瞎了的，先手术吧。你午饭过后就空腹，下午会有护士告诉你怎么做术前准备。手术安排在明天上午。"周主任打开病例，窸窸窣窣地写着。

"周主任，我这眼睛是必须要手术吗？"黎勇问。

周主任转头看着他。"并不是所有的眼外伤都需要手术，只有那些造成了眼膜瘢痕以及晶体浑浊的人才需要更换晶体。从你检查的结果来看，这是最好的手段。"

"那……手术之后能恢复正常吗？您知道，我现在干的这活儿，主要靠眼睛。"他有些忧虑。

"放心吧，我们医院是这方面的权威，再说更换晶体也不是什么大手术。在手术之后，一般住两三天院就可以回家了，但需要封闭恢复一段时间。从你现在的情况看，需要先做一只，等稳定了再做另一只。"周主任回答。

"哦……那得间隔多长时间？"黎勇问。

"差不多一两个月吧，也是因人而异。"周主任回答。

"那就拜托您了。"黎勇把手伸进病号服的口袋。他犹豫着。墙上的温度计显示为二十摄氏度，但黎勇却觉得挺热，嗓子也干渴起来，他下意识地解开病号服最上面的扣子。

"还有什么事吗？"周主任问。

"那个……"黎勇鼓足了勇气，几步走到周主任身旁，从口袋里掏出一个牛皮信封放在桌上，"您多多费心。"

"哎，你这是干什么？"周主任拿起信封，站了起来。

"一点儿小意思，小意思。"黎勇笑得很尴尬。

周主任没含糊，当着他的面打开信封，里面是一张购物卡。

"哎，我说黎警官啊，怎么你们当警察的还这样儿啊？"周主任皱眉。

黎勇臊了个大红脸，瞠目结舌，一点儿没了刚才的贫劲儿："这不是……规矩吗？"

"在我这儿没这个规矩。"周主任上前，把卡和信封往黎勇手里塞。黎勇推辞着，两人像做着击鼓传花的游戏。

"你要是这样，明天手术就算了啊。"周主任不高兴了。

黎勇愣住了，有些不知所措。

"我知道，作为患者都有这种心态，怕医生不负责，治疗不好。但黎警官，你该相信我们的品德，绝不像外面传言的那样。你这么做，是对我的不信任。"周主任义正词严地说。

"对不起，对不起，是我错了，把您看俗了。那……就拜托您了。"黎勇做贼似的把卡揣了回去。

他走出医生检查室，回手带上了门，在楼道里长长地出了一口气，心里的一块石头终于落了地。在三小时之前，他还在医院门前的商场排队买卡，三小时之后，这张卡最终没能完成它的使命。但这样的结果无论对医生还是自己，都是最好的。三千块，虽然够不上起刑标准，但也足够弄个违纪了。

黎勇给经侦支队的林楠打了电话，告诉周主任没收卡的情况。林楠在电话里笑着说，她就这样，对病人特廉洁，其实无论送不送，人家都会好好做手术。但这样也不错，省了黎勇半个月工资不说，还给人家留了好印象。黎勇没跟林楠客气，承诺术后请他吃一顿小烧烤。

在下午查房之前，黎勇离开了医院。雨停了，但天空依然阴沉沉的。他开着自己的老尼桑，小心翼翼地驶在清冷的路上。出现血瞳症状已经一个月有余了，按照周主任的说法，再不做手术就会有留下后遗症的危险。但黎勇觉得好笑，要不是托了林楠的关系，加塞看了病，等排队让周主任看上的时候，估计也落下后遗症了。他眯眼探头，把正常行驶的车辆都当成醉驾，把每个缓步前行的路人都当成碰瓷，这才平安回到市公安局。但刚开进门，就差点儿撞了一个倒退着走的警察。

黎勇猛踩刹车，尼桑车就地立正。"你属虾米的？"他摇开车窗咒骂。但那哥们儿浑然不觉，继续和法医中心的老马打着"嘴仗"。

"你看看，这都几天了？我还跟你说，明天再做不完，你就是渎职！"年轻警察身材消瘦，梳个"飞机头"，说起话来剑拔弩张，是黎勇最反感的类型之一。当然，黎勇不反感的人也不多见。

"你给我拿来一堆擦屁股纸和矿泉水瓶，还三天必须出结果，我说小子，你以为我们搞技术的真是碎催呢？"老马五十多岁，被气得声音发抖。他平时厚道惯了，碰见这种不讲理的反而显得理屈词穷。

"那我不管，我告诉你，这案子可是郭局盯着办的，要是耽误了侦查，你可看着办。"年轻警察的警衔是二级警司，也就不到三十岁的样子。黎勇摇了摇头，转手从手抠里摸出新买的墨镜戴上，走出车外。

"嘿嘿嘿，怎么碴儿啊这是？闹什么炸啊？"他大大咧咧地问。

年轻警察一回头，打量着一身黑衣的黎勇，语气平缓了一些："哦，我们弄一案子，发现了一些现场痕迹，让他们做做吧，这也不行那也不行，您说，这不都是为了公事儿吗？"

"可不儿，私事儿谁找他们啊！"黎勇撇嘴，掏出一支烟叼在嘴上，"这帮市局的就这样儿，整天一张报纸一杯茶，当爷爷当惯了。"

"可不是嘛……弄一事儿不跑两三趟办不成。但案子不等人啊，一旦过了办案的黄金时间，再破可就难了。"年轻警察像是找到了知音。

"就是就是，让他们明天出结果不错了，要我说，今天就得出！"黎勇添油加醋。

"嘿，我说瞎猫，你在这儿裹什么乱啊。"老马知道他在犯坏。

黎勇用手抬抬墨镜，撇嘴笑了："哎，我说老马头儿，看见没有，人家嫌你慢了。你这机关作风还是改得不彻底啊，'一站式服务'也没做到。哎，我看啊，今天你要是出不了结果，以后就别在这儿作威作福地当爷爷了，当孙子吧。"他话一出口，年轻警察也幸灾乐祸地笑了起来。

"嘿，你怎么说话呢？"老马急了。

"话还没说完呢……"黎勇两步走到年轻警察面前，"哎，我是看出来了，你这是急磕儿。要是屎不到屁股门儿，谁这么急啊。怎么着？要是今天法医能出结果，你明天还不就得把案子破了？"

"差不多。"年轻警察点了点头，没听出黎勇在这儿下套儿。

"得嘞，那就这么说定了啊。今天要是法医出不了结果，他叫你爷爷，他是你孙子。但要是人家出了结果，你明天拿不下案子，你以后也别在这儿拔份儿了。再遇见老马，得叫爷爷！"黎勇此话一出，年轻警察就被噎住了。

他看着黎勇，明白自己中了套儿，小脸儿唰的一下就拉下来了："您……这是什么意思啊？"

"你哪个单位的啊？"黎勇正色道。

"我？城中路派出所的。"年轻警察回答。

"哦……胡铮那儿的啊。"黎勇说的胡铮是他们所长，"年纪不大的，脾气不小啊。怎么磕儿，看见老实人压不住火儿？"黎勇问。

"没这意思，您刚才说了，都是为了工作。"年轻警察也不服软。

"当然，当然是为了工作。怎么着？刚才说的算数吧？"黎勇问。

年轻警察没回答，盯着黎勇的墨镜。

"哎，瞎猫，干吗啊……别在这儿裹乱了。"老马看俩人剑拔弩张，走过来劝解。

"你甭管，今儿我还就较劲了，怎么着，拿别人不当人啊？我还真不惯这臭毛病！"

"成，谁办不到，谁是孙子！"年轻警察大声回答。

"得嘞，那咱一言为定。我叫黎勇，是刑侦支队的，明天零点前来取结果，明天下班前我等你破案的消息！"黎勇说着伸出手。

年轻警察没犹豫，伸出手狠狠地与黎勇握在一起，之后猛一转身，向大门外走去。

"哎，小子，你还没告诉我叫什么名儿呢？"黎勇在后面问。

"封小波，封神的封，大小的小，波涛的波。"他头也不回地说。

"哼，我还以为是疯子的疯呢……"黎勇轻笑。

看封小波走远了，黎勇才摘下墨镜。阳光刺眼，他赶紧把眼眯起来。

"哎哟，你这眼睛越来越严重了。"老马关切地说。

"明早手术。"黎勇转过头，"哎，你说什么擦屁股纸啊？"

"嘿，这小子给我拿来一堆矿泉水瓶和用过的手纸，让我做 DNA 比对，火上房似的……"老马撇嘴，"哎，你说你干的这叫什么事儿啊，今天取结果，你还让不让我活了？"

黎勇笑了："嘿！我说老马头儿啊，你真是让人骑着脖子拉屎拉惯了吧？都让那小子挤对到这份儿上了，还不来点儿硬的？"

"得得得，你就给我下套儿吧。不说了，我得赶紧鉴定去了。"老马摇头。

"哎，这就对了！咱市局的，可不能跟这帮小兔崽子认尿。"黎勇又戴上墨镜。

"行了吧你，便宜话都让你说了。哎……你说这帮小兔崽子也是，破了几个案子都能翻了天了。"

"这小子够'飘'的啊，什么路数？"黎勇问。

"原来网安支队的，后来被'前置'到派出所了，反而因祸得福，破了几个案子，被宣传处评了个'海城十佳青年卫士'。"老马说。

"还十佳青年卫士……是会胸口碎大石还是喉顶银枪啊，都是谭彦那孙子瞎忽悠……真拿自己当根儿葱了，生瓜蛋子……"黎勇满脸不屑。

"哎，别废话了，我还有个事儿找你。你路子野，帮我弄两张今晚演唱会的票去。"老马说。

"什么演唱会？"

"张学友的啊，劲歌金曲一百首。"老马说。

"嘿，您用什么票啊，治安支队正缺上勤的呢，您老穿身警服，借个'八大件儿'，义务巡逻去呗。"

"不是，是我闺女想看。"

"那没辙了，您还是找治安的人吧。"黎勇摇头。

有车辆进市局，在后面鸣笛。黎勇坐进车里，不禁往封小波离去的方向看去。他撇了撇嘴，又点了点头。

次日清晨，黎勇被推进了手术室里。周主任和助手们穿着墨绿色的手术服，在无影灯下俯视着他。黎勇觉得有点冷，但并没说出口。

"冷吗？"周主任问。

"有点儿。"黎勇回答。

"别紧张。"周主任说。

黎勇眨了眨眼睛，视线是模糊的。

助手推来一台小车，上面摆着一个金属托盘，里面装着手术器具。周主任拿来一个呼吸罩，轻轻地扣在黎勇脸上。"不要紧张，放轻松……"她的声音很柔软。

黎勇控制着呼吸，眼睛被无影灯晃得难受。

"主任，全麻不会有后遗症吧？"黎勇问。

"不会的。"

"那……换了晶体之后多长时间能恢复啊？"他又问。

"嘿，你都问过许多次了。"

"哦，对不起啊，我……"

"你还是紧张。"

"我……没紧张啊。"

"对了，你手术之后，得安排人接送啊。"

"哦，有人接我……"

"你爱人？"

"不，同事。"

"哎，今天冬至吧？"

"对，冬至得吃饺子。"

黎勇觉得身体软绵绵的，意识也开始涣散，周主任的声音越来越远，他感觉自己就要睡去了。

"哎，你们听歌呢吧？"黎勇突然又醒了。

"别动，别动……"周主任安抚住他，"小孟，让门外的人把音乐关了，别打扰病人。"

"好像是张学友的歌，对，今晚他开演唱会……对……他开演唱会……"黎勇疲惫地闭上眼睛，感觉身体软绵绵，终于进入到麻醉的状态。他感觉自己在一条轨道上越滑越深，渐渐遁入黑暗，但没多久，眼前又亮了，异常清晰，似乎恢复了健康。他环顾四周，发现自己在一个演唱会的现场，人潮人海，声音鼎沸，狂热的歌迷正在万人同唱。他循声望去，舞台中间正是张学友，在深情款款地唱着歌。他茫然了，不知道自己身在何处，但此时，他感到了右手的温热，侧目望去，竟是海伦。黎勇的手颤抖起来，心中翻江倒海，酸甜苦辣一起涌来。他太久太久没见过海伦了，她还是那么美，一头长发像奔腾的河流，深情的眼神像蔚蓝的大海。她望着看台的方向，并没看黎勇。

"真美。"她转过头，冲黎勇打着手语。

黎勇痴痴地抬起双手，想了半天才做出动作。"是啊，真美。"他好久不用手语了。

"你怎么了？"海伦"问"。

"见到你真好。"黎勇抑制住眼泪。

海伦笑着，似懂非懂的样子。她拉住黎勇的手，让他也看。黎勇这才发现，台下的万名听众都打着了打火机，在夜幕中晃动着，宛如璀璨的群星。

黎勇手忙脚乱起来，浑身上下地搜索着，却找不到打火机。

海伦默默地注视着看台，沉浸在美好的氛围里。黎勇知道，她听不到声音，这场演唱会是海伦为自己而来。黎勇有些着急，却依然没能找到打火机。这时，他突然发现自己竟穿着一身病号服，他意识到了什么，惶恐地看着海伦。而海伦却一无所知，轻轻地靠在他身旁。黎勇一阵心酸，泪水决堤，他紧紧地搂着海伦，生怕她丢了。这时歌声传来，是他最喜欢的那首歌：

"想和你再去吹吹风，虽然已是不同时空，还是可以迎着风，随意说说心里的梦……"

黎勇泪流满面，他知道这只是个梦。挚爱的妻子、沉醉的歌声、美好的夜晚，终将离自己而去。他小心翼翼地，珍惜着与海伦"相处"的每一秒钟，自欺欺人地想让时间永远停在这一刻，却不料视线渐渐模糊起来，直到什么也看不清。

2. 疯魔

　　"感情浮浮沉沉，世事颠颠倒倒，一颗心硬硬冷冷，感动愈来愈少；繁华色彩光影，谁不为它迷倒，笑眼内观看自己，感觉有些寂寥……"张学友一袭白衣，站在舞台的正中央，深情款款的歌声响彻全场。台下的观众都站了起来，挥舞着手中的荧光棒在万人齐唱。距上次张学友来海城，已经过去了整整十年。

　　外面下着雨，还没到下班的时间，窗外已经一片漆黑了。在体育馆的监控室里，封小波仔细地盯着面前的六个监视屏，不时用鼠标切换着演唱会现场的画面。身后的大壮在大口地吃着汉堡，随着歌声哼唱着。他是派出所的协警，在封小波的抓捕小组里工作。

　　"哎……歌神也老喽，你瞧这瘦得。"大壮说。

　　"嘿嘿嘿，你干点儿正事儿行不行啊？吃吃吃，肥死你！"封小波没好气地说。

　　"哈，不是有你吗？海城十佳青年卫士，疯魔同志。"大壮笑着，又咬了一口汉堡，"你们这些九〇后啊，没情怀，想当年我带着你嫂子看他演唱会的时候，全场的人都打着了打火机，那是相当壮观啊。"

　　封小波没搭理大壮，一边搜索着监控画面，一边拉过手边的笔记本。他打开一个视频软件，上面出现了多个画面，显示出场馆的几条通道。

　　"这些破设备！等我有一天成事儿了，肯定要装一个六十块屏幕的显示台。"封小波自言自语。

"你就吹吧，市局指挥中心才多少块屏幕啊。"大壮不屑。

"不信你看着。"封小波回嘴。突然，电脑软件里蹦出一组报警，封小波点开查看，是一连串的"疑似人脸识别"。他转手操作起监控室的屏幕，切换到最近一个探头，他把画面放大，一个背着书包、穿着帽衫的消瘦身材出现在画面里。封小波左右看着，那身形正与电脑软件里的嫌疑人照片相似。他点中了"人像识别"按键，系统相似度为67.5%。

他拿起电台："耽美，耽美，我是疯魔，我是疯魔，你现在什么位置？"耽美也是协警，因为说话有些娘娘腔所以被封小波起了这个代号。

"耽美，耽美，干吗呢！"封小波急了。

"疯魔，我是耽美，我在H看台，什么情况？"耽美回话了。

"G看台出口，身高一米七五，穿帽衫，背书包，身材偏瘦，快去！"

"好好好，我马上到！哎，人太多了，挤不过去啊！"耽美说。

"哎！耽误事儿！"封小波拍响了桌子，"大壮，跟我走！"他抄起警棍，风风火火地蹿出监控室。

"张学友劲歌金曲一百首演唱会"在海城体育馆里开唱，能容纳三万名观众的现场座无虚席。体育馆分上下两层，每层四个出入口，一层是ABCD，二层是EFGH。封小波和大壮在拥挤的人潮中艰难前行，好不容易到了二层，却怎么也挤不过去了。眼看着G口就在前面，封小波拍了拍大壮，大壮果然没掉链子，他抬手将最后一块汉堡扔进嘴里，然后身体前倾，像辆坦克似的挤开人群，杀出一条道路。但两人到达G口的时候，那个"帽衫"却不见了。

"叫警力支持吧，人太多了，不好找啊。"大壮说。

"别废话，自己办。"封小波可不想让胜利果实旁落他人。他垫步拧腰，像个猴子似的蹿上大壮的后背，手搭凉棚在人海中搜索着，又拿起手机在微信中发出语音。

"裘安安，帮我看一下系统，还有报警的信息没有？"

没过几秒，微信就蹦出了语音。

"A台入口，三分钟前报警。"是一个利落的女声。

"请将报警信息拍给我。"封小波发出语音。

不一会儿，画面传来。封小波一看就笑了。

"大壮，别找那个'帽衫'了，两条大鱼来了！"

"大鱼？"大壮一仰头，封小波差点儿掉下来。

体育馆的一层人少了许多。封小波、大壮和耽美在B口会合，简单交流又迅速分开，三人分头向A台进发。果不其然，那个"帽衫"就站在那里，身旁就是刚才微信中的"波司登羽绒服"，但另一个人却不见了。

"大壮，你负责那个'波司登'，我和耽美办'帽衫'。走着！"封小波没犹豫，率先跑了过去。三人配合默契，成合围之势，距离越近脚步就越轻，那样子和动物捕食的情景一模一样。

"哎，你东西掉了。"封小波轻轻拍了一下"帽衫"的肩膀。"帽衫"下意识地低头，封小波趁机扳住他的右臂。"帽衫"知道不好，刚想反抗，左臂又被耽美按住。两人一起发力，将他擒获。而一旁的大壮则更直接，一个"熊抱"就将"波司登"摔倒，然后又一个"坐地炮"将他制伏。抓捕过程行云流水、干净利落，符合疯魔团队的一贯作风。封小波给两人戴上"银镯子"，叮嘱大壮、耽美看好，自己则拿出手机放在耳畔，一边听语音一边往A口里面走去。

A口里有一个洗手间，封小波走过去的时候，一个打扮时尚的女孩正站在门前。她二十多岁的年纪，一头长发披散在肩头，洒脱随意，嘴角微微翘着，高傲不羁。她没说话，冲封小波使了个眼色。封小波会意，径直走进洗手间。

里面只有一个人，他穿着一件"加拿大鹅"，正背对着封小波在小便池前方便。"加拿大鹅"身材魁梧，虎背熊腰。封小波佯装解着腰带，走到他身旁，面前的小便池漏了，下面放着一个接尿的铁桶。

封小波低头瞥了一下，不怀好意地冲"加拿大鹅"笑。

对方一脸横肉，被封小波看得挺不自在。

"看什么看？"他粗声大气地问。

"嘿嘿……"封小波坏笑。

"有病吧！""加拿大鹅"赶忙系上裤子。

就在他低头之际，封小波动手了。他猛地揪住对方的袖口，往中间一拽，就限制住对方的双手。

"别动，警察！"封小波大喊。

"加拿大鹅"一愣，拼命地反抗，却无奈双手被缚，用不上力。但他突然低头，猛地向封小波撞去。封小波猝不及防，一下被撞倒。

"加拿大鹅"挣脱束缚，向门外跑去，封小波紧追不舍，扑上去抓住他的衣服。"加拿大鹅"反手就是一拳，打得封小波一个趔趄，但封小波也不甘示弱，抬起一脚就将他绊倒。两人在洗手间里缠斗起来，洗手池、小便池、杂物间，到处都成了战场。两人都用着全力，一个在捕猎，一个在逃命，都无法轻易获胜。但"加拿大鹅"人高马大，封小波渐渐落于下风，被打得满脸瘀青，他冲门外大喊："大壮，耽美，你们干吗呢！"却不料这时，"加拿大鹅"突然闪到封小波背后，猛地勒住了他的脖子。封小波顿时感到窒息，浑身的力量也被制住了。

"喀……喀……"他眼前发黑，呼吸困难。但对方毫不收力，似乎想要置他于死地。封小波感到自己的颈骨即将被折断，他开始后悔自己的好大喜功，如果能多叫点儿警力支援，也不至于落到如此田地。但他又不甘心将胜利的果实与他人分享，为了这场演唱会，他已经准备好几天了，不但求爷爷告奶奶似的得来"智慧人像系统"的支持，还复读机般地才说服了场馆协助布设，不但反复研究了行动方案，还厚着脸皮死磕市局法医才拿到 DNA 数据，现在就差最后一哆嗦了，绝对不能放弃。只要抓住眼前这个主犯，自己的侦查方法就能被印证，案件破了才有吹嘘的资本，更重要的是，自己以后再去市局就能趾高气扬了。那个戴墨镜的"瞎猫"不是说了吗？只要破了案，以后就是爷爷。行！封小波从小到大就是这个脾气，"不蒸馒头争口气"。

此时勒住他的人叫田超，五年中与同伙跨省流窜，犯下多宗盗窃案，数额高达几百万。作为"职业选手"，他们是不会放过海城演唱会这种天赐良机的。他们潜入海城，伺机作案，却不料被城中路派出所的"鹰眼"监控发现，但民警赶到现场的时候，他们已不见踪迹了。但封小波却没有放弃，他死咬线索，经过缜密侦查，终于在一个小旅馆里发现了田超等人留下的生活垃圾，并以此为检材，送到市局法医中心进行 DNA 鉴定，确认了他们的身份。又经过推测，在演唱会"架网"，守株待兔。果不其然，三条狡猾的"大鱼"都来了。但谁能料到此时此刻，自己却被田超反制，眼看煮熟的鸭子就要飞了。封小波感觉意识渐渐模糊，喉咙里也涌出血腥味，但就在这时，耳畔突然发出了一声巨响。

"咚！"

封小波感到勒住他的手松了一些。

"咚！咚咚咚咚！"又接连几声。勒住封小波的手臂松开了，他也随之跌倒。

他艰难地爬了起来，发现田超已经躺在地上了。裘安安拿着一个大铁桶，气喘吁吁地站在面前。

"谢……谢了……"封小波大口喘着气，"什么……什么味儿啊？"他摸了摸自己被淋湿的头。

裘安安没说话，她一松手，把尿桶扔在了地上。

趁着演唱会还没结束，封小波带人把三名"网逃"押上了警车。外面的雨越下越大，但他却是一脸阳光，他看着体育馆里涌出的人潮，趾高气扬地又叉着腰。

"行啊小子，又仨，这个月抓十二个了。"派出所所长胡铮拍着封小波的肩膀。

"不止，这不还有几天吗，我争取弄十五个。"封小波夸下了海口。

"得了吧你，还让不让人活了？"大壮在一旁发牢骚，"胡所，明天我可得倒休一天啊，好几天没见着媳妇孩子了。"

"瞧你那点儿出息，也就这样儿了。"封小波不屑。

"休，你们哥儿仨都休。活儿是干不完的，身体也要保重。"胡铮说。

"哼，他不用保重，已经很重了。"封小波撇嘴。他用双手把头发向后拢着，给自己弄了一个味道奇怪的背头造型。

"这次不错啊，传统侦查加高科技手段，出奇制胜。刚才我给警务保障处的老沈打电话了，感谢了他的支持。等你们倒休完了，咱们写个表扬信给人家送去。"胡铮挺高兴。

"哎，胡所，你们有个同学是市局刑侦的，姓黎？"封小波问。

"姓黎？你说的是黎勇吧？"胡铮问。

"对，戴个墨镜。"

"哦，他眼睛有伤，前段时间抓人弄的。"

"他……怎么样啊？"封小波皱眉。

"哪方面？"

"抓人。"

"我们这波的尖子，号称鹰眼神探，以前被评为'四大名捕'之一。"胡铮笑。

"四大名捕？真的假的啊……"封小波质疑，"那和我这十佳青年卫士比，哪个厉害？"

"嘿……"胡铮又笑着拍了拍他，"兄弟，记住哥哥一句话，别拿人当人，别拿事当事。都是虚的。"

3. 城市博览会

　　病房里一片雪白，黎勇躺在床上，双眼蒙着纱布，听着窗外的雨声。更换晶体的手术比较特殊，必须先做成功了一只，再做另一只。对面墙上的电视放着《海城新闻》，副市长张望在讲话：

　　"明年初的'城市博览会'即将在海城举行，这次大会既是展示海城新面貌、树立新形象的良好机会，也是对海城的一次大考。市公安局、城管局、卫生局、环保局等部门将在市委市政府的统一领导下，对全市治安、环境乱点进行综合治理，全力提升城市治理能力，让脏乱差销声匿迹，让违法犯罪无所遁形……"

　　"就吹吧，最后这些活儿还不都落在警察身上。什么城市博览会啊，不就是个招商大会嘛……"黎勇的邻床是打扒队的老李，明天就要出院了。

　　"嘿，我说'老头儿'，您这是怎么了，牢骚满腹啊。"黎勇说。

　　"能没牢骚吗？今年市局就'五件大事'，从年初到年尾就没消停过，我儿子考大学我都没管。这好不容易忙完了吧，明年又要来个'城市博览会'，唉……咱们干警察真是没闲的时候。"

　　"您眼睛怎么了？"

　　"白内障，看不清楚。前几天抓贼把事主给按地上了，差点儿挨投诉。"老李笑，"这不，一到医院就让换晶体，我儿子从网上查了，说晶体是日本的好，但海城只有国产的。没辙，有什么换什么吧，都这个岁数了，还能用几年啊。"

　　"您可是打扒队的老人儿了，再有几年该退了吧？"

"等不了了，我想好了，明年'副调'一给，我就退。"

"着什么急啊，打扒队四大名捕，没了您可不行啊。"黎勇说。

"得了吧，我还告诉你，瞎猫，这地球没了谁都能转。这几年哪儿还有贼啊，都用支付宝了，贼不能掏兜扫二维码吧？贼没饭吃了，咱们打扒队也不受重视了，一有勤务就往咱们那儿布，都快赶上巡警了。唉……你说当年咱们也算叱咤风云过了吧？但现在呢，成碎催了……要我说啊，你也别这么拼了，眼睛都这样儿了，差不多得了。"

"嘿，我这是意外，抓一贼的时候撞的。"黎勇说。

"哼，我怎么听说你抓的不是贼啊。"老李说。

"啊？哦。"黎勇没正面回答。

"瞎猫，都这么多年了，海伦那事儿该忘就忘了吧。咱们不是神探，不是每件事儿都能查出结果的。"老李说。

"我知道，知道……"黎勇叹了口气，"但那案子一天不破，我心里就踏实不下来。"

"你呀，听我的，再找一个。"老李劝道。

"算了吧，都这么大岁数了，独惯了。"

"嘿，你才多大岁数啊，还不到四十呢。我告诉你啊，菖蒲河公园里的老头老太太，还要性生活呢。"

"得得得，您嘴下留德行不行？我这眼睛都已经这样了，您就别让我耳朵再出毛病了。"

"行，我闭嘴。"老李叹气，"我告诉你啊，无论到什么时候，自己的命都是最重要。命都没了，还谈什么奉献啊，扯淡嘛！"

"是，您老说得对。"黎勇应付。

"哎，夸父怎么样？干得不错？"老李问。

"还行吧，这小子踏实、听话，就是整天扎在游戏里，不求上进。"黎勇说。

"他就那样儿，甘当配角。你好好带带他就行了，别忘了他是跟着你去市侦的。有时候啊，你也别太较真，现在跟当初不一样了，许多人干警察就是为了谋生，能像夸父那样儿还玩命儿干的，能有几个啊？记得当时你要调他走的时候，我还劝他别去，但他却跟我说，想跟着你干。瞎猫，这孩子拿你当偶像啊。"

"嘿，我顶多是个'呕吐的对象'。"黎勇摇头，"您退休以后什么打算啊？"他岔开话题。

"我能有什么打算啊？钓鱼遛弯养花养鸟呗。我可不学老冯，退了休还返聘回去抓贼，累不累啊。再说，回队里指手画脚，也招人家年轻的烦。"

"老冯就一个人，在家待着没劲。"

"哼，有那精力续个老伴儿，生个大胖小子多好。"老李坏笑。

"您可够损的。"黎勇也笑了。

两人正聊着，《海城新闻》又播出了一条新闻：

"本台记者现场直击，海城公安局城中路派出所在张学友演唱会上再立新功，一举抓获三名网上逃犯。据悉，抓捕组的负责人封小波曾被评为'海城十佳青年卫士'，他通过人像比对、DNA鉴定等多种手段，仅在本月就带领组员抓获嫌疑人十二名……"

"哎……就忽悠吧，咱们这点技术手段都暴露得差不多了。你没听说吗？贼现在每天都看《法制现在时》，我看以后还怎么抓人……"老李摇头。

"哎，'老头儿'，我看不见啊，那小子是留个'飞机头'吗？"黎勇问。

"哪个小子？哦，十佳卫士啊。我看看……对，留个飞机头，还是个喷气式飞机。"

"哈哈，哈哈哈……这小兔崽子，把老马给玩了。"黎勇笑了起来。

"怎么了？什么意思啊？"

"以后……老马见到他，得叫爷爷……哈哈哈哈……"

"什么意思啊？"老李一头雾水。

这时，门被推开了，一个和老李年龄相仿的人闯了进来。

"瞎猫，瞎猫。"他喊着。

黎勇坐了起来，在黑暗中闻声转头："女娲？你怎么来了？"

来的人是刑侦支队视频组的赵普。他五十多岁的年纪，身材不高，慈眉善目的，说起话来不急不慢，在组里专门负责视频还原等技术工作，代号女娲。

"给你办好出院了，跟我走。"他说。

"办好出院了？你没事吧，我眼睛还瞎着呢。"黎勇说。

"我问周主任了，你刚做了右眼，左眼可以睁开。"

"什么事儿啊？火上墙了？"

"不仅上墙了，还燎了眉毛了。郭局钦点的你，快点儿。"女娲说着就打开黎勇的衣柜，帮着他收拾起行李。

"哎，用死人不偿命啊……"老李拿起遥控器，换到了中央九频道。里面正播着一个南极的纪录片，一群阿拉斯加雪橇犬正拉着主人在冰雪里狂奔。

西餐厅里灯火辉煌，穿着马甲的服务员煞有介事地穿梭，不时来两句海城口音的英语迎来送往。此刻，封小波坐在裴安安对面，眉飞色舞地说着。

"你知道那个警察怎么说的吗？他说了，要是我破了案，以后再到市局，就都叫我爷爷。嘿，我倒要看看，明天再去的时候他们说话算不算数儿。"

裘安安用银色的勺子喝了一口汤，对他的话题并不感冒。她抬起头来，看着封小波。

"我不喜欢绕来绕去，说吧，你今天请我吃饭到底为什么？"裘安安问。

"感谢你啊，感谢你救命之恩。"封小波夸张地说。

"那不必了，我吃好了，现在可以走了吗？"裘安安起身。

"啊？主菜还没上呢就吃好了？再等等吧。"封小波挽留。

"你还有别的目的？"裘安安问。

"我……能有什么目的？"封小波笑，也端起蘑菇汤喝了一口。

"你想泡我？"裘安安问。

封小波差点儿喷出来。

"根据科学验证，一个男人莫名其妙地约一个女人，百分之六十七点五的概率是想泡她。"裘安安说。

"那……我就是想泡你。"封小波挑衅地看她。

"你什么学历啊？"裘安安问。

"本科啊。"

"月薪多少？"

"你这么实际吗？"

"多少？"

"五千七，哦，加上住房公积金不到七千。"

"有住房吗？你名下的。"

"没有。"

"那没戏，我什么都比你强。"裘安安结束了问话。

"哎，我除了想泡你，就不能有别的目的啊？"

"那就是和我拉近关系，想以后继续借助我们的手段。"裘安安说。

"哼，你总是这么直接吗？"封小波笑。

"时间有限，不直接不行啊。"

"哎，就算是，那不也挺好吗？我们为民除害，你们企业推广设备。"封小波大大咧咧地说，把身体靠在椅背上。

"你下午的行动很愚蠢。"裘安安说。

"为什么？"封小波皱眉。

"我们的'智慧人像追踪系统'，是由前端的智慧人像探头和后端的综合研判系统组成的。你的职责是后台的指挥员，而不是前方的行动员。你之所以遇险，是因为没有充分调动行动人员，才造成职责不清、前后脱节、行动失控的。当然，我认为最主要的原因，还在于你的私心。"

"私心？"封小波皱眉。

"你好大喜功，表现欲强，想获得别人的赞赏。"裘安安说。

"这有什么不对吗？"封小波反问。

"往往自卑的人才这样，真正自信的人是不屑于证明自己能力的。"裘安安冷冷地回答。

封小波笑了，他就喜欢裘安安这样。高傲，冷艳，特别性感。

"哎，我承认了，我就是好大喜功，想出头。"他坦诚地说。

"那你也不必谢我，我们也不是单纯地想协助你们，而是借助你们的抓捕来试验我的设备。"裘安安说，"但恕我直言，现在海城的视频监控布置得太少了。拿英国对比，英国公民每周要接触五百次以上的视频监控，覆盖率基本是十四个人一个摄像头，每个英国公民平均每天要面对三百个摄像头……"

"呵呵，那是英国，这里是海城，十万八千里呢。"封小波笑。

"我们公司已经被收购了，下一步将会继续加强视频监控的生产和研发。这场演唱会，是一次很好的广告。"裘安安说。

"哎，你一直这样吗？"封小波问。

"什么？哪样？"

"嗯……傲娇。"封小波选了个比较中性的词。

"傲娇吗？我觉得自己这样挺好的。"裘安安说。

"哎，知识分子大龄剩女的通病。研究生学历，月薪过万，有房有车，社会交际圈极小。"封小波掰着手指头数着。

"你……怎么知道？"

"呵呵，你刚才不是说了，你什么都比我强啊。"

裘安安被他这么一说，不自然起来，脸也红了。

"哎，你大可放心啊，你不是我喜欢的类型。我心中的女神，是钟楚红那个类型的，性感红唇，一头大波浪。"封小波说。

"你恋母癖吧你。"裘安安还击。

这时主菜上来了，封小波刚想像绅士似的给裘安安布菜，电话就响了。他拿起手机一看，是所长胡铮的来电。他犹豫了几秒，冲裘安安打了个手势，往远处走了几步才接通。

"喂，胡所，什么指示？"他捂住手机话筒说。

"有急事，赶紧回单位。"胡铮的声音很急促。

"我……在郊区呢。您不说倒休吗？我就出来了，再说，雨下这么大，一百多公里呢……"

但他话还没说完，正巧进来一拨客人，几个服务员齐声喊道："欢迎光临白金汉宫餐厅。"

封小波意识到要坏事，胡铮果然耳朵尖。

"白金汉宫？你在英国女王那儿倒休呢？别废话，赶紧给我回来！你到底干吗呢？"

"我……"封小波转头看着冷美人裘安安，坏笑了一下，"泡妞呢。"

4. 银行抢劫案

视频侦查车里，黎勇用手捂着右眼，脸上还贴着纱布，周主任叮嘱他两天之内不能摘掉，要尽量少地活动眼球。视频侦查车改装自一辆房车，是至今为止局里最贵的车辆，里面连接着技术、网络、视频等诸多设备，像个全副武装的移动堡垒。

外面的雨渐渐小了，女娲关上了雨刷。"海城有十年没有发生银行抢劫案了，上次还是……"他停顿了一下，没往下说，"这次的劫匪很有手段，没选择在早晨现金入库的时候动手，而是在银行关门送余款的时候实施了抢劫。当然，他们的目的不仅是现金，还有海城银行准备转送到大库的一些贵重物品。他们行动迅速，下手敏捷，用电击枪击晕了两名押运员和一名保安员，整个过程还不到三分钟。"

"海城银行？石油大厦那边的？"黎勇问。

"是，石油大厦楼下，城中区分行。"女娲说。

"他们怎么知道海城银行要转送贵重物品呢？"黎勇问。

"也许是巧合，也许是有预谋。"女娲说。

"不会是巧合。"黎勇看着车窗外沉沉的雾气。

车驶过海城高速收费站，著名的"九转十八弯"蜿蜒起伏，这是海城著名的骑行圣地。黎勇看着窗外的景色，不禁又想到自己做的那个梦。海伦已经走了十年了，但黎勇总感觉她似乎还在身旁。不一会儿，车开进了市局院里。黎勇下了车，戴上墨镜。

"郭局在哪儿呢？"黎勇的右眼蒙着纱布，走路晃晃悠悠的。

"在指挥中心呢。"女娲扶了他一下，放缓了步速。

海城市公安局指挥中心在市局后院六号楼一层，面积一千多平方米，大厅正面是一组由六行十二列、单屏尺寸八十英寸拼接的面积近一百四十平方米的巨大显示墙。两人进门的时候，显示墙上正在放着 PPT，刑侦支队的副支队长章鹏在介绍着案情。现场气氛凝重，如临大敌，众人都正襟危坐。

里面本来就黑，加上黎勇戴着墨镜，他刚一进门，就被门槛绊了一下，险些摔个跟头。几个人想笑，但看到郭局，又忍住了。郭局冲两人招了招手，女娲扶着黎勇走了过去。

"黑灯瞎火的，戴墨镜干吗？耍酷啊。"郭局皱眉。

黎勇摘掉墨镜，露出右眼的纱布："刚做了一只，就被您叫回来了。"

"真成瞎猫了？"郭局叹气，"先破案吧。火燎眉毛了，用你的时候到了。"

黎勇坐在郭局身后，听章鹏在台上回顾案情。

"案发时间在傍晚六点，就在张学友演唱会大放异彩的时候，四名劫匪持电击枪，袭击了位于石油大厦一层的海城银行城中区分行，造成两名押款员和一名保安员负伤。整个作案过程不到三分钟。抢劫后，劫匪驾驶一辆无牌照的黑色大众轿车，逃匿到三公里之外的星光商业广场，将车辆留在地下三层车库内，携带现金和贵重物品逃跑，下落不明。据计算，此次被劫款项共计三百三十一万七千元，贵重物品折合价值约一千二百万。由于案发时间为冬季，且雾霾严重，故四名嫌疑人穿着厚重服装并戴着口罩并未被人怀疑。这是银行监控拍下的镜头。"章鹏说着播放录像。

黎勇捂着右眼，用左眼艰难地盯着大屏幕上的视频，却模模糊糊地看不清细节。四名劫匪行动迅速，在击倒押款人员之后，立即携款上车。黎勇推测，在抢劫之前，四人已经进行过模拟训练。这时，夸父蹑手蹑脚地坐到了他的身旁。

"干吗去了？"黎勇没好气地问。

"今天晚上有个季末赛……我是法师，所以……"夸父本名卓飞，二十六岁，长得瘦瘦高高的，留个学生头，看着像个白面书生，实际却是体育大学毕业的长跑好手，在视频组里负责远端视频回传工作。他以前和黎勇都在打扒队，后来郭局成立视频组，就被黎勇带了过来。黎勇对他的评价就跟老李说的一样，踏实、听话，就是整天扎在游戏里，不求上进。

"我怎么说你……不知道轻重缓急啊？下次再这样，回打扒队抓贼去。"黎勇没好气地说。

夸父没说话，以沉默相对。

"星光商业广场的监控调了吗？嫌疑人是怎么弃车逃亡的？"黎勇也不举手，直接发问。

章鹏早就习惯了黎勇这样，回答："因为星光商业广场的监控系统正在升级，所以监控全部失灵。从劫匪进入到地库之后，就失去了影像。"

"这么巧？"黎勇皱眉，"现场走访了吗？有没有目击者？现场勘查在做吗？是否发现脚印、指纹、DNA和其他痕迹？"

"刑侦支队的全部警力都在现场，初步走访到的目击者称，曾看到过黑色的大众汽车驶入，但并没看清车上的人。现场勘查正在做，还没能从车上提取到有价值的痕迹。"章鹏回答。

"把图像放大，放最大。"黎勇站起身来，眯起了左眼。章鹏是他的警校同学，行政职务比他高一级，算是他的领导。但每当遇到案件，黎勇却总是对章鹏颐指气使。

章鹏把图像放到最大，黎勇这才看清了一些。图像中的劫匪穿着深色的防寒服，戴着口罩和棉帽，面部外露的皮肤颜色惨白。黎勇眯着眼皱着眉，看了半天又坐了下去。

"怎么样？看出什么了？"郭局转头问。

"什么也没看出来。"黎勇摇头。

"女娲。"郭局点将。

女娲站起来："因为下雨，视频监控的画面不清晰，加之地面雨水的反光，所以人脸识别的可能性很低。嫌疑人显然经过精心准备。"

"没了？"郭局问。

女娲点点头。

"这么说，不好破了？啊？"郭局站了起来，环视众人。大家谁也不敢接招，噤若寒蝉。

郭局的脸沉了下来："怎么了？都不说话了？害怕了？畏难了？不知道从哪儿下手了？哎哟，你们还是海城警察吗？！"他猛地拍响了桌子。

"又来这套。"黎勇轻声说。

"海城已经十年没发生过银行抢劫案了，十年！现在是什么时候？城市博览会即将召开，市委市政府牵头各部门正在综合治理。新闻刚报出去，张学友演唱会上传统侦查加高科技抓捕三名网逃。怎么着？这刚吹几句牛，就现眼了？啊？谭彦！"郭局话音未落，宣传处的副处长谭彦就噌的一下站了起来。

"你说，咱们怎么跟老百姓交代？"

"这……"谭彦犹豫着。

"用什么答复口径？"

"局长挂帅，多警联动，限期破案，消除隐患。"谭彦说。

"行！那我先表个态啊，从现在起，这个案子不破，我就不回家，跟大家并肩战斗。同志们……"郭局开始做起战前动员。

谭彦当过郭局的秘书，深谙领导意图。每到战前动员，谭彦都是郭局的"话架子"。黎勇靠在椅背上，冲女娲苦笑了一下。

"唉，又来这套。"这次轮到女娲说了。

"那我现在点将了！"郭局开始布置任务，"刑侦的章鹏，现场勘查，走访，抓捕，你负责；特警的廖樊，设卡，盘查，搜捕，你负责；预审的那海涛，审查相关人员，制作笔录；技术的老孟和网安的老田，全力配合刑侦工作；宣传处的谭彦，马上拟定对外口径，联系媒体发布工作进展，控制舆情。还有谁没被点到？"

黎勇知道这是郭局在点自己，也噌的一下站起来。

"视频组，负责还原影像，获取线索。"

"刚做完手术，没事吧？"郭局问。

"没事，先破案再说。"黎勇一点儿不含糊。

"好，既然任务都明确了，那就散会。走，去现场。"郭局把手一挥。

海城确实已经十年没发生过银行抢劫案了。十年前的那次抢劫案令人记忆犹新，也是四名劫匪，在傍晚的下班高峰期，持枪抢劫了海城农村信用银行，造成押款员一死一伤。在逃亡中，劫匪驾驶的车辆撞死撞伤了十余名行人，最终在警方的追赶下，在海城高速收费站前的"九转十八弯"路段冲下山崖，车毁人亡。黎勇至今也想不明白，这伙人为何会如此疯狂，同时也想不明白，海伦怎么就遭此厄运。

在视频侦查车里，黎勇痴痴地望着窗外，一言不发。

"嘿，想什么呢？"女娲问。

"哦，没什么。"黎勇说。

"派出所的胡铮被郭局骂惨了，据说在银行抢劫案发生的时候，他正带着所里的主力在演唱会上抓捕呢。唉，丢了西瓜捡了芝麻啊……"女娲说。

"这一路上就没监控吗？"黎勇不解。

"有，但是据说许多都失灵了。"女娲回答。

"哼，这下有他受的了。"黎勇叹气，"唉，夸父呢？"

"让章鹏抽走了，到现场摸排。"

"哼，又让人抓壮丁了，不能独当一面就只能当碎催了。"黎勇摇头。

郭局和专案组的成员们终于走了，城中路派出所所长胡铮坐在会议室里垂头丧气，黎勇坐在他对面，打开一瓶眼药水往左眼里滴着。

"瞎猫，你也走吧，不用安慰我了。"胡铮叹了口气。

"老胡，也难怪郭局说你。你到底是怎么回事啊，辖区里装了这么多探头，怎么就没几个能用的呢？坏了也不报一下？"黎勇问。

"唉，难言之隐啊……"胡铮摇头，"对，市局是让架设'天网'，努力做到监控无死角，但是钱呢？钱谁给啊？让各单位自己解决，那能解决得了吗？我这是求爷爷告奶奶才从街道磕出点儿钱，但相比视频探头的维护费用，也是杯水车薪啊。你就说我们城中路派出所的辖区，十二点八平方公里，面积虽然算不上是派出所里最大的，但地处市中心，繁华程度是最高的。你们说得轻松啊，依靠安防企业，创新视频监控建设模式，我何尝不想这样啊？但是维护费用巨大啊，每个探头每月维护费五十元，你想过加在一起得多少钱吗？唉……但我是所长啊，考虑到工作排名，还得应付检查啊，所以没办法，就只能出此下策……"

"我理解，但是再怎么说，也不能造假啊。"黎勇说。

"哎，我这可不是造假啊，虽然安的是假探头，但起码也能起到威慑的作用。这也是没办法的办法啊。"胡铮解释。

"唉……你也不容易。"黎勇叹气，"但你们所这几个月发案率也太高了，就算是演唱会上抓了逃犯，也遮不了丑啊。"

"那怎么办？我再不拿演唱会做做文章，就干等着末位淘汰啊？"胡铮苦笑。

"你真行，还让谭彦帮你忽悠。这下好了，自己打自己的脸，更丢人了。"黎勇揭穿胡铮。

"唉……谁想到这俩事会一天发生啊。"胡铮沮丧。

黎勇摸索了半天，从桌上拿起一支香烟，他琢磨着胡铮的话。胡铮把火递给他，黎勇眯着眼睛半天也没点着。

"瞧你瞎的，还鹰眼神探呢。"胡铮摇头，给黎勇点燃，"现在啊，真的假的都混在一块儿了，有用就是真的，没用就是假的，雾里看花，弄不清楚……"

"你刚才说，这俩事一天发生？"黎勇问。

"啊？是啊。"胡铮说。

黎勇闭着眼，缓缓地抽了口烟，之后站起身来。"走了，回去加班。"

"有线索了？"胡铮看着黎勇。

"没有，但有点儿感觉。"黎勇说。

视频组一直工作到后半夜，郭局也一直陪着。他每次都这样，要求别人做的，自己先做到，别人做不到的，自己也要努力做到。

在城中路派出所，郭局确实跟胡铮发了火，一般来说，郭局是很少隔层级拍桌子瞪眼的。郭局比胡铮高四个级别，按说领导一般骂的都是直接下属。但这次不同，郭局是真火了，所以当着分局长的面，冲着胡铮就是一顿抢。过后他也觉得失态，却并没找补。郭局说了好几句狠话，其中一句令黎勇记忆犹新，那就是"监控探头有什么用？"黎勇虽然眼睛瞎，但心里是透亮的，他知道在城市博览会召开前夕发生如此惊天动地的案件，郭局顶着巨大的压力，更何况宣传处又在电视上把海城警察演唱会擒贼演绎得神乎其神，无形中又起到推波助澜的作用，但黎勇仍对郭局那句"有什么用"不能认同。他在案发现场蹲了两个小时的时间，和勘查民警一样一无所获，然后又来到星光商业广场，在四通八达的三层地下车库转了个遍。黎勇认为，此案之所以找不到线索，究其原因就是视频监控系统失灵、沿途辖区派出所的探头作假。所以当务之急，是在依靠传统侦查的基础上，全面启动海城的视频侦查系统，搜寻'天网'，追查犯罪嫌疑人。

指挥中心的视频墙高达十米，黎勇站在中间的位置，一只脚踩着椅子，半眯着眼睛看着六行十二列的七十二块屏幕，分析着这近一百四十平方米显示屏背后的整个一点六万平方公里的海城辖区。他不断调动治安、交通等系统的监控回录，分屏进行快进或快退，时而喊停，时而走到跟前比对。郭局在他身后抽着烟，一支接着一支，似乎跟自己的肺有仇。

别看黎勇现在的级别只是个中队长，但每次行动因为有郭局的特别授权，所以几乎可以调动起全局的监控资源，有时甚至是全局的警力资源。

"把十八点零三分至十五分从A区到D区的视频回放到第一行。"黎勇指挥着，"转到W区，按照时间顺序，重点搜索黑色大众轿车的轨迹。对，跟上了继续，把过程计算一下。女娲，平均时速多少？"

"时速……九十公里左右。"女娲回答。

"九十公里……"黎勇思索，"当时110车在什么位置？"

"附近有两个点位的110车，一个在东三条路口，一个在西马路，与海城银行城中区分行都不到五分钟的车距。但由于当时是下班高峰期，再加上下雨，所以没能及时赶到。"女娲说。

"派出所呢？"

"派出所的车都在演唱会执勤，赶到的时候已经过了十五分钟。"

"明白。开屏开屏，大众车的最后一个画面在哪儿？"黎勇浑身上下地摸烟。郭局从后面递来一支，他也不客气，自顾自地点燃。

"最后一个在临近星光商业广场的倒数第二个路口。"女娲说。

"倒数第二个？那倒数第一个呢？"

"也坏了。"女娲回答。

"嘻……"黎勇抽了口烟。

这么一说，陪在旁边的交警支队政委坐不住了，他忙站起来解释："哦，是这样，当时交管摄像头坏了几个，在检修中。所以……"

"所以就关键时刻掉链子了？"郭局回头看着他。

黎勇就怕他咆哮，赶忙打断："郭局，咱继续？"

郭局叹了口气，也点燃一支烟，坐了下去："瞎猫，你觉得这么看有价值吗？"

"有啊，起码能分析出这帮孙子的布局和目的。"

"怎么讲？"

"他们在行动前肯定有一个完整的布局，而行动的本身就能映射出他们的目的。从现状看，虽然咱们获取的情况不多，但能分析出两点：第一，这帮人有组织、目的明确，并且为了抢劫精心准备和反复训练；第二，他们在动手之前，先行了解过咱们的警力部署和反应速度，所以逃亡的路线并未选择出城的方向，而是找了一个最不可能逃跑的位置，星光广场车库。"

"最不可能逃跑的位置？"郭局不禁重复。

"对，如果选择出城方向，第一就是传统的海城高速，那必经之地就是东三条路口，咱们的110巡逻车'巡03'就停在那儿，从那个方向走，三分钟之内必会遇到警车；第二就是西营门出口，也可以出城，但必经之路是西马路，同理，走那里也会遇到咱们的人。所以他们选择将车开进距离案发现场仅三公里的星光商业广场地库，这是一个大胆的构想。"黎勇说。

"你刚才问车速多少，什么意思？"

"车速九十公里每小时，在下班高峰期，说明什么呢？说明从海城银行到星光广场，一路畅通。女娲，打开昨天十八点多的海城交通流量图。"黎勇冲屏幕的方向摆手，女娲调出图像。

"以海城银行为中心向四面辐射，除了到星光广场和城中大道的几条路之外，几乎全都是拥堵的红色。这说明什么？说明他们对逃亡路线也做了精心谋划。在这个时间抢劫，有利有弊。弊在于他们拥堵，逃跑的速度慢。而利呢，在于警车也拥堵，到达的时间也慢。所以他们选择了一条最佳路线，把弊变成了利。"黎勇分析道。

"哼，都让你说神了。"郭局抽着烟，"照你这么说，市局现在的系统根本实现不了对'人、车、地、事、物'的全面监控？"

"是的。"黎勇点头，"我早跟您建议过，升级设备，全面架设'天网'。"

"废话，我不想啊？钱呢？换一块屏就几百万，市财政支付得起吗？"郭局说。

"现在漏洞太多了。以现在的布防，我看以后咱们就别再吹什么治安态势立体巡航了。"黎勇说。

"少说没用的，现在怎么办？"郭局问。

黎勇没马上回答，默默地盯着屏幕墙。指挥中心里灯火通明，天花板上的一处吊灯在忽明忽暗地闪烁，黎勇觉得左眼发紧，用手揉着眼，又从兜里掏出眼药水，往左眼里滴。

"怎么回事，你有什么要求？"郭局问。

"能把那个灯泡换了吗？"黎勇说。

"什么？"郭局诧异。

"把那个灯泡给换了。"他指着天花板上的吊灯说。

黎勇跟郭局汇报的时候，放在桌上的手机一直在振动，但他没注意。清晨五点，郭局总算回办公室"趴窝"了，黎勇这才缓了一口气。他和女娲走出市局，在门口刚开张的早点铺要了包子和豆腐脑，一边囫囵地吃着，一边拿手机回电话。

电话是老金打来的。

"怎么着？夜猫子啊？"黎勇问。

"我在美国呢，下午。"老金一副烟酒嗓。

"行啊，快递业务都发展到特朗普那儿了？"黎勇损他。

"扯，我才不给他干呢。"老金说。

"说正事儿，忙着呢。"黎勇吃了口包子。

"听说海城出事儿了，银行被抢了？"老金问。

"消息够灵通的啊。新闻报了吗？"黎勇喝了口豆腐脑。

"没看新闻，网上说的，说死了好几个保安，警察和劫匪发生了枪战。"

"放屁！"黎勇差点儿把豆腐脑喷出来，吓了早点摊老板一跳。

"放屁……"黎勇压低了声音又重复了一遍，"没死人。"他强调。

"哦……你现在正上那个案子吧？"老金问。

"甭打听了，有事吗？"

"没事，我就是好奇。"老金笑。

"什么时候回来？"

"明天。"

"你到底干吗呢？没参与黄赌毒吧？"黎勇皱眉。

"不能够，我看儿子来了，他放假。"老金说。

"哦……没事快点回来，还有事儿要找你帮忙呢。"黎勇又说了两句就挂断了电话。

女娲已经吃完了，拿着牙签剔牙。"谁啊？金大忽悠？"

黎勇点头。

"下一步怎么办？"他看着黎勇。

"联系刑警，查星光广场地库的所有进出车辆，寻找目击证人，获取嫌疑人线索，还有，继续看视频……"黎勇打了个哈欠，"还有，咱们一会儿去慰问一下受伤的保安。"他揉着太阳穴。

"好，这次谁冒充领导？"女娲笑。

"还是你吧，你有那个范儿。"黎勇也笑。

5. 老炮儿

　　星光商业广场地下车库，封小波和胡铮穿着制服一前一后地伫立着。在银行抢劫案发生之后，广场几千平方米的三层车库已被封闭，市局刑侦支队、治安支队等多个部门的上百名警察正在搜寻和摸排，技术人员在地下三层车库 C11 车位的黑色大众轿车前进行着再勘查。众人都忙忙碌碌的，反而显得胡铮和封小波游手好闲。

　　"哎，派出所那位，帮我们拿点东西去。对，就是你。"一个瘦瘦高高的年轻警察招呼封小波。

　　"我？"封小波刚想拒绝，胡铮就冲他摆了摆手。封小波无奈，跟着走了过去。

　　不一会儿，他和年轻便衣提拉着几十个盒饭走回停车场，警察们陆续过来领饭，蹲在地上或靠在车上用餐。封小波把一份"吉野家"送到胡铮手里，靠在墙上沉默不语。

　　"怎么了？自尊心受挫了？"胡铮问。

　　封小波看着胡铮，苦笑了一下："您说自己吧？"

　　"是啊……捡了芝麻丢了西瓜，咱玩现了。"胡铮苦笑。

　　"这两者有什么关系吗？"封小波不服，"是，银行抢劫案发生的时候，咱们是迟到出警了，但不是由于在演唱会安保执勤吗？谁能料到会出现劫案啊？要能料到他们还抢得了吗？再说，咱们在演唱会抓网逃有错吗？怎么就成了捡芝麻丢西瓜了？我看啊，这是郭局的借题发挥！"

"得得得，到这个份上就别找补了。"胡铮说，"昨晚我和瞎猫聊了聊，挺有启发。哎，你说，这两者之间会不会有某种关系呢？嘿，也不对……"他说着打开盒饭，吃了一口。

　　"有某种关系？什么意思？"封小波不解。

　　"哎，我也是瞎琢磨，想劫匪会不会知道咱们把警力都放在了演唱会上，所以就趁着这个时机去抢劫，但我又觉得把那帮孙子想得太神了。"胡铮说。

　　"您接着说。"封小波认真起来。

　　"你看啊，张学友演唱会，海城大部分的安保力量都在体育馆，选择在演唱会结束的时候动手，正好是警方需要疏散人群的时候，外围的巡逻防控的力量最薄弱。之后还把车开到星光广场的地库，碰巧监控系统全面升级，无法获取影像。我觉得，这一切都不会是巧合。"胡铮说。

　　"那……他们是怎么离开这里的呢？"封小波问。

　　"一边吃一边说。"胡铮把另一盒饭递给他，"我听刑侦支队的人说，已经摸查到了几百部曾经进出地库的嫌疑车辆。但是，我觉得他们不会在摸排的范围里。既然他们把车开进了地库，就肯定不会再换另一辆离开。"

　　"为什么？"封小波并没打开盒饭。

　　"你泡妞的时候会说自己在泡妞吗？"胡铮问。

　　"啊？"封小波愣住了。

　　"你泡不上妞的时候才会说自己在泡妞呢。"胡铮说。

　　"嗯……"封小波想想。"但这是一般情况。有时我真正在泡妞的时候，是会说自己在泡妞的。"他说。

　　"呵呵，那就有两种可能，要不就是你太笨，有什么说什么；要不就是你太聪明，有什么说不是什么之后再说是什么。"胡铮笑。

　　"深了。"封小波点头。

　　"哎，昨天的妞怎么样？"

　　"嘻……"封小波摆手。

　　"对了，别忘了，后天上午宣传处的事儿。"胡铮提醒。

　　"我不想去了。"

　　"干吗不去，露脸的好机会啊。"

　　"露什么脸啊，吹牛，说瞎话……"封小波叹气。

　　"胡说什么，一码归一码。"胡铮说。

　　"我是觉得有这工夫，应该放在这个案子上。"封小波指着不远处的黑色大众车说。

"得了吧你，这是人家市局刑侦的事儿，咱们派出所……听喝儿吧。"胡铮摇头。

刮了一整夜北风，雾霾才被驱散。阳光照在病房的玻璃上，暖洋洋的。医院病房里，女娲正和穿着病服的保安员亲切握手。嘘寒问暖的套话自然没少说，在握手之后女娲对黎勇耳语，保安的手里有汗。黎勇说不奇怪，农村孩子见到大领导，手里有汗反倒正常。

两人没着急走，坐在保安的病床前有一搭没一搭地聊着。保安二十出头，长得粗粗壮壮，脸上还残留着"乡村红"，对女娲是有问必答。那海涛透过玻璃向里面看着，感叹这简直就是一场变相审讯。

"当时雾霾很重，天也冷，我出银行的时候就没注意这几个人。他们穿着很厚的保暖服，戴着口罩和帽子，从我身边经过的时候就动了手。我当时没防备，就一下被电倒了，眼前一黑，醒来的时候人已经跑了。"保安有些惭愧。

"电击到你什么位置？"女娲问。

"脖子这里，这儿。"保安指着脖颈右侧的一个位置，上面果然有红色的印记。

"他们一共有几个人？"

"四个。"

"你不是昏倒了吗？"

"哦，我当时看到了两个，后来听说是四个。"保安的脸红了。

"说看到的，听说的不算。"女娲说。

"哦，那是两个。"保安找补。

"你什么时候来到的海城银行？"

"去年，去年三月份，春节之后。"保安很老实。

"之前干什么？"

"之前在工地干过活儿，还干过洗车。"

"怎么想起干保安来了？"

"保安轻省一些，不用像工地和洗车那么累。"

"但保安有危险啊，这次多悬啊。要是真有个三长两短，你怎么跟家里人交代？"女娲故意刺激他。

"是……是啊……"保安说着眼圈就红了，"我妈昨天还来电话呢，不让我干了，我媳妇也说，差一点儿就见不到儿子了……"

黎勇在后面看着，撇了一下嘴。

在病房的楼道里。黎勇和那海涛在聊着。

"什么时候测谎？"黎勇问。

"安排的下午，省厅的柳主任刚到。"那海涛是预审支队的副支队长，长得胖乎乎的。

"准备测多少人？"

"押款员、保安，加上星光商业广场的保安、监控人员，得一百多人吧。"那海涛叹了口气。

"工作量不小啊，海捞儿？"

"那怎么办？没重点啊。"

"一百多人，光测试也得一个星期吧？"

"哎哟，你拿人家柳主任当碎催了，起码得两个星期。"那海涛说。

"那黄瓜菜不都凉了？"黎勇摇头。

"那没辙啊，这案子郭局亲盯，不能有漏儿。"

"刚才我们问那个，算了，应该不是。"黎勇冲病房的方向努了努嘴。

"别应该不是，你出得了鉴定吗？出不了就不能排除。"那海涛说，"在测谎的同时，我们预审也都上，每个人都得'过堂'。齐孝石、潘江海、小吕，几个好手都调过来了。"

"哼，我说呢……"黎勇笑了，"你这是拿人家柳主任当枪呢，敲山震虎啊？"

"废话，这帮孙子跟咱们玩趁火打劫、瞒天过海，咱们就不能来个敲山震虎、打草惊蛇啊。要是光凭测谎，得等到猴年马月啊。再说了，测谎结果又不能当直接证据使用，最后还不是靠口供和笔录？所以没办法，我们只能借着柳主任他们的威，干点分类瓦解的事儿了。"

"靠，你们预审最孙子。"黎勇笑，"哎，你觉得这案子里，有没有内外勾结的事儿？"

"不好说。"那海涛摇头，"但三分钟抢到财物，驾车时速九十公里逃亡，还能避开110车出警，最可气的是地下车库监控还在升级，我可不相信这是巧合。但在没找到证据之前，咱们可不能乱说。"

"知道……咱们不是分析嘛。你觉得内鬼可能出在哪儿？"黎勇说。

"许多地方都有可能。银行的、商场的，包括咱们自己内部……"那海涛欲言又止，"哎，这句话就当我没说啊。"他提醒道。

"知道。但哪有不透风的墙啊。现在都在传，市局纪委监察也上手了，在查一周之内'密钥'的使用情况。"

"嗯。"那海涛点头。

黎勇和女娲到达星光广场车库的时候，没赶上派发的盒饭。两个人就饿着肚子，参加了刑侦支队章鹏组织的现场会。女娲汇报了视频侦查的进展和在医院询问保安的情况，章鹏要求各小组务必在本周之内完成对所有嫌疑车辆的落地侦查和情况核实，不足的警力，由经侦和网安的人补上。市局启动了一级勤务，特警和治安负责对全市的旅店业进行地毯式摸排，同时各检查站也启动最高等级的检查。海城被箍成了一个密不透风的铁桶，开放海城、魅力海城、好客海城、平安海城这四张打出去的"名片"与现状格格不入。但大家都清楚，这种状况不可能维持太久，城市博览会马上就要召开，海城是不能以这种面貌去迎接盛会的。此时此刻，所有参战警员都顶着巨大的压力，留给破案的时间不多了。

　　会还没开完，黎勇的眼睛就不行了。做完手术的右眼不知怎么回事，哗哗地往外流泪。他这才想起来，已经过了换药的时间。女娲带着黎勇到医院找到周主任，打开伤口一看，由于换药不及时再加上抽烟熬夜，术后的位置已经发炎了。周主任给换了药，又开了消炎药，再次叮嘱黎勇，一定要注意卫生，清淡饮食，保证休息，平和心态。黎勇满应满许，但心里却明白，大案当前，这四条估计一条也做不到。

　　回到市局已经晚上七点了，大楼里依然灯火通明。郭局坐镇，哪个民警也不敢掉链子。市局食堂已经没饭了，女娲就和黎勇一起等到夸父回来，准备到外面找饭辙。没想到正好接到老金的电话。他刚从机场杀回市内。在他的邀请下，黎勇带队以工作的名义去找他聊聊。

　　城东区是海城的老旧城区，里面有一条著名的兴旺道步行街，老金的公司就在里面。夸父把车停在了公司门口，管事的铁子笑着迎接。

　　黎勇走下车，看老金公司门前停满了快递车，上面挂着一条红绸，写着：庆祝飞飞快递飞奔八周年。黎勇笑笑，和女娲、夸父一起走了进去。

　　老金大名金卫国，是海城有名的老炮儿，年轻时仗义、能打，在城东区名声挺响。说到老炮儿，和流氓是有区别的，老炮儿有规矩，凡事讲理，流氓一般都是假仗义，胡作非为，所以老炮儿比流氓高级，算是讲理的流氓。跟红绸上写的一样，八年前，金卫国创办了这家快递公司，从此远离江湖，勤劳致富，闯出了一番事业，算是海城老炮儿走上正道儿的代表。如今虽然养尊处优，但社会关系依然很广，时不时地能为警方出点儿力。而他与黎勇之间的关系也很有意思，最初是警察与线人，现在有点儿像忘年交。要问金卫国是怎么获得的第一桶金，这还真是个传奇。

　　吃饭的地方在老金的办公室，里面很宽敞，有一百多平方米的面积。大班台前有个圆桌，每次聚餐都在这里。老金很少到外面吃饭，公司专门请了厨师。他五十多岁，中等身材，大冬天留个圆寸，一笑起来满脸皱纹，但穿戴高调，加拿大鹅的马甲，劳力士的手表，新款的 iPhone，连老花镜都是 GUCCI 镜架，但要不是这一身名牌托着，远看倒像个普通的大爷。

桌上摆了八冷八热，鸡鸭鱼肉，老金讲排场，吃不吃的都得摆上。他不劝酒，知道公安局喝酒得报备，就让铁子拿来一瓶"白瓶绿标"二锅头，自己给自己斟满。

"哎，我说老金，你这都全世界地飞来飞去了，怎么还喝这酒呢？最次也得弄杯威士忌啊。"黎勇拿他开涮。

"这酒好啊，不上头。我还告诉你，我都想好几天了，要不干吗这么着急回来呢。"老金笑。

"老金就是仗义啊，一回来就慰问公安民警，来，我敬你一下。"女娲举起茶杯。

"哎哟，老赵，这就开喝了。"老金笑了，"来来来，一块儿一块儿。"他说着举起杯。

"要说你啊，我还是挺佩服的。有了钱没忘了朋友，事业成功了没晕头转向。"女娲夹了口菜。

"得了吧，您就别拿我开涮了。"老金摇头，"我算狗屁成功啊，能混到现在这样儿，还不是一帮朋友在托着？但现如今啊，你就是有趁一个亿的朋友，在你危难的时候也不一定能拿出一万块钱帮你。所以得交真朋友。你们，就是真朋友。"老金说。

"得得得，有俩糟钱儿就教育人啊！嘚瑟什么啊！"黎勇撇嘴。

"鹰眼神探说话了，我闭嘴，闭嘴。"老金笑。

"我可提醒啊，这快年根儿了，别那么高调，出入豪车，一身名牌儿，小心让人给盯上。"黎勇说。

"唉，没辙啊，现在世道就这样，你穿得差吧，人家就不拿你当回事。这些年我是悟出来了，为什么大家都要穿名牌啊，就是为了标榜自己。现在人都势利眼，有几个能有时间跟你深入接触？目的性都强着呢。特别是做生意的人，看你穿得好，就愿意跟你聊，看你开好车，跟你说话就客气。没辙，都是被逼的。"老金笑着摇头。

"那我们都穿得一般，也没看出谁对我们不客气啊？"黎勇反唇相讥。

"废话，你们是官差，你们那身官衣儿比什么名牌儿都值钱。"

正说着，一个小伙子把最后一道菜端了上来。是一锅香喷喷的羊蝎子。老金招呼着。"来来来，趁热吃。"他站起来给大家分，"哎，博子，拿点饮料进来。"

小伙子二十多岁，长得挺精致，瘦瘦小小的，不到一米七的身高。但干起活来却很麻利，不一会儿就把几瓶饮料拿了进来，又打开给大家倒上。

"新来的？以前没见过啊。"黎勇眯着眼睛问。

小伙子一愣，怯生生地看着黎勇。

"哦，陈博，刚到我这儿没几天，襄城人。"老金介绍。

"'晨勃'？嘿！身体好啊。"一直玩手机的夸父抽不冷子冒出一句。

大家停顿了一下，都大笑起来。

"哈哈哈……你个小卓飞啊，真没少跟你们'瞎探'学坏啊……"老金笑得前仰后合，"来来来，博子，这是海城有名的鹰眼神探。这是老赵，这是卓飞。"老金介绍。

陈博冲大家点点头，脸一下就红了。

"金总，有事儿您再叫我。"他说完就走了出去。

黎勇看着他的背影："这孩子，也有过事儿？"

"嘿……照你那意思，没前科还不能到我这儿打工了？那我这儿不成了水泊梁山了吗？"老金笑，"这孩子没事儿，就一干活儿的。"他说着从兜里摸出一个长方形的小盒，拿出一个胰岛素针，拨动了几下，撩开衣服往自己肚皮上注射。完事用手一蹾酒杯，一口干掉。"痛快！"

黎勇看着他想笑，招呼铁子也一起吃饭，铁子也是老江湖，坐下来给大家敬酒。外人可能看不出来，面前这个文质彬彬的铁子，在几年前曾因聚众斗殴和持刀抢劫被判过大刑，是个狠辣的角色。但现在也已金盆洗手、痛改前非，凭劳动生活。老金开的这家飞飞快递，收留了许多像铁子一样刑满释放找不到工作的"前老炮儿"。

"老金，我看你也少喝两杯吧，糖尿病这么严重还不注意。"黎勇说。

"嘻……都这岁数了，还能活几年啊？跟自己较什么劲啊。瞎猫，我现在是活明白了。这人啊，别跟自己太较真儿，难得糊涂，糊涂是福啊。我前几天到海城大学听一讲座，那个教授就说，要想在商场上顺风顺水，就得有情商。什么是情商啊，最基础的就是要了解自己，顺应自己，才能驾驭自己。我觉得挺有道理，怎么顺应自己啊？就是怎么高兴怎么来呗，呵呵，来，再干一杯。"他说着歪理，招呼大家一起碰杯。

"金爷，我一直好奇，您当时中彩票的时候是什么心情啊？狂喜？还是像电视剧里演的，发呆？"夸父啃着羊蝎子问。

"嘻……还提那事儿干吗啊……"老金摆手。

"说说，说说，我们好分析分析你的情商。"黎勇笑。

"哎，当时啊，我还真没多想，知道彩票中奖的时候已经是第三天了。当时就搁在衣服兜里，差点儿扔洗衣机给洗了。"老金笑。

"哎，你是有命啊。来，走一个。"女娲举杯。

老金一边给自己斟酒，一边自言自语："我年轻的时候以为金钱至上，而今年事已高，发现果真如此。"

"哎，我怎么听着这么别扭啊，这话是谁说的？"黎勇问。

"王尔德说的。"

"王尔德是谁？"

"我公司的楼下小卖店那大爷，哈哈哈……"老金又笑了起来。

"你最近变了，深沉了。"黎勇说。

"嘿，没事闲的，老看杂书。哎，我一直很深沉啊。"老金笑。

聚餐很愉快，大家都很尽兴。自从老金远离江湖之后，他和黎勇的关系更近了。但老金知道，每次黎勇找他，是一定有事的。

"说吧，找我什么事儿？"老金把杯子往桌上一蹾，问黎勇。

"海城出的事儿你知道？"黎勇眯着眼睛问。

"知道，够大的，城市博览会前夕，够你们公安局一受。"老金点头。

"具体案情我不能透露，但近期你得帮我打听着点儿，有没有生脸儿来过海城。"

"几个？"

"四个。"

"多大岁数？"

"不知道。"

"长什么样？"

"不知道。"

"哪儿的人？"

"也不知道。"

"你们怎么干的活儿啊？"老金靠在椅背上。

"穿着防寒服，戴着口罩、棉帽子，三分钟抢劫后逃离现场，至今无影无踪。"黎勇叹了口气。

"哦……碰上行家了。"老金点头。

"海城十年没发生过银行抢劫案了。"黎勇一字一句地说。

"是啊……十年了……"老金也若有所思，"唉……都是钱闹的。"

"这次我没看明白，觉得他们不仅是为了钱。"黎勇说。

"那为了什么？"

"不知道。"黎勇摇头。

"钱是好东西啊，但也是坏东西。钱能让人安稳，也能让人疯狂。有人一辈子追钱却得不到，有人却抽不冷子得了一笔大钱。"老金自言自语。

"要能都像你这样拉他们一把，这社会上走歪道的人就少了。"黎勇说。

"嘿……我可没你说的这么伟大。我跟他们一样，'出来'之后找不到工作，差点儿就又'上道儿'了。所以我知道，他们是多渴望有一个安稳的生活。所以你但凡能给他们条活路，他们肯定会感恩戴德，干得比别人都好。你就说铁子，以前真是胡来啊，但现在怎么样，踏踏实实，媳妇也娶了，多好。"老金感叹起来，"放心，这事儿我记着了，有消息随时向你报告。"他说得挺客气。

"行，我敬你。需要情报费的时候我向局里申请。"黎勇端起茶杯。

"算了吧你，你那仨瓜俩枣。"老金与他碰杯。

饭吃完了，老金送他们离开。到门口的时候，老金和黎勇单聊。

"瞎猫，那件事都十年了，你也该往前走一步了吧？"

黎勇苦笑："你什么意思？又给我介绍娘们儿？"

"不是，我是说，该让自己好好活着了。"

"我现在挺好的。"黎勇故作放松。

"好个屁啊，听说前段时间你为了抓人，眼睛差点儿磕瞎了。别人不知道，我还不知道？你还在追查那件案子。"

"没辙，那事儿我放不下，一天不破，就一天也消停不了。"

"兄弟啊，听我一句劝，许多事得学会放手啊。我知道，你能干，但并不代表所有事都必须自己干啊。我开公司这些年学会了很多，以前混江湖，打打杀杀，觉得自己厉害，后来才发现，人不会总厉害的，早晚翻篇儿。人的精力有限，得学会'发包'，有活儿匀给大家，都挣钱就都高兴。你看我，保姆、司机、厨师，能花钱解决的都不是事儿。我告诉你，得有腿儿，得培养手底下得力的人。"

黎勇心不在焉地听着，却觉得有点儿道理。

"哎，老金，为什么总帮我啊？"他突然问。

"因为感谢你，你给了我最重要的东西。"老金说。

"我给过你什么啊？"黎勇笑。

"尊严。"老金正色。

"嘻……"

"真的。"老金说。

6. 组队

　　夜里，黎勇辗转反侧，在单位宿舍怎么也睡不着觉。女娲鼾声四起，夸父"一亮一亮"地玩着手机。黎勇数了半天羊也无济于事。不知怎的，许多往事都像过电影一样地从眼前浮现，他实在睡不着了，披上衣服，出了门。

　　天挺冷的，刮着三四级的风，雾霾终于被驱散了，露出皎洁的圆月。黎勇坐在市局门口的台阶上，从兜里掏出一个用旧了的钱包，从里面拿出自己和海伦的合影。十年了，他始终觉得海伦还在身边。

　　"海伦，你还记得吗？咱们第一次见面的时候，我刚上班，在打扒队跟着师父抓贼呢。我在520路公交车里看见你了，哎……你真美啊，穿着一身蓝色的连衣裙，跟个仙女似的。呵呵，我当时心就飞了，一直盯着你看。结果，呵呵，贼也跑了，钱包也没攥住，让师父一顿臭骂。唉……"黎勇对着照片自言自语，"我当时不知道你听不见啊，就闹了那些误会，后来抓人差点儿挂了，要不是你照顾，肯定恢复不了这么好。海伦，你还记得咱们婚礼时我给你的惊喜吗？对，一个月我就学会了手语，我没让你失望吧。还有啊，我总是忘不了那场演唱会啊，张学友，歌神啊，我最喜欢了。记得那次是胡铮给找的票，我本来没想带着你去啊，你听不到啊。但你还是坚持要陪我去，我谢谢你啊，谢谢你……在这个世界上，还有谁能像你一样，陪着我去一场听不到的演唱会呢？只有你啊，只有你啊，海伦……我最近总是梦见你，你拉着我的手，在演唱会上看打火机组成的星河，太美了，我真舍不得醒来啊……"黎勇泪流满面。

黎勇叹了口气，拿出一根烟点燃。"但是，我对不起你啊。十年前的那个案子到现在还没破，我没能给你一个交代。我知道，那天你是来给我送手机的，你怕我漏接电话，怕我耽误工作。但你不该去现场啊，你知道那帮孙子都是些什么人啊？亡命徒！我眼睁睁地看着你被车撞了，却不能留下来照顾你，我要抓贼，要抓贼啊！呜呜呜呜……"他哭了起来，"但最后，当我追到'九转十八弯'的时候，我又眼睁睁地看他们坠到山崖下。是我开车太慢了，没能截住他们，是我渎职啊，渎职啊！哎……海伦，你知不知道，这些年我有多想你，多想再次和你在一起？你在那边还好吗？还画画吗？还学跳舞吗？天冷了，多穿点，别着凉……你知道吗？又来案子了，又是银行抢劫，比那次还难办，对手很狡猾。郭局点名了，让我来，我不能不上啊。但我知道啊，自己已经不再是那个鹰眼神探了，我眼睛坏了，他们叫我瞎猫。嗐，其实也没什么大事，就是撞了，血瞳，林楠帮我找了医院的主任，换了晶体就没事了。我抓的那个人啊，以前和抢银行的娄四儿是狱友，前几天刚放出来，我本来想找他聊聊，谁知道他玩命地跑。抓到之后才知道，他刚犯了一个抢劫案。但审过之后，却没能获得什么线索。预审的那帮人都说我疯了，要逼死自己，说十年前的那个案子嫌疑人都死了，已经没什么可追查的了。我当时就跟他们'翻车'了，什么叫没什么追查的了？那几个嫌疑人是死了，但钱呢？那被抢的七百多万呢？没在车上啊。案子就这么不了了之了？可笑！我觉得吧，那个案子肯定还有漏网的嫌疑人，现在说不定在哪儿藏着呢。海伦，你等着，我就是追查到天涯海角，也要给他们揪出来。我是谁啊，鹰眼神探啊……"

黎勇站起身，把照片放进旧钱包里。他抬起头，望着天空中的皓月。"但我最近真是有些累了，眼睛坏了，看不清了，总感觉力不从心。海伦，你给我些灵感吧……"他叹了口气，转头想进市局，但就在这时，一个身影在远处一闪而过。黎勇愣住了，那身影竟和海伦一模一样。他犹豫了一下，想要放弃，但又不甘心，于是快步疾行，冲着那个身影追去。但走过去的时候，那里却空空如也，一个人也没有。

测谎的结果出来了一部分，一共有十五个人存在异常，但这些异常却都与案件无关。按照柳主任的判断，他们的异常各有千秋，有的是家庭出轨，有的是同事算计，有的是小偷小摸，有的是买春嫖娼。银行劫案的线索还没实现零的突破，于是那海涛带着预审的人继续加大审讯力度，但结果也不理想。

黎勇走进郭局办公室的时候，警务保障处的老沈正在低头挨呲儿。

郭局背着手，在屋里踱着步："总说警企共建，警企互助，真到了要劲儿时候了，就满眼都是钱了？什么依靠安防企业、创新视频监控建设模式啊？我看都是画饼！每个探头每月维护费这么贵！这让我怎么跟市里申请啊？"

老沈一脸苦相，不断点头："是是是，那几家企业是不靠谱，我想，要不咱们再重新招标？"

黎勇知道，老沈是个老实人，做事一贯谨慎，甚至有些肉。但想起来也难怪，警务保障处的工作就是与钱打交道，稳点儿也正常。郭局对老沈他们最基础要求，就是"常在河边走，就是不湿鞋"。

"哎，瞎猫，你什么事儿？"郭局看到了黎勇。

"没什么，您先说，我一会儿再来。"黎勇赶忙后退。

"不用，马上说完。"郭局示意他坐下，"老沈，我告诉你，加快进度，寻求企业支持，马上就开城市博览会了，现在咱们局的两件大事，一是破案，二就是保卫。懂了吗？"

"懂了懂了。"老沈点头，"郭局，其实还有一个企业我觉得也还可以。"

"哪个？"

"一家不大的公司，刚被蓝晶石集团给收购了。他们研发的'智慧人像追踪系统'挺不错，前几天还协助城中路派出所在张学友演唱会上抓了网逃。"

"哦，我知道。"郭局的眉头舒展开了，"你把他们公司的资料拿一份给我。尽快。"

老沈走了，郭局给黎勇倒了杯水，放在他面前。

"说，有什么困难？"郭局问。

"我想找个腿儿。"黎勇说。

"找腿儿？你瘸了？"郭局皱眉。

"没瘸，但快瞎了。"黎勇笑。

"找什么样儿的？有目标吗？"

"心明眼亮，干过侦查，要年轻能熬夜的。最好，是干活儿玩命的。"黎勇说。

"呵呵，你这要求可不低啊。"郭局说。

"有吗，这样的人？"

郭局用手指捏着下巴。"你这么一说，我还真想起一个人。这样，你找谭彦，我让他给你安排。"郭局说着就拿起了电话。

海城警校的报告大厅里座无虚席，一场盛大的宣讲会正在进行。封小波制服严整，胸前别着大红花，在台上慷慨激昂地演讲。台下的观众不时发出热烈的掌声，这正是谭彦要达到的效果。

"什么是忠诚？危难之中显忠诚！什么是奉献？没有回报时看奉献！作为海

城十佳青年卫士，我时时刻刻都以公安部、省厅、市局党委的要求为标准，努力做一名合格的新时代海城警察。在案件面前，我努力发扬蚂蚁啃骨头精神……"

黎勇戴着墨镜，靠在台口的位置，向上仰望着封小波。"哎，这哥们儿够能喷的啊！"他笑。

"这小伙子不光能说，还挺能干。在张学友演唱会上，他带着几个协警就抓了三个网逃。我们准备'立'他。"谭彦是今天宣讲会的策划加主持，特意抹了头油，看着跟新郎官似的。

"郭局认可的？"黎勇问。

"是啊，要不能推荐给你吗？"谭彦说。

"在工作中，我将传统侦查手段与高科技相结合，在张学友演唱会上，我在技术公司的配合下，使用'智慧人像追踪系统'，点状布局、重点布控，变守株待兔为有的放矢，一举抓获了三名网络在逃犯罪嫌疑人。当然，这不是偶然，是市局领导多年来的培养和关怀，是派出所一线工作的锻造和锤炼造就的！同志们，群众看公安，首先看破案。咱们海城警察就是惩恶扬善的利剑，扫清罪恶，是我们光荣的职责！"封小波提高了嗓音。

"行，你这演唱会挺成功，郭局肯定满意。"

"什么演唱会，宣讲会！"谭彦纠正。

"你够狠。"黎勇也笑了。他转过头，继续看着台上的封小波，那小子已经入戏了，说得声情并茂，眼里还似乎闪出了泪水。

"我毕业于警察学院的计算机系，曾经的梦想是成为像乔布斯一样的人。毕业后顺理成章地进入到市局网安支队，当起了咱们局的'码农'。哦，那形象就和大家想的一样，格子衬衫，洞洞鞋，每天跟电脑较劲。有人说你这工作挺好啊，不用在街头抓捕，也不用在孤灯前审讯，比其他警种清闲多了。但在干了一段时间之后，我开始自问，自己到底想要怎样的生活，该如何度过这一生。后来我想清楚了，告诉自己，我要成为一个真正意义上的警察，能直接为群众服务。恰逢市局号召青年民警到基层锻炼，我主动报了名，如愿以偿地前置到城中路派出所，开始了真正意义上的为群众服务、保社会平安。我终于明白了，什么叫平凡中的伟大……"

"嘿，这不是给网安的老田扎针吗？就算清闲也别直说啊。"黎勇笑。

"哎，这段我让他删了的，没想到他又给加上了。年轻人，没办法，看来我得跟他谈谈了……"谭彦摇头，"他在网安也是这样，恃才傲物，牛气烘烘，结果让人家给踢出来了。没想到反而因祸得福，在派出所干出了成绩，如鱼得水了。"

黎勇默默点头："这小子有性格，老马都得管他叫爷爷。"

"啊？法医老马？"谭彦诧异。

"是啊，他辈儿大……"黎勇假正经。

封小波最后用一组排比句完成了他的演讲，他挺身立正，猛磕脚后跟，然后用右手在胸前顺时针画了一个半圆，举到太阳穴的位置，标准地敬礼。台下响起了经久不息的掌声。他真入戏了，仿佛攀到了人生高峰，下台的时候都有点飘了，但刚到台下，就被谭彦叫出了报告厅。

谭彦带着他走到黎勇面前。黎勇戴着墨镜，抽着烟，很酷的样子。封小波感觉似曾相识。

"郭局指示，你立即参加专案组。"谭彦跟封小波说话的时候，带着官腔。

"专案组？"封小波感到突然。

"这是刑侦支队视频组的黎队长，你跟着他干。"谭彦介绍。

封小波这才想起来，对面的人就是那个瞎猫。

"走。"黎勇冲他打了个手势，自己转头就走。

视频侦查车上，封小波沉默不语。窗外一片冬日的萧瑟，光秃秃的树枝飞速地向后退去。

黎勇扶了扶鼻梁上的墨镜，有一搭没一搭地问："为什么离开网安啊？"

"没劲，那里不适合我。"封小波也有一搭没一搭地回答。

"嘿，那哪儿有劲啊？派出所有劲？"

"还行吧，能搞案子抓人就行。"封小波回答。

"既然想抓人，你毕业分配的时候干吗不直接去刑侦？"

封小波没回答，看着窗外。

"怎么了？有意愿来专案组？"黎勇问。

"哎，你这车里，能连上市局的系统吗？"封小波没接他的话。

"可以啊。"黎勇说着打开车里的六组监控器，上面显示出了不同位置的图像。

"咱们现在去哪儿？"封小波问。

"去现场，准备行动。"黎勇轻描淡写地说。

"现在？"封小波诧异。

"对啊，怎么了？没准备好？"黎勇反问。

"嗯，没问题！你跟我说一下情况。"封小波来了劲头，眼睛发亮。

"嫌疑人是男性，身高一米八，偏瘦，年龄在二十六岁左右，穿灰色衣服、黑色裤子，发现他时刚坐上 10 路公交车。这是秘拍的照片。"黎勇把照片递给他。

"是什么案子？"封小波看着照片问。

"涉毒。"黎勇说，"他今天可能会在星光商业广场附近与对方交易，你的任务就是跟住他。记住，只盯不抓。我会在视频车给你提供位置和方向，这是耳麦。"黎勇递给他一个隐形耳麦。

"嗯。"封小波戴上耳麦。

"记住，我的代号是瞎猫，你的？"黎勇停顿。

"叫我疯魔吧。"

"好！到了，下车！"黎勇拍了拍车玻璃。

封小波两步就蹿出了车门，他观察周边，发现这里是 10 路公交车的站点。自己此时的位置在距离星光商业广场五十米左右的交叉路口西北角。正是视频侦查车里第一组监视器的画面。

"到位。"封小波轻声地说。

"不要待在车站里，往西南方向走。"黎勇在车里说。

封小波有点转向，辨了一下西南方向，试探着走了几步。

"错了，那是东南，朝反方向走。"黎勇说。

封小波按照指令行事。他走到一棵树下，观察着车站的情况。三分钟后，一辆 10 路公交车到站，从人群中果然出现了一个疑似的身影。

"瞎猫瞎猫，发现目标。"封小波走了过去。

目标身高一米八，穿灰色上衣和黑色裤子，戴着一个银色的 BOSE 头戴式耳机在听音乐，一边走一边手舞足蹈。封小波观察着他的腰身和步幅，预测年龄该是二十多岁的样子。目标从车站一直走向星光商业广场，他缓步走到广场前，拿出手机，似乎在发着什么语音，然后突然加快速度，汇入到人群里。封小波不敢怠慢，快步跟了上去。

星光广场一层，目标走走停停，封小波隐藏在人群里，始终与他保持十米左右的距离。

"瞎猫，除了我之外，还有接应吗？"封小波问。

"就你一个人。记住，对手很狡猾，不要越界，只盯不抓。"黎勇说。

封小波咽了口吐沫，稳定着情绪。

目标越走越快，一转身就进了一层的餐饮区。餐饮区由十多个通道的几百个商户组成，此时正是饭点儿，排队的、端饭的，人挨着人，拥挤不堪。封小波不敢跟得太近，但刚一进去就发现人没了。他不敢动作太大，左顾右盼。"瞎猫，商场有'眼'吗？"

"你进入了视频盲区，这里的监控正在升级。"黎勇说。

封小波叹了口气，快速在每个通道搜寻。时间一分一秒地过去，但始终没有找到目标。

　　怎么会这么快？难道自己被发现了吗？他开始怀疑。但正在这时，人群中的一个银色耳机一闪而过。封小波顿时来了精神，追了过去。他拨开人群，踮着脚往前看，追了一个通道，才发现戴耳机的人穿着黄色衣裤，根本不是目标。他紧张起来，额头冒汗，刚才演讲时的自信一扫而光。他捂住耳麦，想要询问什么，却又不知如何开口。怎么办？第一次行动就失败了？沮丧的情绪开始蔓延。他走到墙上挂的餐饮区位置图前，努力让自己在喧嚣嘈杂的环境中安静下来。他闭上双眼，想象着自己在餐饮区的位置和与四个进出口的距离，然后睁开眼，抬头看着餐饮区的玻璃屋顶，顿时来了灵感。他迅速步入涌动的人群，抬头通过玻璃屋顶的倒影进行搜寻，此举果然奏效，就在他穿越第三个通道的时候，发现了那个"灰色上衣"。封小波忙低下头，迅速地靠近，再次锁定了目标。目标正在一个排档前吃着酸辣粉，把银色 BOSE 耳机挂在脖子上。

　　封小波叹了口气，向后退了两步。与目标仅有五米的距离。

　　"顺利吗？"黎勇的声音出现在耳麦里。

　　"没问题，一切都在掌握中。"封小波擦了一下额头的汗水。

　　目标吃完东西，重新戴上耳机，走出了一层的餐饮区。他到大厅里转了一圈，在宝马汽车展台前驻足了一会儿，然后拿手机通了一个语音，又快速向直通三楼的自动扶梯走去。扶梯两上两下并列四部。封小波不敢怠慢，紧随其后。他没和目标同乘一部扶梯，而是间隔了一部下行梯。扶梯全长二十米左右，封小波紧盯着目标，却不料目标刚踏上三层，又迅速转到了下行梯。几秒之间，两人擦肩而过。封小波故作镇静，眼光漠视地向上看，却在余光里发现，目标正盯着自己。

　　坏了！可能要露！

　　果不其然，目标从下行梯跑到了一层，然后快步出门。封小波也折返下来，跟了出去。

　　"瞎猫，人出去了，瞎猫。"封小波一边跑一边喊，但耳机却无人回答。他暗骂了一句脏话。

　　目标出的是星光商业广场后门，外面是一片老街区，纵横交错，地形复杂。封小波追出去的时候，目标已经跑出了近一百米。

　　"瞎猫瞎猫，瞎猫瞎猫！"封小波边跑边喊，依然无人回答。

　　他停顿了一下，转身向另一个街口跑去，把暗跟变成了明追。老街区私搭乱建严重，最窄的街道不过一两米宽。封小波拿出手机打开电子地图，给自己定了位，又大致扫了一下周边的环境。在两公里的范围内，向北有三个出口，他判断了一下，朝着最近的出口抄了过去。

他越追越快，但路却越走越窄，行人也越来越少。眼看快走到街口，他停住脚步，借着一个废弃的沙发，纵身攀爬上屋顶。他稳住身体，向下俯视，一下找到了目标。

"疯魔疯魔，你在什么位置？"耳麦里出现了黎勇的声音。

"东经路向北，第二条街区。"封小波拿出手机，辨别着方位。

"在跟着目标吗？"

"跟着，他停住了，似乎在等人。在我的西南方向。"封小波轻声说。

"记住，别轻举妄动。我叫刑警上。"黎勇叮嘱。

封小波咽了一口吐沫，俯下身，默默地向前靠近，一直摸到距离最近的屋顶。目标站在一个交叉路口中间，不时踱着步。北侧是一个私搭乱建的大棚，正好遮挡住封小波的视线。这时，目标冲大棚的方向走了几步，似乎在跟一个人说话。封小波知道，接头的人到了。

"瞎猫瞎猫，人到了，人到了。"他有些着急。"瞎猫瞎猫。嗤！"黎勇再次断线。

封小波无奈，摸到最近的一处房檐，尽可能地轻声地跳了下去。但落地时，还是发出了声响。他不知道是否惊动了目标，但却知道，时间稍纵即逝，错过了抓捕的黄金期，行动将功亏一篑。

他侧着身，缓步走到了交叉口附近，看到目标正站在大棚下与一个人交谈。那人穿着一件黑色大衣，压低着礼帽，看不清面容。此刻三个人分别在十字交叉口的三个方向，封小波俯身躲在一个垃圾桶后，紧张地观察着，等待着刑警到来。目标把一个信封交给黑衣人，两人交易完毕，转身朝两个方向撤离。封小波再也忍不住了，猛地站起，冲了过去。

"别动！警察！"他冲到了交叉路口中间，但摸了半天，也没找出警官证。

两个人愣住了，在他左右两边停住了脚步。

"警察！蹲下！"他再次发出警告。他几步冲到了目标身后，一把搋过对方的胳膊。但与此同时，他身后也发出了声音。

"别动！"

封小波愣住了，知道自己处于险境。他放开了目标，缓缓地转过身。他身后的黑衣人正举着一把手枪，一个黑洞洞的枪口正在指向他的……右侧？

封小波诧异，不明白黑衣人这是什么意思。此刻两人只有不到一米的距离，封小波看准机会，毫不犹豫，猛地侧身冲了过去，一把攥住黑衣人持枪的右手，然后垫步拧腰，一个大背跨就将他摔了出去。胜败在电光石火的一瞬间，封小波出手狠辣，成功扭转了败局。

"嗵！"黑衣人被摔出足有一米远，四仰八叉地倒在地上。目标大惊，赶忙跑过去。但此时封小波却抬起了枪口。

"别动！都别动！"他气势来了。但一摸枪，就觉出不对。那是一把塑料手枪。

"哎哟……"黑衣人挣扎着坐了起来，他缓缓地站起来，掸了掸身上的尘土。

"别动，让你蹲下！"封小波再次喝令。

黑衣人俯身捡起一副墨镜，又摘下礼帽，没想到正是黎勇。黎勇挺狼狈，被摔得满脸是土。

封小波愣在了原地。这时目标也走到近前，封小波看着眼熟，想了半天才记起，正是那天在地库让他领盒饭的年轻警察。

"让你只盯不抓，没记住啊？"黎勇揉着有些瘀青的脸。

"但我没失手啊。"封小波知道这是个测试。

"要不是测试，你早就挂了。真正想杀你的人，会说'别动'吗？"黎勇摇头，"记住，咱们是'眼'，只负责盯，抓人的事儿交给行动组。呀……雷朋的，差点儿摔坏了。"他擦着墨镜，"给你介绍一下啊，这是卓飞，代号夸父，视频组里负责远端视频回传的。"他指着那个年轻人。

"你好。"夸父伸出手。

"嗯。封小波，代号疯魔。"封小波与他握手，"远端视频回传是什么？"

"呵呵，刚才的视频都记录在这里。"夸父一脸阳光地笑着，指了指自己的耳机和胸口。

封小波仔细看去，这才明白，那个 BOSE 耳机原来是个双眼摄像头，而夸父胸前的纽扣也大有文章。"行，高科技啊。"他撇嘴说。

海城市公安局六号楼大厅，封小波在黎勇身后走着。

"视频组隶属于刑侦支队，办公在六号楼顶层，一层是指挥大厅，便于连接数据。咱们的主管副支队长是章鹏。"黎勇边走边说，"那位，是咱们组的老大哥，赵普，代号女娲，负责视频技术，图像还原等补漏的活儿都是他负责，当然，还有开车。"黎勇指着女娲说。

"黎哥，我……"封小波欲言又止。

"别叫哥，叫代号，瞎猫。"黎勇说。

"哦，瞎猫。为什么选我啊？"封小波问。

"不是我挑的，是郭局派的。"黎勇看着前方，"哎，这位，刚才介绍了。卓飞，体育大学毕业的，代号夸父，最能跑，侦查、跟踪、远端视频回传都是他负责。他要是能把玩游戏一半的精力放在工作上，就不用你了。"他指着夸父说。

夸父一笑，并不在意。

黎勇按开了电梯，几个人走了进去。

"瞎猫，我真干不了。派出所还有事儿呢。"封小波索性直说了。

"干不了？派出所有什么事儿？巡逻？站岗？还是到星光广场保护现场？"黎勇眯着左眼看着他。

"这……"封小波一时语塞，"哎，说白了，我就是不想干你们这活儿，派出所能抓人，你们行吗？"封小波问。

"抓人……哼……"黎勇按下了电梯按钮。

电梯启动了，一直升到了顶层十五楼。电梯门打开，外面漆黑一片。黎勇率先走出去。

"哎，我说瞎猫，你就别让我走反托儿了行吗？"封小波不依不饶地说。

黎勇在一面墙前停住，伸手划开了墙上的一处机关，然后把手掌放在上面。

"咣当。"墙上的一个暗门打开了。

"进去看看，这是我们'鹰眼'小组的视频侦查工作站。"黎勇说。

封小波有些意外，没想到这里别有洞天。他随黎勇走进去，发现这是一个面积有两百多平方米的办公区。几个办公桌上摆放着各种资料，稍显凌乱。电脑显示器的屏幕上滚动着一行蓝色的字：让犯罪无所遁形。令封小波惊讶的是，在办公区正面的墙上，有一块巨大的拼接显示墙，六行十二列、单屏尺寸八十英寸，竟与市局指挥中心的不相上下。

"指挥中心淘汰下来的，LCD，不是 LED，当然，再升级应该是 DLP 了。"黎勇指着显示墙说，"治安、交通、大型公共场所，所有接入的资源都和指挥中心一样。"

封小波听着，不禁走上前去。女娲随手将显示墙打开，上面出现了俯视海城的七十二个"鹰眼"。

"拿这个玩《王者荣耀》很爽。"夸父在一边笑。

封小波沉默了一会儿，转过头看着黎勇。"你们调我过来，到底是搞哪个案子？"

"海城现在最大的案子，不知道吗？"黎勇倚在办公桌上说。

"海城银行抢劫案？"封小波皱眉。

"好了，也带你看过了，我也算给郭局有了交代。走吧，现在回去还赶得上饭点儿。"黎勇冲门口抬抬手。

"视频组在专案里承担什么任务？"封小波问。

"统领全局，谋划行动，确定重点，指挥抓捕。鹰眼，懂吗？"黎勇抬了抬下巴。

"我能干什么？"

"你？可以回到派出所，帮我们保护现场啊。走！我一会儿就跟谭处长说，你考试没合格。"黎勇转过身，在落地窗前向外俯视。

"我不走了。"封小波在他身后说。

"想好了？别后悔。"黎勇头也不回。

"想好了，冲这七十二块屏幕。"封小波语气坚定。

"扯淡！你得冲这十年不遇的银行劫案。"黎勇回过头。

7. 地下停车库

　　海城的警察没有圣诞节，但封小波例外。他打着回派出所收拾东西的借口，在下班高峰来临之前离开了市局。考虑到路上堵车，黎勇给他两个小时的时间，但封小波却并不拿黎勇的话当回事。路上很堵，到达"祖母厨房"的时候，已经七点钟了，要不是提前定位，肯定得排个长队。

　　"祖母厨房"位于城西新区，门前的服务员打扮成了圣诞老人的样子，玻璃墙上贴着"Marry Christmas"，一派过节的气氛。裘安安提前到了，已经等了半天，看封小波来了，并不起身。

　　"平安夜你们还能放假？"裘安安放下了手中的咖啡杯。

　　"他们都没戏，就我行。"封小波脱掉大衣，搭在了椅背上。

　　"为什么？"

　　"能在工作时间搞定一切，为什么要加班啊？"封小波皱眉。

　　"你不吹牛会死吗？"裘安安不屑。

　　"哎哎哎，我说安安小姐，今天可是你约我啊，怎么一上来就劈头盖脸的。这还有没有约会的样儿啊？"封小波坏笑。

　　"谁说我跟你约会了。"裘安安冷下脸来，"我做人有原则，不占人便宜，上次你请，这次我还，扯平了。服务员。"她叫来侍者，"请按照这个金额点菜，最好不高不低。"她把一张小票递给侍者。

　　侍者看看小票，停顿了一下："好的。"

"什么啊？哪个金额啊？"封小波不解。

"你上次在白金汉宫餐厅点菜，一共花了二百五十一元，小票我拿走了。这次我按这个金额还你。"裘安安说。

"我天，是不是所有研究生学历、月薪过万、有房有车、社会交际圈极小的大龄女知识分子都这样儿啊？"封小波感叹。

"是的，对于警校毕业、加上住房公积金月薪七千、没房没车、整天吹牛的派出所前置警察，都是这样。"裘安安还以颜色。

"嘿，你怎么知道我是前置的？"封小波笑。

"网上有，你自己看啊。"裘安安说。

封小波拿出手机，在浏览器中搜索自己的名字，果然看到一条新闻。上面写着"海城警务改革，前置让基层焕发活力"，旁边还配有一张自己在台上"忽悠"的照片。

"完，又被人利用了，肯定挨骂。"封小波摇头。

"挨谁的骂？"

"同行的骂呗，吹牛、说瞎话，还被发到网上了。"他这才知道宣传处的厉害。

裘安安也拿出手机，打开新闻："什么是忠诚？危难之中显忠诚！什么是奉献？没有回报时看奉献！你讲得挺好的啊，这对你是好事。"

"算了吧，我宁可不要这好事。"封小波摆了摆手。

"哎，今天约你，是我们老板的意思。"裘安安引入主题。

"你们老板？"

"对，我们华总。"

"为什么？"

"挖你，到我们公司。"

"啊？"封小波愣了。

"年薪五十万，不含提成。"裘安安说着，从包里拿出一沓资料，递给封小波。

封小波接过来一看，是一摞公司的介绍资料，最上面一张是空白的个人履历表。

"当然，如果你有更高的要求，我还可以跟人力资源的同事申请。"裘安安补充。

"这……太开玩笑了吧。"封小波笑了起来，靠在椅背上，"我一鹰眼神探，你们这么点儿钱就想把我挖走？"

"我们调查过，你是警察学院计算机系毕业的，水平最多也就算是个电脑爱好者。现在年薪不超过十五万。"裘安安说。

"你调查我？"封小波皱眉。

"不是我，是人力资源的同事。"

"我对你们有什么用？"封小波把手放在桌子上。

"华总想让你来公司做风控或监察。"裘安安用双手握住咖啡杯。

这时，侍者把菜端上来了，两个主菜，两个汤，两盘沙拉。"小姐，一共消费二百六十六元，考虑到您的要求，我们抹去了十五元，只收您二百五十一元。"侍者说。

"哎，别别别，不用抹不用抹，就收她原价。"封小波忙说。

侍者不解。

"听我的，收她原价，给钱，给钱。"封小波冲裘安安示意。

裘安安笑笑，掏出信用卡，递给侍者。侍者诧异地看着两人，拿着卡走了。

"哎……这下我又欠你十五块了，下次还得回请你啊。"封小波笑了。

"怎么样？考虑好了吗？我们公司刚被蓝晶石收购了，发展潜力很大。"裘安安说。

"你知道美国为什么一直不敢惹中国吗？"封小波突然问。

裘安安皱眉，看着他。

"因为国际日期变更线。"

"什么意思？"

"中美之间隔着国际日期变更线啊，中国今天发射一颗导弹，昨天就已经打到美国去了，他们根本来不及拦截。"封小波笑。

"你有没有正经啊……"裘安安摇头。

"有啊，比如现在，咱们能不能不说年薪、入职什么的，就简单约个会？"封小波问。

"人的本能是追逐从他身边飞走的东西，却逃避追逐他的东西。"裘安安低头喝了一口汤。

"谁说的？"封小波问。

"伏尔泰。"裘安安答。

"哦，任何人、事、机构都不能让我有安全感，除了健康的身体和自己热爱的事业。"封小波也喝了一口汤。

"这是谁说的？"裘安安问。

"封小波。"他笑了。

视频工作站里，黎勇和女娲还在加班。已经过了两个小时了，但封小波还没回来，打他电话，手机关机。黎勇心里有点不痛快。

"这小子挺有性格的。"女娲埋头在两台显示器前，边回放着监控录像边说。

"生瓜蛋子一个，太浮太躁，太拿自己当回事。"黎勇点燃一支烟。

"心明眼亮，干过侦查，年轻能熬夜，最好是干活儿玩命的。他不都符合吗？"女娲笑。

"要不是我眼睛废了，要他干吗？"黎勇抽了口烟。

"哼，和你年轻时一样，办案狂热，恃才傲物，不按常理出牌。"女娲晃动着鼠标。

黎勇揉着自己的眼睛，叹了口气："就是你给我起的代号，瞎猫，这下真应验了。"

"嘿，就别琢磨你那眼睛了，好好养养准没事。前几天我回家的时候，路过门口的商店，看见他们在卖人参蛋糕，还特价，三十块钱一斤。我一想，值啊，正好给你嫂子补补，就买了一斤。回家一吃，狗屁，哪有什么人参啊。第二天我就找他们问，人参呢？你猜他们怎么说？"

"怎么说？"

"他们说这不是什么人参蛋糕，是人'参'蛋糕，'参加'的'参'！"女娲摇头。

"哈哈哈……你这是玩鹰的让鹰给啄了眼。"黎勇笑了，知道这是女娲在故意逗他，"夸父几点回来？"他问。

女娲看了看表："勤务八点结束，快了。哎，下次再执勤我去吧，别每次都让这孩子上。"

"你啊，踏踏实实地看录像吧，案子重要。这小子就是不上进，要不是看着老情面，我早就……"黎勇没把话往下说，"下次换人，让那个疯魔上。"

女娲笑笑，没再继续这个话题："刑侦支队排查了三百五十一辆车，没发现有价值的线索。对停在地下三层车库的车辆也逐一进行了盘查，没有发现遗留物品。嫌疑人驾驶的黑色大众车，于两个月前在襄城丢失，原车是白色，被盗后重新喷漆，没发现轨迹。对车辆进行了勘查，在车上提取了四名嫌疑人的脚印，但是痕迹不清，应该是在鞋底粘贴了伪装的胶垫，也没发现有价值的指纹和DNA线索。"

"车场出入口的走访情况呢？有看到嫌疑人的吗？"黎勇问。

"说来也怪，刑侦、治安走访了几百人，都说没见过这几个嫌疑人。"

"那……"黎勇托腮。"他们难道是星光广场的工作人员？就压根儿没出去？"

"测谎还在推进，主要围绕着银行和商场工作过的售货员、维修工和保安，但没发现明显的目标。"

"不对，还是不对。我总觉得侦查方向有问题。"黎勇摇头。

"你说，现在全城戒备，出口基本都封死了，这帮劫匪会不会还在海城呢？"女娲看着黎勇。

"不好说，要想离开，有太多种方法了。"黎勇将烟头掐灭，"但我觉得，即使他们离开了，肯定还会有人留在这里。"他肯定地说。

星光广场的地库空空荡荡的，与外面平安夜的喧嚣相比，简直就是另一个世界。黎勇披着大衣，反复在那辆黑色大众轿车旁踱步，女娲和夸父拿着手电，给他照亮。

"疯魔呢？开机了吗？"黎勇问。

"没有。"女娲摇头。

"王八蛋……"黎勇骂，"现在车库里还剩多少辆车？"

"还有七十一辆。其中四十二辆已经经过了检查，是在商场长期停放的，十五辆车主在出国或出差；十辆因不同原因暂不能开走；最后四辆，是久未交费无人认领的。"女娲说。

"夸父，叫物业把灯打开。"黎勇说。

灯亮了，黎勇的眼睛却又疼了起来。他用手揞着眼，以黑色大众车为中心点，向四面走着，不时停在某处观察。

"女娲，你说那三百五十一辆，都是当天开出去的车？"

"是的，之后每辆开出去的车，也都做了检查。"女娲说。

"是在停车的原地进行的检查，还是在出入口检查？"黎勇问。

"应该是在出入口检查。"

"嗯……"黎勇点点头，"夸父，把车场的管理员叫来，还有物业管维修的。哎……让他们带着工程图！"

看夸父走了，黎勇又想起了什么。"女娲，叫技术队过来，带着勘查工具。"他吩咐道。

在"祖母厨房"门前，封小波绅士地给裘安安打开车门，裘安安开着一辆奥迪 A3，看来生活小资。

"你可想好了，趁着还有新闻热度，现在可是你最佳的估值时间。"裘安安说。

"呵呵……未来会更好，等着吧，我破了手里的案子，就不是年薪五十万了。"封小波笑。

"你一直这么盲目自信吗？"裘安安问。

"一直，就像我肯定自己能追到你一样。"封小波笑。

"哼，那没有下次了。"裘安安关上车门，启动了车。

"我欠你十五块，下次炒肝包子没问题。"封小波趴在车玻璃上说。

"我们华总很诚心的，想通了，微信我。"裘安安说着摇上了车窗。

奥迪驶远了，封小波还站在原地。"等着吧，我疯魔近期两大目标，一是破案，二是追到你！"他总是信心满满。

在地下车库，黎勇有了意外发现。车管人员在黎勇的提示下，重新检查了车场，确认了有三辆未出场的车曾经移动过位置。技术队对轮胎印记进行了勘查，在胶皮地面上发现了移动痕迹。其中一辆是海 JS6806，从地下二层的 B52 号车位移动到了 B112 号车位；一辆是海 V83442，从地下三层的 C29 号车位移动到了 C07 号车位；最后一辆是无牌车辆，不知道何时开进来的，停在 C149 号车位旁边的过道上。黎勇俯下身，发现这辆无牌照车的下面，有一个排水井口，顿时来了灵感。他叫来了物业人员，把工程图铺在地下，仔细地研究，但地库灯光昏暗，视线越来越模糊。

这时，郭局也到了。他步行下了地库，身后跟着刑侦的章鹏、预审的那海涛、技术的老孟和网安的老田等一大堆人。

"瞎猫，有发现吗？"郭局走到近前问。

黎勇就怕这个。"郭局，您怎么来了，还没确定呢。"

"没事，咱们一起研究。"郭局说。

"那……咱们去会议室吧。"负责保护现场的胡铮在一旁建议。

"不，就在这儿。"黎勇站起身来，"谁眼神儿好？帮我看看。"

郭局一愣："哎，我给你配的那小子呢？"

"回派出所收拾东西去了。"黎勇冲胡铮撇嘴。

"哦，是，他东西不少。"胡铮忙找补。

"那就你，帮着看。"郭局冲胡铮说。

胡铮这几天没少挨郭局呲儿，他不敢怠慢，跑到黎勇身边。

黎勇眯着眼，双手叉着腰，对一旁的物业说："师傅，您帮着看看，这辆车下面的雨水漏，通向哪里。"

物业俯下身体，打开手电查看："雨水漏……通到排水井。"

胡铮用手指着工程图，沿着 C149 的位置一直画着，到了图上一个连接地下一、二、三层的排水井。

"然后呢？往哪里排？"黎勇问。

"往市政的下水道里排。"物业说。

胡铮用手指着，排水井右上方有一个管路口，一直延伸到市政下水道。

"里面有多宽，能容下多大的东西？"黎勇问。

"这个……我得再把工程的人叫来。"物业说。

"那就快，找几个明白人过来。"黎勇说。

物业拿着电台，呼叫工程部的人。

郭局这下明白了："你的意思是，劫匪有可能把抢到的钱物通过排水井送出去？"

"排水井或者通风口。但这只是假设。"黎勇说，"胡铮，你帮我看看，图上的通风道，一、二、三层都通到哪里。"

胡铮拿起图，看了半天。"从图上看，地库三层都有通风道，都可以通往地面。"

"可能吗？这么窄的井口？"章鹏在一边说。

"放在水里？有那么大的漂浮力吗？"那海涛也说。

"地库低于地面，排水井的位置比市政下水道低，那怎么弄上去呢？"网安的老田不解。

"通风管道也很难，这么多回弯，很有可能被卡住啊。"技术的老孟摇头。

"哎哎哎哎，你们东一嘴西一嘴的，烦不烦啊。"黎勇揉着眼睛，"哎，各位领导，没事帮我干点儿活儿呗。章队，你马上让人帮着查车查人，看这三辆挪过车的都是什么情况。女娲，把车号告诉他。那队，在章鹏查到后，马上组织人询问，如果找不到人的，廖队，你马上去传唤……还有，田队和孟队，你们带人跟着物业，到大厦附近所有的排水口和通风口检查，看看有没有撬动的痕迹。"他比画着，指挥着一群比他级别高不少的人。

大家面面相觑，谁都没动。郭局见状，冲他们点了点头，示意照办。大家才呼啦啦地散去，分别把工作布置下去。地下车库在凌晨时分又热闹起来。

技术队以地下三层黑色大众车的位置为起点，分别在通向二层、三层的步行梯和工程口进行再勘查，并对那辆移动过的无牌车辆也进行了勘查，没有发现什么线索。这时，工程部的专家跑过来了。黎勇说了刚才的设想，专家不住地摇头。

"不可能，不可能，绝不可能从排水井和通风管道里出去。"

"为什么呢？"章鹏皱眉，郭局等人也凑了过来。

"地下车库虽然有排水口，但平时是很少能用到的，根据安全标准，地库不能轻易进水，所以地库口有阻水措施。"

"但当天确实下雨了啊，我看现场也有雨水流下的印迹。"

"就算进了，也是非常少量了，排水系统一般不会启用。"专家拿过工程图，

"你看这里。"他指着工程图上下水井的位置，"这里低于市政的下水道，所以安装着一个抽水泵，地库排水井的水必须满了，抽水泵才会运转，从而把水抽到下水道里。"

"是自动运转的吗？"郭局问。

"是的。"专家说。

"人工可以操作吗？"黎勇问。

"可以，但根据当天记录，排水泵并没有运转，更重要的是，星光商业广场地库安装的是搅碎型排水泵，目的就是防止有异物堵住排水口，所以根本不可能有东西能从这里完好地出去。"专家说。

"搅碎型……"黎勇傻了。

这时，老田和老孟也带人回来了。

"郭局，我们和物业、工程部的人一起检查了排风口，没有被撬动的痕迹，而且在案发当天，特警的廖队就已经想到了这点，现场就派人监控了。"老田对郭局汇报。

"是吗？廖樊。"郭局侧目。

特警的廖樊人高马大，一直站在郭局身后沉默着。他一向少言寡语，别人认为他低调，但黎勇却听谭彦说过，这位是习惯性卖弄，总想弄个一鸣惊人的效果。

"郭局，刚才我也和田队、孟队一起去了，现场根本没有撬痕。而且在案发当天，根据您的指示，我们特警以最快的速度在外围进行布控，每个地面通风口前都有人执守。"廖樊说。

不一会儿，章鹏也来了电话。三辆车的调查结果出来了。海 JS6806 和海 V83442 是星光广场工作人员的车，挪车是因为警方检查需要，而那辆没牌照的车则是刑侦支队一个警员的私车，为了在工作中方便休息才停下来的。一切查否了，黎勇哑了火，蹲在地上不吭声了。

郭局点了点头："好，大家辛苦了，但今天的工作没白做啊，查否了就堵住了漏洞，就离成功又进了一步。你说是不是，瞎猫。"

"是，是。"黎勇无精打采地站了起来。

"都回去休息吧，明天上午十点，专案组例会，各单位汇报工作情况。散！"郭局说完，转身走了。

众人随着郭局哗啦啦地散场。车管、物业、工程的人也都走了。只剩下黎勇、女娲和夸父站在地库里。

"瞎猫，走吧，明天还得早起。"女娲拽了拽他。

"哎……到底藏哪儿了？"黎勇想不明白。

夸父手机没电了，站在那儿愣神儿。

"哎，那孙子呢？开机了吗？"黎勇问夸父。

"啊？"夸父一愣。

"封小波，开机了吗？打给他，让他来！"黎勇大声喊。

夸父吓了一跳，忙拿出手机："瞎猫，没……没电了……"

黎勇气急败坏，拿出自己手机拨打，电话里传出关机的声音。"无组织无纪律，临阵掉链子，自由散漫，道德败坏！"他急了。

"哎哎哎，没那么严重，没准也是手机没电了呢。"女娲劝道。

"也是玩游戏玩的？"黎勇气得跺了一下脚，气呼呼地走了。

女娲看着被吓住的夸父，叹了口气。

8. 谈判

　　早晨九点整，封小波抱着一个大纸箱子，踩着点来到视频工作站。因为指纹还没输入系统，他按动了门铃。开门的是黎勇，挡在门口，似乎并没想让他进去的意思。

　　"黎……黎……"封小波一时忘了怎么称呼他。

　　"说过了，叫代号。"黎勇严肃地说。

　　"哦，瞎猫，早上好。"封小波咧嘴笑。

　　黎勇侧身，放封小波进去。

　　"昨晚玩得不错？"黎勇靠在桌子上问。

　　"啊？嘿……"封小波没直接回答。

　　"为什么关机？"

　　"手机没电了。"

　　"苹果的，华为的？"

　　"苹果的。"封小波转过头看着黎勇。他不喜欢被别人质疑。

　　"进了专案组有事儿得请假，说两个小时就是两个小时。"黎勇说。

　　"是吗？但你没告诉我请假的事啊？"封小波反问。

　　"第一天当警察？还需要说？"黎勇问。

　　"哼……当了几年了，但还没遇到你这样的。"封小波一点儿不服软。

　　"嘿，较劲啊？"黎勇站直身体。

"哎哎哎，大早清儿的，干吗啊？"女娲劝架。

封小波转过头，从纸箱里拿出办公用品和笔记本电脑摆在桌子上，又拿出几面锦旗，琢磨着挂在哪里。

黎勇见状，不屑地撇嘴。他走到一个衣柜前，踮脚从上面拿出一大卷锦旗，随便拉出一面，把脚跷在桌子上，仿佛想用它擦皮鞋。封小波知道黎勇是在寒碜自己，转手把锦旗放回到箱子里，又觉得不对，再次拿了出来。

"哎，我说瞎猫，你什么意思啊？一早上鼻子不是鼻子眼不是眼，有事儿直说。"封小波把锦旗扔在桌子上。

"走，跟我出去！"黎勇戴上墨镜。

"走就走。"封小波气哼哼地说。

女娲和夸父面面相觑。

"怎么着？茬架去了？"夸父轻声问。

"哼，不至于……但都挺有气势，碰上对手了。"女娲苦笑。

大楼的天台上，寒风呼啸，阳光刺眼。两人面对面地站着，隔着一米的距离，那样子就像是电影《无间道》里的梁朝伟和刘德华。

"这儿没别人，有什么想法咱们敞开了说，别藏着掖着。"黎勇开门见山。

"好啊，我也正想聊聊呢。"封小波不甘示弱。

"我问你，最初为什么要当警察？"黎勇问。

"我？"封小波看着黎勇，"你先说，为什么当警察？"他反问。

"谋生！小时候家里条件不好，想尽快出来挣钱，考上了警校就能有助学金，不用给爸妈添麻烦。"黎勇回答。

"嗯……我也是。公务员收入稳定，在社会上有身份。"封小波也干脆利落。

"哼……"黎勇撇嘴，"那我再问你，现在为什么当警察？"

"现在？还是你先说！"

"我现在当警察，就是为了多抓人，多破案，多把那些王八蛋和狗杂碎送进监狱，让他们那些脏的臭的在这太阳底下无所遁形。"黎勇说。

"我……我也是啊！"封小波回答得挺肯定。

"你为什么离开网安支队？"黎勇又问。

"我……"

"别藏着掖着，说实话！"黎勇说。

"我……"封小波犹豫了几秒，"我受不了坐办公室！整天对着一帮搞技术的苦脸，没劲！"

"就这些了？"黎勇问。

"就这些了！"

"那我怎么听说，你和网安支队的老田吵了一架，才被前置的？"

"那是他的问题！我想到网安的行动队，他不让我去。"封小波大声说。

"他不让你去，你就走？"黎勇也大声问。

"对！我干警察就是要抓人，就是要把那些王八蛋和狗杂碎送进监狱，让他们那些脏的臭的在这太阳底下无所遁形！"封小波重复了一遍黎勇刚才说的话。

"哼哼……你现在也是为了这个当警察？"黎勇问。

"是！破案，抓人，我想要这样的生活！"封小波满脸通红。

"想破案抓人就给我紧张起来！站直了！"黎勇大声喊。

封小波一愣。

"知道我为什么把你调过来吗？"黎勇大声问。

"不……不知道。"封小波摇头。

"因为你能为了鉴定跟老马翻车，为了抓人主动前置到派出所，在抓逃犯时敢跟他拼命，在领导面前还敢摆出这个德行！"黎勇说。

封小波看着黎勇，知道他后面得说"但是"。

"但是，你记住了，没有什么是应该的，是必须的，我可以选你，也可以选别人。你愿意留下就服从命令，听从指挥，我给你抓人破案的机会。不想留下现在就走，从哪来的回哪儿去，不送！"黎勇结束了对话。

封小波看着黎勇，嗓子眼儿发干，却想不出反驳的理由。"瞎猫，我不服你！"他突然说。

黎勇看着他，没说话。

"现在时代变了，你们八〇后落伍了，是我们九〇后的天下了！"封小波说。

"哼……"黎勇轻蔑地撇嘴，"行不行，不是自己说的。"

"好人坏人，不再是阳光下能分辨的了，真正能让犯罪无所遁形的，是互联网，是大数据！"封小波说。

"警员012783，你现在的行政职务是什么？"黎勇说出了封小波的警号。

"我……我是城中路派出所的民警，一级警员。"封小波回答。

"你的职责是什么？"黎勇问。

"是……治安巡逻，打击街头犯罪。"封小波回答。

"距离你的互联网、大数据、让犯罪无所遁形有多远？"

"有……有很远的距离。"封小波降低了音调。

"废话不多说了，你要是想一辈子都在演唱会上抓贼，马上回去收拾东西。

要是想在六号楼顶层破案，回去换制服，跟我出发！"黎勇撞了一下封小波的肩膀，走了过去。

"哎，你不会给我穿小鞋吧？"封小波在黎勇身后问。

"哼……瞧你那揍性！"黎勇缓缓地转过头，"告诉你，从今以后，电话换华为的，24小时开机，不服我可以，但别让我看扁了你！"

封小波笑了："成，买手机的钱你给报销。"

不远处，女娲和夸父在偷偷看着。

"哼，跟他年轻时一个揍性。"女娲笑。

"瞎猫也这么青皮？"夸父问。

"比疯魔青皮多了。"女娲说。

郭局很低调，出行只坐那辆旧款的 GL8。警务保障处的老沈开着车，黎勇和封小波坐在郭局后面。

"疯魔，你们在演唱会上抓人，就是用的他们公司的系统？"郭局问。

"是的，叫'智慧人像追踪系统'。"封小波回答。他确实和别的年轻人不同，在领导面前不卑不亢。

"老沈，这家公司入围政府采购了吗？"郭局问。

"他们刚被蓝晶石集团收购了，蓝晶石在政府采购的目录之中。"老沈回答。

"是你介绍给城中路派出所试用的？"郭局问。

"是，当时胡铮说他们设备老化，希望能提供新的设备，正好公司新研发的设备需要测试，就无偿给他们用了。"老沈说。

"嗯……一会儿好好谈谈，看他们能协助到什么程度。政府采购的规定是货比三家，但以前合作的企业啊，一报就是天价，我上次批评胡铮的话也不全对，他们安装那些假探头也是无奈之举。但继续这样可不行了，眼看城市博览会就要召开，再出岔子，我这局长不干了，你们两个现职也就别占着了。咱们都穿制服上街巡逻去。我这些天跟市领导汇报了好几次，他们也很支持，但毕竟咱们比不了北上广，财政经费捉襟见肘啊。"郭局叹了口气。

"那……咱们能不能跟企业谈谈，搞警企合作，让他们低价出设备，帮咱们破案，咱们也算给他们做了免费宣传。"封小波说。

郭局一笑，回头瞅着封小波。"怎么个免费宣传？"

"您想啊郭局，他们就算是被上市公司收购了，但知名度还没打出去啊。只要他们能帮咱们破案，咱们就在案件发布中提他们的名儿，对企业来说，政府部门的认可才是最大的广告啊。"

"嗯……"郭局点了点头，"但这话可以意会，不能言传。懂吗？"

"懂。"封小波点头。

黎勇看着封小波，心想你就不说领导也会这么做，要不郭局干吗今天亲自上门呢。唉，还是嫩！

蓝晶石集团海城分公司，位于海城市中心繁华路段的万业大厦里。车刚停在门口，等候多时的华总就带人迎了过来。郭局下车与华总握手，公司的几个高管一起陪着进入到办公区。

公司的办公区里正在装修，大厅墙壁上挂着"诚实、信任、安全、使命"的企业文化标语。办公区的职员们忙忙碌碌，一派朝气蓬勃的气象。华总四十多岁的年纪，穿一身笔挺的西装，戴着金丝眼镜，温文尔雅。他给众人递上了名片。黎勇眯着眼看：华天雪，蓝晶石集团海城分公司总经理。他一边走一边给郭局介绍企业情况。他的公司五年前成立，专注于生产和研发视频监控、综合安防、智慧与大数据服务，公司现有人员两百余人，大部分为研发人员。近期刚被上市公司蓝晶石收购，更名为蓝晶石集团海城分公司，华总任总经理。未来的方向是针对公安、交通、金融等多行业，提供专业的智能可视化管理解决方案和大数据服务。郭局认真地听着，不时发问，当谈到明年即将召开的城市博览会时，华总信心满满地宣称，公司已经为此做好了准备，将在蓝晶石总公司的牵头下，与海城市政府对接，协助守卫海城的平安。郭局频频点头。

在会议室，黎勇没摘下墨镜，对面的一个高管不时地瞥着他。

"抱歉啊，刚动完手术。"黎勇微笑着摘下墨镜，露出纱布。

高管一笑，双手合十作道歉状。

封小波没说话，观察着华总的言行。他知道，就是这位让裘安安去挖自己的，还开出了五十万的价码。

"封警官吧。"华总主动伸出了手。

"您好。"封小波与他握手。

"年轻有为啊，演唱会上连抓三个逃犯。"华总是老江湖，特意在郭局面前称赞他。

"嘿，都是领导指挥有方，我现在调到了市局视频侦查组。"封小波也挺会说话。

"噢……高升了啊，恭喜恭喜。"华总笑了，"看来，我没看错人。"他轻声说。

警务保障处的老沈介绍了海城市公安局准备对全市警务监控系统进行升级的计划，华总很有兴趣，介绍了公司新研发的系统，并着重讲解了"智慧人像追踪系统"的原理和使用前景，特别拿张学友演唱会的情况举了例。

"张学友演唱会成了活广告，抓的那三个网逃成了代言人。"黎勇轻笑。

封小波也笑。

"与传统监控系统相比，我们的视频监控系统是主动的。别的企业保存视频的时间大约为三个月，我们提供的服务器可以支持一年。各位领导，主动的视频监控系统可以人脸识别，可以后台研判，可以追踪目标，可以大数据分析，说直白一些，我们的'智慧人像追踪系统'的主要服务对象就是公安机关，就是办案用的。"华总掷地有声。

郭局看着他，点头笑了笑。"你说得不错，我们要广布'鹰眼'，架设'天网'，打击犯罪保一方平安，要的就是防范震慑与打击破案相结合，既要有盾更要有矛。但对于公安机关来讲，系统的稳定和安全则更加重要。视频资料关乎着每个公民的合法利益和隐私权利，必须是警方绝对控制且剥离企业的使用权。我欣赏贵公司'诚实、信任、安全、使命'的企业文化，诚实是态度，信任是责任，安全是基础，使命是信心，华总，如果海城市局能与你们合作成功，我希望咱们能联手给海城百姓打造一个和谐稳定的平安城市。"

"您说得太好了，我们一定全力以赴。"华总起身与郭局握手。

"现在，我们有两件大事是当务之急。一是保证明年城市博览会的顺利开展，二是破案。希望你们多多支持。"郭局点明了此行的目的。

"没问题，保海城平安也是我们企业的职责。我今天就确定一个项目负责人进行跟进，全力协助你们破案。"华总很痛快。双方虽然说着官话，但目的都已经达到了。

不一会儿，一个女孩走了进来。封小波拿眼一瞥，正是裘安安。他刚想冲裘安安使个眼色，没想到却看到了黎勇异样的眼神。

黎勇大张着嘴，表情呆滞，似乎愣住了。

"这位是我们公司的项目负责人，也是人像识别和追踪方面的专家，裘安安小姐。"华总介绍着。

郭局点点头："哦，这位是我们海城视频工作组的组长黎勇。黎勇，哎，黎勇。"

黎勇这才缓过神来，站起来和裘安安握手。他仿佛置身在梦里，浑身发飘，要不是戴着墨镜，还不知此刻是什么表情。裘安安和海伦长得太像了，身高、体态、相貌、表情，甚至微笑的样子。黎勇控制着自己的情绪，努力让自己恢复职业性的客套与冷傲，但难度不亚于让一只小船在汹涌的波涛中平稳前行。

"嗯，黎勇，黎明的黎，勇敢的勇。"黎勇不知道为什么这样介绍自己。

裘安安笑了，一头长发像奔腾的河流，深情的眼神像蔚蓝的大海，和海伦一模一样。黎勇闭了闭眼，再次看去，发现那只是幻想。裘安安一头长发披散在肩头，洒脱随意，嘴角微微翘着，高傲不羁，眼神和海伦并不相同。

　　裘安安的手很软，很凉，黎勇一直握着她的手，弄得人家非常尴尬。黎勇这才意识到不妥，赶忙松开："对……对不起，眼睛伤了。"他尴尬地指着墨镜。

　　华总也看出了异样，马上转移话题："郭局，您今天来视察，我已经向总公司的董事长汇报了。他过几天来海城会亲自去拜访您，感谢您对我们的支持与信任，我们一定不会让您失望。"

　　"言重了，我们要感谢你们才对。也欢迎你们来市公安局参观。"郭局再次同华总握手，同时瞟了黎勇一眼。

9. 时间 空间 逻辑

　　从下班时间开始，就是视频组的加班时间了。封小波面对着显示墙上的七十二块屏幕，在黎勇的指挥下进行切换、搜索。女娲将案发前后星光商业广场周边所有的治安、交通和搜集到的民用摄像视频输入到了系统之中，黎勇闭着眼，让女娲按照顺查、倒查等方式进行扩面。视频图像中蕴藏的信息就像淹没在海洋中的黄金，必须纵览全局、去伪存真才能寻找到，这就需要视频人员有一双慧眼，而封小波就是黎勇借助的慧眼。

　　"有时需要一把钥匙，才能拨开重重的迷雾。"黎勇仰靠在椅背上说。

　　"什么钥匙？"封小波不解。

　　"就是获得关键信息的方法。"黎勇回答，"视频侦查有三个顺序，一是时间顺序，二是空间顺序，三是逻辑顺序。以时间轴为基准的顺序是时间顺序，要从案发之前开始一直捋到案发之后，时间顺序可以让你获得整个案件的全貌，也是视频侦查的基础，做好了你就'脚踏实地'了；而空间顺序是以空间点为基准的顺序，嫌疑人的定位，体貌特征的提取，交通工具的点位和路线，赃款赃物的流动，掌握好了空间顺序，你就拥有上帝视角了，可以'飞起来'了；逻辑顺序最为重要，你必须要以时间和空间顺序为基础，去分析嫌疑人的作案动机、目标、手段和逃离方式，从他们的角度换位思考，才能以他们的逻辑找他们的漏洞，这才是破案的关键。也是找到钥匙的最终手段。"黎勇慢慢地睁开眼。

　　封小波仔细地听着，生怕漏掉一个字。通过这两天的接触，他彻底服了面前的这个瞎猫，什么叫"听君一席话，胜读十年书"啊，封小波对黎勇就是这种感觉。没错，黎勇确实是高手，逻辑分析、侦查思路、办案手段都是一流的。封小波很兴奋，很解渴，也不禁为那天的鲁莽后怕。当时要真是一走了之，那也真就没有然后了。

"我眼睛不好，你按照我说的方法去做。一定要仔细扫取周边的信息，包括可疑的人和车辆。三种方法要互相结合使用。同理啊，在用三种方法顺查之后，要再进行倒查。正反交互才能滴水不漏。随时将有价值的时间段标注下来，交给女娲。"黎勇又闭上眼。

"标注到的时间段就形成了我们行话里的'子事件'，许多个'子事件'如果找得准确，最后就能形成描摹整个事件的链条。也就是常说的'点线串联'。"女娲也倾囊相授。

"嗯，明白了，我尽快。"封小波点头。

"不要尽快，要仔细。干咱们视频侦查的，不求事半功倍，要讲万无一失。做不到万无一失，就'一失万无'了。绝对不能漏。"女娲说。

"嗯。"封小波更加认真起来。

"夸父，去 J 区步行街和 W 区人行道的点位，回传一下视频。那里有盲区。"黎勇说。

夸父一句话也没说，背上设备，匆匆地离开了。封小波看着夸父，心中感叹了一下，这就是"眼"和"腿"不同的命运。

晚上九点，视频组到市局一号楼的食堂吃夜宵。夸父只用了一个多小时就做好了视频回传，他玩着手机，黎勇并不管他。封小波的眼睛熬得通红，却很兴奋。

"哎，夸父，你一直玩什么呢？"封小波凑到他身边看，"哎哟，这么弱智的游戏啊，成人不宜啊……"他挖苦道。

"他哪是玩游戏呢？谈恋爱呢。"女娲笑。

"什么？网恋啊？"封小波来精神了。

夸父脸红了，放下了手中的游戏。

"哎哎哎，什么样儿，叫什么名儿？"封小波问。

"没照片儿，还没见面呢。"夸父说，"叫水晶女孩。"

封小波坏笑："哎哎哎，你这方面没经验吧，我告诉你啊，一般在这个时间还上网的，肯定都是'恐龙'，你想啊，漂亮的谁不出去玩啊，美女都忙着呢。还有啊，叫什么水晶的一定都特黑，网络和现实是相反的，这人啊都是这样，越缺什么就越说自己有什么……"

"嘿，说点正事儿，别老胡喷。"黎勇打断他。

"真的，瞎猫。你都有孩子的人了吧，这方面也没经验？"封小波大大咧咧地问。女娲一捅他，让他闭嘴。"你捅我干吗啊，是不是这么回事吧？"他还没反应过来。

几个人盛了炒饭和鸡蛋汤，围坐在桌上吃着。不一会儿刑侦、治安加班的同事们也来了，警察发胖的原因，一是作息不规律，二是加班累的。

黎勇只盛了一碗汤，一边喝着，一边思索。"哎，你们觉得，那个女专家让她深入到什么程度比较好？"他问。

"疯魔，演唱会的行动，你们让她深入到了什么程度？"女娲问。

封小波吃着饭，不知怎么的，又想起黎勇攥住裘安安的手的镜头："哦……那个行动，她全程参与，没留后手。"

"嫌疑人库也让她看了？"黎勇问。

"是啊，没有嫌疑人照片，怎么进行人像追踪啊？"封小波说。

"嗯……但这太危险了。一旦警务库里的资料流出去了，后果不堪设想。"黎勇说。

"咱们不提供具体信息，只给照片。各个口岸的人脸识别不也这么做的吗？"封小波说。

"那不一样，咱们是海捞数据，调动的资源更多。"

"嗯……那就借助他们的技术，咱们自己操作。"封小波说。

"我觉得这样可以。"黎勇点头，"还有，他们的后台终端在哪里？分析大数据的操作是否可靠？"

"这个得问那个女专家了。"封小波故意拉远自己和裘安安的距离。

"哎，你们是不是挺熟的啊？"黎勇突然问。

"啊？还行吧。"封小波说。

"哦……还有动作识别，他们都可以做吧？"黎勇问。

"这个没问题，已经不是什么高科技了。"

吃夜宵又成了案情分析会。当女娲再次说到地下车库排水井、通风道问题的时候，封小波来了灵感。

"哎，我不懂啊，他们为什么抢完银行，要把车开进地下车库呢？"封小波把一根牙签叼在嘴里。

"因为地下车库的视频系统正在升级，拍不到他们的影像啊。"女娲回答。

"就算拍不到影像也没必要啊。"封小波说。

"怎么没必要？他们如果要选择出城，第一个就是传统的海城高速，必经之地就是东三条路口，咱们的 110 巡逻车'巡 03'就停在那儿，从那个方向三分钟之内必将相遇；第二就是西营门出口，也可以出城，但必经之路是西马路，同理，走那里也会遇到咱们的人。所以他们选择将车开进星光商业广场地库，反而最安全。"女娲还原着案情。

"不对不对，我不认为藏在地库里会比遇到警车更安全。"封小波摇头。

"嘿，但现在就是这个情况。"女娲坚持。

"哎哎哎，听他说，听他说。"黎勇打断女娲。

封小波站了起来，手里比画着。"你想啊，如果是你，当时抢了银行，最直接的反应肯定是跑得越远越好啊。"

"对，越远越好。"黎勇点头。

"为什么非要进地库呢？那多蠢啊？"封小波说。

"是啊，多蠢啊。"黎勇重复。

"进了地库，就算可以脱身，这么多警察围过来，多危险啊。"

"是啊，多危险啊。"

"那为什么还要进去呢？"封小波问。

"为什么？"

"因为他们要让咱们知道他们进去了。"封小波说。

黎勇没说话，看着封小波。

"夸父！"封小波说，"你泡妞的时候会说自己在泡妞吗？"

夸父一愣，不知道怎么回答。

"你泡不上妞的时候才会说自己在泡妞呢。对吗？"

"嗯……"夸父想着。

"不不不，有时你真正在泡妞的时候，是会说自己在泡妞的。但只有两种可能。要不就是你太笨，有什么说什么，要不就是你太聪明，有什么说不是什么之后再说是什么。"

"深了，你深了。"夸父感叹。

"瞎猫，有一句话你听说过吗？朋友会低估你的优点，但敌人会高估你的缺点。"

"这谁说的？"

"忘了忘了，大概是这个意思。"封小波摆手，"我想，这个会不会是障眼法？"

"嗯……"黎勇放下汤碗，在桌旁踱步，"这就是八〇后和九〇后不同的思维，我们有时想得太复杂，反而会被自己带上了弯路。我当时在打扒队抓贼的时候，就经常遇到这样的事儿。贼偷东西，一般到手之后不会自己留着，而是甩给同伙，行话叫'甩物'，这样就算警察抓到他也没有证据。但有的时候贼被发现了，即使已经'甩物'给同伙了，他还会继续跑，吸引警察的追捕，那只是个障眼法。"

"明白了……你们的意思是……"女娲也激动地站了起来。

"为什么不在半路上扔掉呢？"黎勇说。

"在一个没有探头的地方。"封小波说。

"然后再由一个人开车去地库，吸引火力，然后趁乱离开。"女娲说。

夸父爆了粗口。

次日十点，专案例会上，黎勇说出了这个大胆的构想。这次刑侦、治安、特警、技术和网安等领导没再说出反对意见，都为这个推测感到激动。郭局立即下令，彻查沿途的道路情况、广泛搜索目击证人，同时要求视频组立即开展工作，对案发地三公里以内可能出现的所有视频盲区进行排查。

女娲不愧是高手，在协助封小波反复比对之后发现了一个情况。黑色大众车从海城银行到星光商业广场行驶了两分钟，所以可以计算出三公里距离的行车平均时速是九十公里。但通过从 A 区到 D 区的视频回放，计算出的时速却是一百二十公里，而 U 区到 W 区的时速大约是一百一十五公里，也就是说，如果路上没有堵车，他们应该用一分半钟就可以到达。而那半分钟到底慢在了哪里，或是停留在了哪里，就成了案件的关键。

"盲区，就是下一步需要解决的。"裘安安拢了拢头发，"我们不应该因为担心隐私权可能受到侵犯，就反对面部识别系统，那是因噎废食。"她补充。

"我明白，但那是以后的事情。现在我们需要的，是协助破案的利器。"黎勇说。

"明白，我今天带来了'智慧人像追踪系统'的另一套子系统，你们看看。"裘安安说着就把皮箱打开，露出了里面的几副眼镜，"这是我们研发生产的'智慧人像识别眼镜'，通过网络上传获取的视频和图像，由视频终端自动大数据分析。"

黎勇摘下墨镜，把"眼镜"拿到面前端详。"这个终端在哪里？"他问。

"在我们公司，但如果你们需要保密，我们可以将服务器拿到你们视频组，结束后由你们删除数据再收回。"裘安安说。

"好，这个我得跟领导报一下。"黎勇说。

"裘安安小姐，从今天开始，你就正式加入我们视频组了啊。"黎勇笑着伸出手。

裘安安还没忘那天被攥住手的尴尬，犹豫了一下才伸出手。还好，今天黎勇没有失态。

"抱歉，还得让你签一份保密协议。"黎勇冲女娲招招手。

"理解，一切按照规矩来。"裘安安说。

"对了，我们组有个规矩，大家在工作时都不叫真名，叫代号。"黎勇说。

"哈？有意思，那你们都叫什么？"裘安安问。

"我叫瞎猫，他叫女娲，他叫夸父，封小波叫疯魔。"黎勇逐一介绍。

"哈哈，疯魔。"裘安安用眼睛瞥了小波一下，"那我……是不是也要取一个啊？"

"得起啊，叫什么呢？"封小波插嘴。

"是啊，叫什么呢？"裘安安想。

"叫缪斯吧。"封小波拍马屁。

"什么意思？外国名？"女娲笑。

"那嫦娥也行。"封小波犯坏。

"什么嫦娥啊，还西施呢。"裘安安装作生气。

"缪斯要不好，海伦也行。"封小波说。

黎勇一愣，不禁看着封小波。

封小波看着黎勇，有点弄不懂他的表情。"嘿，都是希腊神话，缪斯是女神，天上的大美女，海伦是引发特洛伊战争的人间大美女。"他解释着。

"哦，那叫缪斯吧。"黎勇冷冷地说。

裘安安一脸蒙，没想到自己代号就这么被定了。但想想也凑合了，起码比嫦娥、西施要强。

趁裘安安布置设备的时候，女娲凑到黎勇身旁。

"太像了吧，也吓了我一跳。"

"嗯……"黎勇默默点头。

"别瞎想，踏踏实实的。"女娲拍了拍黎勇的肩膀。

那边，封小波凑到了裘安安身旁。

"缪斯，你好。"

"我来，你是不是特高兴啊？"裘安安说。

"那肯定的啊，你没看出来吗？就是我点的将。"封小波笑。

"别吹了……"裘安安不屑，"哎，你们那组长，怎么怪怪的啊？"她朝身后使了个眼色。

"嘿……因为你太'缪斯'了呗，男人谁不好色？"封小波坏笑。

"滚！"裘安安皱眉。

"对对对，在他们那儿你不是太'缪斯'，而是太'嫦娥'了，哈哈哈……"封小波笑出了声音。

夸父带着BOSE耳机走在街头，胸前挂着一个隐藏式记录仪。封小波与他并行，不断研究着他的设备。

"哎，咱们说话，后台听得见吗？"封小波指了指夸父胸前的仪器。

"听不到，我得按动'回传'的时候才行。"夸父说。

"哦……"封小波点头。

"你戴着这么厚的耳机，听得清我说话吗？"他又问。

夸父笑了，摘下耳机，指了指里面。"空的，掏空的。"

"哦……"封小波也笑，"哎，瞎猫结婚没有？"

"啊？"夸父一愣。

"或者说，结过婚没有？"

"结过。"夸父言简意赅。

"现在呢？"

"一个人。"

"哦……那是离了？"

"哎，你问这么多干吗啊？"夸父不解。

"不是，以后别说错话啊。"封小波解释。

"十年前他办一个案子的时候，妻子让车撞了。"夸父说。

"天，心理创伤后遗症。"封小波点着头。

"什么？"

"固执、偏激、自我、与人为敌，情商低下。"封小波说。

"哎，不许这么说瞎猫，他是个好人。"夸父说。

"这与好人坏人没关系啊。他是病人，现在需要的是倾诉、关心、遗忘和休息，说白了就是忘了过去，重新开始。"封小波挺专业。

"不可能，他一直没变。"夸父摇头。

"他前妻……什么样儿？"封小波又问。

"没见过。"夸父摇头。

"哎，你那网友ID是什么，咱们搜搜去？"封小波坏笑。

"不用，我不想破坏美好的氛围。"

"扯淡，什么美好的氛围，都是假的。"封小波不屑，"我在派出所的时候听过一句名言啊，每天一睁眼，看到的就全是假的，新闻、广告、天气预报，除了月份牌什么都不能信。这女孩啊，就得见面，就得相处，有条件尽快'啪啪啪'，我还告诉你啊，现在她们都化妆，你就是面对着面，也不一定能看清楚真实的长相。所以第一次见面啊，最好去游泳，相貌身材一目了然。"

"俗，没正经。"夸父转过头不理他。

"哎哟，你怎么跟八〇后似的，这么土啊？你九几的？比我小吧？"

夸父在前面走，封小波在后面追。两人说着说着，就来到了 L 区西边的视频监控盲区。这是两个居民区之间的夹道，很窄，勉强够两辆车错车。夸父站在路中间，四面观察着。路的北侧有一排垃圾箱，数量一共八个，垃圾箱外还堆放着两个黑色垃圾袋，看来已经有几天没有清理了。垃圾箱后是一面高墙，正好挡住北侧小区内的房屋，而南侧则是一个商铺，夸父走过去查看，玻璃大门锁着，里面空无一人。抬头看招牌，写着"静雅轩 SPA"。

夸父观察了半天，在一个路灯下驻足。他冲封小波招招手。"哎，借你肩膀。"

封小波站好，夸父像猴子似的蹿上他的肩膀，然后从口袋里拿出一部蓝晶石公司的"微型智慧人像追踪探头"，粘贴在距地面两米多的灯杆上。

"哎，你在追那个女孩吧？"夸父抽不冷子冒出一句。

"啊？"

"嘿嘿……"夸父冲封小波笑。

10. 识别眼镜

在市局指挥中心，裘安安在显示墙前，手持一个红外演示笔在进行讲解。台下中间位置坐着郭局，旁边是黎勇。后面齐刷刷地坐着两排陌生面孔，年龄大都四十岁往上。专案组的其他成员都不在场。

"考虑到办案的紧迫性，现在全面升级系统是不现实的，所以我们在从案发地到星光广场的三公里沿途，布置了二十一个微型探头，将视频盲区全部点亮。目的有三：一是统观全局，掌握情况；二是搜寻目击者，获取证据；三是通过视频资料获取海量信息，开展研判。大家看。"裘安安一甩头发，用演示笔指着。屏幕墙上放大了一个画面，正是刚才夸父和封小波经过的街道。"这是 L 区两个居民区之间一条小巷的监控，可以看到，小巷一边是高墙，一边是一个已经停业的商户……"她介绍着。

"等等，那里是什么？"黎勇在台下问。

"那里……"裘安安进一步将画面扩大，"是一个垃圾站。"

黎勇从桌上拿起电台。"夸父，夸父，还在 L 区吗？"

"瞎猫，还没走远。"夸父在电台里回复。

"报一下垃圾站的情况。"

"一共有八个垃圾桶，垃圾是满的，旁边还堆放着新的垃圾，应该是几天没清理了。"

"好，让行动队到环卫部门调一下情况，看看上次清理的时间是什么时候。"

"收到。"

"好，你继续。"黎勇示意裘安安。

黎勇坐下，郭局侧过头："这二十个人，行不行？"

黎勇转头看了看，笑了笑："人数够了，就是年龄都大了点儿。"

"哼，知足吧你，都是高级警长。让你一个普通干部领导二十个上级，在咱们局史无前例了啊。"郭局笑。

"郭局，这次行动是苦活儿，没人愿意干。还有我这脾气，肯定得罪人，您让我带着这帮处长……要是关系处理不好，以后又多了二十个给我穿小鞋的。"黎勇摇头。

"少废话。这是新一期'干部培训班'的，都是久经考验的老手，政治可靠，素质过硬，知道孰重孰轻，跑风漏气可能性很低。这才是重点。"郭局说。

"明白。"黎勇当然明白职务晋升对每个警察的意义。

"怎么用是你的事儿，有炸刺儿的就向我汇报，一句话，活儿什么时候干完，就什么时候撤。"郭局强调。

"好，我心里有底了。"黎勇说。

"下一步我们需要大家做的，就是给这次行动插上翅膀，让指挥部能提升为上帝视角。"裘安安说着拿出了"智慧人像识别眼镜"，"众所周知，一般的观察和搜集信息是通过人眼进行，但人眼的可视度为一百二十四度，当集中注意力时仅为二十五度，所以有局限性。并且获取的线索在大脑的记忆、还原中还常有'失真'和'假性还原'，而我们研发的这部眼镜，可以让每名搜寻者全方位无死角地收集信息，并传输到后台进行电脑比对、分析和研判，加上搜寻人员的主动识别，工作成效将会大大提升。"

"就是让我们当机器架子呗。"台下一个高级警长说。

"对，就是这个意思。"郭局转过头，"同志们，这次行动很重要，大家一定要全力做好工作。时间有限，多了不说，我就提三个要求：第一是严守纪律，令行禁止；第二是严格保密，一旦跑风漏气将追查到底；第三是作风过硬，全力以赴。这次行动是对你们政治信仰和工作能力的直接考验，行动结束后，行动组长将对你们每个人打分，分数将直接报到政治部干部考核部门，计入最后成绩。听明白了吗？"

"听明白了。"二十人异口同声。

黎勇看着后面的二十人，心里有了压力。此次行动有两个要求，第一是涉密级别高，第二是人手需求多，这两点本来就冲突，人多了就很难保密，所以郭局才在审慎研究后，决定启用"干部培训班"的二十名学员。在公安局，政治前途是最大的动力，这比什么纪律约束都要有效。这也是此次行动为什么不用刑侦、治安那些普通警员的原因。但黎勇知道，事有两面，一旦自己指挥不力，得罪一帮高级警长不说，就连台阶也没得下了。郭局表面上是最大力度地支持自己，实际上也是断了自己的退路，破釜沉舟。

黎勇站起来，拿出一个名单，也不做开场白，大声地念："一组，刘冰、韩旭超；二组，郭振强、刘如志；三组，崔铁军、潘江海；四组……被点到名的请到前台领设备，之后的任务我会分别交代。"

二十人呼啦啦地走下看台。郭局问黎勇："你觉得，嫌疑人还会在市内吗？"

黎勇想了想，道："如果是一般劫匪，他们应该不在了。但如果聪明一些，应该还在海城。"

"为什么？"郭局问。

"你泡妞的时候会说自己在泡妞吗？"

郭局一愣："什么？"

"泡不上妞的时候才会说自己在泡妞呢。但有时真正在泡妞的时候，是会说自己在泡妞的。但只有两种可能，要不就是你太笨，有什么说什么，要不就是你太聪明，有什么说不是什么之后再说是什么。"

"什么乱七八糟的？"郭局皱眉。

"朋友会低估你的优点，但敌人会高估你的缺点。领导，这就是九〇后和八〇后不同的思维，我们有时想得太复杂，反而被自己带上弯路。"黎勇说。

"还是没懂。"郭局摇了摇头。

"呵呵，忘了，您是六〇后。"黎勇笑。

"这是……那小子的思路吧？"郭局问。

"对，非常好。"黎勇说。

"你的意思是……他们可能还在海城。"

"是，记得卢建洲的案子吧，他越狱之后藏匿在最近的一个地方，等严查过后再出去。"

"嗯……"郭局点点头。

这时，女娲急匆匆地跑到郭局身边，轻声说："郭局，预审那边来情况了，有一个'重点人'移动了位置。"

"什么？"郭局抬头。

"是测谎之后筛查的'重点人'，星光商业广场的物业，在五分钟前到了长途汽车站。"

郭局皱眉："有人跟着吗？"

"没有，是网安发现了他的订票信息。"女娲说。

"瞎猫。"郭局叫。

黎勇会意，立即拿起电台："夸父夸父，我是瞎猫，你和疯魔马上去长途汽车站，我随后就到。"

"他们呢？"郭局朝前面的高级警长们努努嘴。

"不需要，我自己调帮手。"他说着起身披上外衣，"喂，老李，出院了吗？"他边走边拨打电话。

长途汽车站里人群拥挤，车次信息显示在高悬的电子牌上。封小波抬头看着，在半小时内即将发车的就有八个车次。他打开手机，看着上面一张清晰的正面照，心里却十分没底。正值寒冬，气温已到零下，乘客们都穿得很严实，很难轻易看到面容。他和夸父使了个眼色，在人群里分头寻找，但时间分秒流逝，半天也没有进展。

正搜索着，突然一个男子拦住了封小波的去路。他一愣，警觉地向后缩身，但那名男子又上前一步，用手打开一张彩页。"低密度一线海景房，三十八万起，养生度假好地方，人生至此更璀璨！"他指着上面一幅碧海蓝天的粗劣 PS 图。

"走走走，不要不要。"封小波摆摆手。眼看部分车次已经开动，许多乘客又站起身来到检票口排队，他着急了。

"瞎猫瞎猫，瞎猫瞎猫，我是疯魔。"封小波对耳麦呼叫。

"我是瞎猫，什么情况？"黎勇还在路上。

"来不及了，能不能用个方法，比如失物招领，让嫌疑人自己出来？"封小波问。

"不行，不能打草惊蛇。咱们的目的是跟上他。"黎勇叮嘱。

"你不是说还有援军吗？到了吗？"封小波问。

"他们会和夸父联系，别着急，稳住性子。"黎勇叮嘱。

封小波拿下耳麦，稳了稳神，又钻入人群。这时，他突然找不到夸父了。这小子，关键时刻掉链子！封小波皱眉。他在人群里挤来挤去，不断扫视着。又一辆车即将开动，他忍不住，想要跃过围栏，但刚一动作，就被检票员阻止。

"干吗呢？后边排队去！"检票员训斥道。

封小波一低头，灰溜溜地走了回去。怎么办？他可不想在黎勇面前丢脸。这时，他突然想起包里还有一副裘安安的设备。他赶忙打开包，翻出那副黑框"眼镜"，摆弄了几下，竟不会开机。他拨通了裘安安的电话。

"干吗？"裘安安问。

"那眼镜怎么使啊？"封小波问。

"你在车站呢？"裘安安问。

"是啊，快点，人都快走光了。"封小波着急。

"戴上眼镜，按住右边眼镜腿下面的开关三秒。"裘安安说。

封小波戴上眼镜，依照操作，耳畔果然响起"嘀"的一声，然后镜片右上角出现了：ON。

"放心，影像是单向的，别人看不到。现在可以搜寻了。"裘安安说。

"这么容易？不需要其他操作了？"封小波问。

"我已经启动了'智慧人像识别系统'了，你走稳些，左右看的时候不要太晃。"裘安安说。

封小波用手正了正眼镜，想起了裘安安曾经说的，"智慧人像追踪系统"是由前端的智慧人像探头，后端的综合研判系统组成的。此刻自己就是前方的行动员，而裘安安则负责后台识别和研判的工作。

四辆长途车即将启程，检票员们已经拿起了检票器。排队的人群向前簇拥着，眼看就要进站。封小波知道，就算蓝晶石的"识别眼镜"再神，也来不及了。他看着人群，突然灵光一闪，冒出一个鬼点子。他迅速向刚才那个男子跑去，趁其不备，一把抢过他手中的彩页。男人一惊，赶忙追赶，但此时封小波已经蹿上了候车室的展柜。

他俯视着排队的人群，扯着脖子大喊："低密度一线海景房，三十八万起，养生度假好地方，人生至此更璀璨！"旅客们的目光顿时被吸引，都仰望着这个"神经病"。那个推销员也愣住了，不知道封小波想干什么。

"养生度假好地方，人生至此更璀璨！过了这个村可就没这个店儿！"他又加了两句。他一边喊，一边平稳地移动视线，将下面这几百名乘客框住。这时，眼镜的右上角冒出一个红点，闪烁起来，右眼镜片的中间出现了一个虚线的对焦框，自己移动起来，在一个位置停住，变成了实线。封小波循踪望去，在第二列队伍中，正有一个穿灰色羽绒服的男子抬头看着自己。他扣着羽绒服的帽子，只露出半张脸。封小波眯着眼，看不清他的面容。这时，推销员拽住了他的腿。

"把彩页给我，给我！"

封小波跳下展柜，把彩页塞到他手里。他从人群后面兜了个圈，悄无声息地走过"灰色羽绒服"，拨通了裘安安的电话，回过头放在耳际。

他看着"灰色羽绒服"，"识别眼镜"的红点不再跳动了，实线死死框住了他。

"确认了，灰色羽绒服，黑色裤子。"裘安安在电话里说。

"明白。"封小波点点头，他捂住电台的耳麦，刚想呼叫黎勇。却不料此时，检票开始了，人群像潮水一般涌入。

封小波挤在人群里，无法进入站台。这时，耳麦出了声音。

"疯魔疯魔，重点人坐哪个车次？"是夸父的声音。

"你小子……干吗去了！"封小波捏着嗓子说。他抬起头，看了看显示牌上的数字。"G36，到襄城的。"他说。

"明白。"夸父回答。

封小波等了一会儿，看乘客已经进得差不多了，才走到检票员面前，拿出警官证："市公安局的，办案。"

检票员拉开挡杆，放他进去。封小波向着不远处的金龙客车，快步跑了过去。但还没到车前，耳麦又响了。

"疯魔疯魔，我是瞎猫，不必跟了，不必跟了。"是黎勇的声音。

"为什么？我已经找到目标了。"封小波说。

"人已经跟上了，撤吧。"黎勇说。

"已经跟上了？我怎么没看见？"封小波朝车里张望。

这时，倒数第二块车玻璃后出现了一张脸，正冲着他笑。封小波一看，正是夸父。这小子不知什么时候换了一身橘黄色的衣服。封小波退后几步，拿出手机给夸父发微信。

"什么时候换的衣服？"

"你没听说过两面穿吗？"夸父在后面发了一个鬼脸。

"一人盯行吗？"

"加我三个人，都已上车。再联系。"夸父结束了微信。

三个人？封小波愣住了，他退到了站台上，看着金龙客车缓缓地驶远，琢磨了半天也没弄明白。

11. 外援

"不能这样了，咱们就算有再多人，也做不到一个一个地跟。"在视频工作站，黎勇摇头。

女娲没说话，等着听他后面的话。夸父还没回来。封小波低头拿着手机，发着微信。

"疯魔，你什么想法？"黎勇问。

"我觉得，咱们得主动出击。"封小波说。

"怎么个主动出击？"黎勇问。

"现在虽然测谎和预审都用上了，但咱们都知道，那都是虚的活儿，没有证据支持，特别是没有视频影像，再怎么怀疑都无法有实质性的进展。咱们换位思考，如果我是嫌疑人，在这个时候，是绝不会轻举妄动的。您不是说过吗？时间顺序、空间顺序、逻辑顺序，这个案子得反过来做。"封小波说。

"嗯……"黎勇点头，"说说你的想法。"

"时间顺序，咱们得往前切，你想啊，银行什么时候开门，什么时候停业，有几个保安，运钞车什么时候到，得踩点吧，起码从一个月前就得寻找视频影像。同理，星光广场也是，不光要排查重点人，还要通过重点人进行扩线，找他们身边的人。"

"这个已经开始做了，干部培训班的几组都在搜集。"女娲说。

"那再说空间顺序，现在虽然在绝大多数盲区重新布置了'鹰眼'，但能收集到的信息也只是案发之后的，时过境迁了。我觉得既然咱们已经假设嫌疑人驾车进入星光广场只是个幌子，已经把重点调查的力量放在三公里周边的盲区上，那我想，是不是可以再放个烟幕弹？"封小波看着黎勇。

"别卖关子，说。"

"解禁地下车库，恢复正常运营。"封小波说。

"这个……"黎勇想了想，"你是想麻痹对手？"

封小波点点头："最后是逻辑，咱们再换位思考啊，如果我是路人，就算看到了情况，为了避免麻烦，也是不愿意给警方做证的。作为目击者，做笔录耽误时间不说，如果被嫌疑人知道，可能还会存在风险。所以我觉得，咱们应该公布案情，广泛地向社会征集线索，不怕匿名举报，只要对警方有用就给奖金。咱们可以把人民群众想得'贪婪'些嘛。"他笑。

"但这样会不会引起社会的恐慌？"女娲问。

"哎哟，我说大叔啊，你不看微博微信吧？"封小波摇头，"现在这个案子全都传遍了，早就上'热搜'了。"

"嗯，这个得由郭局拍板。"黎勇点头。他看看表，站起身，"给夸父打电话，回来后直接去兴旺道老地方。"他对女娲说。

"刚问过，他回不来，刚到襄城，嫌疑人正吃饭呢，还没到家。"女娲说。

"哎，瞎猫领导，我一会儿有事儿。"封小波说。

"什么事儿啊？"黎勇皱眉。

"有人来找我。"封小波赔笑。

"哎哟，女孩吧。约会？"女娲笑。

"嘿，就是那个女技术专家……也不算什么约会，熟悉熟悉业务呗。"封小波撇嘴。

"想什么呢，美得你。是我叫她来的。"黎勇点破。

"啊？你叫来的？"封小波一愣。

"帮她把东西放车上，一会儿有用。"黎勇说着站起身来。

城东兴旺道，飞飞快递公司总经理办公室，圆桌上摆了满满登登一桌子菜。黎勇用打火机点烟，半天也点不着，金爷拿出都彭打火机，一声脆响，给他点燃。

"你这手术做得不行啊，视力越来越差了？"

"还没做完呢，两只眼睛没同步，等过了这段时间再做另一只眼。"黎勇说。

"哎，你们这帮警察啊，为了案子能不要命。要真瞎了，谁管你啊。"金爷撇嘴。

他在说话的时候，一直拿眼瞄着裘安安。弄得封小波心里老大不舒服。

"兄弟，你也来一支。"老金拿出中华，热情地递给封小波。

"我不抽烟。"封小波冷冷地拒绝。

老金尴尬地笑笑，停顿了一下，把烟收了回来。

"哎，这位女士是？"老金问。

"我给你介绍一下这两位啊，这是女专家，裘安安。"因为涉案，黎勇没把她的身份说透。

"哎哟，这么年轻就专家了？不错不错，年轻有为啊。"老金笑着点头。裘安安礼貌地微笑着。

"这位，是我们组的新人，封小波，代号疯魔。"黎勇指着。

"哦……你好你好。"老金微微点头。

封小波一直不拿这帮老炮儿当回事，同时也没明白今天这个饭局的目的。

"女专家是哪个领域的啊？"老金问。

"我是蓝晶石集团的。"裘安安回答。

"哦……我知道，知道。就是生产探头的公司吧。哎，我公司用的就是你们的设备。"老金说，"你们的产品不错啊，清晰度高，速度快，调录像特方便。我大门口还装了两台呢。"

裘安安笑笑。

"哎，你真是搞技术的啊？我乍一看，还以为是时装模特呢。"老金献着殷勤。

裘安安被逗笑了，连忙摆手。

"嘿，我可提醒你啊，瞎猫。这女专家到了你身边，一定要照顾好了，这大森林里乱着呢，漂亮的小花鹿一出来，好多大灰狼都惦记着呢。"老金笑。

黎勇知道他误会了，赶忙用胳膊肘顶他。"嘿，说什么呢你，安安是我们请来协助工作的专家。"

"哦，哦……嘿……"老金笑了。他从第一眼看到裘安安的时候，就觉得像海伦，要不是黎勇及时介绍，就差祝他们百年好合了。

"这么巧？"老金看着黎勇，话里有话。

"吃饭吧你！"黎勇说。

女娲当然知道他们在说什么，但封小波却冷眼旁观，生了一肚子气。

"哎，金大爷，听说您中过五百万是吧？"封小波抽不冷子冒出一句。

老金一听这称呼，就知道封小波是在挑衅。

"怎么着大侄子？是啊。"老金也来得快。

"八年前得了五百万，开什么快递公司啊，当时在海城买几套房子，现在也翻了几倍了吧。"封小波说。

"嘿……我不是没那眼光吗? 一辈子碎催的命，闲不住啊。"老金冷着脸说。

女娲看出两人要坏事，赶忙从中拉扯。"嘿嘿嘿老金，这菜都凉了，你还不让我们动筷子啊。"

老金看女娲这么说，停顿了一下举起杯，但似乎还没完。

"哎，那个什么疯魔兄弟，喝什么呢? "他问。

"白水。"封小波说。

"别白水啊，哎，博子，拿个'牛二'来。"老金说。

"好嘞。"陈博出去拿酒。

"我不喝酒。"封小波说。

"嘿，我知道，你们喝酒得报备。哎，瞎猫不是你领导吗? 现场报。"老金有点儿不客气。

黎勇知道老金这是较劲，但碍于今天找他办事的情面，并没吱声。其实他也有私心，想借着老金探探封小波的酒量。

"能喝吗? "黎勇问。

"我说了，不喝酒。"封小波重申。

"哦，那就算了，老金。"黎勇说。

"别啊，欢迎新朋友，没酒怎么行啊? 你眼睛不行就算了，老赵开车，也情有可原。你们两位，得意思意思吧。"老金说着拧开陈博递来的白酒，倒满两杯。

封小波没搭理，把头转到另一个方向。反而是裘安安挺痛快。

"我陪你喝。"

"你看你看，要不说人家是专家呢。"老金挖苦道。

大家动筷子了，但封小波却始终没说话。老金看明白了，这小子是给裘安安拔份儿呢。于是他故意对裘安安献着殷勤，间接地气封小波。黎勇看着好笑，但并不干预。

"哎，我今天来是有事让你帮忙。"黎勇说。

"没问题，有事吩咐。"老金大大咧咧地说。

"让你的人戴着这个上班。"黎勇说着从包里拿出一个"智慧人像识别眼镜"。

老金接过眼镜，端详了一会儿，问道: "这干什么用的? "

"视频识别，协助警方找逃犯。"裘安安说。

"联着网呢? "老金皱眉。

"是的，我们控制后台。"裘安安说。

老金点了点头，转头看黎勇: "怎么碴儿，瞎猫，不光让我协助，还要把我所有的兄弟都发展喽？"

"是这意思。"黎勇笑。

"嗯……"老金低下头，"忙我可以帮，但你可想好了，我这儿的人不少都底儿潮，别再给你跑风漏气了。"

"我知道，所以你什么也别说，就让他们戴上就行了。"黎勇说。

老金点上一根烟，拿着眼镜又看了看。"现在还不行，这样，你拿回去加工一下，再给我拿来。"

"加工？"黎勇皱眉。

"一是不要平光镜，要墨镜，二是在眼镜上喷上'飞飞快递'的 LOGO。我也好让他们糊里糊涂地戴上。"老金果然老油条。

"可以吗？"黎勇问裘安安。

"没问题，给我一天的时间，但是……"裘安安停顿了一下，"工作结束后你要全部收回来。"

"嗯，没问题。"老金点头，"嘿，瞎猫，我算服你了。我们每个员工每天起码要跑上百公里，这几百人加起来，每天就是几万公里，让这么多快递员戴上警察的追踪器绕着海城转，这损招也就你能想得出来。"

"记住，保密啊。"黎勇说。

"放心吧，要是让外面的人知道了，我还混不混了？"老金反问，"还有啊，只要你有目标了，告诉我。我这别的资源没有，每个电话关联的地址，都门儿清。"

"哼……公民信息就是这么被泄露出去的。"封小波沉默了半天，突然冒出一句。

"嘿，这儿等着我的啊？"老金把酒杯往桌上一蹾。"那什么意思啊，我还管不管了呢？"

"哎哎哎，得管啊，这么大事儿，你能袖手旁观吗？"女娲忙劝。

"这哥们儿什么意思啊？烟不抽，酒不喝，往这一坐跟尊神似的。是不能喝啊，还是不给面儿啊？来！"老金说着一抬手，把那杯倒满的白酒又推到了封小波面前。"是爷们今儿就干了，要不是，你随意……"他冷下脸来。

封小波冷冷地看着他，没接茬儿。

"得，那就不是爷们儿了？"老金将起军来。

封小波没含糊。他拿起杯，一仰头干了下去。然后剧烈地咳嗽起来。裘安安赶忙过去拍他的后背。

封小波推开裘安安，把杯子往桌上一蹾，转头就走。裘安安追了出去。弄得黎勇挺尴尬。

"靠，这小子挺有性格啊。"老金笑。

"他就这样，要不叫疯魔呢。"黎勇摇头。

"看出来没有？因为那专家。"老金眯着眼说。

"哎，你也是，跟一小孩儿较什么劲啊。"黎勇说。

"我以为是你的呢……太像了……"老金没把话说完。

"嘻……"黎勇摇头叹气。

夜晚的步行街上热闹非凡，人潮如织。裘安安追到了封小波。

"你干吗啊？"她问。

"怎么了？我有问题吗？"封小波反问。

"今天就是来求人家的，你干吗这样儿啊。"裘安安问。

"我看他不顺眼，装什么孙子啊，不就有俩臭钱吗？"封小波气愤。

"你……是因为我？"裘安安换了表情。

"啊？"封小波愣住了。

"因为他总跟我这儿起腻？"裘安安笑。

"嗯，对，就是。"封小波回答。

"你真想追我？"裘安安皱眉。

"真的，我疯魔说话不掺假。"封小波直来直去。

"为什么？咱俩认识还不到一个星期。"裘安安问。

"知道什么叫一见钟情吗？对上眼儿了！我跟你直说了吧，从你拿尿桶砸逃犯的那一刻，我就喜欢上你了。"封小波大大咧咧地说。

"你没事儿吧？"裘安安脸红了。

"真的！哎，试试吧！我一人民警察，配你不寒碜。"封小波转到裘安安面前。

"我要是告诉你，我已经有男朋友了呢？"裘安安看着他说。

"呵呵，不可能。"封小波摇头，"住单身宿舍，没有夜生活，公安局随叫随到，手指上也没戒指。蒙谁呢。"

"你……"裘安安装作生气，转头就走。

"哎，我没说假话，我喜欢你！"封小波在她身后大声喊，引得周围的路人纷纷驻足观望。

"我要是说不呢？"裘安安回过头。

"那我就一直追，追到你说好为止。"封小波大喊。他这一说，周围的几个路人都起哄地鼓起掌来。

裘安安头也不回地走了，封小波看着她的背影撇嘴笑了。

初雪，悄无声息地在凌晨降临了，轻轻地、缓缓地，似乎怕惊扰了人们熟睡的梦。它来得匆忙，融化得也快。等天光大亮的时候，已经看不出多少痕迹了。蓝晶石集团海城分公司的总经理室，华总坐在宽大的老板台后，听着裘安安的汇报。

"现在公司的服务器已经到位，各项工作顺利开展。在海城公安的要求下，我与他们签订了保密协议。按照协议，我能跟您汇报的，只有设备使用的相关情况。但是……"裘安安犹豫了一下，"我想听一下您的意见。您之前说过，咱们要全力配合，但是不是也要有一个尺度？"

华总认真地听着："什么尺度？"

"比如说，将我们的设备委托给第三方使用，是否可以？"

"是为办案服务吗？"华总问。

"是的。"裘安安点头。

"只要是为办案服务，我没意见。"华总很开通，"安安，你要记住一点，他们不仅是在办案，更是在保卫这个城市的安全。城市安全了，才有良好的市场秩序，才有我们企业的健康发展。"他站起身，拉开窗帘，看出外面初雪消融的美景，"我派你去，是全力协助他们工作，不能设置障碍，明白吗？"

"明白。"裘安安点头。

"海城的监控网络太落后了，光靠公安机关一家的力量去建设，时间太慢了。咱们企业也要做一些力所能及的事。下一步，如果他们在办案中还有什么需要，你直接向我汇报，咱们给予最大力度的支持。"华总站起身来。

"华总，你真伟大。"裘安安笑了。

"不是我伟大，而是希望能让罪犯无所遁形，海城能平安稳定。平安了，才有发展，稳定了企业才能健康地成长。"华总再次重申。

"明白。"裘安安点头，"还有……那个封小波，他还没考虑好。"

"呵呵，他是个干警察的料。"华总笑，"你有机会跟他说，蓝晶石永远为他敞开大门，要相信咱们公司能为他提供更广阔的舞台。"

12. 设局

海城公安局视频工作站里，蓝晶石公司的电脑服务器已经就位。裘安安在经过市局政审之后，签订了保密协议，正式加入专案组。一切按部就班。

夸父风尘仆仆地回来了，来不及休息，直接被编入到行动组之中。他追踪到了重点人在襄城的落脚地，交给了当地警方进行二十四小时监控。现在他除了要和其他干部班的成员一起搜索、调查之外，还要承担远端视频回传的任务。

郭局带着警务保障处的老沈到市里汇报去了，应该是关于监控系统预算的事情。此刻在工作站，黎勇是当之无愧的"大脑"。他把腿踩在椅子上，隔着墨镜久久凝视着面前巨大的显示墙。

"哎，睡着了？"宣传处的谭彦走过来撞了他一下。

"嗯……差点儿。"黎勇摘下墨镜，胡撸了一把脸。

"遵照你的指示，准备开始了啊。"谭彦说。

"嘿，别遵照我的指示啊，郭局，咱们都给郭局干活。"黎勇忙解释。

"行了，别谦虚了，现在咱们局谁不知道，你手里有郭局的尚方宝剑。行动该怎么办，都得听你'黎局'的。"谭彦笑。

"打住打住，你这是给我挖坑啊，我可受不了。"黎勇摆手。

"别废话了，《法制在线》《今天说法》《警方二十四小时》等几个社会栏目都联系好了，《海城晚报》《都市报》《新闻周刊》等几大报纸也都打了招呼，主流网站也能随时发布。第一是征集案发后黑色大众轿车的线索，第二是对嫌疑人进行悬赏。你打算什么时候开始？"谭彦问。

"这方面你是专家啊，你的建议呢？"黎勇说。

"现在的新闻传播已经发生了明显变化，过去一些大的报纸都停刊了，互联网肯定是最大的途径，我会让'平安海城'微博率先发布，然后由几个主流网站同步转发，最后再让一些'大V'加持，争取一天能达到千万阅读量。"

"好，这样好。"黎勇点头。

"其他的报纸、电视媒体也会同步。悬赏金额郭局特批了，十万块，这已经是能申请到的最大数额了。举报邮箱我派专人盯控，有线索立即向你们通报。哦，还有个建议啊，你联系一下看守所、戒毒所、监狱等部门，组织在押人员进行辨认和检举揭发，也许会有所收获。"谭彦提醒。

"嗯……"黎勇点头。

"公安系统内部你也别落，既然已经通过社会媒体发送了，你新获取的嫌疑人照片也要再发一遍，根据之前发布的协查和通报，各地公安要持续推进。"谭彦叮嘱。

"但是……我没有新获取的照片啊。"黎勇说。

"没有？"谭彦皱眉，"没有你发什么消息？怎么让人辨认？"

"我只有这个。"黎勇说着操作了一下无线鼠标，显示墙上出现一张照片。嫌疑人戴着口罩，蒙着防寒服帽子，只能看见两只眼睛。

"瞎猫，你开什么玩笑？"谭彦惊讶，"我反复跟你说过，要想发布悬赏，内容必须清楚全面，嫌疑人图片、体貌特征、简要案件情况、警方联系电话几个重点一个都不能少，其中嫌疑人图片肯定是最重要的啊。怎么着？就凭这个图，就想让人民群众认出嫌疑人？"

"对，但我不想在网络和电视、报纸等媒体上登出照片，而是想把照片公布在一个地方。"黎勇笑着点头。

"你……又冒出什么鬼点子了？"谭彦皱眉。

"疯魔，你觉得如果将嫌疑人照片贴在一个地方，哪里比较好？具体的实施方案是什么？"黎勇出题。

封小波起身，走到显示墙前。"我认为张贴照片的数量应该多多益善，C区的市公安局前后门，E区的闹市十字路口，H区的两条步行街等，都应该广泛张贴。画像应该放大，让群众能看得清细节，应该悬挂在合适的高度和明显的位置。"

"嗯，都是书本上学的吧？"黎勇笑，"是，对嫌疑人图像的识别，传统的方法就是由人到人的辨认，而视频侦查呢，是由像到人，有时要讲究从无到有。"

"从无到有？"封小波不解。

"谭处长，我想只把图像贴在一个地方，那就是这里。"他用手指着显示墙上的一个位置。

"V区？"谭彦皱眉，"那里虽然是一条商业街，但很老旧了，往来的人群并不太多。"

"对，不但人群不多，而且偏僻，附近障碍物较少，不利于蹲守。"黎勇补充。

"那你为什么……"谭彦不解。

"疯魔，你说。"黎勇转头。

"你是想……请君入瓮？"封小波果然聪明，开了窍。

"嘿嘿，对了。"黎勇点头，他继续用手指着，"在V区老商业街的街口，看，这里，有一堵三米的高墙。嫌疑人的图像就贴在这儿，但不要放大，最多不过一张A3纸的大小，要贴在两米的高度，这样离远了肯定看不清，必须凑近了看。我们在这儿、这儿、这儿三个位置，布置'智慧人像追踪系统'。"他说完就笑了。

"呵呵，明白了，你小子是在钓鱼呢。"谭彦也笑。

"第一，避免无价值的围观；第二，吸引真正有价值的人群；第三，后台系统会上人脸识别和动作识别，我们守株待兔。"黎勇说。

"同时正因为不利于蹲守，嫌疑人才不会心存戒备。"谭彦补充。

"对，谭处长都会抢答了。"黎勇笑。

"够鬼的！明白了。我照你说的办。"谭彦点头。

为了亡羊补牢，郭局向市里申请到了第一笔资金，用于海城公共监控系统的升级改造。裘安安立即向华总汇报，第一批最先进的蓝晶石视频监控探头已经开始在海城的重点区域布设。虽然还没正式签订政府采购合同，市局无法按照政府定价向蓝晶石支付全部资金，但经过华总向集团总部汇报批准，以先期垫资的形式进行安装。此举让郭局很感动。

按照黎勇的建议，星光商业广场地下车库全面解封，恢复了正常营业。由特警支队长廖樊带队，着便衣继续进行蹲守，随时发现可疑线索。谭彦行动迅速，下班前就召开了媒体通报会，向社会大众广泛发布消息。一是悬赏搜集黑色大众车的相关线索，接受匿名线索，并承诺悬赏奖金；二是重点发布嫌疑人图像信息，公布张贴图片位置。不一会儿，黎勇便从显示墙上看到，V区的画面上人山人海，"打酱油"的群众纷纷探着头，挤到两米高的A3图像跟前。但他们却没发现，左中右三个连接"智慧人像追踪系统"的隐藏式高清探头，已将他们的图像全部传输到后台终端之中。而不远处戴着BOSE耳机和"视频眼镜"的夸父则不停走动，与干部班的同志们一起，用视线在辐射所有暗角。

在二十四小时之内，谭彦组织宣传处的所有人手发布信息、搜集线索，将"银行劫案""黑色大众""嫌疑人画像"等关键词推上了热搜。而以黎勇为首的"鹰眼"小组，则组织全局主力让一张大网徐徐张开。黎勇就是这张网的主脑。他让夸父当腿，女娲当手，封小波当眼，裘安安当大脑，组成完整的视频图像数据搜集、分析、研判系统。加之刑侦支队、治安支队等民警广泛的明察暗访，干部班成员的重点搜索，以及飞飞快递几百名快递员每天上万公里的"海捞儿"。行动在明、暗两条线上飞速推进着。宣传处公布的警方邮箱不断接到举报邮件，110报警中心相关的线索也在疯涨。同时在V区画像的吸引下，混杂着各种目的的人云集于此，"智慧人像追踪系统"频频报警。虽然银行劫匪还没有发现，但在大数据系统接通警方数据库之后，发现了各色各类的十多名其他案件逃犯。

黎勇忙坏了，一边通报刑侦支队的人进行秘捕，防止打草惊蛇；一边让裘安安进行海量比对，发现新的情况。他用脚踩着凳子，半眯着眼睛，让女娲不断切换显示墙上的画面，让封小波报出重点。

"V区，让夸父扯远点儿，别弄得脸熟，让干部班的人上，每半个小时换一组，背靠背地扫视，画面要稳。J区步行街和W区人行道的两个点位，人流不多，且通过大数据分析已经排除，不用再去了。哎，疯魔，预审那边有情况，让询问笔录组的人撤了，让追踪组的人上。马上！"视频工作站忙得热火朝天，郭局带着章鹏、那海涛等各单位领导也会集与此。十几个"大烟筒"一边指挥行动，一边研究案情，裘安安就算戴上口罩，也被呛得睁不开眼。

次日十点二十五分，110报警中心接到了一个开头号码为"133"的匿名电话，报称曾经在发案后于城中区三经路旁看到一辆黑色大众轿车停车。这条线索迅速传到视频工作站的指挥部，黎勇让女娲把现场镜头调出，发现正是L区之前的视频盲区。

"走！去现场！"黎勇站了起来。

午后的阳光暖暖的，气温回升到了零度以上。黎勇戴着墨镜，穿着一袭黑衣，在L区一排垃圾箱前踱步。这是两个居民区之间的夹道，很窄，勉强够两辆车错车。路北侧有八个并列一排的垃圾箱，旁边还堆放着许多黑色的垃圾袋，显然已经好久没有清理。垃圾箱后是一面高墙，挡住了北侧小区内的房屋，南侧则是一个停业的商铺，上面挂着"静雅轩SPA"的招牌。

"我们到环卫部门调查了，上次清理垃圾的时间是十二月二十三日，冬至第二天。"章鹏在黎勇身旁说。

"那不就是案发第二天？为什么不早说？"黎勇皱眉。

"侦查员跟老赵报了啊。"章鹏说。

"女娲，你就耽误事儿吧。"黎勇说。他冲封小波招招手。

封小波走过来，不知他要干什么。

"把这几个垃圾袋打开，检查。"黎勇指着垃圾袋。

"啊？"封小波愣了。

"动手！"黎勇说着俯下身，拉过了一个黑色垃圾袋，撕开口提起来一抖，一袋子的垃圾就倾泻在地上。

"看看有没有什么有价值的线索。"他说。

"这里面……能有什么线索啊？"封小波苦着脸。

"没听说过 10·4 专案吗？就是通过垃圾袋中的一个矿泉水瓶发现的指纹。把每个垃圾袋都打开，标注好号码，然后区分不同，进行搜索。别废话，快找。"黎勇说。

"清理垃圾的人员能找到吗？"他转头问章鹏。

"找到了，一个清理员和一个司机，正在往回带。"章鹏说。

"走。看看去。"黎勇说。

市局大院里，停着一辆绿色垃圾清运车。在二号楼的询问室里，垃圾清运车的司机坐在预审支队长那海涛的对面。那海涛手里盘着两个核桃，正用缓和的语气跟他聊着。

"你一天清理几个地点？"那海涛问。

"我们是隔一段时间去清理一次，按照我们的规章制度，一般是三至五天时间。"司机四十多岁，人很朴实，说起话来有些紧张。

"你们的车负责几个地点？"那海涛并不把地点说明，让司机"自然陈述"。

"哦，我们负责城中区的六个地点，分别是辰东校区，臻园小区，三经路 2 号院、3 号院和 4 号院，以及三经路 2 号院与 3 号院之间的垃圾堆放站。"

那海涛知道，他所说的"三经路 2 号院与 3 号院之间的垃圾堆放站"，就是 L 区的盲区位置。

"你们最近一次是在什么时间清运的？"那海涛问。旁边的书记员已经开始了记录。

"最近一次……"司机仰头想了想，"是在二十三号的清晨。"

"冬至第二天的清晨？"那海涛问。

"是的，没错，早晨五点。"司机肯定地说。

"把当时的过程叙述一下。"那海涛说。

"嗯……当时我就是和清理员刘师傅一起到的那里，然后和往常一样，把垃圾桶内的垃圾往清运车上装。这里堆放的都是已经在各小区分好类的垃圾，所以只有装运的过程。"司机回忆着。

在另一间询问室。黎勇收到了那海涛发来的微信。

"你说是早晨五点？"黎勇抬起头问。

清理员刘师傅坐在黎勇对面，点着头。"没错，早上五点。清理过程很顺利，但那天的垃圾却似乎有点多，一车没拉走。所以就遗留下了两袋。本想第二天再顺路清理走的，但年底工作量太大了，我们就偷了个懒，准备在下次清运时一起带走。"刘师傅比司机年龄小些，说起话来粗声大气的。

"平时出现过这种情况吗？我是说车拉不走的情况？"黎勇问。

"一般不会出现，因为附近就那两个小区，居民产生的垃圾量都相差无几，而且那里是垃圾堆放站，已经做好了分类处理。"刘师傅说。

黎勇看着他，想着刚才封小波在电话里的汇报。封小波这小子太鬼了，最后也没自己动手，而是狐假虎威地调来了刑侦支队的现场勘查人员，对每袋垃圾逐一进行检查。但他的偷懒也不无道理，勘查人员毕竟专业，经过他们检查后，得出结论，现场除了两袋垃圾为堆放一周时间以上之外，其他都是新产生的垃圾。从里面相同牛奶不同的生产日期便可以推算。这与黎勇猜测的大致相同。

"你们把那些垃圾运到何处？"黎勇问。

"我们拉满一车后，会将垃圾运送到东郊的垃圾转运站，然后等一段时间后再统一处理。"刘师傅说。

"转运站有人看管吗？"黎勇问。

"有个老头盯着。"韩师傅回答。

黎勇站起身，示意韩师傅等等，走到了门外。

他关上询问室的门，给女娲打了电话，让他马上调取十二月二十三日清晨五点前后，L区附近的视频监控，果然发现了垃圾清运车的影像。清运车从进入视频盲区到开出来，一共停留了十一分钟的时间，黎勇又进去与刘师傅核对了一下，与现实情况相符。

在东郊垃圾转运站，黎勇和封小波到达的时候，看门的老头并不在。大门紧闭着，黎勇和封小波就爬墙跳了进去，迎面就闻到了一股恶臭，熏得两人赶忙捂住口鼻。

转运站大约有几百平方米的面积，里面堆积着小山一样的垃圾。黎勇边走边观察着，封小波跟了上来。

"瞎猫，你觉得他们会把赃物放在垃圾堆里吗？"

"你觉得呢？"黎勇反问。

"那风险不大吗？万一被清运人员发现了怎么办？"封小波问。

"如果是你，把赃物放在垃圾堆里之后，会怎么办？"黎勇问。

"哎，咱们这么问来问去的有意思吗？"封小波烦了，"我觉得，你的思路有问题。"

"我又停留在八〇后的思维了？"黎勇笑，"那你说。"他点燃一支烟。

"要是我，就算制造了把车开进停车场的假象，同时把赃物藏在了垃圾站，也会想方设法地马上转移走，而不是等着第二天垃圾清运车来。"封小波说。

黎勇看着他，没说话。

"你想啊，一晚上的时间，有多少不确定因素呢？这么多钱，劫匪会冒着这么大的风险等待吗？我觉得不会。"封小波说，"你是没中过五百万的彩票，要是中了，肯定整天揣在身上……"

"呵呵，就跟你中过似的。"黎勇笑，"但你说的也有道理，你小子总是异想天开。"

"不是异想天开，是脑洞大开，技术再先进，也得从人的行为逻辑上找。这是书上说的。"封小波说。

黎勇看着封小波，觉得他太像自己二十多岁的样子了，天不怕地不怕，满腔热血。"说实话，我也觉得不太可能。"

"对啊，你想啊，过程多复杂。把赃物扔在垃圾站里，风吹日晒，再被倒垃圾、捡破烂的发现，多悬啊。再说，他们怎么知道第二天垃圾清运车会来呢？你把他们想得太神了。"封小波说。

"对！"黎勇突然来了灵感。他拿起手机拨给女娲。"快，查一下案发后 L 盲区两个出入口的情况，截止到第二天清晨。"

不一会儿，女娲就发回了消息。与封小波判断得一样，在二十二日十九点左右，从 L 区盲区南侧的出口，驶出了一辆垃圾清运车。但外形与停在市局大院的车截然不同，车身是蓝色的。

这是个重大的发现，黎勇激动得半天都没翻过墙。他马上向郭局报告，要求立即全面查控那辆蓝色的垃圾清运车。专案组的众人都很兴奋，一下找到了案件的突破口。是啊，哪个傻子会把如此巨额的赃款赃物扔在垃圾堆里等一宿呢？这不是有病吗？黎勇彻底服了九〇后的思维，也不禁感叹，八〇后落伍了！

他和封小波赶回到视频工作站，和女娲、裘安安一起投入战斗。在显示墙上，黎勇指挥女娲调动着所有可用视频监控的回放，封小波按照时间顺序、空间顺序和逻辑顺序，换位思考地判断嫌疑人的目的和走向。方向越来越明确，轨迹也越来越清晰。蓝色的垃圾清运车在案发之前的两个小时进入了 L 盲区，之后在十九点零二分离开，在全城戒备的情况下，大摇大摆地沿着城中大道，一直经过东三条路口，向着海城高速的位置前进。

"王八蛋，太鬼了！"郭局看着视频也少有地爆出了粗口。专案组成员都感叹，这帮劫匪竟然在全局警力集中在星光商业广场的时候，迎着东三条飞驰而来的 110 巡逻车，不慌不忙地以六十公里的时速逃离。这才是三十六计说的"声东击西"呢。

"调海城高速附近的所有监控。疯魔，按照六十公里时速计算，锁定目标。"黎勇眯着眼，发号施令。

封小波紧盯着屏幕，看了许久。"没有。"

"没有？"黎勇睁开眼，"垃圾车最后出现在哪里？"

"出现在……"封小波回想着，"富阳道，时速大约八十公里。"

女娲说着切换画面，将图像放大。

"向哪里转了？"黎勇问。

"看不清，监控被一排树冠挡着。"

"距离这里最近的探头呢？"

"一个是 K 区，距离这里一公里，一个在 Y 区，距离这里一点七公里。"封小波说。

"划定这个区域！以垃圾车出现的最后一个影像为起始点，以向 K 区一公里和 Y 区一点七公里的探头为边界。"黎勇站起身来。

"章鹏、廖樊、老孟、老田，立即带人对这个区域进行搜索，同时在路口设卡，以交警夜查酒驾为由进行检查，在不打草惊蛇的前提下，要做到密不透风。"郭局也站了起来。

"女娲，能恢复这辆清运车的牌照吗？"黎勇问。

"应该可以，但需要时间。"女娲说。

"马上去做，视频操作交给安安。"黎勇说，"夸父，带干部班的人马上到达这个区域，随时准备行动。"

13.鹰眼

在蓝色垃圾车消失的那个位置，黎勇和郭局在寒风中伫立着，面前是茫茫一片杂乱的房屋。这里是海城著名的"城中村"望海地区，面积大约有三四平方公里，居住着数万名老城居民、外来务工和社会闲散人员。这里私搭乱建严重，暂住登记混乱，情况十分复杂，一直是海城警方整治的重点。经过测算，从这里到K区、Y区两处监控之中的面积一共有三点一平方公里，黎勇知道，真正的犯罪嫌疑人很有可能就潜藏在这里。

"瞎猫，让你撞到死耗子了。"郭局幽默着。

"嘿，不是我，是疯魔那小子。"黎勇并不贪功，"九〇后就是比八〇后强。"

"哪里强？"郭局问。

"思维模式，发散性的思维模式，不就事论事，懂得换位思考。"黎勇很少说别人的优点。

"哎哟，能让你认可的人可不多。"郭局笑。

"您算是一个。"黎勇也笑。

"没大没小……哎，说正事，你觉得他们会藏在这里吗？"郭局问。

"差不多。嫌疑人很聪明，知道当晚高速检查站肯定严查，所以才选择把赃物藏在安全的地方，想等风平浪静了，再悄无声息地逃离。但他们没想到，咱们一直没放松对案件的调查，所以可能到现在他们也没能出城。"黎勇回答。

"怎么得出的这个判断？"郭局问。

"我们查了，那辆蓝色垃圾车近期根本没再出现。"黎勇说。

"但也不能排除他们以其他方式出城的可能。"郭局提醒。

"嗯……"黎勇点头。

"总算查到些眉目了。这帮王八蛋没想到啊，他们就算计划得天衣无缝，也没躲过'鹰眼'的追踪。三个探头的资料，已经封锁了他们的范围了。"郭局感叹，"下一步该怎么做？"

"下一步……"黎勇停顿了一下，"我不建议马上入户搜查。"

"是的，马上入户，不但会引起恐慌，更会打草惊蛇。"郭局说。

"我想先等女娲的视频结果出来了，再决定哪里是重点，哪里要扩线。"黎勇说。

"好。章鹏、廖樊，这里就交给你们了。"郭局回头点将。

视频工作站里，女娲在两台电脑显示屏前忙碌着。裘安安在服务器前整理着信息，封小波给她端去一杯外卖的咖啡。

"怎么样，我的判断没错吧？"封小波得意地问。

"还行吧。"裘安安淡淡地回答。

"哎，怎么每次我做成事儿的时候，你都一副无所谓的样子啊？"封小波皱眉。

"我为什么要有所谓啊？应该崇拜你？"裘安安还嘴。

"崇拜倒不至于，起码得为我高兴啊。"封小波说。

"我是你什么人啊，干吗为你高兴啊。走走走，我这忙着呢。"裘安安说着就转过了椅子。

封小波讨了个没趣，又拽着凳子到了女娲身边。"女娲，还没弄出来呢？"

女娲推了推鼻梁上的老花镜，回头笑了一下："小子，我没几年就退休了，估计以后这活儿得传给你了。"

"哎哟，那可别价，我可干不了这个。"封小波连忙摆手。

"嘿，你就是野惯了，坐不住。我告诉你啊，要想成为真正的'鹰眼'，得什么都会，不能偏科。"女娲说。

"哎，我是刚明白您为什么叫这个代号，女娲，补漏啊……那夸父就是瞎跑呗？"封小波笑。

"对，就是这个意思。"女娲也笑了，"你看啊，在这段视频里，垃圾车的牌照虽然一晃而过，但通过咱们的画面切分，就可以初步进行识别。这段视频文件是每秒二十五帧，在理想的状态下，每一帧都应该有相对完整的信息。所以要选择录像中质量较好、噪声干扰较小、被摄目标较大、位移较小的单帧图像，然后去模糊、去噪声、图像增强、清晰化处理……"女娲讲授着。

"嗯……"封小波觉得挺有意思，细细地看着。

"你看这一帧画面就符合标准。能看出车牌吗？"女娲问。

"海 E36**4……最后两个数字看不清。"封小波说。

"这是由于夜间灯光昏暗出现的偏光现象。你看啊，咱们从交通系统里查询。"女娲噼里啪啦地敲击着电脑，上面显示出一串车号。"相近号码一共有十七个，海 E36X84，海 E36754，海 E36134……"女娲默念着，"然后，咱们把这些号码放在大数据里滚一下。"他又噼里啪啦起来。

"哦，案发时在海城的只有八个了。"封小波说。

"YES！然后咱们继续查一下，近期还在海城活动的有几个。"女娲操作着，"看，缩小到六个了。"

"最后看车型？"

"不错，都会抢答了。"女娲笑了。他将六部疑似车辆的号码逐一点开，分别是一辆 BYD、一辆大众、一辆丰田、一辆奥迪和两辆吉利。

"哎，没有啊？没有垃圾车。"封小波说。

"那说明什么呢？"女娲问。

"说明是假的牌照。"

"对，聪明。"女娲点头，"现在咱们在案发后相同的时间，搜一下这些车的轨迹，就能知道了。"

封小波点头："哎，我说女娲，你不是在教我呢吧？"

"嘿嘿，你小子不都会了吗？下次，你来啊。"女娲笑了。

市局门外，停着一辆 S 级奔驰，金爷在驾驶位上稀里哗啦地吃着盒饭。

"我天，你们市局的夜宵真不错，这炒饭有'锅气'。"金爷边吃边说。

"别忘了打胰岛素。"黎勇说。

"这么晚了什么事儿？"金爷问。

"给你几个电话号码，帮我调一下快递地址。这是介绍信，等有了发现，我再把有用的号儿填上。"黎勇递过材料。

"好，明天我让铁子给你送来。"老金胡噜完最后几筷子炒饭。

"你查你送，别经第二个人的手。"黎勇说。

"嘿嘿，就信我一个？"老金笑，"哎，你把墨镜摘了吧，黑灯瞎火的，不知道以为是算命的呢。"

"行了，我还得加班。有结果了说一声。"黎勇拉开车门。

他回到视频工作站，裘安安正在找他。"瞎猫，这两天的'智慧人像追踪数据'出来了。"

"有发现吗？"黎勇随着她走到服务器前。

"你看。"裘安安晃了一下鼠标，屏幕上显示出了一组数据。

黎勇眯着眼看着，摇了摇头。"看不太懂。"

"好，那我切换成图形模式。"裘安安点了几下鼠标。屏幕上顿时显示出海城地图，上面显示出几个红点。

"看不清，投到显示墙上。"黎勇说。

裘安安操作几下，影像在显示墙上扩大了数倍。这时，女娲也走了过来。

"这两天获取的数据非常巨大，主要来源于五个方面。第一是案发前后海城原有的海量视频数据，第二是张贴悬赏通告画像那里'鹰眼'摄录下来的数据，第三是之前让夸父带人在三公里处所有盲区补上的临时'鹰眼'数据，第四是干部班重点调查的视频回传数据，第五是飞飞快递的回传视频。"

"算是海量数据了吧？"封小波也凑过来。

"还差得远呢。"黎勇说。

"剩下的情况让女娲先说。"裘安安做出"请"的动作。

女娲笑笑，操作了几下鼠标，屏幕上显示出一个车辆的轨迹图。"你看，经过分析研判，确定了嫌疑车辆的牌照为海E362Q5。"

"怎么查到的？"黎勇问。

女娲摘下了老花镜。"通过车牌还原，我把疑似车牌缩小到八个，但在八个之中，却没有垃圾车的车型。所以我们可以推定，这个车牌是伪造的。于是我继续在大数据里进行分析，发现其中六部车辆，在案发时的下班高峰期，都在距现场较远的路段出现过。那嫌疑车辆只剩下两辆了，我们就在110报警系统中过了一遍报警记录，发现其中一辆车的车牌被盗了。"

"嗯，明白了。"黎勇点头。

"在确定了疑似牌照之后，我们便'以假查假'。以假车牌为线索，调查嫌疑人的轨迹。从案发前的两天，海E362Q5从海城高速方向进入海城，之后经过Y区最后一个监控探头，消失在'城中村'望海地区的方向。看，就是那辆黑色大众。"女娲把显示墙上的图像放大，可以清晰地看到，那辆丢弃在地库中的黑色大众轿车，前面悬挂着那个车牌。"然后在案发当日，嫌疑人摘掉了黑色大众上的车牌，又挂在了那辆蓝色垃圾车上。"女娲放大了垃圾车的画面，"后面的情况大家都知道了，然后请安安接着说。"女娲也做出了一个"请"的动作。

"我根据女娲描绘的车辆轨迹，做了一下人像识别的海量数据比对，却没有发现什么有价值的信息。于是我启动了'智慧人像追踪系统'的第二项功能，动作识别，便有了发现。"她操作鼠标，显示墙上又出现了那些小红点。"看明白了吗？"裘安安问黎勇。

"我……说实话看不太清楚。"黎勇捂着右眼。

"这些红点标注的位置，与女娲的车辆轨迹有重合。"封小波仔细地看着。

"对，你看，海城高速的收费站，Y区的监控探头，海城银行的门前，星光商业广场，更重要的是，他还被张贴悬赏通告画像的'鹰眼'摄录下来。"裘安安说。

"太好了！有他的人像吗？"黎勇问。

"他很狡猾，在察看悬赏通告的时候，也戴着口罩。我说过了，之所以能发现他，是通过大数据中几个关键地点碰撞出的'动作识别'，也就是他走路的基本姿态。"裘安安说。

"明白，这个是他无法伪装的。"黎勇点头。

"对，只要他在路面上行走，只要被我们掌控的探头拍摄到，无论他穿什么衣服，化什么妆容，如何伪装自己，都逃不过'鹰眼'。"裘安安说，"我认为，这个人是一个重点目标。"

"他最后出现的一个位置在哪里？"黎勇问。

"与垃圾车消失在同一个位置，'城中村'望海地区的方向。"裘安安指着屏幕说。

又是一个雾霾天，时至午后还看不见太阳，手机上的空气污染指数已经突破了三百。

视频侦查车里，视频组的五个人在监控显示屏前守候，上面显示着"城中村"望海地区几个主要进出口的画面。局里的精锐已经到位，"智慧人像追踪系统"已经全面安装完毕，但守株待兔则更考验参战人员的耐性。

吃完盒饭，黎勇走下车，和女娲一起抽烟。封小波和夸父也下车舒展身体。最近太忙了，忙得脚不沾地，魂不守舍，忙得来不及总结和梳理就匆匆奔赴下一个目标。黎勇时刻紧绷着神经，生怕有漏。他知道，什么叫万无一失、一失万无。正如郭局所说，现在他一个小芝麻官正在指挥千军万马，虽然是狐假虎威，但起码大部分的实际行动是自己在发号施令。他知道郭局器重自己，但也知道这不是什么好事，现在全局都在盯着自己，总有种被架在火上烤的感觉。没两年就该四十了，黎勇也不像以前那么激进了，嘴上说都是为了工作，但在社会上生存谁能那么简单，谁不想一举两得、一举多得啊，要是到了这个岁数还跟小孩打醋似的直来直去，那估计被碾轧和边缘化的命运是早晚的事了。所以在工作中，他尽量温和地处理与同事们的关系，但有时还是压不住自己那驴脾气，没辙，性格决定命运，也许就是说他这样的人。但他深知，这次行动必须成功，案件能否破获与城市博览会能否顺利召开已经有了直接关系。现在压力最大的，当然不是自己，而是郭局。作为一个地级市的公安局局长，郭局在公安部、省厅、市委市政府各级领导高度重视的情况下，还敢听取自己的意见，让宣传处通报案情、征集线索，申请经费，拉上社会公司协助办案，这已经是破釜沉舟、放手一搏了。郭局说话算数，从行动开始到现在一天都没回过家，连换洗衣服也是家人送来的。他率先垂范，底下的人就要冲锋陷阵。黎勇遥望着远处高速路旁的巨大的广告牌，"开放海城、魅力海城、好客海城、平安海城"四句口号让他觉得胸口发堵。

"发通告、布设探头、征集线索、守株待兔，这都是诱敌的招数。获取视频、数据研判、划定范围、重点突击，这是现在咱们要做的。"封小波掰着手指在旁边说着，"瞎猫，如果咱们判断错了怎么办？"他问。

"错了？就重新开始。"黎勇说，"怎么了？对自己没信心？"

"嘿，不是没信心啊，我是觉得，咱们的每一步推进，似乎都没有确凿的证据，而是凭想当然。"封小波说。

"我这个过时的八〇后，相信你九〇后的判断。"黎勇笑。

"别，别相信我啊，我那可是瞎说。"封小波解释。

"呵呵，干侦查的当然要讲证据，就跟我当初在打扒队抓贼一样，必须人赃俱获，光抓到人没有赃物，人就得放；拿到了赃物人跑了也没用。但视频侦查除了要靠证据，更要有灵感，有时需要点'意识流'，发散思维，也需要想当然。哎，等我脑子钝了，就该你上了。"

"哎哎哎，别别别，我怎么觉得不对啊，你和女娲俩人，变着法地想往后撤啊。我不行，我准备以后接夸父的班，满处跑，锻炼身体，没准在蹲守时还能见个网友什么的呢。"封小波坏笑。

"你滚！"夸父放下手机说。

"哎，你聊得怎么样了？什么时候见面啊？"封小波问夸父。

"要不是行动，就该见面了……"夸父笑。

"就那个水晶……女人？"封小波故意说。

"女孩！"夸父纠正。

"哦，对，女孩，女孩。哎，你知道什么是女人，什么是女孩吗？"封小波使坏，看夸父不回答，他继续说，"见面之前是女孩，见面过后就成了女人。哈哈哈……"

"你怎么这么流氓啊，一点儿看不出是警校毕业的。"夸父摇头。

"对，我也没看出来。"车里传出了裘安安的声音。

"哎哟，坏了，让专家听见了。"封小波挤眉弄眼，"哎，夸父……我就是一个警校毕业、加上住房公积金月薪七千、没房没车、整天吹牛的派出所前置警察。"他故意说给裘安安听。

"挺好啊，继续努力。"夸父不知道封小波话里的典故。

"往往自卑的人才这样，真正自信的人是不屑于证明自己能力的。"封小波说。

这时，裘安安服务器的系统报了警。黎勇等人立即上车，围在监控器前查看。

"十秒钟前，被'动作识别'锁定的目标穿过了C区的四号'鹰眼'。"裘安安指着屏幕上一个红点说。

"他不是在望海地区吗？"黎勇皱眉。

"我们锁定了嫌疑人的'动作识别'。他必须在探头可视的范围内做出动作，才能被测到。"裘安安说。

"这么说，他离开望海的时候可能是乘车或者骑车？"封小波问。

"对，有这个可能。"裘安安点头。

"夸父、疯魔，马上去。戴上回传设备和'识别眼镜'，记住，只盯不抓！女娲，马上叫老李，让他们也过来。"黎勇发号施令。

14. 动作识别

封小波第一次坐夸父开的摩托。那句话怎么说来着？叫静如处子，动如脱兔。但封小波形容夸父却是静如孙子，动如疯狗，这一路违章、闯红灯不说，就是急转弯也时速一百二十公里，谁受得了啊。两人十分钟内赶到"动作识别"的发现地，封小波二话没说，下来就找树坑。

"哎，你没事吧。"夸父拍着封小波的后背。

"没事，早上食堂的菜不新鲜，呕……"封小波又呕吐了一口。

夸父戴上 BOSE 耳机，打开视频回传设备，又戴上"识别眼镜"。"就绪。"他对暗藏在耳中的无线耳麦说。

"好，你们现在马上去 C 区 6 号'鹰眼'的位置，半分钟前那里有报警。"黎勇在耳麦里说。

"好！收到。"封小波不甘示弱地回答。

两人立即行动，向西南方向疾行。6 号"鹰眼"距这里有四五百米的距离，根据时间测算，目标应该是在步行。两人只用了五分钟就到了指定位置，下一步就要靠他们人工搜索了。

6 号"鹰眼"设在一条小马路前，两边是林立的商户，方向和 4 号"鹰眼"一样，顺向西南方。路牌显示"菜园西里"。

"瞎猫，目标是顺行还是逆行？"夸父问。

"顺行，走路，西南方向。戴黑色保暖帽，穿墨绿色羽绒服，脚下白色旅游鞋。"黎勇回答。

"几个人？"

"就他一个。我把识别到的图像发到你们手机里了。"黎勇说。

两人左顾右盼了一下，看没被人关注，分别打开手机查看图像。

"哎，你怎么不戴眼镜啊？"夸父问。

"咱俩一块走，戴一模一样的眼镜，怕人家不知道你干吗的？"封小波反问。

"那就分开走，眼镜必须戴，后台已经启动了。"夸父说。

封小波戴上眼镜，打开开关，这才发现，右镜片上果然出现了虚线的对焦框。"哦！我明白了！"他突然说。

"怎么了？"夸父和黎勇同时追问。

"哦，没什么，我是说明白为什么瞎猫不戴识别眼镜了，因为他右眼做了手术。"封小波尴尬地笑。

"滚蛋！干正事！"黎勇骂，"夸父，分头找，老李他们也散开了。他们没有识别眼镜，主要靠你们了。"黎勇说。

"嗯？他们在哪儿？"封小波环顾左右。

"一直在身边。"夸父说着，就朝一家店铺走了过去。

视频侦查车里，郭局带着章鹏、廖樊等人已经到了，女娲在屏幕前分析着。

"从望海地区到 C 区，如果乘公交，可以有两种选择：第一是乘 4 路，到二马路转 104 路，一共十五站，过程中步行需要一点五公里；第二是乘 4 路，到二马路转 104 路，到肖家营再转 800 路，一共十七站，过程中步行只需要五百米。"

黎勇盯着屏幕，说："我觉得第二种可能性大，他不会在这个风口浪尖上，让自己曝光太长时间。"

"对，这也就解释了沿途 E 区、H 区、V 区的探头都没能将他识别的原因。"裘安安说。

"更不用说是骑自行车了？"郭局问。

"是的，无论是步行还是骑行，都能被'动作识别'锁定。"裘安安说。

"章鹏，马上让公交支队，拦截识别时间内从望海地区到 C 区运营的 4 路、104 路、800 路公交车，调监控，问乘客，找这个人。"郭局发令。

章鹏点头，立即下车布置。

"廖樊，按照画面上的图像，黑色帽子、墨绿色羽绒服、白色旅游鞋，在望海地区的所有出入口进行布控，发现立即追踪。"郭局说，"哦，记得让兄弟们戴上'识别眼镜'。"他补充道。

"记住，行动目的要严格保密，严禁跑风漏气，除了干部班的人可以直接执行搜查和抓捕任务，其他警员不得接入主群电台。"郭局在电台里叮嘱。他在视频侦查车里排兵布阵，望海地区的上千名警力已经到位。但警方却做得十分隐秘，内紧外松，街上路人一无发现。

而距离指挥部十多公里的C区，夸父和封小波已经搜索完了五家店铺。

"瞎猫瞎猫，还没有找到。"封小波走出一个日本料理店，轻声说。

"服务员都看了吗？"黎勇问。在屏幕上，封小波戴着的"识别眼镜"进行着自动视频回传。

"看了，我以订包间的名义，转了个遍，最后还拿找厕所的理由，进到了他们后厨。"封小波说。

"继续找，裘安安用'鹰眼'封闭了附近的所有出口，只要目标出了这个范围，'鹰眼'就会报警。"黎勇说。

"封闭的面积有多大？"封小波问。

"不大，一公里左右。一共有三十二家商铺，我把名录发给你。"黎勇说。

"会进入居民小区吗？我看附近有两个。"封小波又问。

"不会，小区门口有监控，会有识别报警。"黎勇回答。

"收到。"封小波点头，又走进一家汽修店。

黎勇在视频侦查车里盯着监控，右眼开始疼痛。他用手捂住，摸出随身的眼药水，却发现已经用完。他总觉得哪里不对，目标为什么选择在中午的时间外出呢？还要去这么远的地方。找人接头吗？拿东西？还是另有目的？他闭上眼，清了清脑子，努力用"九〇后"的思维去换位思考。如果是我，在全城戒备的危机里，有什么能让我冒着如此大的风险外出？对，肯定是为了让自己更加安全。就算劫匪深信"富贵险中求"，但此刻他们最需要的，是安全。

他拿出手机，给金爷拨通了电话。"喂，你帮我想想，城南区的菜园西里，有没有什么特别的地方？"

金爷那头特别吵，背景音是呼呼的刮风声，说了半天也听不清声音。

"哎，你干吗呢？"黎勇不耐烦起来。

金爷让他等等，挂断后一分钟才拨了过来。"哎，我刚才送快递呢，没电梯，爬楼。"

"你跟我这儿逗呢吧，你送快递？"黎勇说。

"嘿，我这不是装孙子吗？摆拍。每隔一段时间就自己跑一天，树立飞飞快递对外形象。"老金笑。

"哎，我是问你，菜园西里那边，有没有什么特别的地方。"黎勇重复。

"菜园西里……怎么个特别法？"金爷问。

"嗯……我也说不清，就是与众不同的。"黎勇问。

"城南那边儿，汽修便宜，但都是'二厂'的假零件儿；吃的，炒肝包子卤煮火烧，也没什么特别的。还有……"他想着。

"哎，我跟你直说，我们查的目标在那儿出现了。"黎勇说。

"哦……那我知道了。那边有两个'暗点儿'，但我不知道还干不干。"老金回答。

"说说，快。"黎勇着急。

"一个在小区里，租了几个出租房，弄楼凤的，前一段时间挺火；还有一个洗浴中心，名字叫什么给忘了啊，是玩擦边球的。哎，但那帮楼凤可能被你们治安支队给端了，我也是听铁子说的。"老金回答。

"那个洗浴中心玩什么擦边球？"黎勇问。

"嘿……恋足，波推，打飞机什么的，算违法不算犯罪的。"老金把话说白。

"明白了。"黎勇说着挂断电话。

大浪潮洗浴中心果然在营业，封小波和夸父走进去的时候，发现顾客还不少。按照老金的说法，这是南城混混经常来的一个地方，他们都知道公安总搞夜查，就调整了思路，搞起了"午后档"。混混们也开始习惯在饭后"打个飞机"。

两人从前台领了手牌，视频回传系统是不能用了，但眼镜还可以戴。两人装作陌路，分别走进更衣室。里面有几个人正在换衣服。封小波警惕地环顾四周，用"识别眼镜"平扫，没有发现报警。他不敢怠慢，又走到另一个通道进行平扫，这时一个服务生走过来。

"先生，您没有找到更衣柜吗？"服务员问。

"哦，还没。"封小波摘掉眼镜。服务员看着他的手牌，将他引到一个位置，插上手牌，一个柜门"啪"地开了。

"谢谢。"封小波点头。

服务员走了，他窸窸窣窣地脱下衣服。夸父赤身裸体地走了过来。

"哎，我找了，这里没有。"夸父说。

"哟，你挺大的啊。"封小波不怀好意地往下看。

"说正事儿。我看了图像，应该是一米七五的身高，偏瘦。"夸父说。

"性别呢？"封小波问。

"男的啊。"夸父说。

"你肯定吗？'鹰眼'能看到裤子里面吗？"封小波反问。

"哎哟，这还真是。"夸父愣住了，"那……得赶紧跟瞎猫说。"

"嘿，不着急，但来这个地方的，肯定是男的。"封小波笑。

"为什么？"夸父问。

"问你们家'水晶女人'去。"封小波坏笑着说。

"是女孩！"

"肯定是女人。"封小波披上一块毛巾，晃晃悠悠地往洗浴区走。

"哎，不是那儿，瞎猫让咱们上二楼。"夸父叫住他。

"我听见了。那你不得叫服务员啊？"封小波不耐烦。

夸父一愣。

"我去，一看你就没在派出所干过。"封小波一脸不屑。

封小波果然老到，他在洗浴区找到了男服务员，说了几句黑话就摸到了门路。夸父这才知道，所谓的"二楼"其实并不是第二层，而是一个隐晦的概念。服务员等两位简单冲洗后，让他们签单买了一次性浴衣，才带着他们下了地下二层，走过黑乎乎的一段窄路之后，曲径通幽，到了一排包间区域。两人进了一个软包房，里面很暗，映着粉紫色的光，电视上正放着日本男女的"混合摔跤表演"。

"先生以前来过吗？"服务员半跪在封小波面前问。

"我没来过，但朋友来过。"封小波回答。

"叫什么名字？办过卡吗？可以优惠。"服务员看似关心，实则探底。

"黎勇，黎明的黎，勇敢的勇。"封小波说。

"稍等。"服务员拿出 iPad，操作了几下，"抱歉，没有查到，可能没用真名。"

"废话，谁来你们这儿用真名儿啊。"封小波笑。

"要什么样儿的？北方的还是南方的，苗条的还是丰满的？"服务员问。

"嗯……"封小波想了一会儿说，"有研究生学历的吗？"

"哦，知道，您要学生妹。"服务员笑了，"稍等，我去叫几个，您来选。"服务员站起身，"你们两位，一起吗？"他疑惑。

"哦，不，分开，肯定分开。"封小波笑，"但一起挑。"他补充。

服务员走了，夸父还在那儿发愣。封小波赶忙起身，从一次性浴裤里拿出"识别眼镜"。

"干吗？"夸父问。

"你还真想嫖娼啊？都看着呢！"封小波指了指夸父鼻梁上的眼镜。他想得没错，此刻夸父眼前的一切，都回传在视频指挥车的屏幕上。

"哎哟，那你不是走光了，我一直在你后面。"夸父说，"还有，你那眼镜儿放什么位置了？"

"天哪！"封小波一惊，不禁看着自己的双腿之间，"对不起了，安安同志。"他转到夸父面前，拢了拢头发坏笑。

"别废话，动作快点儿！"黎勇在耳麦里说。

"好，马上。"封小波说着走出包间，环顾左右确定没人注意，就快步来到包间区的路口，然后将"识别眼镜"别在一个应急灯上，调整好位置。

"角度怎么样，可以吗？"

"再往下些，可以了。"黎勇在耳麦里说。

封小波刚调整好，服务员就带着四个姑娘款款地走了过来。他赶忙回了包间，跷着二郎腿，摆出一副混混的架势。服务员走了进来，四个姑娘果然环肥燕瘦各不相同，她们分别报了家门，等着封小波挑选。封小波故意拖延时间，说了一大堆应该被打上"马赛克"的废话，然后摇头摆手。服务员无奈，带着四个姑娘离开，说等一会儿再带四个过来。趁着这个间隙，夸父也悄然出门，把"识别眼镜"安在了反方向的位置。两人观察的结果一致，包间区里一共有十二个包间，亮着灯的有十个，其中发出"运动"声音的有五个，选姑娘的加上他们有三个，还有两个灯虽然亮着，但没听到动静。

封小波等着，正琢磨着下一步怎么办，耳麦里突然响起了裘安安的声音。

"疯魔，你可真是老手啊。"

"啊？嘻……"封小波笑了，"工作需要，化装侦查，这你不懂。"

"我已经接上了你们局的在逃嫌疑人数据库和违法犯罪数据库，经过'眼镜'的人都识别。"裘安安说。

"有发现吗？"

"刚才那个服务员，两年前因介绍他人卖淫被刑事拘留，刚才那四个女人也都劣迹斑斑，其中那个高个还有性病。"裘安安说。

"我就说吧，你看你看。"封小波冲着夸父皱眉，"要不是我阻拦，你差点儿就堕落了。听见没有，人家说'女人'。"他坏笑。

"疯魔，你们别太放松，小心被人怀疑。"耳麦里出现了郭局的声音。

"哎哟，您在啊。"封小波马上收敛。

"我一直在。"郭局回答。

"天……"封小波倒吸一口冷气，"哎，我刚才没说错话吧？"他问夸父。

"你就没说对过。"夸父冷脸回答。

视频侦查车里，黎勇看着表，距"动作识别"发现目标，已经过去了一个小时的时间。菜园西里的区域内已经补上了二十名干部班的成员，封小波和夸父在"二楼"包间区蹲守，老李带人也游走在更衣室和洗浴区中。黎勇闭上眼，思索着还有没有"漏"，睁开眼的时候，裘安安的后台报警了。

"瞎猫，发现一个重点人。"裘安安指着屏幕。在封小波布置的"识别眼镜"里，出现了一个身穿黄色浴衣的男子，他正搂着一个女孩，往包间区外走。

"什么情况？"黎勇凑到跟前仔细看。

"沈奎，男，四十二岁，海城人，多次前科，最近一次因伪造证件被刑事拘留，判二缓二。"女娲在违法犯罪系统中调出情况。

"动作识别情况呢？"黎勇问。

"不是。"裘安安摇头。

"伪造证件……"黎勇在心里一动。

"这么等不是办法啊，要不要叫治安支队搞个'统一行动'？"郭局问。

"别，万不得已别这么做，那样就彻底漏了。"黎勇说。

"但这个人也得盯住……"黎勇托腮，"郭局，我想往前走一步，探探这个人的情况，行吗？"他问。

"可以，不能再等了。"郭局说。

黎勇马上拿出电话，拨通老金的手机，言简意赅地说出目的。老金也很配合，马上行动起来。

沈奎换上了一件羊绒大衣，在前台胡搅蛮缠地弄了个八折优惠，这才大摇大摆地走出洗浴中心。作为南城的资深混混，他已经习惯了午后"运动"的作息，他拢了拢头发，心不在焉地横穿马路，似乎还在回味着。但就在此时，一辆电动摩托车突然蹿了过来，一下将他撞倒。沈奎弄个了狗吃屎，羊绒大衣沾满了泥。他挣扎着从地上爬起来，走过去揪着快递员就要打。快递员二十多岁，长得很白净，他连忙道歉，但沈奎不依不饶，非要他赔一千块医药费不可。

快递员央求着，推着车把沈奎往马路对面引，并承诺马上叫人给他送钱。沈奎叉着腰，散着混混的德行，一会儿说头晕，一会儿又喊腰疼。不一会儿，一辆 S 级奔驰开了过来，铁子下车拉开车门，老金走了下来。

沈奎一看是老金，脸色就变了。

"怎么碴儿？让车给撞了？"老金穿着一身貂，手里揉着俩核桃。

"哟，金爷啊，怎么着？你的人？"沈奎赔笑。

"废话，没看见吗？飞飞快递。"老金说。

"哦，那是误会，误会了。算了，也没啥大事儿，我自己回去养着就得了。"沈奎想要开溜。

"你干吗来了？"老金冲着洗浴中心努嘴。

"嘿……午间运动，锻炼身体呗。"沈奎坏笑着晃动腰身。

"沾活儿来了？"老金问。

"没有……违法犯罪的事儿，咱不做。"沈奎知道老金和警方的关系，矢口否认。

"我的人被你撞了，怎么办啊？"老金说着往他身旁一指，沈奎一瞅差点儿气晕了，刚才那个年轻快递员，此时正半躺在地上，嘴里喊着"哎哟"。

他知道这是老金要讹人，但也没辙。"那……您老说，怎么办？"

"赔钱，五万医药费，五万误工费。"老金说。

"嘿，我说金爷，您这不是……讹人吗……"沈奎把话从牙缝里挤出。

"你放屁！找抽呢吧！"铁子从老金背后冲了过来。

"哎哎哎，铁子，我知道你狠，我服，服了行吗？"沈奎摆手，"但金爷，这……太多了吧。"

"那就说，刚才干吗去了？"老金把话转了回来。

"我……"沈奎犹豫。

"放心，你知我知。"老金说。

沈奎犹豫了一下："嘿，卖了个证儿。"

"几个？"

"四个。"

"假的真的？"老金所说的真和假，当然都不是真证儿，"假的"一般是粗制滥造，通不过检查，而"真的"则大都是套用系统里的信息，有时能蒙混过关。

"真的，最高级五千的那种。"沈奎说。

"跟什么人接头？长什么样儿？"老金问。

"金爷，我再说就破规矩了。"沈奎为难。

"你知道我在给谁做事，话说一半，更坏规矩。"老金话有所指。

"得，我戴罪立功行吧，别拘我啊。"沈奎下了狠心，"年轻的，不到三十，一米七六左右的身高，黑色帽子、墨绿色羽绒服、白色旅游鞋……"

"一起做的运动？"老金皱眉。

"瞧您说的，那不成要流氓了？"沈奎坏笑，"我趁着等他的时候，运动了一下。在出门之前，跟他'货款两清'了。"

"在洗浴哪里？"老金追问。

"休息区，换手牌的地方。"

"怎么跟他联系？"

"他有个手机号，你记一下。"沈奎说着拿出手机。

消息传回，众人立即行动起来。在郭局的直接指挥下，干部班的组员在洗浴中心门前蹲守，老李等人在洗浴中心休息区搜寻，相关技术全面铺开。封小波的耳麦里传来了黎勇的声音。

"快换衣服，洗浴中心有后门！"

封小波和夸父立即冲出包间区，服务员没明白怎么回事，刚想拦住询问，就被另外两个穿着浴衣的人叫住："治安支队的，别动。"

服务员见状，举起双手，缓缓地蹲在地上，显然有过此类经历。

封小波很焦虑、很躁动、很急切，也很兴奋，他很享受这种追踪的感觉，对抓捕那一刹那的成就感期待已久。此刻，他和夸父像两只猎豹，蹿出了洗浴中心后面的暗门，轻声快步地在城市街道中搜寻着"猎物"。

"瞎猫，有目标大致方位吗？"封小波问。

"还没有，一公里内的所有'鹰眼'都没有报警。"黎勇在耳麦里说，"别急，所有路口都有咱们的人，你和夸父仔细找，记住，不要越界，只盯不抓，宁丢勿醒！"他叮嘱着。

封小波明白，这个目标虽然重要，但只是最终捕获大鱼的一个引子，一旦惊醒，将前功尽弃。夸父戴上了 BOSE 耳机，启动了二百四十度的视频回传系统，封小波也戴上"识别眼镜"，两人分不同方向进行搜索，但搜索了近十分钟，依然一无所获。封小波有些急了。

"瞎猫，会不会是错了，找不到人啊。'鹰眼'也没有报警？"封小波问。

"别着急，继续你的工作。"

15. 名捕

视频侦查车里，郭局叉着腰站在裘安安和女娲身后，看着他们操作。虽然签订了保密协议，但黎勇依然将裘安安的权限和女娲分割，避免公安机关的涉密数据外流。两人噼里啪啦地在电脑前操作着。

女娲边看系统边向郭局报告。

"菜园西里的所有路口已经布控，从 C 区到望海地区沿途的 4 路、104 路、800 路公交车上也都有咱们的人，望海地区所有入口特警已经到位，打扒队的人已经分开，都在 C 区搜索。"

女娲说完，裘安安接上。"相关地区的所有'鹰眼'正在工作，'动作识别'已经做到三百六十度无死角，沿途路口、车站、公交车上的所有人员都佩戴着'识别眼镜'，发现目标后系统会自动报警。"

郭局点着头，又拨通了章鹏的电话。章鹏汇报，已经在 104 路和 800 路的两个车上找到了目击者，"黑色帽子、墨绿色羽绒服、白色旅游鞋"的目标确实坐过车。

技术部门报来了信息，沈奎提供的那个手机号，目前已经关机，最后的位置在距离洗浴中心后门五十米的地方。郭局立即派封小波和夸父过去搜索，两人到现场一看，技术部门说的位置正是一个排水口。目标太狡猾了，反侦查能力极强，手机卡应该被丢在里面。这时，裘安安在大数据中发现了一条重要情况。

在"哗哗"打车的系统数据中，正有一单未结束的行程，位置正是从洗浴中心后门五十米的定位出发，而目的地则是望海地区。

"所有成员请注意，发现车牌为海 AC1076 的白色起亚轿车，行驶方向已到城中大道，一经发现立即交替跟踪，记住！只盯不抓，宁丢勿醒！"黎勇在电台里大喊。

时间分秒流逝，破案的焦虑和压力成了一种推波助澜的兴奋。视频侦查车里，郭局不停地用手拍着桌面。而追踪路上，夸父的摩托已经追上了那辆车牌为海 AC1076 的白色起亚轿车。

"瞎猫瞎猫，已看到目标，看到目标。"夸父喊着。

"不要太近，保持五十米的距离。"黎勇在耳麦里喊着，"交通支队，马上延缓 V 区十字路口红绿灯的变更速度，控制流量，造成堵车。"他又喊。

白色起亚开到了 V 区路口，远处的绿灯刚闪了一下红灯就亮了。这个红灯格外地长，起亚排在队尾，止步不前。司机打开了收音机，放着一首老歌，是那英的《雾里看花》。歌中唱道：

"雾里看花，水中望月，你能分辨这变幻莫测的世界，涛走云飞，花开花谢，你能把握这摇曳多姿的季节……"

后面的乘客低着头，穿着一身墨绿色的羽绒服，头上戴着黑色棉帽。"师傅，前面怎么回事啊？"他问。

"嘿，马上就'城博会'了，估计又是过什么领导呢吧？"司机说。

"哦。"乘客点头。

"你上望海干吗去啊？"司机搭讪。

"哦，找个朋友。"乘客回答。

"那儿可够乱的，前几天我一哥们儿，就在那儿让人抢了。还'城博会'呢，抢银行的都抓不着，这帮警察也是废物。"司机打了个哈欠，"你瞧瞧你瞧瞧，也没人管管，这破车都上了汽车道了。"他指着后视镜说。

乘客抬眼望去，正有一辆快递电动车从起亚后面驶来，但由于起亚和右侧的汽车距离太近，电动车挤到中间就过不去。

"嘿，孙子，你注意点，别给我车剐了！"起亚司机摇开窗大喊。

快递员是个年轻的小伙子，戴着一个墨镜。他没有回嘴，转头看着乘客。乘客与他对视了一下，把脸转了过去。

"就是他！百分之百锁定！"裘安安大喊。

视频侦查车里，乘客的面貌在屏幕上放大。

"老金，让你的人撤吧。"黎勇在手机里说。

"能识别出身份吗？"郭局也很兴奋。

"您稍等。女娲，你给我权限，我从你们的数据里'滚'一下。"裘安安说。

女娲噼里啪啦地操作起来。

"交通支队，放行吧，在最后一个路口也拖延一下，给打扒队留出准备时间。老李，目标确认了，我给你手机发个位置，你们在那等他。"黎勇拿电台布置着。

"查到了！叫郭晓冬，襄城人。"裘安安锁定了目标。

"好！太好了！"郭局拍响了双手，"把照片发到预审，让沈奎确认。什么破名，'肾亏'。"

大家都笑了。

"瞎猫，这下你相信科技的力量了吧。以前是以人为主，现在是技术战胜人。"裘安安总结着。

黎勇想反驳，却一时没找到理由，也笑了笑。

在一辆110车里，沈奎垂头丧气地坐在后座上，那海涛从副驾驶的位置转过身，拿出一个iPad，上面有十二张年龄相近的男性正面照。

"看看，有没有你刚才见过面的人？"那海涛问。

沈奎叹了口气，拿过iPad。

"警官，我帮你们查人，是不是就……没事了？"他抬头问。

"别说废话，让你找人。"

"哎……老金真不仗义，说好了还点炮儿。"沈奎摇头。

那海涛知道这是他在讲条件，索性直来直去。"我告诉你，要想让你进去我有一百种方法，但要让你没事，也是分分钟的事儿，懂吗？"他盯着沈奎。

"明白，我配合，配合！"沈奎听懂了那海涛的话，"是……这个！"他指着第二排的第三张照片说。

"再好好看看，是吗？"那海涛追问。

"是，没错，这孙子眼角往下耷拉，就算戴着帽子我也认得。"沈奎肯定地回答。

沈奎这边辨认出了郭晓冬，视频组也已经调取了他的全部情况。郭晓冬，今年二十九岁，襄城人，没有前科。两年前，他分别在海城茂源汽修公司等几个地方打工，三个月前，他到海城韩国小商品市场做销售员。根据大数据定位，海城茂源汽修公司就在距离海城银行不到五百米的位置，而韩国小商品市场就在星光商业广场 B 座的二层。一切信息都对上了。

"看来这小子是劫匪的'眼'。"郭局说。

"没错，经过调查发现，案发当日他没有上班。但由于星光商业广场人员太多，暂未将他划入调查范围。"黎勇说，"安安和女娲刚刚搜索了星光广场案发当晚的探头数据，在案发当天十九时零二分，他的人像被 W 区的'鹰眼'识别。"

"十九时零二分……这么说大众车应该是他驾驶的？"郭局问。

"对，应该是他把另外三名劫匪放在 L 区盲区的位置，然后自己驾车进入的星光广场地库。"

"这个王八蛋，太鬼了！"郭局感叹。

"郭局，研判系统出结果了。"裘安安点了一下鼠标，屏幕上显示出了整张海城地图，上面标注着上百个红点，"这是在案发前郭晓冬的'人像识别'情况。"

郭局仔细看着屏幕："嗯，海城银行，星光广场，L 区盲区外的街道，海城高速，东三条，西马路……哼，这孙子果然是踩点儿的。"

"与他同行的面孔也在搜索。还有，经侦林楠那边已经查到了，郭晓冬在案发前往母亲的银行账户里存过二十万元的现金。我们推测是抢劫银行的定金。"黎勇说，"还有一个情况，刚才那海涛发来微信，说沈奎在审查中，还交代了一个细节。在他与郭晓冬交易的过程中，桌子上摆着两瓶喝了一半的矿泉水。"

"两瓶？他还有同伙？"郭局皱眉。

"对，沈奎也这么怀疑。他说曾经看到一个穿蓝色大衣的人，不知是不是他的同伙。"黎勇说。

"那就查视频啊，查那个蓝色大衣的。"郭局说。

"查了，没有任何记录。进出的所有顾客，都没穿蓝色大衣的。而且在干部班和所有侦查人员的视频回传数据中，也没有发现。"黎勇说。

"他描述的蓝色大衣什么样儿？"郭局问。

"身高在一米八左右，长得很奇怪，表情僵硬。"黎勇回答。

"哦，那就先把这个线索记着，继续调查。有时这帮混混为了戴罪立功，也净胡喷。"郭局说，"还有，马上把那两个矿泉水瓶拿到法医中心做 DNA 鉴定和指纹比对，争取查明身份。"

"好，我马上安排。"黎勇说着拿起电台，"老李老李，让你的人马上将在洗浴中心休息区发现的矿泉水瓶，送到法医中心做DNA鉴定和指纹比对。手续后补，就说是郭局的指示。"

"收到。"老李回答。

"其实啊，这事儿应该让封小波去办，他找老马鉴定速度最快。"黎勇冲郭局笑。

"为什么？"郭局不解。

"因为老马得管封小波叫爷爷。"黎勇说。

"啊？"

"嘿，别看这孩子年轻，但是辈儿大。"黎勇笑。

望海地区的违章建筑群里，郭晓冬一边走，一边左顾右盼。他拿出手机，打开后盖，放进一个新的手机卡。他不时回头，观察是否被跟踪。在确认安全后，他用手机拨通了一个号码，却显示对方已经关机。

他暗骂了一声。

距离他三十米的位置，暗藏在小卖部屋顶的一个"鹰眼"正在工作，小卖部的女老板朝他的方向漠然地望了望，转过头继续和身边的伙计调情。郭晓冬把黑色棉帽往下拉了拉，走过去买了一些东西，低着头向街道里面走去。

小卖部的女老板看他走远，用手捂住耳麦轻声报："目标买了八桶方便面，二十根火腿肠和三袋面包，人数应该在四个人以上。"

她身旁的男伙计把秘拍到的照片发到了行动群里。

与此同时，封小波和夸父一前一后地走了过来。他们冲两个化装侦查的特警使了个眼色，等几个路人走过来，随着一起向街道里面走去。

"哎，说这么热闹就咱们俩跟啊。你说的打扒队呢，没跟上？"封小波问。

"啊？他们一直跟着呢。"夸父说。

"没看见啊，哪儿呢？"封小波左右察看。

"呵呵，你还'鹰眼'呢。"夸父笑，他冲着封小波的身旁努努嘴，封小波一转头，正看到一个干瘦的老头。

老头转过头，冲他一笑，轻声说："打扒队，李永康。"

封小波这才想起来，刚才在洗浴中心附近似乎见过他。

"您……刚才不是穿这身衣服吧？"封小波问。

"嘿嘿，你没听说过两面穿吗？"老李笑了。

"嘿，我，打扒队的，石磊。"

封小波循声望去，看到一个中年人在向他微笑。他大腹便便的，拎着一塑料袋白菜和黄瓜，挺邋遢的样子。

"哎哟，你们够隐秘的啊，跟了这么久愣是没看出来。"封小波感叹。

"呵呵，听说过一句话吗？要论跟踪，打扒队的人都是祖宗。"老李笑了。

"听说过，打扒队还有什么'四大名捕'？"封小波说。

"老头、快腿、学生和鹰眼。"夸父在后面补充，"这两位就是老头和快腿，我嘛，在来视频组之前，代号'学生'。"

"哎哟，深藏不露啊你，真的假的？"封小波惊讶，"那……那个鹰眼呢？"

"他呀，后来改了代号叫'瞎猫'。"夸父笑了。

封小波真是没想到，长途站盯梢的时候老头和快腿就一直在他身旁。在派出所的时候要论蹲点跟踪，他是谁都不服的。但俗话说了，行家一出手就知有没有，自己接连三次与两位碰面，连一点儿感觉都没有，可见这两位的跟踪手段之高。封小波彻底服了，对人家客客气气的，连跟夸父说话的语气都变了。他这人就这样，看不上的连句话都懒得说，对上眼的怎么着都行。

他和打扒队的三大名捕跟着目标七拐八拐，一直追踪到一条窄巷前，除了老头继续跟踪之外，其他人都停在了巷外。不一会儿，大家的耳麦里传出了老李的声音。

"落地了。无名胡同，第二排临时房。"

封小波抬头观察，四周大都是私搭乱建的临时房，并没有门牌。此时几个人隐藏在一堵高墙之下，应该很安全。

"老头儿，老头儿，有蹲守条件吗？"黎勇在耳麦里问。

"我看看……"老李观察着，"没有条件，我暂时装作在这里拾荒。"

封小波闻声望去，看老李正蹲在一个垃圾箱前，翻找着垃圾。

"不用真这么做吧？"他轻声地对夸父说。

夸父冲他皱皱眉，意思让他别多说话。

"瞎猫瞎猫。生活垃圾正在检查，和合谷、麦当劳、新川炸酱面、小肠陈饭庄的卤煮……时间一个是前天中午，一个是昨天晚上……"耳麦里又传出了老李的声音，"每次订餐应该是三四个人的量。速查，速查。"

封小波这才明白，老李是在通过生活垃圾获取屋内人员的情况。

黎勇将情况通报给裘安安。裘安安立即在大数据中检索。她首先将老李的位置进行定位，然后依照这个位置搜寻附近能提供送餐服务的餐厅。

"查到了，两个和合谷，一个麦当劳，新川炸酱面就在街口。"裘安安报。黎勇立即拿电台呼叫干部班的组员，分组进行调查。

"手机位置动了吗？"黎勇转头问女娲。

"没有，一直停在那儿。"女娲回答。

"快腿快腿，配合老头立即安装'鹰眼'。特警廖樊，带人堵截。"黎勇布置着。

石磊外号快腿，果然名不虚传，别看他有一百八十多斤的体重，但行动起来脚下生风。只见他从夸父手里接过两个"微型智慧人像追踪探头"，从塑料袋里拿出一个西红柿，咬了一口就溜达过去，他不慌不忙地走到老李身旁，把那个西红柿往垃圾箱里一丢，一步没停就走了过去。

　　"装上了？"封小波没看明白。

　　"完毕。"耳麦中出现了快腿的声音。

　　"都不用调啊，一次到位。"封小波感叹。

　　"哎，你怎么跟个新警察似的。"夸父在一边笑。

　　"我……不是碰见高人了嘛！"封小波笑。

16.九转十八弯

　　视频侦查车已经开到了小巷的附近，便衣搜查队伍在各个街口、能停车的地方搜寻着那辆蓝色垃圾车，特警围了上来，包围圈越来越小。属地派出所的赵所长钻进了侦查车，拿着附近的地形图给郭局看。根据分析，临时房里的结构应该是一个两居室，面积不超过一百平方米。赵所长请示郭局是否将房主带来辨认，郭局摆了摆手，说到这时候了，不要轻举妄动了。

　　一切就绪，破门的设备和警犬离现场还有不到一公里。黎勇看了看表，目标进入临时房已经二十分钟了。这时，干部班的两个组长分别在电台里报告，"和合谷"和"新川炸酱面"都找到了相关的送餐信息，留的是一个开头为"172"的手机号码，裘安安立即在系统中锁定，位置与现场重合。

　　黎勇转头看着郭局，等着他发号施令。但就在这时，系统突然报警。

　　"不好！"女娲大叫。

　　"怎么了？"郭局一惊。

　　"目标手机刚接到一条短信。内容是：警察，快跑！"女娲说。

　　说时迟那时快，窄巷的临时房里突然发出了巨响，破旧的砖墙猛地垮塌，要不是老李躲闪及时，肯定被砸。一辆蓝色垃圾车轰鸣着冲出临时房的后院，众人这才看出，原来车就隐藏在临时房院内的塑料大棚中。

　　"拦住他！"黎勇在电台里大喊。

　　埋伏在窄巷外的特警立即行动，廖樊一马当先，拿着95式突击步枪冲了上去。

"警察！"他站在垃圾车的前面大喊。却不料垃圾车一点儿没有刹车的意思，猛地撞了过来。廖樊一个侧翻躲过撞击，然后起身用蹲姿准备射击。

"不要开枪！"郭局在电台里大喊。廖樊用拳捶地，看着车辆远去。

垃圾车疯了一样，在私搭乱建的建筑中横冲直撞，警车纷纷赶来，试图将其围堵，却不料他们对望海地区的地形了如指掌，总是在即将被拦堵的时候杀出血路。郭局在视频侦查车里指挥着，在"鹰眼"的追踪下，司机等几人的信息全部被"智慧人像追踪系统"识别出来。他们是司机郭晓冬，同伙刘猛、王韬、刘磊。

在垃圾车撞出重围的时候，警用直升机已经赶到。上面的警员肩扛着蓝晶石公司提供的高清回传视频系统，将垃圾车的位置进行锁定。视频侦查车的屏幕上出现了清晰的画面。垃圾车已经被撞得破烂不堪，发了疯似的在路上飞驰着，方向正是海城高速公路。

"交通支队，交通支队，马上拦截路面上的民用车辆，防止人员伤亡；沿途110巡逻车，闪起警灯，堵住小路，将目标车辆逼到海城高速；特警支队，立即派防爆车在高速检查站设卡拦截，设置地钉，准备硬碰，必要时可以使用枪械。"郭局发布了命令。

黎勇紧盯着屏幕，突然想起了什么。"女娲，刚才那条短信是什么人发的？"他转头问。

"是一个133开头的号码，我查一下。"女娲操作着，"没有机主信息。"

"见了鬼了！"黎勇咬牙。

"哎，这个号码之前曾经出现过。"女娲说。

"什么？"

"是……"女娲在系统中核对着，"和举报在三经路看到大众轿车的匿名号码重合。"

"三经路？"黎勇不解。

"就是举报在L区盲区看到大众车的那个匿名电话，咱们才发现的垃圾车啊！"女娲解释。

"坏了！这里面有诈！"黎勇意识到不好，赶忙蹲到视频侦查车驾驶的位置。侦查车猛地开动起来，郭局身子一仰，差点儿摔倒。

此时垃圾车已经被沿途的110巡逻车逼到了海城高速附近，郭晓冬把油门踩到了底，时速已经达到了一百二十公里。远处检查口的特警防爆车已经就位，就等着电光石火硬碰硬了。在一公里外，视频侦查车也提速到了时速一百公里。郭局抓着把手，看着满头汗水的黎勇。

"瞎猫，怎么回事？哎，你眼睛行吗？"

"白天没事，郭局，我感觉不好，很不好。"黎勇摇头。

"举报人就是泄密者，这太奇怪了。你怎么想？"郭局问。

"不知道。"黎勇感到大脑一片空白，许多悬而未决的碎片都无法拼接，"郭局，你说街上有这么多警察在阻拦，是什么力量驱使他们继续逃亡的？"

郭局盯着屏幕，皱着眉头。"你是怀疑他们车上有问题？"

"是，垃圾车的车厢密封着，看不到情况。"黎勇说。

"章鹏章鹏，搜查情况怎么样？"郭局拿起电台问。

"郭局郭局，现场正在搜查中。有个重要情况需要报告，在院子里发现了部分遗留的硫黄、氯酸钾和柴油，我们怀疑他们在制造炸药。"

"什么！"郭局大惊。

黎勇看着不远处的海城高速检查站，那里停放着大量的防爆车和警车，数百名警员在那里守候。而就在几百米外的海城高速收费口，进城的车辆已经排成了长队，蜿蜒十多公里。

"看来这帮孙子在抢劫银行之后没有罢手，在准备着新的勾当。"黎勇倒吸一口冷气。

"不行，必须在他们到达检查站之前阻拦！"郭局说，"廖樊廖樊，车上很可能有炸药，立即带人到检查站前拦截，不要让他们接近检查站！"

"收到，郭局，可以开枪吗？"廖樊在电台里请示。

"必要的时候可以。"郭局攥紧了双拳。

垃圾车已经冲上了检查站前的"九转十八弯"，山路很陡，但垃圾车却依然没有减速。十多辆警车在后面紧追不舍，现场险象环生。警用直升机盘旋在上空，高音喇叭以最大音量广播着："警告你们，立即停车，这是最后的机会！"但垃圾车却置若罔闻，继续狂奔。

廖樊亲自带着两车特警，停在距检查站几百米外的"九转十八弯"路口，他让三名狙击手瞄准垃圾车的轮胎，准备在万不得已时开枪射击。黎勇驾驶的视频侦查车随着刑警、特警、治安等方面的警车也赶到了"九转十八弯"的入口，远远看着垃圾车即将临近廖樊的最后一道岗。

黎勇跳到车外，狂奔到山路跟前，他摘下墨镜，扯下右眼上的纱布，睁大着双眼气喘吁吁地遥望着。眼前不禁又浮现起十年前的那个傍晚，娄四儿驾车在街上疯狂地逃窜着，撞倒了过路的海伦和十几名行人，然后就在这个"九转十八弯"上冲出路基，坠下山崖。他的心揪成了一团，一种巨大的压迫感让他浑身战栗。

这时，惊人的一幕重演了！垃圾车在试图冲过最后一个弯道的时候突然失控，猛地冲出路基，坠落到山崖之下。黎勇惊呆了，郭局惊呆了，所有警员都惊呆了。垃圾车剧烈地在山崖上翻滚，车体碰撞、变形、支离破碎，之后发出了巨响。

"轰！"一股火光腾空而起。"嘭！"车中的炸药爆炸了。

巨大的冲击力将距离最近的一排特警冲倒，连黎勇都能感受到迎面冲来的热浪。被炸碎的现金被热浪推得到处都是，在山崖中漫天飞舞着。黎勇支撑不住身体，瘫倒在地，他大张着嘴，想喊却喊不出声音。他怎么也没有想到，十年前的惨剧竟然重演了，一模一样，丝毫不差。

"啊！啊……"他终于喊出了声音，歇斯底里，痛不欲生。他冲着山崖的方向，涕泗横流，久久不能停歇。

女娲走到他背后，扶住他的肩膀。"瞎猫，站起来，郭局看着呢。"

"女娲，咱们失败了，失败了！"黎勇转过头，泪流满面。

"我知道，知道。"女娲拍着他的肩膀，"但这不是结束，是开始。把眼泪擦擦，别让人看不起！"他加重了语气。

黎勇闭上眼，用手抹去了眼泪，手上的泥土弄脏了脸颊。裘安安走过来，把一个手绢递给他。

"瞎猫，这不是你的责任，你已经尽力了。"裘安安说。

黎勇叹了口气，接过手帕，睁眼看着裘安安，视线久久不离。"谢谢，谢谢你……"

裘安安也感到鼻子一酸，走上前去，紧紧搂住黎勇。黎勇愣住了，手足无措，他看着自己怀里这个和海伦长得相似的女孩，不知怎么的，心里一软，将高举的双手放在了她的腰际。

封小波坐在夸父的摩托后面，远远地就看到了高速路上腾起的火光和烟雾，惊得说不出话。他赶到高速路口，正看到黎勇和裘安安拥抱的一幕，不知所措地愣在原地，瞠目结舌。

海城市公安局指挥中心大厅里，狭长的会议桌上摆着十几盒饭菜，郭局和章鹏、廖樊、谭彦等十几个专案组成员，都围在桌旁吃着。显示墙上实时播放着海城高速那边的后续处理情况。郭局让女娲把视频组也叫来一起吃，不一会儿，封小波、夸父、裘安安都围了过来，只有黎勇还眯着半只眼僵持在大数据服务器前。郭局见状，走了过去。

"哎，瞎猫，先吃饭。"郭局拽了拽他。

黎勇没搭理郭局，继续在显示器前操作着。谭彦赶忙走过去，拉了他一把。"哎，瞎猫，赶紧地，吃饭不积极，你思想有问题啊。"但黎勇还是不为所动。

谭彦冲郭局笑了笑，准备讲个段子活跃气氛。"哎，还是咱瞎猫能干啊，看到他我就想到一个真事儿。"各单位的头儿们知道谭彦又要发挥，就捧场地朝这边看。谭彦停顿了一下，不急不缓地说："从前啊，有个公司特别牛，老板统领全局，成员各司其职，业务做得很好，连宠物啊都很特别。有一天来了个客人，刚按了门铃，猫就给他开了门，然后继续擦桌子。客人都惊了，说哎哟，猫怎么会开门呢，还会擦桌子。猫一听不高兴了，说这算个屁。客人又惊了，说猫还会说话呢！猫连忙压低声音说，嘘……小声点儿，让我老板听见，又该叫我接电话了。"

笑话讲完，大家都笑了起来。

"哎，所以瞎猫啊，活儿是干不完的，关键得有个好领导啊。"谭彦不愧是宣传处长，说个笑话也能一语双关，既打趣了黎勇也捧了郭局。

但黎勇似乎没听见一样，依然冷着脸在原地端坐。谭彦有点尴尬，郭局也拉不开面儿了。

"黎勇，案子破了。别较劲了。"郭局说。

黎勇一下站起来。"破了？怎么就破了？女娲，通风报信的133手机定位了吗？是谁打的，人抓了吗？口供呢？夸父呢，又玩手机呢吗？那个洗浴中心穿蓝色大衣的人找到了吗？是不是跟郭晓冬接过头啊，说过什么？什么目的呢？封小波呢？怎么还愣着呢！去法医中心拿结果啊，快点！催老马，一天必须出来！我要结果，比对结果！"黎勇情绪失控。

"瞎猫，你冷静一下！"郭局提高了嗓音。

黎勇气喘吁吁地看着郭局，眼里含着泪水。

"我知道你着急。是，这案子还有尾巴，还有没查清的东西，咱们继续做，不追到底誓不罢休。但是现在，这个案件必须破，起码对外，必须宣布一个结果！"郭局踱着步，"现在是什么时候，'城市博览会'即将召开，全市、全省，甚至全国的老百姓都看着海城呢。咱们干警察的，除了破案，更要讲政治，要有大局观。懂吗？"郭局字字如钉。

"讲政治就能存疑破案了？讲大局就可以隐瞒情况了？"黎勇低声说，并不看郭局。

郭局没理他，转过身。"谭彦！"他提高嗓音，"发新闻通稿：经过海城警方九个昼夜的连续奋战，在望海地区查获抢劫银行的四名犯罪嫌疑人。四人畏罪逃窜，在警方的围堵下，驾驶厢式货车携带爆炸物在距海城高速出城方向五百米的山路坠下山崖，车毁人亡。相关情况正在进一步调查中。"

"好的郭局。但爆炸物的事情还没查清，是不是……不提？"谭彦立正。

"哦，那就先别提。"郭局点头。

"还有，是不是再问问市委宣传部，把咱们破案的消息与清理整治望海地区的主消息放在一起发布？"

"可以。"郭局点头，"瞎猫，你呀……"等他转过头的时候，黎勇的座位已经空了。

黑灯瞎火的，女娲在市局大院找了一圈，才在法医中心找到黎勇。他正坐在楼道里抽着烟，手里拿着一摞材料。老马脸色发青，看女娲来了，摇头苦笑。

"你们啊，都是我爷爷。"

"看不见。什么结果？"黎勇用手指着材料。

"99.999999……认定同一。"老马说。

女娲接过材料看着。

"垃圾车驾驶室里的死者就是郭晓冬，你们拿来的矿泉水瓶，其中之一上带的 DNA 也与他相符。"老马说。

"这么说能证明他在洗浴中心购买假证，也在垃圾车上？"黎勇问。

"是的。"老马回答。

"另一个矿泉水瓶呢？"

"也发现了 DNA 数据和指纹，但并不在咱们的违法犯罪人员数据库里。"老马说。

"女娲，那个 133 的号码查到了吗？"黎勇转头问。

"查了，无登记机主信息，开卡之后只打过两次电话，一次向警方举报黑色大众车，一次给郭晓冬通风报信。现在已经失去了位置，应该被销毁了。"女娲坐在了黎勇身旁。

"轨迹呢？"黎勇又问。

"多次出现在望海地区，在海城银行和星光广场也出现过。最后位置在郭晓冬等人藏匿地附近。"女娲回答。

"你说说，133 电话没有查到，新的 DNA 和指纹线索也没头绪，怎么就破案了呢？啊？"黎勇问女娲。

"瞎猫，你这是干吗啊？不是老讲换位思考吗？要是你坐在郭局的位置，能怎么办呢？"女娲反问。

"唉……"黎勇靠在长椅上，叹了口气。

这时，封小波也走了过来。一见到老马，立马直挺挺地鞠了一躬。"马大爷好！"

"哟……"老马一愣。

"之前是我错了，年少无知，没里没面儿，您大人有大量，千万别生气。我向您赔礼道歉了。"封小波这小子挺会来事。

"嗐……算了算了，什么事儿我都忘了。"老马摆手。

"我和我师父给您添麻烦了。"封小波嘴上抹蜜。

"谁是你师父？"黎勇瞥了他一眼。

"你啊，瞎猫，鹰眼神探。"封小波说，"我刚才申请了，正式加入视频组了。"

"谁同意的啊？"黎勇坐直身体。

"郭局啊，他让我跟着你好好干，也管管你的狗脾气。哎，原话啊。"封小波笑。

"我抽你。"黎勇一抬手，封小波赶忙躲闪。

"入职考试还没开始呢，能不能来，郭局说了不算。"黎勇侧过脸。

"我知道，所以我不是拍你马屁来了嘛。"封小波说。

"怎么个拍法？"黎勇看着他。

"跟你搞案子，把那个漏网之鱼揪出来，案子不破誓不罢休！"封小波认真地说。

黎勇看着他，心里涌出一股暖流。

"瞎猫，我疯魔从到了公安局，还没看上过几个人。在我看来，好多人都是为了谋生而工作，嘴上说着理想啊使命啊，实际上都是做给领导看的。但你不是，你够冷，够硬，够执着，够不识抬举。你为了破案可以不要命，为了抓人敢顶撞领导，除了眼睛差点儿，其他都还行。我看得上你，你配当我师父！"封小波一字一句地说。

"靠，我第一次听见这么拜师的。"黎勇终于笑了，"但你可想好了，跟着我干可没好儿，加班熬夜不说，得罪人的事儿也少不了。"

"哼，我不怕得罪人。"封小波一脸不屑，"我当警察，就是想实实在在地干点儿事儿。抓人破案，把那些王八蛋和狗杂碎送进监狱，让他们那些脏的臭的在这太阳底下无所遁形。这就够了！"

"行，有你这句话就别怪我，以后有你受苦的日子。"黎勇站起来。

封小波笑了，女娲也笑了。这时，夸父和裴安安也走了过来，视频组聚在了一起。

"哎，你干吗抱我女朋友啊？"封小波突然问。

"啊？"黎勇一愣。

"说你呢，没大没小的，有抱徒弟女朋友的吗？"封小波撇嘴。

"谁是你女朋友，胡说什么！"裘安安怒视封小波。

"我说错了吗？"他反问。

"哈哈，我知道你为什么拜瞎猫为师了，辈分上隔离啊……"女娲话里有话。大家都笑了，弄得裘安安满脸通红。

"安安，感谢你的大力支持。"黎勇伸出手来。

"应该的，我也很荣幸与你们的团队合作。"裘安安与他握手。

"听说警务保障处已经上报了与你们公司的合作意向，市里的领导也很支持。下一步，我们要携手保护海城的平安了。"黎勇说。

"一定！"裘安安点头。

"哎哎哎，有话松开手说。"封小波将两人分开。

17. 合作

　　海城市公安局发布了破案信息，全市从上至下各部门都松了一口气。城市恢复了平静，案件的不良影响在渐渐消散。公安部发来了贺信，称赞海城警方办案得力，迎难而上；省厅进行了即时表彰，专案组荣立集体一等功，黎勇、章鹏、那海涛等人分别荣立三等功和嘉奖；市委市政府的领导前来慰问，谭彦带着宣传处忙前忙后，新闻稿、讲话稿、简报材料，正面宣传事无巨细。经海城市公安局党委研究决定，"鹰眼"视频组与刑侦支队脱钩，由原班人马正式组建海城市公安局视频侦查大队，成为独立建制单位。黎勇暂为代理大队长，待市编办正式批复之后，再通过干部培训班考核进行任命。黎勇一跃升为高级警长。下面的各分局也将在市局的指导下，分别设立科级建制的视频中队或"鹰眼"工作组。海城的视频侦查工作迈上了一个大大的台阶。

　　蓝晶石公司通过政府的采购招标，以远低于竞标对手的报价与海城市公安局签约。华天雪作为公司代表，在合作仪式暨新闻发布会上，铿锵有力地做出承诺："蓝晶石公司将与海城警方密切合作，架设'天网'、整合数据，为海城的平安稳定做出贡献，真正让违法犯罪在'天网'下无所遁形。"蓝晶石的"智慧人像追踪系统"已经从 2.0 升级到了 3.0，大数据搜集、研判能力将大幅度提升，经总公司批准，该系统将首先投入到海城使用。

　　在各类媒体的聚光灯下，郭局与华天雪紧紧握手，称赞蓝晶石公司的社会责任感强。裘安安被特聘为公安局的特邀技术专家，协助组建'天网'系统。首期建设地就定在城中路派出所的辖区，所长胡铮为协助组建的第一责任人。

之后，郭局又对城市博览会的安保工作做出部署，他强调了四点意见：一是坚持以点带面，从细节入手排除隐患，处理好基础数据与大数据之间的关系，全力维护社会稳定；二是以组建视频监控平台为契机，提升办案能力，着力打击一批"黄赌毒"案件，清理社会面；三是做好办案人员的培训，结合公安部和省厅的各项工作，建好系统，用好系统；四是联合相关部门，开展清理整治"城中村"望海地区的工作，净化街面环境，治理治安秩序顽症，提升群众的安全感和满意度。

大会结束后，华天雪走下主席台，来到黎勇面前。"祝贺你啊，不愧是鹰眼神探，看来八〇后已经是警界的骨干了。"

黎勇换了副茶色眼镜遮挡眼疾，他笑了笑，说："华总，八〇后已经翻篇儿，现在是九〇后的天下。"

华总也笑："你们那个小伙子不错，我是真想把他挖过来啊。可惜，他没同意。"

"呵呵，他和我一样，抓人玩命，办案上瘾。您出再多钱也给不了他成就感。现在辞职出局的是不少，但这帮兄弟也有不少后悔的。这是警察的命，干上了就放不下，您等他干不动的时候再挖吧。"黎勇笑。

"呵呵……"华总点头。

"哎，要是我去，能给多少年薪啊？"黎勇问。

"你，高级警长，六十万起。"华总说。

"哦，那他呢？"黎勇问。

"他。"华总停顿了一下，"之前是五十万，现在破了这么大的案，得七十万了。"

"哎哟，比我多啊？"黎勇说。

"呵呵，他年轻啊。"华总笑。

"也是。"黎勇点点头，"市场的估价最能体现一个人的价值。"他转过头，望着封小波的身影。

小酒馆里，黎勇与封小波勾肩搭背。两个人都喝大了，在毫无逻辑地推心置腹。夸父低着头玩着手机，不时浅笑。封小波一把抢过他的手机，看了看大笑起来。

"哟哟哟，要见面啊，不容易啊！"

夸父想要抢手机，封小波却躲闪着不给。他念着微信里的对话："神行者，下个月我要回国几天，咱们不见不散啊！"

大家的注意力都被吸引过来。

夸父终于抢回了手机，脸涨得通红。

"恭喜你啊。"裘安安善意地笑。

"谢谢。"夸父腼腆地回答。别看他奔跑的时候像个猎豹，但安静下来却像个姑娘一样。

"哎，你做好准备了吗？"封小波喝多了，大大咧咧地问。

"做什么准备啊？"夸父问。

"见真人的心理准备啊。"封小波说，"这网友见面啊，都是八〇后干的事儿了，咱们……不应该啊。"

"嘿，你说谁呢？"黎勇也喝了个大红脸，笑着问。

"哈哈……"封小波说，"这'见光死'多尴尬啊，你们怎么约会啊？吃饭？逛公园？看电影？多没意思啊，行不行的也得凑合半天。"

"我们不会'见光死'，我们有精神上的默契。"夸父反驳。

"得得得，别玩虚的。"封小波摆手，"哎，我教你个办法啊，见面的时候说个准确的地点，然后别露面，远处躲着看，行再见面，不行就撤。"

"哎，你怎么这样啊？"裘安安说。

"这是避免双方尴尬。"封小波说。

"要不，你就请裘大专家或女娲帮你查查，人像追踪、动作识别、鹰眼、定位，咱们有优势。"

夸父不屑地摇摇头，又拿起了手机。"我才不在乎呢，只要能见到她就行。"

"哎……你是我见过所有九〇后里，最像八〇后的。"封小波恨其不争。

大家再次举杯，啤酒已经干掉了两打。封小波喝得太快，胃里翻江倒海，跌跌撞撞地跑到洗手间"飞流直下三千尺"。黎勇跟了过去。夸父去外面和即将回国的"水晶女孩"通话，小圆桌旁只剩下裘安安和女娲。

裘安安用手摆弄着啤酒杯，好奇地问："女娲，瞎猫以前的爱人漂亮吗？"

女娲一愣，看着裘安安。"怎么突然问起这个？"

裘安安笑笑，看着酒杯。"我听人说，我长得像他前妻？真的假的？"

"呵呵……"女娲也笑笑，"真的，不说一模一样，也有七八分像。"

"后来呢？他妻子怎么样了？"

"去世了，在十年前。"女娲看着她。

"哦……因为什么？"

"一场车祸。"女娲叹了口气。

"是意外。"裘安安点头。

"他前妻叫海伦，搞美术的，比他大几岁。他们认识的过程挺有意思的，瞎猫当时刚上班，还没成为代号鹰眼的'四大名捕'。他和师父在520路公交车里抓贼，正遇到海伦被窃。他出手将贼抓住，但海伦却离开了现场，最后没辙，因为没有证人，只能把贼放了。后来几经波折，瞎猫才知道，海伦原来是个聋哑人，现场根本没有察觉。"

"聋哑人？"裘安安惊讶。

"是啊，听不见，说不出，但非常明理，是个很好的姑娘。"女娲说。

"有她的照片吗？"裘安安问。

"哦……我还真有，前几天正好翻拍过一张。"女娲拿出手机，在手机里翻找着，"哎，就是这张，右数第二个就是海伦。"

裘安安拿过手机看着，照片上一共有十多个人。女娲居中，头上还没有白发，看着是四十岁左右的样子。黎勇在右一的位置，很年轻，一脸玩世不恭。右二的女孩亭亭玉立，眼睛水汪汪的，留着长发，确实和自己很像。

"真漂亮……"裘安安说，"那……后来呢？"

"呵呵，警察的故事当然都是破案了。后来黎勇沿着那个线索，打掉了一个盗窃团伙，也成了我们局打扒队里戏称的'四大名捕'。哦，这个你别当真啊，在公安局什么'名捕'啊，'名提'啊，都是自己人封的，相互激励而已。然后就顺理成章了，黎勇追求海伦，两人谈了两年朋友就结婚了。"女娲抬头回忆着，"但好景不长啊……瞎猫因为工作出色，被调到了刑侦支队，代号也从鹰眼改为瞎猫。他当了探长，工作更加忙碌，与海伦聚少离多。后来海城发生了一起性质极其恶劣的银行抢劫案，劫匪在驾车逃窜途中撞倒了十多名无辜群众，其中包括海伦。瞎猫和同事们追缉劫匪，不料劫匪却在海城高速'九转十八弯'的路段坠崖身亡。案件成了'无头案'，被劫的赃款到现在也没找到。"他又叹了口气。

"太惨了……"裘安安也叹了口气，"所以……他才会这么努力地工作？"

女娲笑笑，没有回答。

"所以……这次的抢劫案让他想起了过去？"裘安安又问。

女娲还是没回答。

"所以，他才希望海城更加安全？"

"姑娘，我们当警察的，不是做什么事情都讲因为所以的。我们有一种常人无法理解的责任感。"女娲说。

"责任感？"

"对，就是为什么要穿这身衣服，为什么为了这么点儿工资抛家舍业地付出。瞎猫、疯魔、夸父和我，还有郭局。我们都一样。"女娲说。

"嗯，我明白。"裘安安点头，"我们华总也是这样的人。"

"华总？"

"他是因为家人出了意外，才决心投身到公共安全领域的。我觉得，他和瞎猫是同一类人，都希望别人过得更好。"裴安安说。

"来，咱们敬他们。"女娲说着举起酒杯。

在小酒馆门口，黎勇和封小波蹲着聊天。两人这顿饭都白吃了，刚开始是封小波吐，黎勇给他拍后背，后来拍着拍着黎勇也吐了，就换作封小波给他拍。两人吐完都清醒了，就蹲在门口抽烟。

黎勇回忆着往昔，说着郭局的糗事。

"郭局原来是城中区分局的，调到刑侦支队的时候还没任副大队长呢。当时的支队长是吴晨，早就退休了啊。老吴的脑袋长得特别大，我们这帮年轻的就给他起一外号，叫'老牛头'，呵呵，'牛头马面'的'牛头'。结果郭局第一天来，总听我们说'老牛头''老牛头'的，就记住了，结果中午在食堂吃饭的时候，一见到吴支队就毕恭毕敬地喊，牛支队好！老吴当时就愣了，估计也纳闷呢，在背后叫自己外号也就得了，怎么当着人也叫啊，就没搭理郭局。结果郭局还特积极，追着吴支队一中午地汇报思想，一口一个'牛支队'。你想啊，还没任职呢，可不得表现表现吗？最后吴支队终于忍不住了，再没搭理郭局，拂袖而去。郭局回去一看值班表才明白弄错了。当时他还问我，为什么不提醒他呢。我心想，没跟您'挖坑'就不错了。哈哈哈哈……"

封小波笑得前仰后合。"师父，你可真够坏的。"

"哎……年轻的时候真好啊，没什么顾忌，想怎么干就怎么干。现在不行了。"黎勇叹了口气。

"怎么不行了？就因为给你封了个大队长？"封小波问。

"不是，是你想要的生活渐行渐远了。走着走着，面前就一条路了。"黎勇若有所思。

"不太懂。"封小波摇头。

"二十岁的时候啊，总认为自己行、别人不行，总想要打破规矩，走一条和别人截然不同的路。但三十岁之后呢，你才渐渐清楚自己能吃几碗干饭，才开始按规矩办事。就好比我干警察，最初的梦想是仗剑走天涯，成为一个别人眼中的英雄，但干着干着才明白，警察工作的意义并不是去证明和炫耀自己，而是要通过默默付出，让别人过得更好，去保护弱者的权利。这时，我们工作的动力就不再是激情和冲动，而是职责和使命。"

"哟，师父，你深了。"封小波感叹。

“别拍马屁，我不是唱高调，而是真实感受。”黎勇瞥了他一眼。

“你觉得自己落伍了吗？”封小波问。

“当你发现自己做事驾轻就熟了，时间越来越充裕了，就是落伍的表现。”黎勇回答。

“还是……不太懂。”封小波摇头。

“驾轻就熟不是件好事啊，说明你一直在重复着熟悉的工作，在原地踏步。原地踏步让人失去激情，失去对事物的新奇感，一旦失去了继续攀登的冲动，趴在自己的安乐窝里，就会下降和落后。所以千万不要停歇，要逼着自己一路向前。”

“深了，我觉得你今天特哲学。”封小波说。

“别骂人。”黎勇笑着抽了口烟。

“但有时我觉得啊，凡事也别想那么多，由着性子来，让自己高兴，反而更加纯粹。打个比方，如果我干警察的目的，只是为弄个海城户口，那你就是说破大天去，我也不会好好干。但碰巧了，我喜欢抓人破案，所以再累也快乐。”封小波说。

“不是碰巧了，是你很幸运，能干上自己喜欢的工作。起码在这个阶段。”黎勇说。

“嗯，这么说也对。”封小波点头。

“珍惜当下，别虚度光阴。”黎勇补充。

“呵呵，这就是你们八〇后和我们的不同。”封小波说，“你们总是想着长远的目标，却忽略了眼前的快乐，但我们不会，我们知道怎样把握生活，享受生活。”

“嗯，这个我承认。”黎勇点头，“有时累的时候我也在问自己：黎勇，你现在快乐吗？你扮演好了那个‘鹰眼神探’的角色，但那真是你自己吗？想到这儿的时候，我就会往前想，给自己一个答案，那就是问问自己，当初为什么想干这个警察。”

“为什么呢？”封小波看着他。

“你说呢？”黎勇反问。

“我不喜欢弯弯绕儿，说得实际点儿，无非名和利、被人尊重和崇拜，或者自己内心的满足感呗。”封小波说。

“不对。”黎勇摇头，“你早晚会知道，当警察不是所谓的理想和冲动，而是一种责任感。在经历过掌声和荣誉以及破案的兴奋之后，能让你继续负重前行做下去的，只有责任感。”

“嗯。”封小波点头。

"你知道张国强吗？听说过预审的老鬼和齐孝石，经侦的崔铁军吗？他们都曾是局里的风云人物，但现在呢？他们都已退出了一线。时代终会向你告别，再灿烂的聚光灯也会熄灭，再隆重的盛宴也会散场，再有名的'名捕'和'名提'也会被人遗忘。所以不要怀念小圈子里的认可，不要感叹往事中的美好，要时刻对着镜子，知道自己是谁，时刻提醒自己，不要慵懒，不要麻木，要一直跑下去才行。"

"嗯，一直跑下去。"封小波重复着。

"我告诉你，人生不是百米赛，而是一场马拉松。能坚持到最后的才会赢。"黎勇说。

"我懂了。哎，趁着你今天'哲学'，再送我几句话呗。"封小波笑。

"得意时不要忘形，失意时不要气馁。疯魔，你比我强，希望你做得更好。"黎勇说完抬起头，望着海城街头璀璨的灯火。

"我不会让你失望的。"封小波说，"哎，师父，还有个事儿。咱们大队马上就要组建了，等招人的时候，我希望把派出所的大壮和耽美给弄过来，行吗？"

"不走人情，正常考试。"黎勇说着站起身来。

"哎，他们是协警，没法通过考试。"封小波说。

"协警？"黎勇想了想，"等到时看看再说吧。"

18. 师徒

过了元旦，气温回升了，海城街头的行人也多了起来。黎勇穿着一身运动服戴着茶色眼镜，在人群中穿行。封小波紧跟着，有些气喘吁吁。

"怎么了九〇后，不行了？"黎勇头也不回地问。

"哎，溜达一上午了。差不多了吧？"封小波问。

"这么快就认怂了，不是佩服打扒队的'名捕'吗？你知道他们每天走多少路吗？"

"哎，佩服是佩服。但师父，咱这工作和他们不一样啊。"

"没什么不一样的。"黎勇拿出手机，看了看时间，"午饭前，必须把H区走完。"

两人一前一后在人群中疾行。黎勇要求封小波在最短的时间里，把海城的边边角角都走遍，把地形地貌烂熟于心。

"疯魔，那个电线杆是几号'鹰眼'？"黎勇边走边问。

"那个是……H区的5号'鹰眼'。"封小波答。

"那个呢？"黎勇又指另一个方向。

"那个是7号。"

"什么时候不用想了，张口就来，你就能独当一面了。"黎勇说。

"那还要手机地图、GPS干什么用啊？"封小波说。

"用进废退，你一个警校毕业生，该明白这是什么意思。"黎勇说，"别说什么神探、名捕的，让你把手艺搁置几年，谁都没戏。有时间，我建议你跟老金公司的快递员学学，他们天天在路上跑，知道哪儿是捷径，哪儿有暗角。"

"我不去。"封小波一听老金就来气。

"艺不压身，为了学艺别要面子。"黎勇笑。他转到一栋大厦后，随手一摸就抓住一个消防梯，然后几下就登了上去。封小波也紧随其后。

大厦一共十层，消防梯每层一个折返。黎勇的右眼已大致恢复，已经预约了左眼的手术，但走起路来还是缓步慢行。这下封小波来了劲儿，几下超到他前面，最先到达了顶层天台。封小波叉着腰，大口大口地呼吸着清新透彻的空气，望着阳光下一览无余的海城景色。

"真美啊。"他不禁感叹。

黎勇擦了擦汗，也走了过来。"要想看到美景，得有双好眼睛啊。"

"什么时候手术啊？"封小波问。

"下个星期，跟郭局请好假了。"黎勇说。

"哎，我说你这么玩命地练我呢，让我替班啊。"封小波坏笑。

黎勇往前走了两步。"哎，疯魔，你看到了什么？"他指着远方问。

"看到了什么？海城啊。"

"一个城市，人们看到的是广阔，是繁华，是美好。但咱们呢，看到的应该是哪里有拥堵，哪里有混乱，哪里有危机。"黎勇说。

"嗯。"封小波认可。

"在海城百姓眼中，看到的是交通图，是路况图，是美食地图。但咱们看到的，是全市五千五百九十七平方公里，一百七十个网格里的五十个责任区的'鹰眼'小组，是十六万个'鹰眼'组成的'智慧追踪'系统，是让违法犯罪无所遁形的'天网'。"黎勇说。

封小波连连点头。"明白，这是我们的责任。"

"你记住，现在办案的条件虽然好了，但依然不能掉以轻心。"黎勇说，"技术永远追着犯罪走，都说魔高一尺道高一丈，但魔永远会在道的前面跑，新型的犯罪会层出不穷。所以咱们就得更加玩命地跑，追上一种新的犯罪形势，就能预防一大批群众的损失。不要等万事俱备再出手，那样胜利一定不会属于你。"

"嗯，这句话我认同。"封小波点头。

"作为'鹰眼'小组的成员，你要在最短的时间里熟悉这一百七十个网格里的'鹰眼'。市财政的经费已经批下来了，以后的显示墙不再仅仅是六行十二列了，会更大更强。但无论设备怎么升级，技术怎么进步，我们破案的核心，永远在这里。"他指了指自己的头。

"哦，头发上。"封小波笑。

"别废话。"黎勇訾他，"明天你到市局指挥中心报到，负责接警。你的任务是接警后，指挥各地的派出所和'鹰眼'小组开展工作。记住，不准用手机地图和 GPS。"

"啊？那要是布错了怎么办？"

"错了自己承担，该处分的处分，该开除的开除。"黎勇正色。

"我天，师父你太狠了吧。"

"学习技术，掌握技术，忘掉技术。记住我这三句话。"黎勇说。

"忘掉……"封小波琢磨着。

"记住，干咱们这行的，要将视线抬高，在地上走的时候想着天，在天上看的时候想着地。要天与地结合，虚与实相依。要将视频侦查与传统侦查手段综合运用，才能发挥出更大的作用。"黎勇说。

黎勇一点儿没开玩笑，封小波下午就到市局指挥中心去报到了。但这小子压根就不是能坐得住的人，答应黎勇时不打磕巴，但做的时候就严重缩水了。还没到下班，他就跟指挥中心的领导请了假，说要协助专家去工作。他说的倒也不是瞎话，专家就是裘安安，但人家却并没让他协助。

在市局三号楼的大会议室里，裘安安正在给全局主管案件侦破的派出所所长讲解着视频侦查技术。台下座无虚席，封小波蹑手蹑脚地潜进来，坐在了最后一排。

"完全性公共场所，是指马路、公园等地，而半公共性场所呢，就是诸如教室、办公室等地，最后是完全私密性场所，比如居民的住宅。按照国家的法律规定，公安机关安装视频监控系统，应该在完全性公共场所，但在特殊情况下，经过严格审批，可以在重点要害场所布置视频监控探头，比如银行、重点企业等……"裘安安讲解着。

"我有个问题。"台下的一个学员问，"有没有因为布设视频监控系统，而泄露公民隐私的情况？"

"这个问题很好。"裘安安点头，"视频资料关乎着每个公民的合法利益和隐私权利，所以必须严格控制。比如我们蓝晶石公司协助海城市局搭建的'天网'平台，就做到了后台数据完全与企业隔离，由公安机关绝对控制。"

"我也有个问题。"另一个学员问，"众所周知，我们海城有五千多平方公里的面积，就算布设探头，也不能做到全覆盖。你们对视频盲区有什么解决的方案吗？"

"视频盲区只是一个相对的概念，再先进的技术也要依托人来操作。我刚才说了，被动式视频监控系统分为道路交通监控、治安卡口监控、道路收费监控、街面安防监控等。被动式监控系统的主要作用就是收集信息，是静态的，还不能被称为'鹰眼'。而我们现在升级并布设的'智慧追踪'系统，则是主动式的，目的是发现、捕捉、搜集、研判信息，是动态的。举个例子，如果一个人从 A 点到 B 点，两点之间可能会有盲区，但他在从 A 到 B 的过程中，就已经被系统捕捉和搜集了，在从 A 到 B 的过程里，我们可以从他出现和到达时的速度，分析他乘坐了什么交通工具，如果是步行，可以推测他是否携带了过重的物品。同时我们可以从他的动作进行捕捉，设置模型，开展锁定。所以我相信，技术可能存在盲区，但大家的破案手段是不会有盲区的。"

台下顿时响起了热烈的掌声。

"老师，我也有个问题。"封小波举手。

"请讲。"裘安安没看清是封小波。

"你为什么要从事视频技术工作？请说得实际点儿。为了名和利、被人尊重和崇拜，还是自己内心的满足感？"封小波问。

裘安安一愣，有些尴尬，这才看清是封小波。她笑了笑问："那请问这位警官，你为什么干警察呢？是为了名和利、被人尊重和崇拜吗？"

封小波心中暗笑，装模作样地站起来。在场的学员都转头看着他，等他的答案。

"我当警察，不是所谓的理想和冲动，而是一种责任感。在经历过掌声和荣誉以及破案的兴奋之后，能让我继续负重前行做下去的，只有责任感。"他大言不惭地重复着黎勇说过的话。但没想到学员们却很受用，热烈地鼓起掌来。

裘安安也不禁笑了，她冲着封小波做出了一个"鄙视"的动作。

"愚蠢的人总是自信满满，而聪明的人却充满疑问。现在，下课。"裘安安说。

"生活永远不可能像你想象的那么好，但是也不会像你想象的那么糟。谢谢老师。"封小波说。

在楼道里，封小波把一张票塞在裘安安手里。

"什么呀？"裘安安问。

"自己看。"封小波一副满不在乎的样子。

裘安安一看，上面印着"安妮·索菲·穆特独奏音乐会"。"啊！你怎么搞到的！"她惊喜起来。

"我是谁啊，鹰眼神探。"封小波笑。

"你怎么知道我喜欢她？"裘安安拿着票爱不释手，"听说一票难求，特难买吧？哎……你是不是走后门儿了，通过你们治安支队？"

"我不干那事儿……"封小波一副满不在乎的神情。

"那你是……哦，假票，肯定是假票！"裘安安对着灯光拿起票。

"哎哎哎，你怎么把我想得那么坏啊。裘大专家，我是上个星期刚开票的时候，排了一宿队才买上的。"封小波说了实话。

"哦……那谢谢了。"裘安安笑了。

"咱们是……十五排，今晚七点半开始，还有两个小时可以吃饭！"他又拿出了一张票，看着说。

"啊？你也去啊。"

"多新鲜啊，我不陪着你，能放心吗？"封小波夸张地说。

"嗯……那好吧，给你这个机会。"裘安安装作大度地点头，"哎，你刚才说的那话挺棒的，自己编的？"

"什么编的，由心而发。"封小波说。

两人到市局门口找了一个小馆儿，封小波刚煞有介事地翻开菜谱，手机就响了。他一看是黎勇的号码，瞥了裘安安一眼，把手机翻了过来。

"谁啊？"裘安安问。

"骚扰电话。"封小波装得挺不自然。

"快接吧，肯定是瞎猫的。"裘安安看出了他的心思。

封小波万分沮丧，手抖了半天才把电话接通。"喂？什么？哎哟，我今天有点儿不方便啊……"封小波扭捏着。

"赶紧回来，郭局也到了。"黎勇在电话那头说。

"我……没在附近……"封小波想编瞎话。

"市局门口的'芦小丫'，三分钟前你们刚进去。"黎勇揭穿他的谎言，"等有时间再约会，姑娘跑不了。"

封小波沮丧地挂断电话，趴在桌子上。

"怎么了？去不了了？"裘安安问。

"G区09号'鹰眼'，我恨它！"封小波默念。

六号楼顶层的"视频工作站"门前，已经挂上"海城市公安局视频侦查大队"的牌匾，但由于编制还没最后批复，上面罩着一个红绸子。封小波进去的时候，郭局、章鹏、林楠、那海涛等几个领导都在，正和黎勇、女娲在研究着案件。封小波坐到了后面的位置，用胳膊肘拱了拱夸父。

"又出什么事儿了？"他轻声问。

"听着吧……"夸父一脸疲惫。他身旁的桌子上，放着一大堆矿泉水瓶。

"在犯罪嫌疑人的藏匿地，我们查获了电击枪、口罩、手套等作案工具，同时还发现了两个'人皮面具'。"章鹏汇报。

"这么说，我们之所以没能通过'人像识别'发现他，就是这个原因？"郭局问。

"是的。"章鹏点头。

"为什么郭晓冬在购买假身份的时候，不使用这个面具？"郭局问。

"这个面具虽然做得很真实，但毕竟只是仿生的伪装，戴上去表情僵硬，看着很奇怪。在公共场所，反而容易被人注意。"章鹏说。

"你再说一遍。"黎勇突然来了灵感。

"我说，反而容易被人注意啊。"章鹏重复。

"不是，我说的是'表情僵硬，看着很奇怪'，"黎勇站了起来，"郭局，你还记得一个细节吗？沈奎供述，在他与郭晓冬交易的时候，曾经见到过一个穿蓝色大衣的人。"

"嗯，我记得，他怀疑郭晓冬在与他见面之前见过这个人，因为桌上摆着两瓶打开的矿泉水。"郭局说。

"是的，沈奎说过，那个穿蓝色大衣的人，长得很奇怪，表情僵硬。"那海涛也说。

"那海涛，你们预审马上到刑侦支队取面具，然后马上提讯沈奎，进行辨认。"郭局指示。

"明白。"那海涛点头。

"说一下你们的调查和审讯情况。"郭局说。

"在此次行动中，被刑事拘留的犯罪嫌疑人一共有十八名，除了沈奎与主案相关，其余人员均是被'智慧人像追踪系统'识别出的刑事、治安等网上逃犯。与我局无关的，已经移交给了相关办案部门。在案发之后，我们协同省厅测谎专家，询问了五百余名目击者和证人，对两百余人进行了测谎和摸底。截至目前还没有新的发现。"那海涛说完。

"经侦呢，有什么发现？"

林楠拿着一摞材料，汇报了对涉案嫌疑人的资金查询情况。在案发之前，郭晓冬母亲的账户曾经收到过二十万现金转账，但经过对老人进行询问，老人对这笔钱并不知情，且那张银行卡也在郭晓冬手里。经侦调取了汇款行的 ATM 机监控录像，发现存款者遮蔽着面部，做了伪装。

"附近的监控调了吗？"郭局问。

"当时咱们还没大面积布设探头、建立'天网'，附近的探头屈指可数。"林楠说。

"那赃款赃物呢？"

"技术人员将炸碎的现金进行还原，金额应该在三百万元以上。在山崖下，我们找到了大部分贵重物品，其余的还在搜索中。"林楠回答。

"哎，钱没带走，命还没了。"郭局摇头。

"瞎猫，你呢？"郭局转过头。

"这段时间，我们的工作重点是按照您的指示协助蓝晶石公司组建'天网'系统，但同时，我们并未停止办案。133的号码已经失去了位置，应该是被销毁了。在开卡后，持有者只拨打过两个电话，一个是给警方报警，另一个是给嫌疑人报信。"黎勇说。

"这个人的位置在哪里出现过？"郭局问。

"多次出现在望海地区，在海城银行和星光广场也出现过，最后位置在郭晓冬等人藏匿地附近。"黎勇回答。

"洗浴中心呢？有他位置吗？"郭局问。

"有。"黎勇点头。

"那这个人，会不会就是那个蓝衣人？"郭局问。

"有这种可能。匿名电话持有者、穿蓝色大衣的和矿泉水瓶上DNA指纹记录的，很有可能是同一个人。"黎勇说。

"如果推测正确，这个人在案件中会是什么角色？"郭局问。

"我想，很有可能是郭晓冬他们背后的人。"黎勇回答。

"嗯，下一步怎么办？"

黎勇站起来，回头指着夸父身旁的一堆矿泉水瓶说："我们询问过洗浴中心的工作人员，遗留在桌上的两个怡宝矿泉水瓶不是他们提供的。我们根据此线索，对案发时所有的重点位置进行搜索，共搜集到被丢弃的怡宝矿泉水瓶一百零四个。"

"我天，一百零四个……夸父，你累傻了吧？"封小波轻声问。

"我可知道拾荒者的苦了。"夸父摇头。

"行了，你就知足吧，还没让你捡烟头呢。那才叫满处'找抽'呢。"封小波坏笑。

黎勇继续说着："在这一百零四个矿泉水瓶中，与洗浴中心发现的矿泉水瓶是相同生产日期和相同批号的，一共有二十四个。我们准备将这二十四个矿泉水瓶送到法医中心进行 DNA 和指纹检测，以此扩大调查的范围。"

"嗯，你的意思是，想看他们是否还有其他同伙？"郭局问。

"是的，除非他们都没有前科。"黎勇回答。

"好，这个办法可行。但只是矿泉水瓶吗？"郭局又问。

"肯定不止。"黎勇摇头，"所以从明天开始，我们视频组将全员出动，将重点位置的烟头等生活垃圾全面进行搜集。"

"你个乌鸦嘴。"夸父给了封小波一拳。

"完，我也加入拾荒者的队伍了。"封小波咧嘴。

各单位都汇报完了，郭局最后拿出一摞材料。"今天参加会议的，都是专案组的核心成员。保密的纪律我就不再提了，大家都心里有数。这个案件虽然对外宣称破案了，但咱们都明白，许多问题还都'敞着口'，许多线索还要继续往下查。交通支队的技术勘查结果出来了，那个垃圾车被人动过手脚。你们该明白这意味着什么。还记得十年前娄四儿等人的银行抢劫吗？车辆也疑似出现了问题。"

此言一出，大家都愣住了。

"所以要想保城市安全，就要除恶务尽。咱们要不等不靠啊，一天不把这个案件弄个水落石出清清楚楚，专案组就一天不能撤，大家的工作也就一天不能停。"郭局强调。

开完会已经是晚上九点了，郭局又和黎勇说了一会儿才离开。黎勇表情凝重，一根接一根地抽烟，女娲走到他身旁。

"这么说，这起银行劫案很有可能与十年前的案件有关？"女娲问。

"在没找到证据之前，一切都只是推测。"黎勇吸了一口烟。

"太巧了吧？时间、手段，甚至出事的地点都一样。"女娲说。

"是啊……都一样……"黎勇点头。

"咱们面对的是一个人还是一伙儿人？"女娲问。

"不知道。"黎勇苦笑。

"瞎猫，要想破案不能太急，平和心态明白吧？先把你那眼睛给做好了，案件的事儿大家一起盯着呢。"女娲说。

"嗯，放心吧。"黎勇点头。

封小波拿手机上网，看着音乐会的盛况，表情失落。

黎勇拍了拍他的肩膀。"刚才郭局说的都听见了？"黎勇问。

"听见了，专案组不撤，工作继续。"封小波说。

"所以就算影响你泡妞了，也得打起精神来。"黎勇说。

"哎……挺不容易的机会。你知道那两张票多少钱吗？"封小波有些沮丧。

"等案子破了，给你放假，专门去泡妞。"黎勇说。

"哎，要是什么事儿都能用专门的时间做就好喽。"封小波摇头。

"师父，你什么时候手术啊，我送你去。"封小波问。

"后天。明天再陪你们干一天体力活儿，我就上战场。"黎勇笑。

封小波知道他的意思，明天大家的主要任务就是满地捡烟头。他叹了口气，刚想再说什么，没想到郭局又返了回来。

"哎，瞎猫。你那手术什么时间做？"郭局问。

"啊？"黎勇一愣，"跟医院都约好了，后天上午。怎么了？"

"哦……又来事儿了，得速查速办。上面很关注，城市博览会马上召开，必须把影响消除到最小。"郭局很急切。

"什么事儿？这么急？"黎勇皱眉。

"一会儿让章鹏跟你说。怎么样？手术能再等等吗？"郭局问。

"可以，我去跟医院说。"黎勇一点没含糊。

"郭局，要不我们先上，让瞎猫先把手术做完吧？"女娲试探地问。

"案件很棘手，你们都得上。瞎猫，你自己权衡一下，位置是否能让疯魔顶替？"郭局问。

"郭局，我没问题啊。"封小波大声说。

"不用不用，还是我上吧。我这眼睛没什么大事儿，手术也不差这几天。再说，蓝晶石的'天网'已经架好了，再破案也要用上。郭局，明天我们分兵作战，女娲和夸父继续查银行劫案的事儿，我和疯魔接新活儿。"黎勇说。

"好，有什么困难随时说，与其他警种协调好。"郭局叮嘱。

"领导放心！"黎勇立正敬礼。

19. 别墅盗窃案

清晨五点，城东郊的银湾别墅区里，几辆警车停在一栋别墅前。黎勇和封小波从视频侦查车里走下来，低着头钻过警戒线，刚要走进别墅，就被一个警员拦住了。

"黎队，鞋套。"警员提醒。

"哟，对不住啊。"黎勇点点头，接过警员递来的鞋套。

自从被提升为代理大队长，市局喊黎勇"瞎猫"的人就越来越少了，"黎队"成了他现在的称呼。但升职当了官吧，黎勇却觉得挺累，做事得有条不紊了，说话得讲究分寸了，稍不留神人就说你膨胀了。所以要想当好领导，不光要有能力、懂破案，更要有人格魅力、能团结身边的同事，但这些都是黎勇不擅长的事儿。他走进别墅的大厅，章鹏正在那里叉着腰，左右指挥着。大厅右侧的房顶，安装着一台监控探头。

"章队。"封小波率先打招呼。

"哎……小波。哟，黎大队长，什么风把您给吹来了？"章鹏问。

"别废话。哎，让我上是不是你的意思？"黎勇问。

"哎哟，我哪有那权力啊，是郭局的意思。你这么大的人才，关键时刻得用上啊。"章鹏笑。

"别扯淡了，你就给我布活儿吧。"黎勇说。

"哎，瞎猫，你可别忘本啊，虽然'独立'了，但也是老刑侦出来的啊。是不是，疯魔？"章鹏挤着眼。

"没错儿。"封小波笑。

"就这么叫，别黎队黎队的，听着费劲。"黎勇说。

"呵呵，你得习惯啊。以后你要操心的，不光是业务上的事儿了，政工上的事儿，党建队建都得抓起来。"

"得得得，听着脑袋就疼。"黎勇摆摆手，"什么情况？"他指了指现场。

"走，我带你们熟悉一下。"章鹏冲上面指了指。

"走吧，疯魔探长。"黎勇做了个请的动作。

"别价啊师父，论资排辈，得您先上啊。"封小波笑。

"这个案子你办。"黎勇说。

"啊？"封小波一愣。

"练练。"黎勇冲楼上努了努嘴。

章鹏带两人上了二楼，现场勘查人员正在工作。二楼的楼顶也安装着一个探头。

章鹏指着一个打开的窗户说："女窃贼就是从这里进来的，窗外墙体上有蹬踏的痕迹，我们还原出了她的足迹，鞋号三十九，推测身材在一米六五左右，偏瘦。看，这里是擦蹭痕。"他指着窗口的一个位置，"窃贼是老手，现场没有留下指纹，应该是戴着手套作案。"

"女性……"黎勇皱眉，"从足迹看出来的？"

"是，女式旅游鞋。"章鹏说。

"失主呢？走访了吗？"黎勇问。

"没有。"章鹏摇头。

"为什么？"

"他不报案，说什么东西都没丢。"章鹏说。

"没丢……那咱们犯什么'勤儿'啊？"黎勇反问。

"来，你看这儿。"章鹏招了招手，带两人走到一个卧室前。

"什么情况？看不清。"黎勇眯着眼。

"拖拽的痕迹，应该是旅行箱。"封小波蹲下看。

"拿咱们当傻子？"黎勇皱眉。

"哼……"章鹏苦笑，他走进卧室，指了指里面一个敞着门的保险柜，旁边还散落着一些现金，"保险柜被人工开锁，留有痕迹。剩下没拿走的'散碎银两'还有一千多呢。"他戴上手套，缓缓地拉开一个柜门，柜门里堆放着许多杂物，但右侧却空出了一个位置。

"是旅行箱？"封小波说。

"二十四寸的。"章鹏点头，"我问过林楠了，二十四寸的皮箱起码能装下二三百万的现金。"

"不报案咱们怎么得到消息的？"黎勇问。

"是小区的保安。他在昨夜发现了窃贼的身影，还追了一段，就拨打了110报警。"

"能见见失主吗？"黎勇问。

"拒不见面，说公务繁忙。"章鹏苦笑。

"靠，装什么孙子，有咱们忙吗？"黎勇皱眉。

"真比咱们忙。"章鹏笑。

"把情况给我，失主的。"黎勇伸出手。

"郭局指示，不要针对失主，就查案件。"章鹏说。

"怎么碴儿？又有内幕啊？"黎勇叹了口气，"那……还有什么人啊，知道情况的？"黎勇问。

"还有保姆，但是当时不在家，请示了郭局，也指示先别惊动。"章鹏说。

"现场有 DNA 线索吗？"

"有，但都是失主和保姆的。"章鹏回答。

"失主没有其他家人？"

"他不常来，保姆也是每周来打扫一次卫生。"

"那……这个里面的视频，能调吗？"黎勇抬手指了指，楼顶的探头。

"不能，要能调我们就不在这儿瞎分析了。"章鹏说。

"有病吧，丢了东西不报案，有家里的监控还不提供数据？"封小波气愤。

"乖，别闹，没听见吗？郭局认可的。"黎勇苦笑着说。

章鹏也无奈地摇头。"但银湾别墅区的监控我们调了，几乎没有什么有价值的线索。本来这栋别墅的窗下有一个公共监控的，但坏就坏在房主私建了一个风雨廊，正好挡住了探头。所以我们只在那个监控上获取了一个模糊的身影，速度很快，一闪而过。但可以看出，是个女人的身影。窃贼得手后原路返回，一路拖拽旅行箱潜逃，但因为箱子太重，在翻越别墅区高墙的时候出了响动，才被巡视的保安发现。"

黎勇边听边走到窗前，看着窗外的风雨廊。他沉默了一会儿才说："我怎么觉得……房主建这个风雨廊就是为了挡住监控啊？"

章鹏和封小波也向下观望。

"风雨廊的尽头就是停车的车位，要是失主真像你说的那样神神秘秘的，他大概不会愿意让自己的客人被监控拍到。"黎勇说。

"师父，我同意你的观点。"封小波煞有介事地点头。

"好了，案子的现状就这样，疯魔探长，说说你下一步的工作思路吧。"黎勇转头说。

"我……"封小波想了想，"第一，查一下附近的重点行业人员，特别是有开锁资格的，有没有作案嫌疑；第二，围绕小区的物业、保安员、保洁员、维修人员等工作人员开展调查，看看有没有可能是监守自盗；第三，重点对这栋别墅的保姆进行走访，从她身上获取线索，确定损失金额。"

"得得得，你说的这些都是人家刑侦支队的活儿，说说咱们自己的。"黎勇说。

"哦，咱们的……"封小波又想了想，"咱们应该以犯罪嫌疑人进出小区的地点为中心，以五百米为半径，划定监控图像的调取范围。以小区进出的十二个监控探头为重点，扩线至可能逃匿方向的所有'鹰眼'，尽快对犯罪嫌疑人进行识别。同时对可能逃窜的方向进行分析，调取主要路口的'鹰眼'视频数据。时间从案发前一天开始，一直到案发后的三个小时。"他言简意赅，思路缜密。

"不错不错，上道儿了啊。"章鹏笑。

"还有呢？"黎勇皱眉。

"还有？对附近高速公路收费站的'鹰眼'进行调取……还有……"封小波转头看着二楼安装的监控，"师父，我看了，他家安装的是'蓝晶石'的监控，就算他们不提供，咱们也可以从公司的后台调取。"

"不行，办案要依法依程序。失主不愿意提供私人录像，咱们也不能侵犯他的权利。"黎勇摇头。

"嗯……他……不会贼喊捉贼吧？"封小波问。

"在破案之前，什么都有可能存在，但什么都无法下定论。有时需要一把钥匙，才能拨开重重的迷雾。知道该怎么做吗？"黎勇问。

"知道。时间、空间和逻辑，三种方法顺查和倒查。用'子事件'描摹出整个事件的链条，'点线串联'。"封小波倒背如流。

"哼，别光会背，更得会用。照着做吧。"黎勇说。

在车上，封小波驾轻就熟地把着方向盘，黎勇摇开车窗抽烟。

"师父，我怎么觉得这个案子这么别扭啊。"封小波说。

"不别扭郭局能让咱们上吗？一般盗窃案分局就办了。"黎勇看着窗外阴霾的天色。

"我记得啊，北京在几年前曾经发生过一个案例，一个画家的画被人偷了，后来一查啊，发现是保姆偷的。"封小波说。

"那怎么了？"黎勇侧目。

"警方抓到保姆之后，保姆说她和画家有奸情，还怀过画家的孩子。但画家背信弃义，于是保姆就偷了画，作为青春损失的补偿。"封小波说。

"一听就是瞎编的。"

"真事儿，微博上都传疯了。"封小波解释。

"你瞧你看那东西，微博上的消息，能信吗？"

"哎……八〇后啊，你们是不是就觉得报纸上的消息是真的？"封小波叹气。

"疯魔，这个案子是咱们组建'天网'后的第一枪，得好好办，不能哑火啊。"黎勇说。

"明白，全市五千五百九十七平方公里、一百七十个网格、五十个责任区的'鹰眼'小组、十六万个'鹰眼'组成的'智慧追踪'系统，是该它发挥作用的时候了。"封小波说。

"知道就好。"黎勇点头，他拿出了手机，给女娲拨了个电话，"先不回局里，去西郊的大马场。哎，不许看手机地图啊。"

"得嘞，西郊大马场，W区03到15号'鹰眼'附近。"封小波转动方向盘，胸有成竹，"怎么着？他们那有信儿了？"

"对，新的案子接了，旧的也别落下。"黎勇说。

蓝晶石集团海城公司会议室座无虚席，裘安安在向华总及其他高管汇报着工作。

"经过这段时间的工作，我们蓝晶石的视频监控系统已经在海城全面布设，其中布设最多的区域就是城中路派出所的点位，首期就布设了三百二十一个探头。我解释一下啊，之所以以这个派出所为重点，是因为此前的海城银行抢劫案就发生在这个区域，海城市公安局也想以此为例，做一下架设'天网'前后的对比。第一阶段的架设工作很顺利，我们已经完成了海城全市五千平方公里中一万多个新增探头的安装，同时对之前海城市公安局自行安装的探头部分进行了升级，并将视频数据连接到了公安局后台的大数据搜集研判系统。'智慧追踪'系统已经全面启动，权限完全与公司切割，公安局将使用权限开通至他们下辖的各分局及业务部门，管理严格，尚未发现漏洞。第二阶段的架设和接入工作，预计在城市博览会召开的同时如期开展……"

"好，好。"华天雪赞许地点头，回头对众高管说，"大家都看过一部葛大爷演的贺岁片吗？里面一句台词说得透彻，二十一世纪什么最重要，人才！裘安安，就是咱们公司的人才。"高管们笑了起来。

"我说过，协助公安机关保卫海城安全也是我们企业的职责和使命。我是海城人，就出生在这个城市的东郊，我沐浴过这里温暖的阳光，也遭遇过苦难和不测。"华总站起身来，走到会议室巨大的落地窗前，"大家可能不知道，我曾经有一个姐姐，她在清晨出生，所以父亲给她起了一个'晨'字。她比我大五岁，长得很漂亮。后来在我三岁的时候，父亲因公去世了，母亲就一个人担起了整个家。为了养活我们，她干杂活、做苦力、干小时工，五分钱一个的塑料瓶，凑够十个就能买一个馒头……后来母亲病了，在我十岁的时候去世了。姐姐就接替了她的责任。她辍学了，打工供我上学，拼死拼活的，就为让我能好好活着。但是……"他叹了口气，"在我十三岁那年的一个下雨天，姐姐没有回家。我找啊，到处找她，村庄里、田野中、山路上，我问遍了乡亲，还在广播站里广播，但姐姐一直没有回来。当时我们村口有个公司，他们在门前安装了一个监控。哦，大概就是那种DVR的模拟视频系统。我找到他们，想查看姐姐的踪迹，却被他们拒绝了。无论我怎么哀求，他们都置之不理。后来，我姐姐再也没有出现……我当时就想，早晚有一天，我要给这个城市安装上高清晰度的探头，让所有的人都安全，都能找到自己的亲人和回家的路。"他眼中闪烁着泪光。

大家都被感动了，一个女高管轻轻地擦着泪。

"在启动此次海城'天网'计划之前，咱们公司的许多人也劝过我，投入这么大的资金量协助公安办案，是否值得。总公司的董事会也意见不一，特别是对我们在竞标中确定的低价格，有许多人不满。甚至有人说，你华天雪有情怀啊，拿公司的钱赚家乡人的口碑，呵呵……"他摇着头，"但在大家的全力协助下，我们坚持了自己的决定，垫付了资金协助公安机关破案。结果呢？罪犯抓住了，案件破获了，海城安全了，商业环境也更好了。唐达，你说一下数据。"

唐达是华天雪的助理，负责公司的行政工作。他四十岁左右的年纪，中等身材，留着干练的寸头，一双眼睛炯炯有神，似乎什么也打不倒他。他打开笔记本，用一口南方普通话说："在海城银行抢劫案破获次日，我们蓝晶石总公司的股价就以百分之十的涨幅实现了第一个涨停，公司市值增值二百三十一点三六亿元。同时截止到今日，在全球范围内'蓝晶石'视频监控系统的对公采购订单也大幅度增加，预计到春节后会迎来一个高峰。民用需求也在暴涨，仅海城范围内，新增订单就达到二十五点七万个之多。可以说，华总协助海城公安的这个决定，成了我们打响品牌、打开市场大门的金钥匙。"

"所以我总跟大家讲，莫为浮云遮望眼，风物长宜放眼量。不能总盯着眼前。"华天雪转过身，背靠着落地窗，"作为企业，咱们在经营发展的同时，要兼顾社会责任。尽到了社会责任，就会有良好的口碑，有了口碑才会获得用户的信任。而信任，则是企业的生命线。咱们现在做的，就是要让经营和责任两者兼顾。大家相信我，踏踏实实地做好工作，自然会有财富的增长。而作为海城公司的负责人，我希望我们的团队能一起不断提升。现在，我宣布一个决定：从即日起，裘安安从技术部的业务经理提升为市场部总监，薪金级别由 P8 提升到 P11。"

台下响起了热烈的掌声，大家不约而同地向裘安安投以祝贺的目光。裘安安没有思想准备，有些激动地站起来，差点儿碰倒了面前的茶杯。她当然明白这对自己意味着什么，先不说薪金从 P8 到 P11 连跳三级，市场部总监这个职位更是公司的主力拳头。她知道，自己已经从幕后走到台前，踏上了职场的顺风车，未来的道路将更加宽广。她冲华天雪鞠了一个躬，又冲高管们鞠躬。大家再次鼓掌。

"安安啊，职位变换了，角色也要调整，要尽快进入状态。你在技术部的工作交给唐达负责，今后除了要将主要精力放在市场的开拓和运营上，还要兼顾与海城市公安局的衔接与配合。别忘了，你可是海城公安的特聘专家啊。"华天雪笑。

"华总放心，我一定全力以赴。"裘安安重重点头。

会议结束，裘安安兴冲冲地回到办公室。她整理完桌上的办公用品，对着穿衣镜整理着自己的仪表。手机突然响起来，是封小波的来电。

"缪斯女神，干吗呢？"裘安安能想到他那嬉皮笑脸的样子。

"忙着呢。"她应付道。

"有个事儿帮帮忙呗。"封小波说。

"什么事儿？"裘安安在镜前拢了拢头发。

"新发了一个案子，有人家中被盗，装着你们的探头。"封小波说。

"他自己可以查啊，储存卡或者云备份。"裘安安说。

"他不会啊……"封小波说。

"哦……那我给你找个专门的客服，让他帮你调出云备份。你记个号码。"裘安安说了一串数字，"报客户的注册手机号和家庭地址就行，他们会将录像反馈过去的。"

"提你好使吗？技术部经理。"封小波笑。

"好使啊。但是，我已经不在技术部了。"裘安安笑了。

20. 人皮面具

　　封小波挂断电话，回头走进了工厂的制作车间。车间有上千平方米，摆着上百张制作台，百余名工人在台前忙碌着。每张制作台上，都摆着一具"躯体"。

　　黎勇正在一个台前探头张望着，封小波走到他旁边，坏笑着碰了他一下："哎，师父，别看了，对眼睛不好。"

　　工作台上的"躯体"是仿真的充气娃娃，制作得非常逼真，乍一看就像一个赤裸的真人。黎勇推了推鼻梁上的茶色墨镜，没理他。

　　这时，工厂的负责人王总随着女娲走了过来。女娲介绍后，他热情地与黎勇握手。

　　"黎队，欢迎来我们这里指导工作啊。"

　　封小波一听，扑哧一下乐了。黎勇转头怒视，他赶紧闭上嘴。

　　"我这个工厂已经成立五年了，刚开始是小规模生产，主要模仿日本的那些产品。近几年销路好了，产品订单也多，我们就扩大了生产。"王总指引着黎勇参观。大家随着他，从一具又一具的"女性裸体"旁走过。

　　"我们从去年起，改进了设备，提高了生产工艺，加入了 AI 技术，受到了客户的欢迎。现在每年的销量已经过万了。"他自豪地说。

　　"AI？充气娃娃也需要这个？"封小波问。

　　"是啊。"王总笑了，"人是感情动物嘛，把'她们'买回去还不是为了陪伴？"他说着走到一个前挺后撅的"女郎"面前，用手往"她"屁股上一拍，"女郎"的眼睛就亮了。封小波很好奇，凑了过去。

"她能说话吗？"封小波问。

"你试试啊。"王总一嘴南方口音。

"哎，你好。"封小波对"女郎"说。

"哦……哦……"女郎回答。

"你叫什么名字？"封小波问。

"呕……呕……嗯……嗯……"

"得得得，您这叫 AI 啊？您赶紧关了，我们警察不让看'毛片儿'。"封小波摆手。

王总笑了笑，又拍了一下"她"的屁股。他又指引着大家来到另一个车间，里面几十个女工坐在工作台前，每人手里摆弄着一个"头颅"。

"这是我们比较重要的工序，都说窈窕淑女，君子好逑，客户对产品外貌的要求还是比较高的。所以我们会在这个环节上精耕细作，保证产品质量。你们看，这些都是明星脸。"

封小波凑到面前。"哎哟，这不是那谁吗？苍老师。"

王总笑了："不能一模一样，不然会侵权的。"

"哦……"封小波点头，"哎，这个也看着眼熟。"

"这个是最近热门古装剧的女主角。"王总说。

"人家还是姑娘呢吧，连绯闻都没有，就这么让您给卖出去了？"封小波苦笑。

"呵呵，满足客户的需要，是我们的服务准则。"王总说，"最近我们正在研发男性的充气娃娃，市场前景也很好。"大家看着，表情各异。

"人皮面具，您这里有吗？"黎勇问。

"两年前生产过，后来停了，你们公安不允许的。"王总说。

"你看看这个。"黎勇把装在证物袋里的人皮面具拿了出来。王总隔着证物袋仔细地看着，道："这个……工艺不行啊，材料是硅胶的，伸展度和还原性都不好，而且你看这涂色，太假了。"

"像咱们海城厂家的工艺吗？"黎勇问。

"有能力做这个的，海城加上我们，一共也不过三四家。人皮面具与模型头像不同，要与人脸贴合，所以制作工艺复杂。做好了成本太高，做不好又达不到效果，加上你们公安禁止销售，大家就都不做了。我看这个，像是浙江那边的便宜货，几年前网上到处都能买到。"王总回答。

视频工作站里，封小波脚踩着椅子，半眯着眼睛看着六行十二列的七十二块屏幕，上面显示着银湾别墅区周边纵横交错的街道和上百个"鹰眼"探头。他不断调动治安、交通等系统的监控回录，分屏进行快进或快退，时而喊停，时而走到跟前比对。女娲在旁边操作着，像配合黎勇一样地配合着他。

"发案时间在下午五点，把这个时间从 E 区到 G 区的'鹰眼'数据顺序回放到第一行。"封小波指挥着，"然后转到 D 区，按照时间顺序，搜索车辆或者人员的情况。不要手里拿着行李的。"他仔细地看着。

数块屏幕回放着当时银湾别墅区周边的情况，并未发现可疑情况。

"将小区进出口的十二个探头视频全部回放上去。"封小波指挥。显示墙上顿时出现了案发前别墅区周边的全景。

"加快，四倍速快进。用系统锁定所有顺行进入探头区域的车辆。"他提高了搜索效率，"好，现在是案发时间了。把视频切到案发时间之后的五分钟，用系统比对刚才锁定的所有车辆，是否有离开这个区域的。"

黎勇在门外抽着烟，看着封小波干活，心想这小子，倒是学会把时间顺序和空间顺序混用了。

"有发现，有两辆车在案发前进入，在案发后离开。"女娲说，"车号分别是海 T11345 和海 C214Y0。"

"查一下车主情况，报给刑警。"封小波说。

"嘿，使唤谁呢？自己去报！"黎勇在后面说。

"嘿嘿……师父，我这不是学您吗……"封小波笑着挠了挠头，拿出手机拨打刑警的电话。

黎勇走到显示墙前。"女娲，如果你是嫌疑人，会开车来吗？"

女娲摘掉老花镜，想了想。"我应该会开车来，虽然目标大，但起码比打车安全。"

"嗯。"黎勇点头，"再调一下那个嫌疑人的身影。"

女娲点了一下鼠标，显示墙上出现那个在别墅风雨廊前一闪而过的身影。

"能'去模糊''清晰化'吗？"黎勇问。

"已经处理过了。人影与车辆牌照不同，还原得再好，也不会有太大提升。"女娲说。

探头拍摄到的，只是一个背影。那个背影身材瘦小，一看就是一个女人，她盘着头发，双手拉着一个黑色的皮箱。

"你看那个动作，像女的吗？"黎勇眯着眼睛问。

"不能确定，但看样子差不多。"女娲说。

"差不多……"黎勇凝视着。

这时，夸父推门进来了，他走到封小波身边，把手里的两个大塑料袋，放在他面前。封小波探头一看，两个袋子里装满了不同大小的密封证物袋，每个上面都有"点位"和"编号"，一股腐烂的气味扑面而来。

"哎哟哎哟，干吗搁我这儿啊，没看见我正指挥呢吗？拿走拿走。"封小波摆手。

"你今天干吗去啦？"夸父问。

"我？跟着黎大队长接案子去了。"封小波理直气壮。

"不是让你跟我一起去捡烟头吗？"夸父问。

"嘿……这种活儿你一人还不就办了。"封小波坏笑。

黎勇一看，过来解释："夸父，是我让他去的，新接了一个活儿。"

夸父看黎勇都说了，也就闭嘴了。

"瞎猫，这是今天搜集到的，一共五百多个烟头，都在这里。另外，下面的车上还有一些生活垃圾和嚼过的口香糖。我们已经按照点位标注上了。"

"嗯，辛苦了。马上送到法医中心，让他们做两步工作：第一从违法犯罪数据库扫一下，看看有没有逃犯记录；第二与海城银行抢劫案中发现的数据进行比对，看看有没有同一。"黎勇说。

"这么多……你就别让我去了吧。"夸父面带难色。

"哎哎哎，我去我去！"封小波自告奋勇。

"哟，今儿太阳从西边出来了？你小子这么积极啊？"黎勇皱眉。

"嘿，您忘了，我辈儿大呀。"封小波坏笑。

"怎么着？想跑？一会儿有活动？"黎勇用手点着他的胸口。

"师父，您慧眼！"封小波正色，"就算您的俩眼睛不做手术，也明察秋毫。"

"滚滚滚！就给你一个晚上啊。"黎勇摆手，"哎，夸父，你也回去吧，累一天了。"他一碗水端平，"但是明天还得继续，另外几个重点点位，也得照方抓药。疯魔，把地址给夸父吧。"

封小波客客气气地走过来，把位置图递了过去。"夸父大人辛苦了啊，一共五个点位，最远的在东郊的银湾别墅区。"

夸父仰靠在沙发上，玩着手机："哦，没事，放那儿吧。"

"你不走啊？"封小波问。

"我聊会儿就走。"

"得嘞，那您继续跟'水晶女人'柏拉图吧。"封小波看着他笑。

他屁颠屁颠地提着两大袋子证物到法医中心，一口一个马大爷地给老马灌迷魂药。老马看见这么一大堆东西，着实吓了一跳，但在心里又对面前这个亦正亦邪的小子有点犯怵，就咬牙给了个最短的时间，让他十五天拿结果。这次封小波没得寸进尺，还"孝敬"马大爷一包烟用于提神，但临走的时候，却在委托鉴定人上签了夸父的名字。

"卓……飞，马大爷，我先撤了啊！"他的魂儿早让门外的裘安安给勾走了。

在市局门口，停着一辆崭新的宝马 X5，封小波敲了敲驾驶室的门，裘安安摇开了车窗。

"我天，新款 X5，3.0T 直列六缸涡轮增压发动机，最大功率 340 马力，百公里加速 7 秒。缪斯女神，你行啊！"封小波感叹着。

"公司配的。怎么，不上车？"裘安安用手敲了敲车门。

"走着。"封小波猴一样地转到副驾驶的位置，一拉门蹿了上去。

两人把车停在了星光商业广场的地下三层车库，到顶层奢华的酒廊对饮。裘安安把提职的事情告诉封小波，封小波为她高兴，但心中却有些酸酸的感觉。两人"对吹"了一瓶红酒后，封小波死要面子非要结账，结果一个月工资就这么轻而易举地"全军覆没"了。

两人喝了酒，都没法开车了，就在车库里等代驾上门。裘安安坐在副驾驶的位置，把座椅后倒，把脚跷在驾驶台上。她喝得有点儿多了，脸红扑扑的。

"疯魔，我今天特高兴。你知道为什么吗？"她转头看着封小波。

封小波也学着她的样子把座椅放倒："为什么？"

"我终于……终于找到自己的方向了。"她说，"你知道吗？我上小学的时候特别笨，学习特别不好，不知为什么啊，什么都学不进去。我们班主任是一女的，特孙子，每次我考不好的时候就让我站在讲台上，然后让全班同学都大声地喊，裘安安，大笨蛋……我那时觉得自己真是不可救药，估计一辈子也就这样了。我妈常被叫到学校，看老师的脸色，挨老师的挖苦，但她回家却从不打我，拿着学习材料给我讲，一遍不行就两遍，她告诉我，你要记住，自己永远不会比别人差。"

"我丈母娘说得对！"封小波插嘴。

"滚！"裘安安喝了酒，也褪去了斯文，"后来我就努力地学，一遍不行学两遍，两遍不行就三遍。从小到大，我一直告诉自己，笨鸟先飞，勤能补拙，自己不比别人差。但越是这样想，自己就越自卑。我想，我和妈妈一样，都很孤独。"她仰头叹了口气。

"不会啊，我这样的人才自卑呢，真正自信的人是不屑于证明自己的能力的。"封小波说。

"你还能不能好好聊天了。"裘安安打了他一下。

"别打别打，伤了我怎么办？哎，我好好听着呢。"封小波说。

"后来我大学毕业，没有回到我妈身边。我当过北漂，也在广州工作过，之后来到了海城，一直到现在。无论过得多苦，我都告诉我妈，自己过得很好。我一直在试图去证明自己，不用靠别人，也能活下去。所以我特别感谢我们华总，他给了我机会，让我找到了自己的方向。哎……不说了……"裘安安闭上眼睛。

"安安，其实许多事也不必想那么多，没有必要向你妈证明什么，她只是希望你能过得好。"封小波说。

"我不是在向我妈证明，而是告诉那个男人，我们没有他也会很好。"裘安安在黑暗中看着封小波。

"男人？"封小波皱眉。

"我爸，刘光富，听说过吗？"她问。

"啊？那个电器大王啊？福布斯排行榜上的？"封小波惊讶，"那你怎么姓裘啊？"

"我随了妈妈的姓。他很早以前就离开了我们。这些年，就算我们再难，也没要过他一分钱。"她冷冷地说。

"嗯。"封小波点头，学着裘安安的语气，"优于别人并不高贵，真正的高贵要优于过去的自己！你知道我爸是谁吗？封建华。"

"啊？你爸也是做生意的？"裘安安诧异。

"我爸是工厂退休的。"封小波笑了，"我的意思是，他们怎么样，跟咱们有什么关系。"

裘安安笑了："华总还想挖你过来呢，上次和他聊天，他说你现在的估价已经七十万起了。"

"七十万？能不能……再加一个零呢？"封小波假正经。

"哎哟，你抢钱呢吧？"裘安安被逗笑了，她长长地伸了一个懒腰，"真痛快啊，好久没说这么多心里话了。"

"只要你愿意，我会一直听着。"封小波突然说。

"啊？"裘安安一愣，转头看着他。

在黑暗里，封小波的眼睛亮亮的，里面蕴含着深情。

"你不是说，人的本能是追逐从他身边飞走的东西，却逃避追逐他的东西吗？但我不会，我认准的事情会一直追下去，不达目的决不罢休。"封小波说。

"为达目的不择手段吗？"裘安安也凝视着他，眼神也有了变化。

"是的。"封小波突然迎上去，吻住了裘安安的嘴，裘安安猝不及防，赶忙推开他，但封小波没有罢休，又冲了上去。几次三番，裘安安妥协了，她与封小波拥吻着，动作幅度逐渐加大。两人激战着，渐入佳境。不料车玻璃突然被敲响了。裘安安迅速推开封小波，整理衣服。封小波叹了口气，估计是代驾来了，却不料刚一转头，一个强光手电照在他脸上。

"哎哎哎，干吗呢，干吗呢？"封小波气不打一处来。他摇开车窗一看，外面站着两个警察。这下裘安安也愣住了。

"什么干吗呢，你们干吗呢？下车，查证件。"强光手电后的大高个瓮声瓮气地说着。

"嘻……"封小波沮丧，他没好意思直接说出身份，于是安抚好裘安安，开门下车，刚用手摸兜准备拿出警官证，那个大个子就笑了。

"哎哟，是疯魔啊。"他说着关掉手电。

封小波这才看清，那人竟然是协警大壮。

"怎么是你啊！"封小波也笑了。

"还有我呢。"一个细嗓子说。

封小波一看，耽美站在大壮身后。

"你们两个王八蛋啊，不好好盯着'鹰眼'抓人，怎么跑这儿来了？"封小波问。

"嘿，分局成立专门的'鹰眼'小组了，就把派出所视频侦查的权限收上去了。现在到处是探头，'智慧追踪''动作识别'，一有案子分局直接上，轮不着派出所。抓捕队也没活儿了，所以我们俩就被胡所长抓壮丁来巡逻了。"大壮说。

"不是快开城市博览会了吗？全市清理整治，打击卖淫嫖娼，这不夜查呢。"耽美补充。

"嘿嘿嘿，什么卖淫嫖娼，难听死了。哎，那是我女朋友，新交的。"封小波得意地说，"哎，对了，你们认识啊。安安。"他冲车里喊。

裘安安有些不好意思，没有下车，只隔着车玻璃冲两人招了招手。

"哎哟，你还真泡上了啊！研究生，月薪过万，有房有车。你行啊！"大壮笑。

"嘿，现在可不是月薪过万了吧。"耽美冲宝马车努努嘴。

"行行行，我看你马上辞职得了，在家相'妇'教子。"大壮说。

"哎，我也正有此意，但是不行啊……作为视频侦查大队的'鹰眼'，我还得破大案呢。"封小波笑。

"疯魔，其实我们特羡慕你，你的梦想实现了。"耽美说。

"是啊，你原来说自己肯定能成事儿，早晚要对着一个六十块屏幕的显示台工作，我们还不信呢。现在你真成了市局的'鹰眼'了……"大壮也说。

"嗯，有时想想，我也觉得跟做梦一样。"封小波谦虚。

"疯魔，我们也想去视频侦查大队。"耽美说。

"啊？"封小波一愣。

"还跟你一组，办案，抓人，我们肯定不偷懒。"大壮说。

"是啊，你别光自己进步啊，也得想着我们俩啊。"耽美补充。

"这个……我再想想办法。"封小波面带难色。

"哎，疯魔，你可别敷衍我们啊。我们可是认真的。"大壮说。

这时代驾到了，在车旁边等着。封小波借机打岔："就你们俩啊？胡所儿没来？"

"胡所儿在车库二层检查呢，过去聊聊吗？"耽美问。

"今天算了，喝酒没报备。"封小波笑，"改天，我请客啊。"

他给代驾让了座，当着大壮和耽美的面儿，理直气壮地拉着裘安安的手。宝马开动的时候，封小波和裘安安就像童话里幸福圆满的王子和公主一样挥手致意。

"哎，你可别忘了答应我们的事儿啊。"大壮也挥着手，大声提醒着。

车开出了地库，行驶在海城的夜色之中。裘安安拉住封小波的手，把头靠在了他的肩头。车里放着一首张学友的老歌。"想和你再去吹吹风，虽然已是不同时空，还是可以迎着风，随意说说心里的梦……繁华色彩光影，谁不为它迷倒，笑眼内观看自己，感觉有些寂寥……"街头很安宁，城市很安宁，人们似乎都忘了，这里在一个多月之前，还发生过一起性质恶劣的银行抢劫案。

"疯魔，你会永远对我这么好吗？"

"会的，无论贫穷还是富有，疾病还是健康，我都会照顾你，尊重你，永远对你忠贞不渝直至生命尽头。"封小波模仿着婚礼上的誓言说。

裘安安看着他："我宁愿相信你说的是真的。"

"什么话？就是真的。"封小波搂住她，亲吻她。

"我能问你一个问题吗？"封小波问。

"什么？"裘安安问。

"你为什么上次要抱瞎猫？"封小波问。

"你……有病吧。"裘安安甩开他的胳膊。

"哎，我是认真的，你不会喜欢老家伙吧？"封小波说。

"我只是觉得他可怜。"裘安安说。

"我可警告你，带有怜悯的情感是危险的。"封小波说。

"滚！"裘安安用力给他一拳。

21. 线索

"繁华色彩光影，谁不为它迷倒，笑眼内观看自己，感觉有些寂寥……"

老金的办公室里也放着这首老歌。黎勇默默地听着，烟灰掉落在桌上。他赶紧用手掸了掸。桌上架着一个暖烘烘的火锅，里面煮着牛羊肉、海鲜、豆制品和蔬菜。老金让陈博给黎勇开一瓶啤酒，被黎勇拒绝了。

"我吃不了这个，发物，眼睛不行。"黎勇说。

"嘿，你怎不早说啊？那你没口福了，我这可是宁夏滩羊，哥们儿专门给我发过来的。"老金撇嘴，"那这样，博子，让后厨给做个'素鱼翅'。"

"我说了不吃海鲜。"黎勇摆手。

"嘿，'素鱼翅'，不懂了吧？学名粉丝炒圆白菜。"老金笑。

陈博刚要出去，黎勇就叫住他："哎，博子，我还得谢谢你呢。"

陈博一愣，看着黎勇。从见他第一面到现在，黎勇还没听他说过话。

"呵呵，在抓人的时候你帮了大忙啊，嫌疑人就是你发现的。"黎勇说。

陈博腼腆地笑笑，转身出了门。

"这孩子就这样，不言不语的，光知道干活儿。再说了，他看你紧张。"老金说。

"紧张什么？"黎勇问。

"你是条子啊，谁看了不紧张？"老金反问。

"好人紧张什么？"黎勇笑，"对，这孩子立了功，有空我让女娲打个报告，给他弄点儿奖励。"

"算算算，他可不要你们的奖励。别人不知道我还不知道，千八百的没多少钱，还得填表儿。我可不想让他进入你们的'名单'。"老金摆手。

"嘿……瞧你说的。"黎勇摇头，"哎，'城博会'马上就要开了，可得管好你的人啊。"他提醒。

"放心，他们都踏实着呢。"老金说。

"你呀，手底下圈着一窝狼，也算协助维护治安了。"黎勇笑。

"别戴有色眼镜儿，这帮哥们儿虽然以前犯过事儿，但其实都不坏。我可不留那帮下三路的王八蛋，像铁子、小光这帮人，都是为朋友两肋插刀才进去的。他们年轻气盛，犯了错也情有可原，后来出来了，找不着饭碗，尝到过饿的滋味，所以到了我这儿不用扬鞭自奋蹄，'比学赶帮超'地干活儿挣钱。这人啊，只要有盼头就没事儿。"

"也别把人想得那么简单。注意点儿好。哎，我看人家都上市什么的了，你没折腾折腾？"黎勇问。

"算了吧，上市？那都是骗老百姓兜儿里的钱。扯个幌子把钱圈了，喊一帮心怀鬼胎的人来入股，到时候他们把钱吸走了，让我来还债？姥姥。我才不干这缺德事儿呢。"老金摇头。

"行，你算悟出来了。"黎勇笑。

"你让我打听的那个'人皮面具'的事儿吧，有点儿线索。"老金说，"铁子以前的一个'同号儿'告诉他，去年曾经和两个人茬过架，就见过有人戴这种面具。"

"具体说说。"

"铁子那个'同号儿'叫'小螃蟹'，开酒吧的，去年夏天被两个人拦了，就动起手来了，结果，被人家打了一满地找牙。他回忆，当时那两个人脸上就戴着这玩意儿。"

"两个人……"黎勇沉思，"那个什么'螃蟹'没报警？"

"你真逗，流氓茬架有报警的吗？等着一块儿给你们充数啊？"

"流氓为什么茬架？"黎勇问。

"为什么？拔份呗，谁赢了谁牛啊。"老金说。

"那不是越露脸越好？"

"哦，那估计是另有原因。没准得罪人了？"

"怎么能找到那个'小螃蟹'？"

"赛克斯酒吧，在城南区的酒吧街里。"

这时，陈博把"素鱼翅"端上来了。黎勇趁热夹了一筷子，味道还不错。

"还有啊，我又接了一个新事儿啊，入室盗窃，'手艺人'干的，数额不小。"

"手艺人？呵呵，又是'佛系'啊？"老金笑。

"不是佛爷（小偷的代号），是'尼姑'。"黎勇撇嘴。

"女的？"

"初步判断。"他点头。

"女贼……"老金闷了一口白瓶绿标，想了想，"一般女的大都负责望风、踩点儿，要不就是装聋哑人在车上下手的，干大活儿的基本都是男的。哎，顺走多少钱啊？"

"几百万吧，还没留下什么痕迹。"

"哎哟，大手笔啊。"老金感叹。

"帮着打听打听，最近有没有出货的。"黎勇说。

"哦，还有东西是吧。行，什么东西告诉我，我找几个老人儿问问。"

"不知道。丢了多少钱，什么东西，都不知道。失主不说。"黎勇说。

"那查个屁啊？你这工作做得不灵啊。"老金笑。

"如果都准备好了，还要我们干吗。哎，你也甭问了，就帮着看看，有没有远远低于市场价急着出手的。典当行、黑市，都打听着。"黎勇举起茶杯与老金相碰。

"我看啊，这里面一准儿有事儿，要不就是身边人干的，要不就是监守自盗。哎，失主是男的吧，家里有保姆？"老金问。

"哎哟，你怎么知道？"黎勇一愣。

"嘿嘿，让我猜中了吧。我在法制节目里看到过一事儿，是一画家的画被偷了，然后……"

老金还没说完，黎勇就打断他。"是保姆偷的，保姆还怀过画家的孩子。"

"你也知道这事儿。"

"你说话这口气，跟我徒弟一个样儿。"黎勇笑。

"哎，别提那小子啊，我看着他来气。"老金说。

"嘿，你一个六〇后，跟九〇后较什么劲啊。"黎勇摇头。

"哎，我怎么觉得，你对那姑娘有点儿意思啊？"

"哪个姑娘？女专家？"黎勇笑，"可能吗？我都能当她叔儿了。"

"现在就兴这个，忘年恋。"

"还忘年恋，我有那么大岁数吗？"黎勇笑。

"你看你看，你还是有想法。哎，我可提醒你，可别中了人家的感情投资啊。"老金说。

"开玩笑，人家给我投资什么啊。"黎勇摇头。

"瞎猫，你知道你们公安局给那姑娘他们公司，做了多大的广告吗？"

"那也是人家应得的。我们找过别的公司啊，都不愿意啊。"

"嗯，咱们海城本土的公司啊，都目光短浅，只盯着眼前。现在都讲全球经济体了，再不变，碗里的饭分分钟就没。"老金感叹。

"那姑娘跟封小波谈着呢，我看有戏。"黎勇说。

"哼，我没别的意思啊，只是提醒你，这世界上没有无缘无故的巧合。"老金话里有话。

黎勇看着他，琢磨着。"我总觉得，银行那案子和十年前的也很像。"

"像？都是九转十八弯？都是抢银行？"老金看着他。

"对，车还都出现了问题。"

老金沉默了一会儿，有些出神。"好多事儿啊可能就是这样，解释不清楚。"

"但我们警察，就得变着法将这些事儿解释清楚。"黎勇说。

"警察不是神……听我的，先把眼睛治好了再说。年纪轻轻，别落下毛病。"老金拍了拍黎勇的肩膀。

按照黎勇发来的地址，封小波和夸父来到了城南区的酒吧一条街。天还没黑，大多数酒吧还没营业，偶有几家开着的，里面的乐手正在调试着设备。

封小波和夸父一前一后地走着，不一会儿就看到了"赛克斯"的招牌。这个名字原来是"Sexy"的译音。门口停着一辆白色的面包车，门没上锁。封小波观察了一下，直接推门进去。酒吧里没开灯，迎面扑来一股浑浊的味道。封小波没走两步，就碰见一个睡眼惺忪的服务员。

他刚上完厕所，看见两人，打了个哈欠。"哎哎，还没开门呢。"

"小螃蟹在吗？"封小波问。

服务员很瘦，染着一头黄毛，他上下打量着封小波和夸父。"找他什么事儿？"

"我们是他朋友，他在吗？"封小波说。

"他？还没来呢。现在才几点啊……"服务员说着就转过身走到吧台。他拿出玻璃杯，倒了两杯柠檬水。

"你们先坐，我给他打个电话。"服务员把水放在邻近的桌上。

两人坐了下来，服务员转身进了里面。封小波左右看着，在墙上发现了几张合影，他凑过去一看，每张合影都有那个服务员。

"上当了！"他猛地站起来，几步冲到酒吧里面，已经看不到"服务员"的身影。夸父也跑了过来。耳畔传来了关门的声音——那个"服务员"溜了。

封小波循声追去，发现酒吧还有后门，他冲夸父使了个眼色，自己一低头钻了出去。酒吧的后门是一条窄巷，通向不远处的三岔路口。封小波努足了劲，不一会儿就看到了那个"服务员"的背影。

"小螃蟹！"他大喊。

小螃蟹下意识地回头，一脸惊慌。这孙子够鬼的，身上肯定有事。

夸父从正门出去包抄，但跑到三岔路口的时候小螃蟹已经蹿过去了。夸父边跑边戴上耳麦，打开随身的视频回传设备。他呼叫女娲，识别小螃蟹的身份，通过大数据预测他逃跑的方向。而封小波则低头狂追，缩短着与目标的距离。

小螃蟹过了三岔路口，跑到了一个闹市区，他在拥挤的人群中穿梭着，一低头就进了一个市场。封小波不敢怠慢，也追了进去。市场里地形复杂，商贩的摊位摆得到处都是，连通行的道路也被挤占。封小波停顿了一下，没有朝着小螃蟹跑的地方追，他知道这小子是在耍花样，带着自己走瞎道。他转身跑到了另一条路，侧身穿过一个水果摊，又绕过一个杂货店，径直跑了下去。经过前段时间瞎猫对他的训练，外加在指挥中心布置警情的经验，即使不用电子地图和 GPS，封小波也对海城大部分的地形了如指掌。封小波边跑边估算着小螃蟹会选择的方位和路线，他追到了下一个街口，猛地蹿出去，恰好挡在小螃蟹跟前。

小螃蟹正在回头观望，以为甩掉了两人，没想到封小波突然出现，差点儿跟他撞了个满怀。

"警察！"封小波大喊。

小螃蟹没束手就擒，手一晃，摸出一把水果刀。

"想干吗？袭警吗？"封小波质问道。他看着小螃蟹，用手指了指不远处的监控。

小螃蟹侧目瞥了一眼监控，紧张地往后退着。"你们，到底是什么人？"

"警察，没听清楚啊？"封小波往前逼近。这时，夸父也包抄过来，跑到了小螃蟹的身后。他看小螃蟹拿着刀，没有贸然行动，而是调整好回传的探头，进行拍摄。

"我不信！钱的事儿别找我，跟我没关系。"小螃蟹说。

"我们是海城市局的，想找你询问情况，不是追债。"封小波解释。

小螃蟹还是不信，他眼珠乱转，还想开溜。

这时，夸父在后面大喊："庞亚东，你能跑到哪儿啊？店不要了？"女娲通过大数据分析，锁定了他的情况。

小螃蟹愣住了，举起的刀缓缓地放下。"你们真是警察啊？"

封小波摸出了警官证，亮给他看。小螃蟹这才松了口气，把刀收了起来。

赛克斯酒吧里，小螃蟹咕咚咕咚地喝着一瓶矿泉水。

"警官，我以为你们是追债的呢……对不起啊。"他赔笑。

"那刀没收了啊，还敢袭警，应该拘了你。"封小波说。

"别啊，都是误会，误会。"小螃蟹笑。

"说说人皮面具的情况吧。"封小波也拿起杯，喝了口水。

"去年夏天，大概是九月初吧，我记得是一个星期六。那天生意还不错，所以关门晚，过了凌晨我才回家，但刚出门没走多远，就让俩人给拦住了。"小螃蟹回忆着。

"什么人，长什么样儿？"封小波问。

"天黑，没看太清楚，都是中等个，一个穿黑色的 T 恤，一个穿蓝色的。脸上都蒙着你们说的人皮面具。"

"能看出来蒙着面具？"

"能啊，那面具挺假的，一看就能看出来。"小螃蟹说。

"为什么拦你？"

"不知道啊。上来就是一顿揍。"小螃蟹苦笑，"我当时还以为抢劫呢，但后来一想，劫我什么啊，一没钱二没色的。肯定是又得罪谁了。"

"也没说为什么打你？"

"没有，不定是谁雇的人呢。拳头特硬，下手也狠，但不打要害，就照肉多的地方捶。估计是泻火来了。"他回答。

"知道是谁干的吗？"

"不知道。"

"真不知道？"

"真不知道！哎，警官，我要是知道了，早找人给他们办了……"小螃蟹咬牙切齿。

"你得罪过谁吗？"封小波问。

"嘿，干我们这行儿的，得罪的人多了。"小螃蟹摇头。

"你看看，是这种面具吗？"封小波把装在证物袋里的人皮面具拿了过来。

小螃蟹隔着证物袋仔细地看着。"对对对，就是这种。硅胶的，看着就假。"

"回头到派出所补个报案笔录。"封小波收起证物袋。

"嘿，算了吧。流氓打架，不给政府添麻烦。"小螃蟹笑了。

"那你还满处散布，说要找到他们卸胳膊卸腿？"封小波点破。

"嘿……我那是吓唬他们呢，震慑，您懂吧？"小螃蟹反问。

22. 暗影人

视频工作站里,封小波将询问小螃蟹的情况向黎勇汇报。黎勇听后摇了摇头。

"这孙子肯定没说实话,起码没全说实话。他肯定知道自己被打的原因,我想之所以他不说,是怕咱们摸了他的底。"封小波说。

"庞亚东,二十七岁,无业,初中毕业,十年前从襄城来到本市,最初从事机修行业,后因打架斗殴、寻衅滋事等问题被治安拘留多次⋯⋯"女娲把他的情况打在了显示墙上。

"哼,老油条啊。"黎勇说。

"这小子开的那个破酒吧根本就不赚钱,一天也来不了几个客人。近期禁毒队在盯着他,我打听了一下,这小子可能拿开酒吧当幌子,洗钱。"女娲说。

"那他得罪的人,就不是单纯的流氓了?"黎勇皱眉。

"我觉得也不是。流氓打架好勇斗狠,见面肯定通名报姓。打架为了什么,拔份儿啊,干吗隐姓埋名?"女娲分析。

"女娲,尽快摸到小螃蟹的实际联系方式,扩线。同时锁定他的人像和动作,看看他经常出入什么场所,和什么人接触。禁毒队那边我去联系,咱们串并一下违法犯罪数据,看看他在搞什么动作。夸父,你联系'老头'和'快腿',和他们一起贴上小螃蟹,别跟得太密,主要是晚上酒吧开业的时间。哎,疯魔,法医中心的 DNA 结果出来了吗?"他转头问。

"出来了。"夸父回答。

"哎，不是让他去做吗？"黎勇皱眉。

"他在鉴定书上留的是我的号码。你知道我去法医中心补了多少张鉴定委托书吗？"夸父气愤地说。

"辛苦辛苦，能者多劳。"封小波赶忙点头。

"你再这么干，以后视频回传的活儿交给你。"黎勇指着封小波，"别废话，说情况分析。"

封小波站起身，走到操作台前，调出了一个电子文档，打在了显示墙上。

"根据法医中心的鉴定结果，并没有发现烟头和生活垃圾上的DNA与郭晓冬有所重合，这与预审支队调查的结果相符，郭晓冬并不吸烟。DNA上也没出现其他三名同伙——刘猛、王韬、刘磊的DNA。同时，其中也没有其他的网上在逃和违法犯罪人员。在获取情况后，我们又让法医做了两步工作。第一，把所有烟头、生活垃圾的DNA进行碰撞，将相同的进行分组。"他点了一下鼠标，屏幕上显出了十多行数据，"大家看，烟头和生活垃圾上DNA同一的一共有12组，其中3个以下的有9组，分别是A组2个烟头，B组1个烟头和1个食品包装袋，C组1个烟头和3个生活垃圾，D组……3个以上的有3组，其中最多的就是这L组，11个DNA数据同一。"他将这组数据标红。

"十一组同一？都是些什么？"黎勇问。

"都是烟头，同一个品牌的烟头。利群香烟。"封小波调出一张图片，显示出烟蒂的"利群"标记。

"浙江那边的。"黎勇皱眉。

"第二，我把这些烟头的分布做了点位分析，大家看。"封小波又操作起鼠标，显示墙上切换成海城地图，上面多个位置标记成红色，"星光商业广场，海城银行，望海地区，都有L组的利群烟蒂，更重要的是，在洗浴中心门外的地上，也有两枚。"

"洗浴中心也有？"黎勇站了起来，"能分析出是什么时间的吗？"

"具体时间很难精确，但老马将这组烟头的数据与洗浴中心的矿泉水瓶做了比对，认定了同一。"封小波说。

黎勇在工作站里踱着步，大脑飞速地转动着。这个情况太重要了，像一根线一样串起了许多零散的线索。

"L组利群烟蒂的位置，与那个匿名电话的位置是否重合？"黎勇问。

"稍等。"女娲接过封小波手中的鼠标，在系统里点了几下。显示墙上的海城地图又覆盖上了一层133手机的点位。"百分之五十八点三的位置相同。"

"也就是说L组的利群香烟，很有可能就是我们追查的那个人抽的？"黎勇问。

"不是可能，是肯定。DNA检验结果已经认定了。"女娲说。

"但还有一个非常诡异的情况，我想了半天也想不通。"封小波说，"在L组里，还有一枚烟头出现在了城东郊银湾别墅的被盗现场附近。"

"什么？"黎勇一时没理解，"怎么又跟银湾别墅的被盗现场扯上关系了？"

"嘿，是这样。上次在夸父搜索到五百多个烟头之后，您不是让我给他五个重点位置吗？那天我出门儿着急，就写错了一个地址，把银湾别墅区被盗点位的地址误写上了。结果夸父从那个点位也收集到了一批垃圾。现在两案并行，我也是晕了……"封小波不好意思地笑。

"我说呢，没说过抢银行的事儿与别墅区有关啊……"夸父皱眉。

"这么说，两个案件有交叉？"黎勇看着封小波。

"起码从DNA的鉴定结果上看，是这么显示的。"封小波说。

"夸父，不会把检材弄错了吧？"黎勇问。

"不会，银湾别墅的烟头是我后收集的，新做的标记，没有与之前的混杂。"夸父说。

"那……老马不会弄混了吧？这么多组数据比对。"黎勇抬头想了想，"疯魔，你马上拿银湾别墅的检材，再让老马做一遍。"

"好。"封小波点头。

"这个情况太重要了！如果可以确定，就可以推测作案人在两地都出现过。女娲，把银行抢劫案的所有数据与盗窃案件进行串并，看看有没有什么发现。对对对，调查一下银湾别墅案发前后有没有穿蓝色大衣的。"黎勇踱着步说。

女娲操作起来，足足有半个小时，搜索的结果却并不理想。银湾盗窃案案发前后，别墅区所有的视频数据里都没有穿蓝色大衣的。"咱们这么查太盲目了，作案人也不可能每天都穿同一件衣服啊。"女娲说。

"是，但没辙啊。咱们现在是摸着石头过河，所有新增的线索都得重视。"黎勇说。

"会不会是巧合？我是说，恰巧有个人爱瞎溜达，还烟瘾特大，经过了不少重点点位。"封小波问。

"你觉得呢？从概率学上分析。"黎勇反问。

"嗯，应该不是巧合。"封小波点头。

"会是什么人呢？"黎勇走到落地窗前，看着窗外。

"走，去现场。"他转身从椅背上拿起大衣。

"去哪？"女娲问。

"去银湾别墅。"黎勇说。

"啊？那我去取证物袋。"夸父说。

"哎……"黎勇给气笑了，"我说你还真是一根儿筋啊，咱们不捡烟头了，就去看看情况。"

封小波用胳膊撞了一下夸父："我看，你明天直接调到环卫局得了。"

银湾别墅区的住户不多，傍晚很安静，偶有几辆车匆匆经过。黎勇边打电话边围着别墅区转，整整走了两圈，他的眼睛又不好使了。他停在银湾别墅发现利群烟蒂的地方，抬头望着天。

"师父，干吗呢，这儿没烟头了，环保局的同志捡得挺干净。"封小波凑过来说。

"环保局？"黎勇一愣。

"呵呵，夸父啊。"封小波笑。

"正经点儿。"黎勇皱眉，"嫌疑人丢弃烟头的位置正好在两个监控探头之间，是巧合吗？"他问。

"也许，他经过观察了？"封小波说。

"为什么所有的视频数据里都没他的影像？"黎勇又问。

"这个……"封小波摇了摇头。

"这孙子烟瘾挺大的，从 L 组的烟头上看，每个都抽到了底。"黎勇回想着。

"总结一下，身高一米八，蓝色大衣，面部表情僵硬、疑似戴人皮面具，经常更换手机号，抽利群香烟，烟瘾大，可能是浙江那边的人。哎，师父，其实咱们掌握的信息已经很多了。"封小波说。

"是啊……但还是没能让他现身。"黎勇说。

"他为什么总是能躲在探头照不到的地方呢？"夸父问。

"这个最奇怪，难道他知道我们'鹰眼'的布局？"黎勇想着。

"那……他来这儿的目的会是什么呢？"夸父又问。

"踩点？引路？"封小波说。

"这么说，他应该和盗窃的嫌疑人认识？"夸父问。

"我觉得不只是认识，也许就是同伙。"封小波说。"哎，师父，咱们是不是照着这个做一个'模型'，让宣传处的谭处帮着在社会上征集一些线索？"

"没戏。"黎勇摇头，"现在这个阶段，是警方和罪犯的'双盲期'，咱们不知道他是谁，他也不知道咱们在找他。一旦泄露了咱们手中的'底牌'，他换了衣服、戒了烟、不再活动了，咱们怎么办？再说，案情涉密，郭局也不会同意。"

"嗯。"封小波点头。

"经过大数据比对，已经排除了保姆作案的可能性。小区的保安和保洁也没有发现可疑之处。瞎猫，咱们是不是再扩大一下搜寻范围，向五百米之外延伸，包括两公里之内的主要路口？"女娲说。

"如果真没招了就只能这样了。但是你要知道，一旦扩大了搜寻范围，牵扯到的视频数据就会更加巨大。你想过没有，这个别墅区两公里内的十几个路口有多大的人流量，需要做多少工作，分析的时间也必然会大大增加。"黎勇说。

"那没办法，如果找不到捷径就只能用笨办法了。"女娲叹了口气。

"我总觉得，他似乎对我们的'鹰眼'系统很了解。"黎勇抬头想着，"还记得当时在调查银行抢劫案的时候，郭局曾经让市局纪委也上了吗？"

"知道，但最后也没查出什么问题。"女娲说。

"嗯。"黎勇默默点头，"疯魔，你对这里的地形了解吗？"他转头问。

"都在脑子里。"封小波挺自信。

"换位思考啊。如果你想躲避探头，从现在这个位置为起点，有几条路可以走？"

"几条路？"封小波抬眼想着，"我想起码有三条路可走。"

"说说。"黎勇拿出手机，打开电子地图。

"第一条，从这里向西走，在遇到 E 区 05'鹰眼'的时候向北拐，然后贴墙行走，可以躲过北边 F 区 02'鹰眼'，然后再左转，依托那个书报亭可以躲过下一个'鹰眼'，然后继续前行，翻过一堵墙进入小区，然后横穿过去，可以躲过另一个'鹰眼'。第二条……"封小波思路清晰，详细地把三条路径说完。

"嗯。"黎勇欣赏地点头，"疯魔，你是怎么分析出这三条路线的？"

"我？当然是凭借聪明才智了。"封小波说。

"别废话。"黎勇皱眉。

"嘿嘿。"封小波笑了，"我当然是加班加点，在工作站看了多少遍地图才分析出来的。"他说了实话。

"是啊，你可以通过看咱们的'鹰眼地图'分析出路径，但嫌疑人呢？仅凭着踩点就可以做到吗？"黎勇问。

"当然很难。但我和女娲早已把这几条路都查遍了，没有线索。"封小波说。

"嗯……通过技术查不到线索，就只能用老办法了。"黎勇点头。正在这时，他的手机响了起来，他接通了电话，是经侦林楠的来电。

"嗯，嗯，我知道了，什么名字？"他示意封小波记录，"石庆，石头的石，庆祝的庆……地址在城西区……哦……好，明白了。"他挂断电话。

"经侦来信儿了？"女娲问。

"嗯，林楠那边还挺快的。他们从银行大数据里面'滚'了一遍，把那个'小螃蟹'摸了个底儿掉。果不其然，他没说实话。去年五月，他曾经向一个叫石庆的人借过钱，一共一百万，这笔钱在去年九月五日还清。"

"对，就是在这个时间段，他被戴着人皮面具的两个人打了。"封小波说，"我马上找那个石庆。"

"等等，别着急。咱们先摸清楚情况再说。"黎勇说，"从现在开始，咱们两条线并行。夸父，你继续跟进银行抢劫案的人皮面具线索；疯魔，你和女娲查这个盗窃案。从现在的情况看，只能用老办法了，咱们把搜索范围扩大到两公里，进一步搜集数据，看看有没有可疑人员。明天我去跟郭局汇报，看看能不能给咱们更多的案件信息，同时提升一下权限，光靠这么摸，我感觉一直是在走弯路。"

三个人一起点头。

"哎，咱们给这孙子起个代号吧。"封小波说。

"蓝色大衣？"黎勇问。

"对，那个身高一米八、穿蓝色大衣、戴人皮面具、抽利群香烟的家伙。"封小波说。

"叫什么？"黎勇问。

"'暗影人'怎么样？神神秘秘的。"封小波说。

"高抬他了，要我说，就叫'死耗子'。"女娲说。

"为什么？"夸父问。

"瞎猫碰上死耗子啊。"女娲笑。

"哎哎哎，你们别拿我开涮啊。"黎勇说，"我看就叫'暗影人'吧，咱们就是抓他的'捕影者'。"

"行，文艺范儿，就它了。"女娲笑。

23. 捕影者

　　时间过得飞快，一周就这么猝不及防地过去了。城市博览会已经进入倒计时，海城街头彩旗飘扬，印着"开放海城、魅力海城、好客海城、平安海城"的横幅在风中飘舞。主要的街道重新整修，清洁工裹着厚厚的大衣在街头驻守，让所有的烟头、矿泉水瓶等垃圾无所遁形。整个城市像个待嫁的姑娘一样，表面上看着花枝招展，实则却掩饰着惶恐和紧张。

　　下午省里的主要领导要来海城检查工作，郭局把主要的警力都放在街面巡逻，大部分案件都暂时停办。按照市局的要求，各单位领导必须带头上岗，黎勇、章鹏等人带着几十名便衣警察已经体验了一上午巡警的苦日子。时至中午，风已经小了，但气温还在零度以下，路旁的积水结了冰，包裹着尘土和落叶的残体。视频侦查车里太闷，黎勇就到外面抽烟。林楠正和章鹏聊天，看到黎勇就过来蹭烟。

　　黎勇给两个人点上，但眼神不好，晃了半天也不得要领。林楠着急，一把抢过打火机。

　　"哎，你这眼睛还不做手术啊？"林楠问。

　　"做啊，等把案子弄完了。"黎勇回答。

　　"案子有个完吗？你够逗的。眼睛重要，别真成瞎猫了。"林楠说。

　　黎勇苦笑，没说话。

　　"他啊，是新官上任三把火，得烧完了再做，你怎么不明白啊……再说了，现在医学发达，就算耽误了也没事儿，大不了安双假眼。哎，对对对，就是他们的那个智能追踪的'鹰眼'。到时一上街，马上视频捕捉、还原，多棒啊……"章鹏拿黎勇开涮。

"滚蛋，你盼着点儿我好。"黎勇推了章鹏一把。

"哎，咱们这帮八〇后啊，都干活不要命，没什么自己的生活，和九〇后不同啊……"林楠感叹。

"嘿，〇〇后都快上班儿了，早晚都得翻篇儿，时间问题。"黎勇说。

"嘿，从我儿子出生的时候，我就翻篇儿了。哎……好几天没见到这小子了，想他喽。"林楠抽了口烟，"平常心吧，还记得郭局说的吗？忠诚，奉献。"林楠苦笑。

"行了，你就知足吧。人家瞎猫还'独善其身'呢。咱们啊，都是高尚的人、纯粹的人、有道德的人、脱离了低级趣味的人、有益于人民的人。"章鹏一左一右搂住了两人。

"哎，你那案子办得怎么样了？"章鹏问。

"嘿，我还想问你呢，主责是你们刑警啊。"黎勇说。

"哎哎哎，你可别推啊，上次开会郭局可说了，以你们视频大队为主，是你瞎猫新官上任三把火啊。"章鹏说，"我这儿调查访问都做了，没戏，现场也没留下指纹，鞋印和图像都提供给你了。"

"行，你推得够干净。"黎勇说，"我是一直在查啊，附近的'鹰眼'都调看N次了，走访能做的也都做了，但没辙啊，失主不露面，案值不确定，你让我怎么弄。现在这案子啊，似乎陷入了一个怪圈，转来转去的，越弄越不明白。"

"嗯……我觉得吧，你得换个思路。比如从销赃或提款上入手。"章鹏说。

"已经在做了，章支队长。"黎勇笑，"要不女娲怎么今天没来呢。"

"得，当我白说，白说。"章鹏笑了。

林楠打开一瓶喝剩下的矿泉水，把烟蒂扔进里面。"瞎猫，你让我查的那个人，得注意点儿啊。"

"哪个人？石庆？"黎勇问。

"是。那孙子不是什么善碴儿，后面有不少事儿呢。"林楠说。

"你在查石庆？"章鹏问黎勇。

"不是查他，是他和案子里的一条线索有关。"黎勇解释。

"哎哎哎，你可小心谨慎点儿啊。那孙子我们刑警在盯，禁毒队的也在查。"章鹏说。

"这么严重？"黎勇皱眉。

"对，所以尽量别去接触。要是必须接触，也得讲究方式方法。"林楠提醒。

"得，明白了。"黎勇点头。

"哎，别说案子了，听着脑袋都疼。问你个脑筋急转弯，知道为什么喝酒的地方叫夜店，过夜的地方却叫酒店吗？"林楠笑着问。

"为什么？"黎勇不解。

"呵呵，自己琢磨。"林楠笑。

视频侦查车里，封小波和夸父也正聊着天。封小波的嘴一上午就没闲着，烦得夸父够呛。

"哎哎哎，我说你别玩了，那个破网络游戏有劲吗？"封小波抢过夸父的手机。

"你干吗啊，我马上就把'鲁班'给干了！哎呀，完了完了，我的'李白'啊……"夸父抢回手机，叹着气。

"都什么乱七八糟的。"封小波皱眉，"哎我说，你就想一辈子这么混下去了？"

夸父退出游戏，反驳封小波："谁混日子了？我哪天耽误工作了？"

"是，你是没耽误工作。但你做的工作都是跟着别人屁股后面跑，哎，你就没想过当主角？"封小波问。

"当主角？什么主角？瞎猫？算了吧。我觉得当配角没什么不好。"夸父说。

"你不会真让瞎猫给洗脑了吧？只盯不抓，当一辈子长跑运动员。"封小波说。

"你呀，什么都好，就是野心太大。我觉得吧，只要能干好自己分内的事就足够了，别有太多奢求。"夸父说。

"不对不对，我不这么认为。"封小波摇头，"就拿你来说，体育大学毕业的，综合素质、体能都不错，为什么总是原地踏步呢？你就是不思进取，太安于现状了。总是这样，再好的飞鸟也得退化成走地鸡。"

夸父听着有些刺耳，脸上表情也不好看了。"有远大理想没错，但也不能总是这山望着那山高啊。就拿我玩的这个游戏来举例吧，里面有上百个'英雄'，他们分成战士、射手、法师和辅助四类，刚开始玩的时候，玩家大都是单打独斗，所以都用战士和射手，为什么呢？因为这两个类型的英雄战斗力强，体能好，杀敌人多，解气啊。但玩到后期，玩家才会发现，在游戏的大团队作战时，只靠自己的能力远远不够，当敌人团结起来的时候，你只要落单就会被'秒杀'，所以就要和别人组队。这个时候，团队能否获得胜利凭借的就不光是战斗力强和体能好了，而是要依靠法师的'侦察'和'陷阱'，以及辅助的'补血'和'净化'。这样，一个团队才能更加强大。"夸父说得挺有道理。

封小波笑了，拍了拍他的肩膀："行，我服了。照你这么说，瞎猫是战士，你是法师，女娲是辅助，那我呢？是……射手？"

"你？不是。"夸父摇头，"你是'野怪'。"

"野怪是什么英雄？"

"哈哈，野怪是游戏中的野兽和怪物，供英雄们干掉升级的。"夸父笑了。

"行，野怪就野怪。野点儿好，总比'家禽'强。"封小波也笑。

"其实我能看出，瞎猫是很器重你的，你和他很像。我和女娲都成不了他那样的人，所以，你要珍惜。"夸父突然正色。

封小波一愣，又撇嘴笑了："得了吧你，我不用他器重。我可不想一辈子像他一样。"

"那你想怎么样？"

"我想多走几个警种，多经历些事情，让我这一辈子过得复杂点儿，精彩些。你知道吗，甘于现状只会停滞不前，满足安稳就成井底之蛙，奋斗的过程艰辛却美好，冲锋的征程挑战却刺激；所以努力吧，珍惜每一天，凡事尽力；所以奔跑吧，追逐看似遥不可及的目标，但从脚踏实地的事情做起。"封小波摆出朗诵的姿势。

"哎呀，说得真好。"夸父不禁鼓起掌来，"你是怎么想出来的？"

"我？嘿，背的一个二货作家的诗歌。"封小波笑了，"哎，你跟那个网友什么时候见啊？"

"下周，城市博览会结束。"夸父低头。

"行，做好准备，From boy to man！"封小波笑。

"你给我滚。"夸父打了他一拳。

到了中午，警务保障处的送餐车来了，民警们排队领了餐，各自找地用餐。因为路上堵车，饭送来的时候已经凉透了。黎勇打开一看，毫无惊喜，又是老三样儿。

他蹲在路旁，夹了一筷子往嘴里送，顿时皱起眉来："这警保处的老沈，弄什么红烧肉啊，大冷天的，油都糊上了。"

"可不，你瞧这油菜，都能站起来了。"林楠也摇头。

"哎哎哎，别废话了，老规矩，手心手背。"章鹏站起身来，把盒饭放在地上。

黎勇没理他，蹲在地上吃饭。

"嘿嘿嘿，黎大队长，怎么个意思？你们这新开张的视频大队不合群啊？"章鹏说。

黎勇瞥了他一眼，站了起来："你废什么话啊，我们来上勤的加一块就仨人，你们每个队都十个人，谁输了谁买加餐，这合理吗？"

"合理，合理，能给兄弟们吃口热的就合理。"林楠笑。

三个人走到一起，开始手心手背："手心手背……手心手背……"最后黎勇输了，他觉得是被两人算计了。

　　"哎哎哎，这回不算啊，再来一次。"

　　"那不行，愿赌服输。"章鹏笑了。

　　"我们一共就仨人，你们两个队加一块二十多人。这是什么赔率啊？"黎勇说。

　　"赔率的问题我不懂，你得问他们经侦的。但我知道，一会儿大家就能喝上视频大队那热腾腾的酸辣汤了。哎，老规矩，南来顺的羊肉萝卜包子，外加酸辣汤，快去快去。"章鹏笑着说。

　　林楠也笑："我算算啊，一共是……二十四份。"

　　"哎……你们就欺负我眼瞎吧。"黎勇摇头，"你说郭局怎么想的，让一帮搞案子的'狼'在大街上站岗。"

　　"那没辙啊，下午省里领导来检查啊。要换你也得这样。"章鹏说。

　　"知足吧，你没看廖樊这孙子，刚才还带着人武装巡逻呢。"林楠补充。

　　"嘿，他就是干这个的。你没听过十等警察的段子吗？十等警察是特警，抱着大枪车里睡。"黎勇笑。

　　"老皇历了，那我问你，十等警察有你们吗？视侦，几等警察？"章鹏把黎勇问住了，"行了行了，快去，一点五公里，不能超过五分钟啊。"

　　"行。"黎勇摇头，他冲着视频侦查车大喊，"夸父，你跑一趟。哎，疯魔，你也一块去。"

　　但就在两人准备动身之时，一辆宝马 X5 轿车驶到了众人面前。车门一开，正是裘安安。她穿着一件职业套裙，显得楚楚动人。

　　她走到黎勇面前，笑着说："黎队，我给你们送加餐来了。"

　　"哟，这是什么意思啊？"黎勇问。

　　"是华总安排的，知道你们上勤辛苦。"裘安安说。

　　封小波一看也乐了，蹿到裘安安面前。

　　"你怎么知道我们上勤？"

　　"我们什么不知道啊。"裘安安笑。她说着打开后备厢，里面装着两大桶海鲜汤和几大袋食品。

　　黎勇回头看了看章鹏和林楠，冲裘安安笑了笑："安安，谢谢你们的好意，但按照局里的规定，我们不能接受合作企业的馈赠。"

　　"啊？但这不是什么馈赠啊，是我们公司自己食堂做的饭。"裘安安解释。

　　"那也不行。"黎勇拒绝。

　　"哎哎哎，怎么不行啊？哪条规定说加餐算馈赠了？"封小波挤过来说。

"哪条规定自己查，没觉得不行是因为你没学透规定。"黎勇正色。

这下尴尬了，章鹏和林楠也不表态，弄得裘安安送也不是，拉走也不是。

封小波脑筋一转，坏主意就出来了："哎，安安，你让我怎么说你啊。是，我是上勤辛苦，再加上肠胃不好，得吃点儿热的，但你也别做这么多啊。哎……但既然送来了，我就收了，下不为例啊，多耽误我们的勤务工作啊。但这么多也吃不了啊，要不……我看这样，师父。"他转过头来，"剩下的就分给其他上勤的兄弟，怎么样？"

黎勇看着他，没说话。这时章鹏搭碴儿了："哎哎哎，那可好，正想吃口热的呢。嘿，你瞧人家这女朋友，多好啊……"他间接表了态。

"哎，我们经侦十个人啊，不知够不够匀的。"林楠也笑着说。

这下裘安安笑了，她张罗着给大家发饭。黎勇看着封小波，板着面孔。

"师父，我没说错话吧？"封小波坏笑着问。

"别废话，要吃就动筷子，不吃就放回去。"黎勇把裘安安送给自己的饭塞到他手里。

这时电话响了，是女娲的来电。黎勇接通电话："喂，啊？好的好的，我知道了。"

他挂断电话，转头大声喊："先别吃了。疯魔、夸父，跟我走。哎，章鹏、林楠，你们各凑一个人，补上我们的缺啊。撤勤的时候帮我还一下电台。"他说着把手里的电台塞给章鹏。

"哎，怎么碴儿啊这是，拿吃的堵我们嘴啊？"章鹏拿着电台问。

"案子有线索了。"黎勇说，"你不是说过吗？咱们都是高尚的人、纯粹的人、有道德的人、脱离了低级趣味的人、有益于人民的人。"他一左一右搂住了两人。

"哎，还有安安，也来一趟吧。我需要你的协助。"他说着就向视频侦查车走去。

视频工作站里，工作台的烟灰缸里插满了烟蒂。女娲毕竟是五十多岁的人了，连续熬了几天几夜，眼睛红得像个兔子，但看到黎勇等人的时候，却依然掩不住兴奋。

"快来快来，有发现有发现！"他招呼着。

大家站在了显示墙前，女娲操作着鼠标，将一个图像扩展到上面。那是一个ATM机取款的镜头。从画面上可以清晰地看到，一名女子的样貌。

"就在昨天二十三点五十八分零八秒，在海城银行石油大厦底商的 ATM 机上，有一个女子取款，你们看。"女娲播放着取款视频，"取款的女子身着黑色棉服，留长发，戴黑色毛线帽和墨镜，一共分两笔取走了两万元人民币。然后在今天的零点零二分零四秒，又分两笔取走了两万元。共计取款四万元。"

"嗯，ATM机的单笔最大取款额是一万元，每天能取现金的限额为两万。她选择在这个时段取款，目的就是横跨两天，可以取到四万元。"黎勇分析着。

"对。"女娲说着操作鼠标，显示墙上的画面被缩小成一个红点，显示在海城地图城中区的位置。

"取款是需要密码的，她怎么知道密码？"黎勇问。

"卡的背后写着密码。你看。"女娲说着调出画面。果然，那张卡的背后记录着密码。

"有病吧？把密码写在卡上。"黎勇皱眉，"那张卡里一共有多少钱，什么户名？"

"还没有查。"女娲回答。

"你怎么发现这个线索的？"

"是这样，我此前一直是围绕银湾别墅区开展视频侦查工作，但并没发现有价值的线索。于是我想了另一个方法，就是依据我们获取的那一闪而过的图像，进行'动作识别'。"女娲说着操作鼠标，显示墙上映出那个在被窃别墅风雨廊前一闪而过的身影。"我对那个人影进行了'去模糊'和'清晰化'处理，但由于小区的监控没有拍摄下她完整的动作轨迹，所以就算还原得再清晰，也不具备'动作识别'的要求。但图像上的几个细节却给了我启发，大家看。"女娲放大了图像，用鼠标点着那个身影的腿部。

"耐克鞋？"封小波说。

"对，耐克鞋的反光条，还有这个。"女娲又点着图像的下一个位置。

"发髻上的浅色发带？"裘安安说。

"对。就这两个细节。"女娲笑了，"然后我进一步做了'清晰化'的还原，将'耐克鞋'的反光条、'浅色发带'和嫌疑人大致的身高、体态做成了一个模型。放在了全市的'智慧人像追踪系统'之中海捞，结果竟然有了发现。你们看。"他又拉出一个画面，上面显示着那个女子从一辆电动车上走下来的情景。那是个侧影，正好拍摄到了反光条、发带和她的体态。

"太棒了，女娲你太棒了！你简直就是'捕影者'！"黎勇感叹，情不自禁地鼓掌。

"嘿嘿，这个名字好，比女娲强。"女娲笑。

"但是，凭这些就能认定这个女子就是盗窃的嫌疑人吗？"封小波问。

"当然不能确定，但是起码有了线索。"女娲说。

"瞎猫，马上联系经侦，查那个银行卡的情况吧。"封小波说。

黎勇看着显示墙，沉默了一会儿："先去现场吧。"

24. 小 A

石油大厦的一层就是海城银行城中区分行。在分行门外的 ATM 机前，黎勇和胡铮在交谈着。因为已经过了下班时间，银行的经理正在从家往回赶的路上。一个多月没见，胡铮瘦了不少，但精神状态却很好。他递给黎勇一支烟，黎勇犹豫了一下，拒绝了。

"不抽了，今天都两盒了。"黎勇摆手。

"不差我这一根。"胡铮又递。

黎勇无奈，接过点燃。"最近怎么样？案子多吗？"他问。

"案子不少，但破案率也创了新高。"胡铮笑，"以前是设备老化，新发的案件找不到线索，老的案件也只能搁置，所以看着案子是不多，实际上许多都藏着呢。现在好了，鸟枪换炮了，我们所成了市局布设'智慧人像追踪系统'的示范所，到处都是'鹰眼'，加上大数据的分析研判，就这么说吧，近期在我们辖区发生的侵财案件，基本都能在二十四小时之内破获。"

"这么厉害？"黎勇惊讶。

"那可不。还得谢谢你啊。"胡铮客气。

"跟我有狗屁关系。"黎勇摆手。

"但是啊，我也发现了一个新问题。现在是技术好了，手段高了，破案有新招了，但民警的工作积极性却下降了。"胡铮摇头。

"为什么？"

"因为依赖技术了啊。原来一有案子，民警肯定就出门奔现场了，调查取证，入户走访，这是必须做的功课啊。但现在可倒好，一发案，民警都往分局的'鹰眼'工作组跑，只要视频能拍到的地方，他们能不去就不去了。"

"哎……这也没办法，科技让人懒惰。"黎勇摇头。

"干警察的哪能懒惰啊？再说了，继续这样下去，我真怕民警的办案能力下降、退化了。"胡铮叹气。

"呵呵，你这是杞人忧天，不会的。什么时代用什么招数。"黎勇笑。

"哎，那小子，干得怎么样？"胡铮冲远处的封小波努努嘴。

"还行，手艺差不多了，就是还没上正轨，野性难驯。"黎勇笑。

"哼，他就那样儿，表面上吊儿郎当，但心里有谱儿。他呀，幸亏去你那儿了，要还在我这儿，浪费了。"胡铮笑。

在视频侦查车前，封小波和裘安安说着话。

"你们华总怎么想的啊，让你管市场部？"封小波问。

"哎，虽然华总对我很信任，但我去了市场部之后，到现在都没进入角色。"裘安安有些沮丧，"现在蓝晶石业务蒸蒸日上，许多大单都是华总直接去洽谈，我们部门人员多，大多数都在跑外勤，反而显得我整天在办公室无所事事了。"

"那你就跟华总说，要求再回到技术部啊。"

"开什么玩笑，技术部已经由唐总负责了。我回去也没有地方了，总不能再回到 P8 的职位吧。"裘安安摇头。

"那怎么了，只要自己喜欢，干什么不重要。"封小波说。

"嘿，没法跟你解释。你不懂。"裘安安说。

"我怎么不懂？我当时从网安主动前置到派出所，不就图个快乐吗？"封小波说。

"你是谁啊，疯魔。"裘安安做个了鬼脸。

"你是谁啊，缪斯。"封小波说着就给她来了个壁咚。

"哎哎哎，干吗呢干吗呢，银行主任来了，干活儿了。"黎勇叫封小波。封小波耸了耸肩，做了个鬼脸。

"我先走了，你们忙。"裘安安向封小波道别。

"亲一下。"封小波说。

"留着。"裘安安妩媚地一笑。

胡铮亮出警官证，黎勇给银行经理开具了调查取证用的法律手续。经理很配合，不一会儿便协助调取了相关线索。按照 ATM 取款的时间段调查，发生提款的银行账户名叫江平，开户银行是城中区分行，在提款四万元之后，卡内还有余额六万元。黎勇等人谢过主任，一起来到了城中路派出所。看市局来人了，分局"鹰眼"工作组的蒋队也带人过来了。大家就凑在一起开会。黎勇一进派出所的会议室，没想到里面也有一面三行四列的显示墙。

"行啊，你可真是鸟枪换炮了。"黎勇感叹。

胡铮打开显示墙，走到前面说："这是我们城中路派出所辖区的'鹰眼'系统，是在市局领导大力扶持和分局'鹰眼'工作组协助下组建完成的，基本覆盖了我们所十二点八平方公里辖区的范围。对了，还得感谢市局视侦大队的支持。"

"行了，过年话到此为止，说重点。"黎勇说。

胡铮笑笑，示意分局的同志来讲。分局"鹰眼"工作组的蒋队走到显示墙前，开始还原嫌疑人取款的情况。那名女性嫌疑人，在昨夜十一点至今天一点之间，从城中区海城银行取款四万元。之后，她骑着电动自行车从 G 区 112 号"鹰眼"经过后就消失了。经过分析，她在经过 112 号"鹰眼"之后，正常的路径应该途径 113 号或 115 号'鹰眼'，但视频数据中却再没发现她的身影。

"划定一下嫌疑人消失的范围。"女娲说。

蒋队在显示墙上进行了划分，如果以 112 号为起点，以 113 号、115 号为重点进行封闭，其间一共有不到一公里的范围。

"追踪，封闭，划定重点，然后顺查和逆查，这些工作我们需要你们协助做一下。"女娲说。

"放心，我们马上着手。"蒋队点头，吩咐手下立即开展工作。

黎勇靠在椅背上，用手捏着下巴。"那一公里的区域里，在那个时段还有什么经营场所在营业吗？"

"经营场所？哦，有一个夜店，叫'穿越时光'，营业到两点结束。"胡铮说。

"夸父，你和派出所的同志一起去查，拿着嫌疑人的图像让夜店的工作人员进行辨认。重点发现骑电动自行车的。"黎勇说。

胡铮马上配合安排，又一组人员出去了。

"那个夜店什么规模？每晚大约有多少客人？"黎勇问。

"规模不小，营业面积在五千平方米左右，工作人员一百多人，每晚的客人在一两千人左右。"胡铮说。

"夜店的监控系统怎么样？没问题吧？"黎勇问。

"没问题，但并未连入咱们的'鹰眼'系统。"胡铮说。

"派人去，把当晚所有的视频数据都调回来，直接给女娲。"黎勇说。

会议开到很晚，但并未做出结论性的判断。在回程的路上，黎勇靠在视频侦查车里对女娲说。

"你觉得那个嫌疑人，真是女的吗？"

"哼，我觉得不像。"女娲边开车边说。

"疯魔，你呢？"

"我觉得也不像。"封小波也说。

"为什么？"黎勇问。

"从犯罪心理学上讲，犯罪嫌疑人在实施犯罪的过程中，为了防止被发现和抓获，会主动掩饰自己的外貌。也就是说，如果嫌疑人真是个女的，她反而会在提款时故意掩饰女性的特征。"封小波回答。

"嗯，也就是说，她越是在图像上露出长发，那就越说明'她'是在把自己伪装成一个女人。"黎勇说。

"是的，一般嫌疑人伪装的方法无非是掩盖面部，用帽子、口罩、雨伞、墨镜等遮挡，刚才技术来了，也没在现场发现指纹，也就是说'她'是有备而来。再有就是性别伪装，也很常见。长发、女性的服饰，如果在夏天还可能是丝袜和女性手提包，但从刚才的视频来看，嫌疑人的身高、体态虽然在模仿女性，但是步态和动作却都像个男人。"封小波说，"还有他手指上的骨头节，不像是女人的。"

"嗯，这些细节抓得好。"黎勇点头，"女娲，凭着刚才获取的视频数据，可以给他上'动作识别'了吧？"

"足够了，就算他的动作经过伪装和修饰，在故意模仿女性的样子，但万变不离其宗，他手臂的晃动和迈步的基础性动作是变不了的。再说，还可以'以假查假'。"女娲说，"还有，他虽然戴了墨镜和毛线帽，但面部毕竟露出来了，我想，还可以尝试做'智慧人像追踪'。"

"嗯……"黎勇点头，"那我就有点儿不明白了。他都已经戴上墨镜和毛线帽了，为什么不再戴个口罩呢？那样不是隐藏得更好？"

"嘿嘿，我也想说这点呢。瞎猫，你看见他的那张脸没有？"封小波问。

"你说是……人皮面具？"黎勇皱眉。

"是啊，那张脸多假啊，惨白惨白的，一点儿表情都没有。"封小波说。

"对，对，这么分析就对了。"黎勇点头。

"唉，可惜技术没有发现他的指纹和DNA痕迹。你们说……他大晚上的能把一辆电动车骑进夜店吗？"黎勇问。

"如果能骑车进夜店，只有两种可能：一是他在那里工作，二是他认识在那里工作的人。"封小波说。

"还有一种可能，就是他根本没把车放进去，而是进去换了身衣服再离开。"

女娲说。

"嗯，等夸父的消息吧。"黎勇点头，"还有，我怎么觉得江平这个名字，听着有点儿耳熟啊？"

"没什么印象。"女娲摇头。

"江平……"封小波思索着。

夸父很快就回来了，调查情况很好。"穿越时光"夜店的保安认出了这个女人，说她在凌晨过后来到夜店，直接进了厕所。因为她穿着黑衣、戴着墨镜，所以印象深刻。

女娲将夸父获取的夜店视频数据录入到大数据系统，不一会儿就研判出情况。犯罪嫌疑人于凌晨一点十一分进入夜店，然后经过两个夜店的监控探头，进入女卫生间，停留了五分钟时间，出来的时候已经换了新装，但依然遮得严严实实。此时他的动作已经完全具备了识别条件。

"看来咱们分析得没错啊。"黎勇在显示墙前眯着眼，"照这个路子，离'摘果儿'不远了。"他说着拿出眼药水，往左眼滴着。

"等搞完这个案子，你麻利儿地做手术去。"女娲说。

"必须的，再这么耗着真快瞎了。"黎勇说，"女娲，马上将他的动作录入系统，在全市的'智慧人像追踪系统'中开展识别。明天我就跟郭局请示，给刑警队的人发'眼镜'，上街扫盲区。哎，疯魔，你和夸父到重点地区蹲守，卡里不是还有六万吗？他肯定还得取钱。"

"给他起个代号吧。"女娲说。

"嗯……"黎勇想了想，"叫'小A'吧。"

"这是什么意思？"女娲不解。

"呵呵，这是我邻居吕铮家小狗的名字，它总爱把零食藏起来。"黎勇笑。

"呵呵，这个好，比'暗影人'强。"女娲笑。

"瞎猫，我总觉得还差点儿什么。"封小波说。

"怎么了？"黎勇揉揉眼睛，看着他。

"夜店的视频资料截止到嫌疑人出去的时候，按说他出了夜店，就应该再次骑电动车离开。但为什么咱们查遍了'鹰眼'，却没再发现骑车的人呢？"

"你的意思是，他换了交通工具？"黎勇皱眉。

"好，我搜一下。从一点十六分嫌疑人离开夜店，附近的'鹰眼'……确实没有骑行的人。"女娲边默念边操作起系统。

"夸父，现场发现电动自行车了吗？"黎勇问。

"没有。夜店的保安事后也没发现。"夸父回答。

"有了，你看这辆车。"女娲指着显示墙，大家一起注视。在女娲放大的图像上，有一辆浅色的三厢雪佛兰轿车，后备厢放着什么东西。

"车牌是海 HH87……后面看不清了。"封小波说。

"这个好办。视频文件每秒二十五帧，每一帧都会有相对完整的信息。只要到我手里，没跑。"女娲说着打开身旁的另一台电脑，将这段视频截取后放进电脑，操作起来，"选取质量好、噪声干扰小、位移不大的一帧，然后去模糊、去噪声、图像增强、清晰化处理。OK！"他用力敲了一下键盘，然后将图片传输回显示墙。

海 HH87561。

女娲又用密钥打开交管系统，把这辆车的情况查询出来。"黑色大众桑塔纳，车主秘大伟，昨天最后的行驶记录在城北区。"他默念着。

"那就是假车牌了？"封小波说。

"聪明，都学会抢答了。"女娲笑，"疯魔，你眼神好，你看这辆安装假牌的浅色雪佛兰后备厢，是不是装着一辆自行车。"

封小波凑近屏幕，仔细地看了半天："对，没错，你看这儿，还是电动自行车呢。"

"这就对了。"黎勇站起身来，"小 A 是骑车取款，然后为了伪装逃离，到那个'回光返照'夜店换了衣服，之后把自行车放在雪佛兰车里，驾车逃离。"他还没说完，大家都笑了起来。

"那是'穿越时光'，怎么来了个'回光返照'？"女娲笑。

"哦……嘿，那不是重点。"黎勇也笑。

"那下一步怎么办？以假查假？"封小波说。

"行，快出师了。"女娲点头，"我再教你一招啊。这辆车虽然挂着假牌，但车上的许多标记是去不掉的。比如说这辆车的右前方，蹭掉了一块漆。"女娲切换着另一个"鹰眼"的画面，"你看正面，车窗前还有一个香水瓶和一个浅色的擦车布。咱们把这些要件分别截取，录入追踪系统，看，这辆车就被锁定了。这是它的行车轨迹。"显示墙切换成了海城地图，显示这辆车从城中区一直驶向城西新区，又绕个弯回到了城北区。

"司机是想避开监控？"封小波问。

"是的，小 A 作案时虽然用假牌，但因为害怕交警查车，所以往往到达最终目的地后会更换为真牌。你看这个画面。"女娲切换着，"现在已经是真牌了。"

图像上显出清晰的车牌，海 FA625J9。

"车主是，李俊峰。"他啪地点击键盘。

"那还等什么？赶紧抓人吧！"封小波急得站了起来。

"别急，我问你，你确定李俊峰就是小 A 吗？如果不是怎么办。如果他只是开车的司机，不就打草惊蛇了？"黎勇问。

"哦，也对啊。"封小波意识到自己的莽撞，"那如果李俊峰只是司机，小 A 会在哪里下车呢？"

"有三种可能，第一种是在城西新区下了车，第二种是和车主李俊峰在一起，第三种就是哪里都不在，在中途下车了。"女娲回答。

"这样，我马上跟章鹏联系，让他组织力量去李俊峰家蹲守。疯魔和夸父一起参加行动。记住，要以李俊峰为线去摸小 A，不十拿九稳就绝不能动手。明天一早我就跟郭局汇报，行动得得到他的同意。"黎勇说。

"还有，那个江平是别墅的失主吗？一旦抓到了小 A，得需要他的举证啊。要不赃物都对不上。"封小波说。

"这个还得往下查，但得先请示郭局。忘了吗？郭局指示，不要针对失主，只查案件。"黎勇提醒。

"但我从互联网上可查到了。江平，海城正茂科技的财务总监。"封小波拿着手机说。

"哦，我说听着耳熟呢，女娲，还记得几个月前全市监控系统招标吗？就是他代表正茂科技公司去警务保障处参加的会。"黎勇撇嘴，"哼，一张存有十万块的卡，背后还写着密码，女娲，这说明什么？"

"哼，肯定有事儿。瞎猫，咱们别自作主张，一切等跟郭局汇报完再说吧。"女娲说。

25. 移交

　　第二天一大早，黎勇就来到市局一号楼五层的局长办公区。他走到郭局门前，整理了思路就伸手敲门，没想到一开门，发现屋里已经有了人。郭局表情严肃，让他一会儿再来。黎勇说了声抱歉，退了出去，屋门啪地一下锁上了。黎勇回到办公室，等了半个小时，忍不住给谭彦打了电话，在得知几位客人刚刚离开之后，才夹着材料又赶到一号楼。

　　郭局办公室的门开着，呼呼地往外冒烟，黎勇进门的时候，看见茶几上的烟灰缸里插满了烟蒂。

　　"什么事？"郭局的样子很疲惫。

　　"郭局，我向您汇报那个别墅盗窃案的事情。"黎勇说。

　　郭局示意他坐下，起身给他倒了一杯水。

　　"前段工作辛苦了，你这眼睛行不行啊？"郭局问。

　　"还凑合，等办完了这个案子就去做手术。"黎勇回答。

　　"嗯，这个案子……"郭局欲言又止，他看了看表，"说重点，我一会儿还要去市里开会。"

　　黎勇拿出材料，简要汇报了调查情况。

　　"从现在的进展来看，离抓获犯罪嫌疑人已经不远了？"郭局皱眉。

　　"是，嫌疑人的'动作识别'已经录入了系统，他乘坐的交通工具刑警已开始贴靠，预计今天就能有结果。"黎勇说。

"银行卡户主是江平的情况，还有谁知道？"郭局问。

"就我们几个知道。"黎勇说，"哦，我，疯魔，女娲，夸父。"

"好，不要再扩大了，严格保密。"郭局说。

"哦，还有胡铮也知道，他和我一起去过银行网点。"黎勇补充。

"嗯，你去提醒一下他，让他守口如瓶，就说是我的意思。"郭局叮嘱。他站起身来，拿起公文包。

"郭局，刚才那两位是省厅的？没见过啊？"黎勇问。

"不该问的别问，不该说的别说。忘了纪律了？"郭局皱眉。

"明白。"黎勇立正。

他随着郭局走出一号楼，目送郭局上了奥迪车。在回办公室的路上，看到林楠正风风火火地走过来。

"哎，你怎么没上勤啊？酸辣汤喝腻了？"黎勇开玩笑。

林楠根本没理他，应付式地点了个头，就走了过去。

"着什么急啊……"黎勇嘟囔。他回到办公室，觉得不对，就从窗户往下看，正看到林楠客气地跟两个人说着什么。而那两个人，就是刚才坐在郭局办公室的客人。黎勇越发感觉不对劲，他独自来到视频工作站，打开系统，在显示墙上锁定市局门前的"鹰眼"，不一会儿便搜索到那两人乘坐车辆的情况。黎勇把车牌号输入到交管系统查询，发现是省纪委的公务车。

黎勇知道出事了，而且隐隐地觉得纪委来人是和那个别墅盗窃案有关。他先给胡铮打了电话，按照郭局的指示让他保守秘密，之后又拨给章鹏，但章鹏却没有接听。他拨了几遍都没通，于是就编了一个短信发了过去。他知道，如果事关重大，郭局是会直接告知章鹏的。

果不其然，十一点刚过，谭彦就通知开会。郭局亲自参会，章鹏、林楠、黎勇齐聚在一起，连胡铮也被叫来了。黎勇知道，肯定与盗窃案有关。

"银湾别墅的案件，从现在开始停止侦办。"郭局说。

大家一片哗然。

"我知道，为了这个案子，大家做了不少努力。特别是刑警和视侦，已经摸到了重要的线索。但现在做出这个决定，也不是我个人的意思，而是省厅领导的决定。从现在起，你们几个经手的部门要立即整理材料，装订卷宗，准备好移交工作。省厅的人下午就到，这起案件移交给他们侦办。"郭局一口气说完。

"移交给他们侦办？郭局，咱们马上就要'摘果'了。"黎勇说。

"没听清楚吗？这是省厅领导的意见。不讲条件，必须服从，马上动手，全部移交。"郭局加重了语气，"瞎猫，重复！"

"不讲条件，必须服从，马上动手，全部移交。"黎勇站起来说。

　　在郭局的指示下，刑侦、视侦两部门立即整理卷宗，于当日下午将所有涉案材料移交给省厅的民警。除了案卷被密封带走之外，省厅又派来一个队长和三个民警，他们来到了视频工作站，听黎勇汇报了盗窃案下一步的工作思路和视侦线索，做了全面的记录。海城警方撤场，省厅专案组接手，案件中途换将，其中必有隐情，却没人敢问原因。案子没了，"鹰眼"小组的几位就闲了下来，但好景不长，第二天刚一上班，这几位爷就被安排了上勤任务。事情就是这样，你不干这个，自然会有别的工作等着你。

　　在海城中心广场，黎勇和章鹏又聚了齐，但这次却没看到经侦的人上勤。

　　黎勇是个闲不住的人，蹲在广场上打着电话。

　　"喂，刚才信号不好，对，你找到他了是吧。好，见了面儿要讲明利害，不战而屈人之兵。呵呵，我知道，这是你长项。我？上勤呢，对，站大岗……"

　　黎勇聊完了，挂断电话走到章鹏身旁。

　　"哎，双木林呢？偷懒了？"他问。

　　"有任务，被抽调省厅了。"章鹏说。

　　"和那个案子……有关？"黎勇试探地问。

　　"你又忘了郭局说的了吧，不该问的别问，不该说的别说。"章鹏撇嘴。

　　"得得得，不问，不说，就干站着。哎……我是觉得那个案子可惜啊，眼看就摸到边儿了。"黎勇叹了口气。

　　"行了，少点儿牢骚吧，后天就开会了，以后想站大岗还没机会了呢。"章鹏说。

　　"我可没这瘾，你以为我是廖樊呢。"黎勇撇嘴，"哎，他干吗去了？好久都没看见他了。"

　　"你不知道啊？出事儿了。"章鹏轻声说。

　　"他一个特警能出什么事儿？"黎勇问。

　　"嘿，前几天在重点地区巡逻，他办事'动作太大'，郭局为了保护他，让他到省厅参加脱产培训去了。回来能不能保住这个支队长，要看省厅的意思了。"章鹏说。

　　"哦……我说呢。"黎勇点头。

　　这时，一辆奔驰S级轿车开到了附近，华天雪下了车，在唐达的陪同下一起在广场巡视。黎勇见状，叫着封小波一起走了过去。

　　"华总，您怎么来了？"黎勇笑着问。

"哦，城市博览会马上就要召开了，我过来看看设备的情况。"华天雪与黎勇握手，"黎警官，这是我们公司技术部的负责人唐达，有什么需要协助的随时吩咐。"他介绍道。

唐达礼貌地与黎勇握手。他身材高大，一身西装，握完手后，客气地递给黎勇一张名片。"你们辛苦了，城市博览会的顺利召开全仰仗你们的保卫了。"他一口的南方普通话。

"嘿……我们吃这碗饭的，应该的。"黎勇大大咧咧地回答，"唐总，以前没见过您啊？"他打量着唐达。

"是，我以前在公司负责行政管理，刚刚接手的技术部。"唐达笑着回答。

"哦，幸会幸会。"黎勇点头。

"华总，这次博览会你们可得加油啊。听说新技术招标是一大块儿，这么好的市场，可别让那帮外来的给占领了。"封小波在旁边插嘴。

"呵呵，我常和公司的人说啊，凡事要尽力而为，也要量力而行。做事全力以赴不遗余力，结果是上天定的。同时也不能高估自己，自不量力。海城市场这么大，谁也不可能一口吞下，所以我们要以平和心态去面对发展和挑战。"华天雪说。

"太对了，要是别的商人都能有您的这种心态，那海城的商业环境就能更好了。"黎勇说。

"嘿，我们无法要求别人，只要自己做到就好。"华天雪笑。

"看唐总这身材，肯定经常健身吧？"黎勇问。

"呵呵，您不愧是鹰眼神探，什么都逃不过您的眼睛。华总在我们公司设置了健身房，我下班之后天天练。"唐达笑。

几个人其乐融融地又说了一会儿套话，华天雪就和唐达离开了。黎勇看着唐达的背影，若有所思。他站得久了，觉得腰疼，就带着封小波围着广场转圈。俩人充当了一会儿专业的"巡警"。

天气不错，风和日丽的，在广场外的街边，几个老太太正在跳广场舞。她们穿红戴绿，扭动着腰肢，好似冬天里的一把火。音响里的节奏很重，里面一个男声唱道："今年我三十出头，就是没有女朋友，看着别人手牵手，心里感觉酸溜溜；尤其是到了夜晚，我一个人更难受，眼泪不停地往下流，只好抱着花枕头……"

"哎，你和安安怎么着了？"黎勇转头问。

"啊？"封小波猝不及防，"没怎么着啊。"

"要觉得行就尽快，别耗着。你也快三十了。"黎勇说。

"怎么突然想起这一出了？"封小波没弄明白，"你这是衰老的表现，岁数一大，就爱劝别人结婚。"他笑。

"嘿，我就是关心你呗。"黎勇没头没尾地说。

"哎，师父，我听说……"封小波停顿了一下，"听说裘安安长得挺像你前妻啊？"

"啊？听谁说的？"黎勇一愣。

"你就别管我听谁说的了。你……不会对裘安安有意思吧？"封小波笑。

"别扯了，我有那么老不正经吗？"黎勇笑。

"你不老啊？四十的男人还一枝花呢。但师父，你可别跟我争啊。"封小波说。

"嘿，你要真这么说，我还真得争争了。怎么着？跟我这儿'敲山震虎'啊。"黎勇撇嘴。

"别别别，我就是说说罢了。"封小波马上赔笑，"我是提醒您，得注意点儿，别让别人给咱们师徒俩'拴对儿'。"

"以后这话题别再说了啊。拿你师父当什么人了……"黎勇虽这么说着，但脸却红了。

"师父，江平被抓了，您知道吗？"封小波达到了目的，便转换了话题。

"又忘了郭局说的了吧，不该问的别问，不该说的别说。"黎勇模仿着章鹏的语气。

"这不就咱俩吗？再说，网上都传开了。"

"那也少说。"黎勇说。

"他的老板邹光华也失联好几天了，估计……也被……"封小波没把话说完。

"唉……别管那个案子了，水太深。再说，都已经交到省厅了。"黎勇叹了口气。

"师父，就算咱们不查那个盗窃案了，但银行那个线索也得查啊！特别是那个小螃蟹。"封小波说。

"查着呢，估计人都到了。"黎勇回答。

"到了？谁到了？"封小波不解。

老金的奔驰车停在了城西区"捷运达"货场门前。货场大约有几千平方米的面积，四处堆放的货箱摞成几米的高墙，在没有货运存储工作的时候，里面漆黑一片。

老金坐在一把椅子上，四周空空荡荡，他拿出一支烟，铁子上前点燃，黑暗里亮出红色的火光。在老金的对面，是一个四十岁上下的男子，他穿着一身白色的休闲装，戴着无框眼镜，长得斯斯文文的。他一个人面对老金，身边并没有随从。

老金盯着他，默默地抽了口烟。"石庆，我知道你忙，废话也不多说了。你知道我为什么来。"他板着脸说。

"哼……"石庆轻笑，"金爷，你这手可伸得够长的啊？是不是想把我这货场也给接了？"他皱眉。

"那不能够。我那只是小本买卖，养家糊口而已，哪比得上你做的大生意。再说了，咱俩一直井水不犯河水。"老金笑。

"小本买卖？呵呵……"石庆也笑了，"谁不知道你金爷的飞飞快递，养了一批狠主儿。你想干吗啊？杀回江湖，重装上阵？"

"是不是又有王八蛋坏我呢？嫌天下不乱？我收留那帮兄弟，只是为了给他们口饭吃，以后别再往歪路上走。"老金说。

"歪路？哼……"石庆摇头，"你的意思是就你走的是正路，我们都是歪路呗。"他眯着眼睛。

"哎哎哎，我可没这么说。咱俩认识也不是一两年了，我老金是什么人，别人不知道，你可知道。再说了，我们公司是合同制，想好好干活符合条件的都可以来，不想干了也随时可以走啊。包括你，石庆，哪天想试试送快递了，找我，没问题。"

"呵呵，行，金爷，把位置给我留好喽。"石庆换了个坐姿，"但我可提醒你啊，你手底下那帮人可得盯紧点儿，要是越界了，我也得按着规矩来。"

"谁？谁越界了，你放明面儿上说。"老金问。

"我也不是条子，放什么明面儿上说啊。没事的时候，你自己好好琢磨吧。"石庆的脸冷了下去，"小螃蟹的债我这儿已经结清了，没什么可说的，道上的规矩你也懂，英雄不问出处，赃物不问来路。"

"规矩我懂，但你也该知道，我找你不是为了自己的事儿。我觉得，你最好从我这儿解决。"老金的脸也冷了下去。

"怎么着，老金，你这是跟我明着干了？怕别人不知道你是个老'点子'？"石庆用手拍了一下椅子的扶手。

"嘿，这么多年了，想瞒也瞒不住了。"老金坐在椅子上一动不动。

"老金，我可提醒你，别以为跟条子走得近，道上的人就不敢动你。你这是在玩火。"石庆警告。

"都什么年代了，你还这么老套啊。我告诉你石庆，我老婆孩子都在国外，我一个人无牵无挂啊。你还真别威胁我，我这辈子就是被吓大的。"老金说。

"为什么要这么做？"石庆看着老金。

"还人情。"他回答。

"还是那个条子？"石庆皱眉，"他媳妇也不是你撞死的……"他撇嘴。

"放什么屁！"老金突然爆发，猛地站了起来，"劝了半天，怎么碴儿？不给面儿啊！"

他话音未落，呼啦一下，从四周的黑暗中蹿出了四五个人，将老金和铁子围在当中。

"怎么碴儿？想练练啊？"老金皱眉。铁子临危不乱，在他身后一动不动地伫立着。

石庆没动地方，跷着二郎腿低着头。"哎，要是我不答应你，怎么样？"他抬起头问。

"官面儿查你，治安、经侦都上，税务估计也得来。你也是老炮儿了，不用我多说。"老金说。

"哼……呵呵……哈哈哈哈……"石庆笑了起来，"成，你牛！"他伸出大拇指，"哎，我说金爷，我就问你一句，你那飞飞快递真不会吞了我这货场吧？"他换了对老金的称呼。

"那不能够啊。咱们是亲哥俩，我还指着以后在你这儿囤货呢。"老金也就坡下驴，大笑起来。

"对对对，咱们强强联手，让别人眼红去。"石庆站起身来，拍了拍老金的肩膀。

四周围着的人慢慢退回到黑暗里。铁子冷眼看着他们，岿然不动。石庆重新落座。

石庆点上了一支烟，缓缓地说："去年五月，小螃蟹那孙子跟我借了一百万，年息是百分之十二。他当时告诉我是为了酒吧经营，一个月之内准还。我也大意了，觉得这孙子起码还有个破酒吧，不至于赖账，就借给了他。结果没想到，这王八蛋是去赌球了，就在'小尾巴'的盘口上，你说，能不输吗？没办法，催吧，这钱也不是小数。结果，嘿，这孙子去年惹了事儿了，禁毒队天天盯着他，我根本没法下手，弄不好把自己也裹进去。最后在万般无奈之下，我就找到专业干催收的，让他们去催债。就是你说的那帮人。"

"怎么找的？都叫什么？"老金问。

"通过我一兄弟找到的，具体是谁你别问，人已经没了。催收的一共三个人，都挺壮的，像是练过。他们要的价码挺高，但保证不会留下痕迹。我当时觉得这帮孙子故弄玄虚，就让他们试试，没想到做得还不错。他们找了几次，小螃蟹就把钱吐出来了。"石庆说。

"雇他们，你出了多少'血'？"

"这笔算是包出去的账，四六开，他们拿四。"

"怎么个故弄玄虚法？"

"哼……说话不多，戴个假脸，穿个大衣，弄得跟'黑客帝国'似的。"石庆笑。

"什么假脸？人皮面具吗？"老金问。

"对，仿真的，但质量一般。"石庆说。

"穿的大衣是蓝色的？"

"那倒没注意，就在这个货场里，黑灯瞎火的。对了，他们还告诉我，说自己能躲过探头，哼，谁知道真假……我当时就想，反正是小螃蟹欠我的债，我占理，就算禁毒队知道我找他追债也不能拿我怎样。再说了，上门催收的也不是我的人，出了娄子也是那帮人兜着。"石庆说。

"聪明，透亮！"老金伸出大拇指，"但是石庆……你肯定还有没跟我说的。道上谁不知道，石庆做事滴水不漏，我可不信你会这么糊里糊涂地相信三个'假脸'，还不给自己留后手。"他凝视着石庆。

"哼……呵呵……哈哈哈哈……还是你金爷了解我。得，我认，我是留了后手了。"石庆大笑起来，"我给他们录了一段视频，给钱的时候录的。我让兄弟们跟着他们，但没想到刚走两条街就被甩了。这帮人太鬼……哦，还有个联系的手机号，但早就停用了，前几天我有笔债还想找他们追呢，再打的时候就已经停机了。"

"好，你把视频和手机号给我。"老金点头，"最后一个问题，你跟他们是通过哪个兄弟介绍认识的？"

"这个我说了，人已经没了，你就别问了。"石庆拒绝。

"石庆，这个我也不想刨根问底，但你清楚，我要问不出来，条子早晚还得找你。"老金与石庆对视。

石庆看着老金，沉默了一会儿。"王韬，襄城的，外号'小涛'。"石庆说。

"怎么没的？"老金问。

"他坐的车，掉到悬崖下面了。"石庆回答。

26. 专家

　　王韬，这个名字对视频组来说，再熟悉不过了。在视频工作站的显示墙上，女娲调出了他的全部资料。

　　王韬，男，襄城人，身高一米八二，体重九十六公斤，鞋号四十二，曾有多次抢劫、故意伤害等前科，死亡地点：海城高速出城口五公里路段……他，就是海城银行抢劫的主犯之一，在郭晓冬驾驶的垃圾车坠崖时死亡。

　　"这案子转来转去，又回来了？"女娲惊叹，"石庆说的这三个人，会是郭晓冬他们吗？"

　　"不知道，但我觉得应该不会。要真是王韬接手，石庆没必要瞒着。"黎勇说。

　　"石庆知道王韬已经死了吗？"女娲问。

　　"肯定知道，抢银行的案子电视台都播了。"黎勇说。

　　"哎……怎么感觉越查越复杂了。"女娲感叹。

　　"师父，是王韬给这三个人提供的人皮面具吗？"封小波问。

　　"不确定，王韬只是追债的介绍人。这个线索我已经通报了刑警，让章鹏他们梳理王韬的社会关系。但那个手机号确实在去年十月就停机了，号段和那个133匿名电话离得很近。"

　　"也就是说，'暗影人'不止一个？起码在三个以上？"封小波问。

　　"嗯……"黎勇点点头，"女娲，石庆提供的那段视频录像，符合'动作识别'的条件吗？"

"画面很模糊，我要先做完技术处理再判断是否能用。"女娲说，"按照石庆所说，他最后一次见到那伙人，是在去年的九月底，我初步调取了'捷运达'货场周边的视频数据，没有发现这伙人。原因可能有二：一是受数据保留时间的限制，当时全市的'鹰眼'还没进行升级改造，大多数的数据库只保留三个月；二是不排除他们确实在有意地躲避摄像头。"

"哎，女娲，你能不能比对一下银行抢劫案和盗窃案小A的面具是否相同？"封小波突发奇想。

"试过了，系统无法进行比对。就算是相同的面具，戴到人脸上之后也会发生变形。"女娲说。

"哎……提起那个盗窃案我就来气。省厅那帮人太业余了，据说接手以后不分青红皂白，就把'海FA625J9'的车主李俊峰给抓了，结果一问，是个黑车司机，什么都不知道。"黎勇叹气。

"黑车司机？"封小波皱眉。

"对，李俊峰供称，当天凌晨他在那个'回光返照'夜店附近趴活儿，碰上一个小伙子叫车。小伙子把电动自行车放在他车的后备厢里，让他开车去了城西新区，在大马场往西的五公里处停的车。等小伙子骑着电动自行车走了，李俊峰才换回真的车牌，把车开回到他城北的家中。"黎勇说。

"他说的是实话吗？"封小波问。

"你问我呢？我还想问省厅的人呢。这么草率地抓人，真假都是一锤子买卖。"黎勇叹气。

"那怎么办？这么做不是作死了吗？李俊峰要真是和小A有联系，那就是打草惊蛇了。"女娲也说。

"这个案子已经移交省厅了，郭局都不让查了，咱也就别惦记了。但我觉得银湾盗窃案跟银行抢劫的案子有关联，没准咱们查清了那三个'暗影人'的线索，盗窃案也就峰回路转了。"黎勇说。

"大夜里的去城西新区……我觉得，小A肯定藏在那边。"封小波还没放弃。

"哎哎哎，说过别惦记了。"黎勇劝他。

星期五，市局食堂吃面条，还没到开饭的时间，门口就排起了长队。明天就是城市博览会召开的日子，一级勤务已经开始了。下勤和换班的民警都提前排队去吃锅挑儿，他们穿着作训冬装，挎着八大件，把通道堵得满满登登的。黎勇看人多，过了饭点儿才去食堂，打来的面已经坨了。他呼噜呼噜地吃完面，又喝了一碗热汤，才算给顺下去。他拿牙签剔着牙，看着墙上电视里播放的新闻。

"城市博览会将于明日上午在海城举行，这次大会是展示海城新面貌、树立海城崭新国际形象的良好机会。今天上午，市领导刘家民、赵元超、郭平、吴晨、冯健将出席博览会开幕式，开放的海城、魅力的海城、好客的海城、平安的海城，将以全新的姿态面对全省、全国、全世界……"

黎勇拿过遥控器，换了一个台。那是一个新闻评论类节目，两个嘉宾正在围绕"视频监控到底能为市民做些什么""越来越密集的探头是否会侵犯隐私"等问题进行激烈的讨论。黎勇对这个挺感兴趣，认真地看着。

嘉宾甲说："根据法律规定，监控探头可以安装在公共区域、重要公共部位。但如果设置的位置令居民感觉不便，比如正对着家门，居民可以向有关部门申诉，改变监控探头的位置。但从实际情况来说，大多数民众还没有这个意识。"

嘉宾乙说："但在许多场所是不允许安装监控探头的，比如旅馆房间、集体宿舍、商场试衣间、公共卫生间等，对于监控探头视频资料的调阅、下载，公安机关也要设定严格的程序和规定，避免公民隐私的泄露。"

"都觉得不方便，探头都照着天得了。"黎勇剔着牙，又换了个台。他看了看表，离全局大会还有不到半小时的时间。他没再回六号楼，又耗了会儿，直接去了会场。

下午一点半，海城市公安局安保誓师大会暨上一阶段表彰大会准时召开。能容纳五百人的会议厅里座无虚席，郭局等局党委班子成员坐在第一排，黎勇和谭彦、章鹏等各单位领导坐在第二排。胡铮正在台上慷慨陈词。

他制服齐整，胸前的几枚奖章熠熠生辉，头上打了发蜡。他不时挥舞着双拳，做出坚定自信的表情。

"几个月前，我们城中路派出所还是市局的后进单位。发案高、破案少，人民群众满意率低。市局领导让我找原因，我能说什么呢？监控设备老化？警力人员不足？还是案件太多？这些都不是理由！我痛定思痛，认为只有一个原因，那就是态度的问题。态度不端正，进取心不强，是搞不好工作的关键原因。我们派出所开了班子会，我向全所的民警做出承诺，有'为'才有'位'，三个月之内不改变现状，我主动辞去现职，让有能力的人上。全所的民警也都憋着一股劲，誓要改变辖区的落后治安面貌，给群众一个交代。在三个月间，我们不等不靠，在市局领导的正确指挥和大力支持下，在各兄弟部门的全力帮助下，依托最先进的技术，广泛布设'鹰眼'，以最短的时间初步建立了立体化的治安防控体系。在上个月，我们派出所的破案率同比增长了三倍以上，全月共抓获犯罪嫌疑人五十九名，破获街头刑事案件三十四起，破获万元以上扒窃、拎包等案件九起，打掉街头犯罪团伙十一个，真正实现了变后进为先进，人民群众满意率也提升了百分之二十三点七。可以说，我们派出所的变化，是当今警务改革创新的一个缩影。向科技要警力，向科技要战斗力，是我们未来发展的方向……"他的发言铿锵作响。

"行啊，几个月前是徒弟发言，现在是师父了？哎，这又是你的主意吧？"黎勇问谭彦。

"不是，郭局的指示。"谭彦轻声说，"后进变先进，城中所最能代表。"

"真抓了那么多人？不是用其他单位的数儿凑上的？"黎勇问。

"哪敢啊，郭局盯着呢……再说了，他们派出所那屁股大点儿的地儿，布了多少探头啊，抓人能不容易吗？"谭彦笑，"这次老胡要是再不动点儿真格的，所长就别干了。"

"是啊……"黎勇点头，"哎，廖樊到底怎么回事儿啊？"

"我哪儿知道？"谭彦敷衍。

"听说郭局派你到特警队检查了？"黎勇问。

"别听他们瞎传啊，没有的事儿。"谭彦拉下脸来，"忘了？不该问的别问，不该说的别说。"他封闭了话题。

黎勇没再说话，知道廖樊这次悬了。据说他在近期一次行动中动作太大，犯了纪律，才被郭局"打入冷官"的。他叹了口气，抬起头，继续听胡铮讲演。

"明天就是城市博览会召开的日子，我们派出所肩负着保卫石油大厦和汇鑫宾馆等参会人员驻地的任务。我在此代表全所民警向市局领导和同志们保证，时刻铭记并遵循'对党忠诚、服务人民、执法公正、纪律严明'的总要求，坚决贯彻'一失万无'的底线思维，确保工作的'万无一失'，全力保证大会的顺利召开，让违法犯罪在'天网'下无所遁形！"胡铮说完，庄严地敬礼，台下响起了雷鸣般的掌声。

"最后几句肯定是你加的。"黎勇挤了一下谭彦。谭彦也笑了。

胡铮走到台下，坐到了黎勇身边的空位上。

"嘿，喷得不错啊。"黎勇说。

"哎，终于不是每次开会都挨呲儿了。但也被架在这儿了，以后更不好干了。"胡铮摇头。

"怎么着，扬眉吐气了还不好？"黎勇笑。

"好是好，但你想想，我们所儿的破案率已经百分之九十九点七了，人民群众满意度也百分之九十九点五了，以后还怎么提高？不能提高就得往下落，早晚还得成挨骂的靶子。"胡铮摇头。

"嘿，你想得还挺远。我告诉你，郭局可不糊涂，你想到的他也早想到了。"

黎勇说。

"这个我知道。我是考虑民警的心气儿，物极必反啊，进步太快了，反而会产生麻痹思想和厌战情绪，一旦松懈就会出更大的娄子。"胡铮说。

"你也不容易，当着所长还得抓政工，哎，局里还没给你配政委呢？"黎勇问。

"没有啊，上次听说是爱民路派出所的秦岭过来，结果中途又变了。哎，要不瞎猫你来得了，咱俩搭班子。"胡铮笑。

"您可饶了我吧，我可干不了思想政治工作。"黎勇摇头。

"高科技啊，确实改变了办案手段。以前抓人办案，靠的是蹲守、跟踪、走访等传统手段。现在呢，是靠'鹰眼'、监控、大数据。人的作用降低了。说实话，我是感觉快跟不上了。"胡铮说。

"放心，不会的。"黎勇摇头，"我觉得无论到什么时候，都万变不离其宗，技术再好也是给人服务的。还记得小时候的电影《神鞭》吗？里面有句话，怎么变也难不倒咱们，什么新玩意儿都能玩到家，一变还得是绝活。"

"干吧……我们所肯定贯彻落实得最彻底，郭局盯着呢，谁敢偷懒啊。"胡铮说。

"两位，别开小会了。"谭彦在一旁提醒。

黎勇抬起头，看着此刻台上挥舞双拳的郭局。他和胡铮一样，在激情澎湃地发言，誓要保大会的万无一失，为海城人民交上满意的答卷。

誓师大会结束后，海城市局的中层干部又集体转到了小会议室。按照郭局的要求，视频大队全体成员列席会议。

黎勇和章鹏坐在一起。章鹏轻声问："你那个大队还没挂牌啊？"

"编制有了，三十人。但人员还没开始遴选，暂时还是我们几个人撑着。"黎勇回答。

"这个时候千万要稳住，别出事儿，你小子前途无量啊。"章鹏笑。

"狗屁，我哪儿是当官的料啊。"黎勇摇头。

"瞎谦虚，你能不知道视侦的分量？我可听说了，郭局也在帮你选将呢。"章鹏说。

黎勇一愣，刚想往下问，会议就开始了。他没想到，一上来，郭局就让他发言，内容是如何更好地将视频侦查与传统公安手段进行结合。黎勇有些猝不及防，没做好准备，就支支吾吾地随意说了几句，应付了事。郭局显然不满意，又点了女娲。女娲一向是闷罐子，做多说少，又加之当着一帮市局的中层干部，就支支吾吾地说了一些工作方法，但乏善可陈，没什么亮点。最后郭局点了封小波。没想到封小波一开口却不同凡响，他虽然坐在后排，但发言的声音足以让全场人都清晰听到。

"我的建议有三：第一，完善上下联动的市局、分局和派出所三级'鹰眼'体系，同时引进文职和辅警，全天候地做好监控工作。从现在全市布设的'鹰眼'来看，仅凭原有的视频工作组显然远远不够，要继续充实力量，做好全面的视频巡查。第二，要进一步整合大数据资源，做强'大脑'，加强视频还原队伍的组建，提升对大数据的分析和研判能力。第三，就是要组建立体化的巡控网络，通过'视频巡控''视频追踪'，形成'视频接力'，为各警种破案提供依据。我认为，要加强视频侦查与传统侦查的结合，如果说以前的案件需要的是用脚、用眼进行人力跟踪，那现在，我们需要的就是用手去操作鼠标、用眼去搜集线索、用脑去研判数据，最后开展'落地工作'。在此，我还有三点想法：一是在所有110巡逻车上，布置'移动鹰眼'，组成全覆盖的地面视频巡控队伍；二是建立警用无人机队伍，进行空中视频巡控，组建'移动天网'，让海城真正实现'天网'和'地网'结合，出重拳打击违法犯罪；三是加强视频侦查的调研和会商工作，总结得失，固化成果，为下一步夯实基础。"封小波的发言条理清晰、逻辑缜密，且有可操作性。发言结束后郭局率先鼓掌。

"嘿，你们这疯魔行啊，出口成章啊。"章鹏坏笑。

黎勇没说话，笑着摇了摇头。他心里明白，这小子显然预谋已久，这哪儿是发言啊，简直就是打好了草稿的《出师表》啊。

郭局高度肯定了封小波的发言，也再次强调了视频侦查的重要性。之后他话锋一转，隆重介绍了会场上的一个新面孔——省厅的视侦专家陈晓文。

"晓文是省厅的视侦专家，是图像处理方面的博士，我今天请他来，第一是与大家见见面儿；第二也是透个风，晓文同志将到咱们局挂职。晓文，你讲两句。"郭局说完鼓掌。大家这才明白，刚才让封小波发言，不过是对陈晓文的铺垫。

陈晓文挂着三级警督警衔，很年轻，长得温文尔雅。他是某科技大学的博士，后被省厅特招入警，是研究人工智能图像处理的专家。与他相比，"鹰眼"小组的同志们最多算是自学成才。

陈晓文介绍了他在省厅的视侦工作方法，现阶段已经与多个高校和公司建立了合作研发机制，同时利用海量数据资源，将人工智能运用于图像处理。他放下会议室的幕布，用PPT演示刚刚研发的"单兵视频工作站"：工作站一两平方米的面积，里面并列放着六块屏幕，可以整合资源，移动视侦，构成了最小的作战单元。陈晓文的发言显然比封小波高出一大截，他说完，全场再次鼓掌。

"瞎猫，外来的和尚会念经，你可得小心啊。"章鹏笑。

黎勇没说话，琢磨着郭局的意图。他没猜错，陈晓文来海城挂职为的就是银湾别墅案。

"下一步，视侦、刑侦、经侦等单位要全力配合陈晓文同志，侦办银湾别墅盗窃案件。在确保城市博览会顺利召开的同时，全力破案。"郭局说。

"什么意思？那个案子不是移交给省厅了吗？"章鹏轻声问。

"估计是那帮爷弄不下去了，又得让咱们上手了。"黎勇撇嘴。

陈晓文站了起来，向郭局敬礼。"我保证完成任务。"

在后排，封小波轻蔑地摇头，重复着这句话。

郭局办公室里，黎勇沉默不语。郭局坐在大班台后看着他。

"怎么了，瞎猫同志，有什么想不通的？"

"郭局，您让那个专家搞银湾别墅的案子，是什么意思？"黎勇问。

"这个是省厅领导决定的，我刚才说过了。"郭局回答。

"这个案子是我们搞的，让省厅拿走就算了吧，现在又让我们配合他们，这个我想不通。我觉得是省厅领导……不相信我们的办案能力。"他说。

"胡说！"郭局不高兴了，"你办案为了什么？是为了个人的荣辱吗？我告诉你，咱们办案是为了打击犯罪，维护老百姓的合法权利。"

"所以啊，您得把案子交给我们自己办啊。打击海城的违法犯罪、维护老百姓的权利是海城视侦队的事儿啊。"黎勇加快了语速。

"这个不讨论，按命令执行。"郭局封闭了对话。

黎勇叹了口气，沉默了会儿，站了起来。

"怎么着？就这么走了？"郭局看着他。

"那能怎么办？听您的命令呗。"黎勇叹气。

"我再重申一遍，瞎猫，这个案子你不仅不能撂挑子，还必须积极主动地配合。这个案件事关重大，但由于各种原因，不适合由咱们局进行侦办，所以省厅领导经过慎重考虑，将案件提升管辖进行处理。陈晓文来咱们局挂职，也不是个人意愿，而是省厅领导的指派。再有啊，你不用担心自己的位置，人家不是冲你的职位来的。"郭局把话挑明。

"冲职位来的也没事，我无所谓。"黎勇转头就走。

"嘿，你小子什么态度啊。给我回来！"郭局喊。

黎勇停住脚步，转过头，用缓和的声音说："知道了。"

"知道就好。"郭局说，"全力配合，不讲条件！不要用你的业余挑战人家的专业！"

视频侦查车里，几个人都沉默着。离上勤点儿不远了，封小波憋不住发了牢骚。

"师父，我不服。什么专家啊？说得好听，他抓过人吗？有实战经验吗？纸上谈兵谁不会啊。"

"你刚才谈得也不错啊？"黎勇撇嘴，"人家是专家，不要用你的业余挑战人家的专业。"

"瞎猫，我也觉得这事儿别扭。银湾别墅的案子不是咱们不能破啊，是中途省厅把案子调走了，不让咱们破啊。现在那个陈晓文来了，什么意思？摘咱们的果儿，立自己的威，姥姥，没这么干的吧。"女娲也不满。

"夸父，听说还给你布活儿了？"黎勇问。

"是啊，省厅专家让我配合他熟悉'鹰眼'的布设情况。"夸父放下手机说。

"真不拿咱们当回事啊。跟他说，要调你工作，先得经过我。"黎勇一肚子不痛快。

"师父，嫌疑人小Ａ都追到城西新区了，是不是得再往下做做？我可听说，那边有几个典当行。"封小波试探地问。

"你个小子，是不是又私自调查去了？"黎勇皱眉。

封小波笑，没直接回答。

"好，我看这样。既然专家来了，主动帮咱们破案，那咱们该配合配合，得尊重人家。但是，咱们也别烧了别人的灶、冷了自己的窑。这样，女娲，下了勤你就把小Ａ的'动作识别'录入系统，用'智慧人像系统'监控；疯魔，你继续调查，需要手续的时候，找我解决。夸父，你在跟着省厅专家的时候，注意听他的侦查思路，然后向我汇报。记住，咱们是海城的'鹰眼'小组，不比别人差！"黎勇用力捶了一下车窗。

"好！"大家异口同声地回答。

"哎，夸父，你在配合大专家的时候，得随时进行远端视频回传啊。"封小波认真地说。

"啊？没让我带设备啊。"夸父不解。

"你傻啊！瞎猫让你当卧底，谍中谍，不懂啊？"封小波笑，"随时通报情况，这个案子咱们得破在他前头。"

27. 事故

千呼万唤的城市博览会终于召开了，隆重程度对于海城来说，不亚于一场北京奥运会。整个城市都洋溢着节日的气氛，井然有序，一尘不染，无论是繁华的大街还是偏僻的小巷，路人的脸上都洋溢着笑容，仿佛把春节都提前过了。当然，这要归功于市委市政府领导下的综合治理工作，而那些在街头洋溢着笑容的路人，也大都是被暂停工作上街应景的公务员。总之，博览会开幕了，确实像模像样。但黎勇站在中心广场的执勤点，却总感觉少了点儿什么。他后来总结得挺好，说海城的城市博览会啊，弄得太整洁太庄严，少了点儿"人味儿"，但具体什么是人味儿，他也解释不清。最后还是谭彦高明，说这个人味儿可能就是文化氛围。海城经济发展了，但文化氛围却没跟上。

博览会一共持续了一周，几个安保的重点区域都在两班倒地执勤。为确保"万无一失"，严禁"一失万无"，海城警方拉满了弓，党员干部全部上岗，除了吃饭睡觉，剩下的时间都放在了街面上。市领导除了接见各方宾客之外，不时地前来慰问，这无形中又给警方增添了额外的工作。慰问流程，讲话提纲，民警代表……谭彦忙得四脚朝天，就差跟领导摊牌"您就别在我们百忙之中不厌其烦地前来慰问了"。但黎勇却觉得纳闷，无论是慰问还是近期的新闻，那个牵头城市博览会工作的副市长张望，却没了消息。

省厅来的专家陈晓文当然不会上勤，按照郭局的指示，刑侦、经侦和视侦都抽调了专门的人员配合他工作。夸父成了陈博士的专车司机，开着视频侦查车满城转悠。陈博士说得专业，但做起事来却慢条斯理，根据夸父的"远端口语回传"，黎勇等人得知陈博士用了整整一周的时间去熟悉海城的"鹰眼"布设，提出了许多针对设置不合理的改进方法。黎勇觉得可笑，心想省厅派你来的目的是破案，不是让你检查工作提出整改方案的。但也难怪，陈博士在省厅的主要工作就是调研指导，你不让他指点江山，那他还不憋坏了。

封小波这些天神神秘秘的，下了勤也不休息，开着车就走。黎勇知道，这小子憋着一股劲，非要把那案子破在专家前边。黎勇也没阻拦，他知道疯魔的脾气，不达目的决不罢休。他了解这小子的性格，你抓紧了他就炸，你放松了他就飞，你得不松不紧地抓着，他才能发挥正常。而女娲，则根本没上勤，黎勇给他弄了张病假条，说心脏不好、血压高，让他在单位备勤。当然，女娲一刻没停，整天守在显示墙前，在争分夺秒地研判比对，追踪"小 A"。

一晃四天过去了，眼看博览会就要闭幕。电视上终于有了点娱乐节目，铺天盖地的展会报道和招商信息渐渐退去，整个城市即将恢复充满人味儿的嘈杂与喧嚣。这几天"鹰眼"组的几位都累坏了，封小波用最短时间摸清了西郊几个卖场和典当行的情况，划出了重点监控区域的"鹰眼"布设图；而女娲也同步启动了"智慧人像追踪"系统，将盗窃案嫌疑人和"暗影人"的"动作识别"录入锁定，一切工作就绪，张网以待。

晚上六点，封小波下了勤，他没再加班，而是给自己放了个"小假"，见缝插针地和裘安安约会。两人已经过了相互试探的感情"双盲期"，虽还没到谈婚论嫁的地步，但起码已经如胶似漆了。两人吃饭的地方也有了变化，从最初相互卖弄但吃不饱的西餐厅，变成了饭菜可口的苍蝇馆。此时两人在星光商业广场餐饮区的一个大排档里，各自低头吃着一碗酸辣粉，偶尔相视一笑，抹一把汗，又低头耕耘。不一会儿，两个碗都见了底。

封小波满足地靠在椅背上，冲裘安安傻笑。

"缪斯，你知道瞎猫怎么说这个城市吗？"

裘安安用餐巾纸抹嘴，眼睛忽闪忽闪地望着他。

"他老人家说啊，在海城的百姓眼里，看到的是交通图、路况图，还有美食地图，但我们看到的呢，是全市五千五百九十七平方公里，一百七十个网格里的五十个责任区的'鹰眼'小组，是十六万个'鹰眼'组成的'智慧追踪'系统，是让违法犯罪无所遁形的'天网'。"封小波模仿着黎勇的语气。

"说得挺好啊。"裘安安说。

"但我和你在一起的时候，却总想当个普通人，忘了'鹰眼'和'天网'，让脑袋里都是交通图和美食地图。"封小波深情地看着裘安安。

"我才不信呢。"裘安安摆摆手，"你和你那个代号一样，就是一疯魔。只要一搞案子就把什么都忘了。"

"哎……你怎么不懂浪漫啊……"封小波叹气，"但你确实了解我，现在我就算闭上眼，也对周边的'鹰眼'了如指掌。"他很自信。

"我不信。你有那么神吗？"裘安安说。

"嘿，那你看着啊。"封小波说着就闭上了眼，"在你身后二十米左右的西南侧，有一个探头，方向朝北，不可移动。"他说。

裘安安转头看去，果真如此。

"在我背后的三十米开外，有一个探头，与我背后西北角的另一个探头呈交叉布设。还有东南方向那个……"封小波竟然说得全对。

"天……我觉得你都可以接替瞎猫了。"裘安安惊讶。

"哎哎哎，我怎么听着这么别扭啊。缪斯，你是不是一直对瞎猫有好感啊？"封小波皱眉。

"是啊，他多帅啊，穿个风衣，戴个墨镜。"裘安安气他。

"里面还蒙个纱布……哼……"封小波撇嘴，"要说真帅那还得是女娲，那一头白发，多精神啊！"

"要是他能年轻十岁，我肯定喜欢。"裘安安补上一句。

"谁啊？瞎猫还是女娲啊？"封小波一愣。

"女娲啊。"裘安安说。

"嘿……"封小波装作抹汗，"相比六〇后，我还是很自信的。"他笑了。

"行了，时间不早了，你快回单位备勤吧。别总溜号，跟个小孩似的。"裘安安说。

"哎……干警察什么都好，就是没时间陪老婆。"封小波装痛苦相。

"谁是你老婆啊，美得你。"裘安安脸红了。

"哎，等我办完了这个案子，咱俩出去旅游吧？"封小波说。

"啊？"裘安安一愣，"去哪里？"

"哪儿都行，就咱们俩。"封小波说。

"哦……那得看看有没有时间了。"裘安安叹气。

"怎么了？"封小波问。

"最近公司特别忙，请假很困难。"裘安安说。

"对了，问你个事儿呗。"封小波说，"听说你们公司在和两个网络巨头做大数据融合，有这事儿吧？"

"有啊，技术部主抓的项目，如果做好了，蓝晶石将再上一个台阶。"裘安安说。

"数据融合包括什么？"封小波问。

"简单说，就是跨行业的信息数据资源共享，让企业在大数据融合中找到转型升级的路径……"裴安安解释着。

"哎哎哎，有点儿复杂。几年前我听过一个网商的演讲，说就他们掌握的大数据，都可以判断出中国各个省女孩的罩杯，最小的是浙江省，最大的是新疆。"封小波笑。

"你就整天盯着女孩罩杯呢吧？"裴安安皱眉。

"哎，说正经的，如果融合以后，这些数据你们那里是不是也有？"封小波问。

"那当然，不然融合干什么？"裴安安反问。

"嗯……"封小波点头，"现在我们在破案时，只要发现有嫌疑人的指纹，就会录入到公安部违法人员指纹库中比对。但库中的数据却十分有限。我在想，你们融合后的大数据里，会不会也有相关指纹的数据。"他说。

"你是说？网络巨头公司的指纹库？"

"对，我说的就是这个。"封小波点头，"你想啊，现在网购、转账、下载软件，包括手机的指纹识别，都在用指纹啊。我想，网络巨头手中，肯定有海量的指纹数据。"

"对，你判断得没错。不仅有海量的指纹数据，而且还有海量的人像数据。"裴安安说。

"安安，我想请你帮个忙。"封小波把身体前倾，"在我侦办的案子中，有一个嫌疑人的指纹，但在我们的指纹库里却没有记录。我想，你能不能帮我在你们公司的大数据里'滚'一遍，摸一下情况。"

裴安安这才明白封小波约会的目的，她坐直身体，靠在椅背上。"不行，不能越界。"她摇头。

"我不会作为证据使用的。如果有了结果，你把信息告诉我就行，我会用正规的法律手续进行调取。"封小波忙说。

"那也不行，这些数据资料关乎公民的合法利益和隐私权利，不能非法调取，包括公安机关。"裴安安说。

"哎，你怎么不知道变通啊……我不是非法调取，是为了打击犯罪。"封小波有点儿着急了。

"这是我的原则和底线，也许换作别人可以变通，但我不行。"裴安安冷下脸来。

"好，那就当我没说。"封小波不耐烦地摆摆手。

　　"疯魔，我想劝劝你，干工作要按部就班，不要把个人的荣辱看得太重。"裘安安说。

　　"行了，你都说不行了，就别再教育我了。"封小波叹气。

　　"你怎么了？生气了？"裘安安也不高兴了。

　　"没有，我只是想起瞎猫的一句话，当警察不是所谓的理想和冲动，而是一种责任感，在经历过掌声和荣誉以及破案的兴奋之后，能让你继续负重前行做下去的只有责任感。我办案，绝不是为了个人的荣辱。"封小波说。

　　"哎，你怎么像个孩子一样。"裘安安摇头，"建立在规则上的自由才是真的自由，建立在规则上的责任感，才脚踏实地。疯魔，我正在犹豫，是不是要离开蓝晶石。"

　　"离开？为什么？"封小波一愣，"你的事业才刚起步，前景正好呢。哎，你不是还想把我挖过去吗？"

　　"那是过去。但现在……"裘安安欲言又止，"我到市场部两个月了，根本没有工作可做，空拿一份薪水。我跟华总提过了，想回技术部，但他不同意，说春节后可能还要组建新公司，要派我去负责。"

　　"新公司？在哪里？"封小波问。

　　"在襄城。"裘安安回答。

　　"你……要走吗？"封小波皱眉。

　　"我不想走，但更不想像现在这样被架空。所以才犹豫是不是离开蓝晶石。"裘安安说。

　　"但新公司可能发展更好，你会更有话语权的。"封小波说。

　　"我不想浪费生命，想做些自己喜欢的事情。"裘安安说，"疯魔，你让我走吗？"她看着封小波。

　　"我……当然不希望你走……但是……"封小波犹豫着，"最终还要你自己决定。"

　　"那我就留下，离开蓝晶石，重新开始。"裘安安拉住了封小波的手。

　　封小波笑了："别怕，大不了我养你。"

　　裘安安也笑了，眼中露出了温暖。她什么也没说，默默地靠近封小波。封小波搂住裘安安，轻轻地吻住了她的嘴唇。但正在这时，封小波的手机却不凑巧地响了起来。他一看是女娲的来电，不敢怠慢，接通了电话。

　　"喂，什么！太好了！明白明白，我马上回来！"封小波唰地一下站了起来。

　　"怎么了？"裘安安问。

"'动作识别'报警了，小 A 出现了！"封小波激动着。

与此同时，黎勇也接到了女娲的电话。在五分钟前，城西新区的 D、F、L、V 区的九个"鹰眼"依次报警，盗窃银湾别墅的嫌疑人小 A 终于露面了。通过视频数据回放可以看到，小 A 褪去了女装，穿一件黑色男士棉服，戴着毛线帽，由于他距离几个"鹰眼"较远，并未锁定他的人脸。

"这么说他确实是男的？"黎勇朝着刑警的执勤点快步走着。

"没错，之前的女装是他的伪装。"女娲说。

"有同伙在一起吗？"黎勇问。

"没有，就他一个人。"女娲在电话里说，"通知当地派出所抓吗？"女娲很着急。

"还不行，案子已经移交省厅了，咱们动手必须向郭局请示。"黎勇说。

他走到章鹏身边。"哎，把你的车借我用用。快点。"

章鹏一愣："怎么着，又要脱岗啊？"

"别废话，紧急情况，得马上回去。"黎勇加快语速。

章鹏笑笑，吩咐人拿来钥匙。"开'花车'（警车，行内的叫法）吧，注意安全。"

黎勇接过钥匙，快步跑着。"女娲，启动周边所有'鹰眼'，一刻不停地盯住。我马上回来，请示郭局。"黎勇脖子夹着电话。

"好。"女娲回答。

黎勇跑到警车旁，眯着眼捅了半天才打开车门。他边启动车，边给郭局打电话，但电话始终没有接通。他知道，抓捕的机会稍纵即逝，一旦错过机会成功就会失之交臂。但此案关系重大，又不能贸然行动。一时间急切、焦虑、躁动甚至恐慌都接踵而来。黎勇摘下墨镜，眯着眼探着头，将每个正常行驶的车辆都当成醉驾，将每个缓步前行的路人都当成碰瓷，强压着自己蹦跳的心脏，将车开上了路。

小 A、"暗影人"、银湾盗窃案、银行抢劫案、十年前的悬案……各种信息扑面而来，让他心烦意乱。他保持着八十公里的时速，叮嘱着自己一定要稳。他知道，此时不能出错，任何细枝末节的失误都会影响大局。作为警察，自己此时生命的价值就是抓住小 A，破案！眼看着离市局越来越近，还有两个路口，这时，他的手机响了起来。他拿起电话，是郭局的回电。黎勇接通电话，刚要应答，但就在这一瞬间，眼前的方向突然被刺眼的灯光覆盖，一辆大货车迎面冲来。他浑身一颤，赶忙打轮，险些就与对方相撞，但与此同时，又一辆轿车疾行而来。黎勇躲闪不及，下意识地反向打轮，只听"砰"的一声，警车撞在了隔离带上，横空翻了一个个儿。黎勇眼前一黑，什么也看不见了。

"瞎猫，你怎么了？瞎猫……"屏幕破碎的手机里，传出了郭局的声音。

深渊一样的黑色，仿佛在水底向上仰望，失重的漂浮感，没有一丝力量。疲惫、慵懒、麻木，都被一种沮丧缠绕着，像陷入泥沼的无力挣扎，像跌入困境的自怨自艾。黎勇像做了一个漫长的大梦。在梦里，周围没有颜色，漆黑一片，但却发出不同的声音。郭局、疯魔、女娲、夸父、章鹏、林楠、老金，还有海伦。他们都在不停地说着什么，但仔细听，却又被各自的声音覆盖淹没。黎勇努力地挣扎着，却似乎被捆住了手脚，他想大喊，喉咙却发不出声音，直到被层层的嘈杂声音淹没，什么也听不见了。

等他醒来的时候，已经是第二天的早晨。他的双眼被蒙着，陷在黑暗里。车祸不是很严重，但由于他在车辆翻滚时撞到了头部，造成了轻微的脑震荡，所以导致昏迷不醒。黎勇系安全带的习惯救了他一命。女娲扶着他坐起，他感到右肘和腹部火烧般地疼痛。

女娲找了个垫子，放在了他的身后。他才觉得舒服些。

"右侧两根肋骨骨折，其他零件没事儿。但你眼睛可问题大了，做好的右眼晶体脱落，左眼也出现了血瞳的症状。医生说，得马上进行手术。"女娲说。

"哎……"黎勇感叹，"对方没事儿吧，被我撞的那辆车？"

"人家没事儿，是你自己撞到隔离带上了。哎，你也真是，眼睛都这样了，干吗自己开车啊？"

"嗐，我不是着急吗？"黎勇叹气，"哎，小A呢？跟上了吗？"

"没有，听你出事儿了，大家就都忙活你了。小A很鬼，在出了V区17号'鹰眼'之后就没有'动作识别'了。我估计他是躲着监控走的。"

"为什么只能在那个区域识别他呢？别的地方没有报警？"黎勇问。

"有两种可能，要不就是乘车，要不就是骑行。'动作识别'不奏效。"女娲回答。

"他的人像搜集到了吗？"黎勇问。

"没有。"女娲摇头。

"哎，你赶紧让刑警查一下沿途的公交车，把小A逃跑的路线勾画出来。同时再仔细搜集数据，看看能不能发现他的去向。"黎勇蒙着眼睛指挥。

"明白，这些活儿都在做。都是老'家雀'了，你就别操心了，先把眼睛弄好吧。哎……"女娲拍了拍他的肩膀，"贪心不足，好胜心太过，祸之端也啊。"

"屋漏偏逢连夜雨，船迟又遇打头风。"黎勇一声长叹。

这时，周主任走进了房间，说明了手术的迫切性，准备两天后就进行手术。黎勇有些顾虑，周主任让他放心，手术难度不大，成功率很高。周主任走了，郭局又带人来了，黎勇看不见，只听见闹闹哄哄的一大堆声音。章鹏、那海涛、谭彦等人嘘寒问暖，纸箱和塑料袋的摩擦声此起彼伏，能听得出，来人有十多个，慰问品也不少。郭局让他好好休养，一切以身体为重。黎勇再三保证，一定会尽快康复，尽早回到工作一线。黎勇也是"老家雀"了，知道郭局来医院慰问，身边肯定少不了警务媒体的闪光灯和录音笔。再说，谭彦这孙子都来了，能不添油加醋吗？所以他表态的话说了不少，弄得自己像个轻伤不下火线的英雄模范。

等郭局和各位领导呼啦啦地撤了，黎勇把封小波叫到床旁，再三叮嘱："记住，这段时间，什么也不要做。"

"师父，为什么？"封小波不解。

"别问为什么，就答应我，什么也不要做！"黎勇重复着。

"哦……"封小波没正面回答。

黎勇闭着眼都能想象到他的样子。"贪心不足，好胜心太过，祸之端也。"黎勇重复着女娲的话，"答应我，一切等我出院之后。"他想拍封小波一把，却在黑暗中没拍对方向，险些摔到床下。

"记住了！师父！什么也不做！"封小波大声承诺。

28. 猫与老鼠

城市博览会结束的当日，黎勇的手术也顺利完成了。周主任医术精湛，不仅修复了黎勇右眼的晶体，还将他的左眼做好。整个手术时间长达两个小时，女娲就在手术室前等着。他坐在长凳上，望着门上电子屏"手术中"三个大字。警察间的感情浓烈炽热，他们共同流血流汗，甚至经历死亡的威胁，战友间的情谊有时甚至超过家人。在撤勤之后，封小波和夸父也赶到了医院，章鹏、那海涛、谭彦、胡铮等一大帮人来不及换制服，也呼啦啦地过来了。手术室门前人满为患，水泄不通。

手术结束后，黎勇被推到了单间病房，享受了一把副局级的待遇。这自然是郭局亲自安排的结果。市局将黎勇的车祸定了调：在执勤期间不忘业务工作，因公驾车造成了意外。不仅医疗费用全免，而且慰问金和补偿款也相当可观。加之谭彦对黎勇事迹的大书特书，黎勇因祸得福，稀里糊涂地得了一个"即时嘉奖"。就像章鹏说的一样，只要现在黎勇能稳住，别再出事儿，未来肯定前途无量。

省厅的陈博士的工作停滞不前，刑侦、经侦的几个人和夸父都各自找了理由撤了回来。纸上谈兵确实眼高手低，再先进的技术也要靠人来实施，警察破案没什么捷径，靠的是坚持不懈的努力和一往无前的冲劲。而这两点，都是需要实战经验来把控的。郭局当然也看清了情况，但碍于陈博士受省厅领导指派，也不能贸然让他"下课"，于是就象征性地给他配了几个闲人，让他继续按自己的思路走。只等黎勇出院那一天，再重启案件。

时间一晃而过，又过了一周。马上就快到春节了，病房的窗外传来了阵阵鞭炮声。黎勇蒙着双眼，从早晨开始，已经听完了两集电视剧。按照每集四十五分钟估算，外加广告，应该已经到了上午十点。电视剧很烂，男主人公自称"孤岛飞鹰"，每次杀人前先絮絮叨叨扯半天淡，才恋恋不舍地下手。黎勇实在听不下去了，心想如果自己是剧中人，肯定第一个冲上去将那个"孤岛飞鹰"大嘴巴抽死。他感觉有了尿意，却不想再麻烦护士，他摸索着下地，用脚试探着来到马桶旁边，然后掀起马桶盖，摆正了方向，却不料在最后的发射阶段偏了航，弄得满地都是。黎勇无奈叫来护士，让她带着墩布。

他百无聊赖地回到床上，电视剧已经播完，此时在播着一个新闻节目。一个温和的男声解说着："猫捉老鼠是亘古不变的定律，猫是老鼠的天敌。但现在的一些家猫，不但不会抓老鼠，反而对老鼠表现出友好和亲密，记者在海城城东区的张阿姨家就见到了这种情况。张阿姨退休多年，家住城东区三香路的一间平房，五年前养了一只公猫'大黄'，本意是为家里捕鼠除害。最初两年大黄还很卖力，捉了不少老鼠，但越往后它就越显懒惰，从去年开始，大黄不但罢工不捉老鼠了，还和院里的老鼠做起了朋友，整天在一起玩耍，这让张阿姨十分困扰。她觉得养猫反而添了累赘，如果家猫染上老鼠的细菌和疾病，就更得不偿失了。记者分析，随着居民生活品质的提高，家中的宠物大都养尊处优，在安逸的生活下，猫咪们远离了曾经的苦日子，也不用再为了温饱去捕鼠充饥。除此之外，一些家猫生下来就住在城市，甚至连老鼠的样子都没见过，见到老鼠不但不会捕捉，反而落荒而逃。而城市中的老鼠也在进化，记者从外国的新闻上得知，甚至有一些外国的老鼠为防止被猫捕捉，会主动送一些食物给猫咪。想来担忧，万一老鼠越来越多，但富有正义感的猫却越来越少，那可怎么得了……"

"扯淡……"黎勇听得不耐烦，摸到遥控器换了台。他拨了半天，觉得实在没什么可听的，就停在了新闻频道上。确实如那句话所说，现在打开电视，除了准点儿报时还靠谱，其他都是假的。广告、娱乐消息、电视剧，包括那个猫和耗子做朋友的新闻，里面的水分都能盛满一脸盆。黎勇用右脚探地，支撑住身体，然后摸出香烟，把窗户打开一道缝。他给自己点燃，要说也怪了，现在蒙着眼睛，点烟反倒利落了。新闻频道在播着一条新闻，黎勇一听，就愣了。

"根据省纪委监察委的最新消息，海城市副市长张望涉嫌严重违纪违法，目前正在接受纪律审查和监察调查。张望，男，汉族，1968年2月出生，海城人，1990年5月参加工作，大学学历。被调查前任海城市政府副市长，负责商务、工商行政管理、食品药品监督管理、金融、侨务、信访和服务业扩大开放综合试点方面工作，同时负责海城城市博览会的筹办工作，任副总指挥……"

黎勇认真地听完张望落马的消息。他摸到手机，凭着记忆拨通了谭彦的号码，响了几声，传来的却是一个女人的声音。他问过之后才知道拨错了，就又试了一遍，响了几声传来了谭彦的声音。

　　"张望的事你知道了吗？"黎勇问。

　　"知道了。"谭彦捏着嗓子说。

　　"因为什么？怎么回事啊？"黎勇问。

　　"正开会呢，传达中……"谭彦说。

　　"哦，那方便时再说吧。"黎勇挂断了电话。他想了想，又拨给了林楠。

　　林楠那边很吵，一听就是在街上。

　　"哎，瞎猫，手术做完了吧？终于把人眼换成'鹰眼'了？"林楠笑着说。

　　"你大爷的，就别盼我好吧。"黎勇咒骂，"你忙什么呢，整天神神秘秘的，好多天都没见着了。"

　　"嘿，专案，你懂的。"林楠轻描淡写。

　　"哎，那个副市长张望的事听说了吗？"

　　"能没听说吗？"林楠反问。

　　"什么情况，因为什么事儿？"黎勇问。

　　"还在保密阶段，过几天省纪委监察委就会在新闻上公布了。"林楠说。

　　"我就知道你在忙这个事儿。"黎勇说。

　　"哎哎哎，你可别瞎说啊。我可什么都没说，这事儿涉密。"林楠提醒。

　　"涉你大爷的密，我也不是为了自己的事儿。他是主抓城市博览会，海城的'天网'也是他在支持。他折了，肯定对视侦的建设有影响。"黎勇找了个理由。

　　"我不是说你，你天生就是劳累的命，操着国务院的心，挣着站大岗的钱。他折他的，关你什么事？你腐败了吗？收钱了吗？没有最好，要是腐败了我也得办你。"林楠被他套出了话，"嘿，我怎么觉得不对啊，你小子套我话吧？"林楠问。

　　"那可不敢，你林队是谁啊，有名的嘴严，打死也不说。"黎勇笑。

　　"行了行了，话不多说了，我这还有事儿。你也别难为我了，这件案子少打听。现在牵扯到的人海了去了，这些天得有一场大乱。"林楠叹气。

　　"明白了。"黎勇挂断了电话。他沉默着，只听到窗外呼呼的风声。

　　张望被调查的事情引起了轰动，黎勇让小护士帮着从网上搜索消息，发现真假新闻已经攒了一箩筐。有消息说，纪委监察委在张望家中搜出了几十亿的现金，装了好几卡车才拉走。这个黎勇不信，估计发消息的人是《人民的名义》看多了。还有消息说，张望在被调查之后，海城商界引起了震动，多名商人连夜跑路，省厅的"猎狐行动"小组正忙着境外追逃。这个黎勇相信，腐败分子落马总会牵出商人，张望本就负责商务，如果真是贪官，那自然少不了权钱交易。他拽着小护士读了半个多小时的新闻，人家终于绷不住了，借口给隔壁病人"换液"才金蝉脱壳。小护士读的最后一条消息是，张望被调查的导火线疑为海城正茂科技公司对其行贿。这点坐实了黎勇的推测。

海城正茂科技成立于2003年，注册资金五亿元，主营科技类产品的生产和研发，主打车载监控设备。法定代表人邹光华，公司财务总监江平。而这个江平，就是小A盗窃的那张银行卡的卡主。虽然郭局一再严令，不让黎勇调查房主和保姆的情况，但黎勇不会打无准备之仗。他表面上服从命令，却在暗中调取了房主的信息。房主是一个叫高珂的人。高珂远在襄城，在购房后没再来过海城。黎勇断定，他只是挂名的傀儡，实际房主另有他人。别墅门前搭建着风雨廊，目的是遮挡往来车辆的牌照，在视频搜索中，黎勇发现了一辆频繁进入小区的政府公务车曾停在附近。他追查车号，发现登记在市政府办公厅名下。因为小A在ATM机上取款，黎勇查出了被窃卡主是江平的情况，又发现那张卡的蹊跷之处。黎勇判断，那张写着密码的十万元银行卡，很有可能用于行贿。而江平则很有可能与高珂一样，只是挂名的傀儡。他们的背后才隐藏着真正的利益交换者。江平是正茂科技公司的财务总监，他背后的老板是邹光华，那高珂背后的人物呢？这个谜底终于在今天揭晓了，那就是张望。

黎勇觉得从自己被封上双眼之后，其他的感官都变得异常灵敏。比如在深夜，他可以听到隔壁病友的喘息声，可以闻到窗外风的味道，可以在黑暗中用摸索探寻的方式去躲避障碍物，可以精准地判断时间，同时对案件的分析也似乎上了一个台阶。黎勇感到头脑中许多悬而未决的碎片，都在自动地拼接、重组，然后形成了一张令人震惊的海城"天网地图"，这张地图足以让海城翻天覆地，影响之大、之恶劣，远超过那个银行抢劫案，所以林楠才会说"过些天得有一场大乱"了。黎勇终于明白，郭局为什么对一个盗窃案如此重视；为什么一直含含糊糊不让接触失主和相关人员；为什么那张被窃的银行卡写着密码；为什么副市长张望在城市博览会召开时销声匿迹；也明白了郭局办公室那两个神秘人来访的目的；明白省厅为什么会把盗窃案中途调走，而指派专家来主导侦查……这个盗窃案涉及太多的高层，显然不适合由海城警方主导。但黎勇依然没想通，为什么银行抢劫案的嫌疑人会和这个贪腐案存在联系。他有点儿累了，就摸出烟，缓缓地点燃吸吮。他知道，这个案件背后的许多细节最终是不会公开的，警察办案就事论事，神仙打架最好远离。但一名刑警的好奇心却依然驱使着他，像隐藏在烟蒂中的暗火，看似熄灭却总会复燃。

他长长叹了口气，关上电视，在病床上换了个舒服的姿势，但总是觉得哪里不对。他摸出了手机，拨打着封小波的号码，但响了半天也没有接通。黎勇坐直身体，又给女娲拨了过去。

　　"喂，干吗呢？"他问。

　　"哦，瞎猫啊，我……待着呢。"女娲回答。

　　"哎哟，没给你们布活儿啊？难得清闲。"黎勇说。

　　"嘿……你没在，我们……呵呵……"女娲的语气不太正常。

　　"怎么了？说话不方便？开会呢？"黎勇问。

　　"没有，一会儿开，一会儿开。"女娲应付着。

　　"哦……哎，疯魔那孙子呢，怎么不接电话啊？"黎勇问。

　　"他？哦……就在旁边呢，你等等啊。"女娲说，"哎，接电话，瞎猫，快点。"女娲在电话那边催促着。

　　"师父，我刚才没带手机。"电话那头传来了封小波的声音。

　　"忙什么呢？也不过来看看我。"黎勇说。

　　"哎哟，挑理了是吧，我晚上就去。"封小波说。

　　"甭价，上赶着不是买卖。你小子啊，有空还是好好谈恋爱吧。"黎勇笑，"我现在恢复得不错，大夫说一周之内就能拆线。哎，你最近没搞案子吧？"

　　"没有，按你的命令，刀枪入库，马放南山，全部歇菜。"封小波说。

　　"哦，那就好。记住啊，什么也不要做，一切等我回来。"他叮嘱道。

　　"放心！给我们活儿都不干，没你的指令，郭局说话也不好使。"封小波说。

　　"对，就得这气势。"黎勇笑了。这才是他打电话的真正目的。

　　最后，黎勇让封小波叫来了夸父。夸父一副没睡醒的样子，显然是这几天松散过度了。黎勇问他何时同那个"水晶女孩"见面，夸父说约在了后天。黎勇让他学学封小波追裘安安的气势，别一见女孩就往"缅甸"（腼腆）跑。夸父支支吾吾地应付了几句，就想闪人，黎勇最后提出要求，等眼睛好了之后请大家涮肉，但条件是夸父必须带"水晶女孩"参加。挂断电话，黎勇才算放了心。他拽过被子，准备在午饭之前舒舒服服地小眯一会儿。但他没想到，此刻在市局六号楼的视频工作站里，刚才接电话的三个人正在忙碌地工作着。

29. 飞鸟

　　封小波踩着椅子站在工作台后，看着显示墙上的海城地图。女娲操作着系统，把城西新区的 D、F、L、V 区域标成了红色。

　　"城西新区原来是海城的城乡接合部，近年来为了疏导城市人口，在那里开发了城西新区，建设得比老城区还要好。但在老城区与新区的衔接处，还有一段长十公里左右的范围荒着，所以没有布设'鹰眼'。小 A 就消失在这个地方。"女娲说。

　　封小波点了点头，那表情和黎勇一模一样。"夸父，说一下你调查的情况。"

　　"我这几天一直在小 A 出现的三公里范围内搜索，基本摸清了情况。那里有两个贸易市场，里面有数千个摊位，调查起来非常困难，只能按部就班地推进；典当行的情况就相对清晰了，一共有七个典当行，每个典当行里都安装有监控。但这些监控却并未与我们的视频数据系统联网，要想调取，要出具介绍信。"夸父说。

　　"介绍信……我下午到刑侦去借几封。咱们先从规模最小、最不正规的典当行调查。"封小波说。

　　"疯魔，咱们这么做行吗？郭局和瞎猫都强调了，什么也别做。"夸父担忧。

　　"你……哎……夸父，你真的想当一辈子走地鸡啊？"封小波恨铁不成钢，"我问你，咱们当警察的，到底是听人命令重要，还是办案重要？"

　　"是……"夸父嘴笨，一时间没想好答案。

"疯魔，我也觉得有点儿草率。现在条件不是很好。"女娲说。

"哼……"封小波笑了，"女娲，我想起瞎猫说的一句话，如果等待万事俱备，那胜利一定不会属于你。"

他拿瞎猫的话堵女娲的嘴，女娲不吭声了。

"那调查组呢？抓捕队呢？之前办案的时候还有干部班的人协助啊，就凭咱们三个，行吗？"夸父担忧。

"我已经和胡铮说了，把大壮和耽美借来用几天，配合你调查。抓捕的事嘛，等发现了目标我再上报。到时木已成舟，郭局也没法拒绝，有什么责任我承担。咱们已经错过一次抓获小A的机会了，绝不能再错过第二次了！"封小波语气坚定。

"要是跟老头和快腿说说，让他们也帮帮忙呢？"女娲说。

"我说赵大叔，咱们能不能就靠自己，别求别人，上次那帮老干部上阵也没起什么作用啊。"封小波有些不耐烦，"夸父，借你手机用用。"他说着伸出手。

夸父不知他什么意思，把手机递了过去。封小波滑动手机，操作了一会儿，才把手机还给他。"几个游戏都删了啊。"封小波说。

"你……干吗啊！"夸父急了，他滑动手机看着，不光是游戏，连聊天软件封小波都给删了。

"瞎猫不是让你跟我学吗？那好，我就要告诉你，追女孩最大的秘诀就是自信。你自信了，才有吸引力。夸父，等你抓了人破了案之后，见面的时候就告诉她，你不是走地鸡是飞鸟！你不是配角是主角！"封小波霸气地说。

夸父无言以对，但眼睛里却闪出了光芒。

"好，现在咱们表决吧，少数服从多数，我决定干。"封小波举起了手。

"我……中立。"女娲没赞成也没反对。

"夸父，看你了。"封小波看着他。

"我……"夸父犹豫着，"我……也同意。"他举起了手。

要说搞案子，封小波确实有天赋。天赋是无法后期培养的，是老天赏饭，让人先天对某种事物的灵感和好奇。封小波的天赋不是在办公室里钻研，而是在广阔天地中探寻和发现。一提办案他就兴奋，一有线索他就充满灵感，这点和黎勇一模一样。所以纵观警界，真正能破大案、出大成绩的，往往都是以办案为乐的人。他们既有揭开真相的天赋，又有铁杵磨成针的坚韧，二者合一，就成了警界的利刃和尖兵。封小波极其珍惜现在来之不易的机会和舞台，所以珍惜每一天，凡事尽力，生怕错过每一个与案件相关的机会。

他找了若干理由，从刑侦、经侦、治安等部门一共借来了十多张介绍信，他可不会傻到在一只羊身上薅毛。他和夸父以最快的速度对典当行开展调查，从规模最小、最不正规的典当行查起是有道理的，封小波已经熟练地掌握了黎勇所说的换位思考法，如果自己是准备销赃的小 A，是不会贸然去那些生意兴隆的正规店铺的。果不其然，他们刚刚查到第三家，就有了线索。

在"家和"典当行的视频回放中，封小波看到了那个熟悉的身影。黑色棉服，黑色毛线帽，身材瘦小，身高一米七以下。

"他一共来过几次？"封小波问。

老板是个中年的胖子，满脸油腻，头发稀疏，说起话来慢条斯理："就是上周六啊，哦，就是博览会闭幕的日子。"

"几点？"封小波问。

"哦……下午五点四十来的，六点多一点就走了。"老板看了看监控的时间。

"六点……"封小波想着，与那天"动作识别"的报警时间相符。

"来了几个人？你说一下具体情况。"

"就来一个人，神神秘秘的。带了一大包东西，想从我这里典当。但是东西呢……你们是警察，我就直说啊，他那些东西太杂了，也没发票，一看就来路不正，我怕惹事就没有收。"老板说。

"都是什么东西？"封小波问。

"一大包，我记得有玉坠、玉镯、项链等好多首饰，还有好几块手表，牌子嘛，江诗丹顿、积家、劳力士都有。"老板说。

"他想要多少钱？"

"呵呵……这么多东西，他只要五十万。你说能没有问题吗？"老板笑了。

"还能联系到他吗？"封小波问。

"不能了，我当时没要他的货，他就走了。"老板说。

封小波点点头，撕下一角笔录纸，写上自己的电话："这是我的号码，再见到这个人，稳住他，告诉我。"

"嗯……"老板点着头。

"要是隐瞒，你知道后果。"封小波正色。

"呵呵……警官，我明白。"老板笑着点头。

"就当我们没来过，调查的事情要守口如瓶。"封小波提醒。

他和夸父仅用了一天，就查遍了所有的典当行，与他们判断的一样，小 A 去的都是规模小且不太正规的店铺。小 A 穿着同样的衣服，穿梭在几个典当行之间，但典当的物品却不尽相同，有的是首饰和名表，有的则是用手机拍照的古玩和字画。封小波判断小 A 是在询价，并未想真的出手。而他途经几个店铺的位置，也和女娲在系统地图中发现的 D、F、L、V 区几个"鹰眼"顺序相符。在封小波和夸父调查走访的同时，大壮和耽美戴着"人像识别眼镜"在街头的重点区域游走着，三条可能乘坐的交通线路、从城西十公里衔接处到新区 L、V 区域的交叉路口，两人不厌其烦地仔细搜索。冬日寒冷，但两人却干劲十足，他们十分珍惜这次千载难逢的露脸机会，也想像封小波一样，有朝一日成为市局视侦大队的光荣一员。一晃一天就过去了，晚上四个年轻人聚在一起，随便找了个脏乱差的苍蝇馆，一起撸串。开始没多会儿，裘安安也到了。

小饭馆儿只有四张桌子，里面闹哄哄的。

封小波一手拿着肉串，一手举起茶杯："哥几个，走一个！"

大家纷纷举杯。此时封小波已成了灵魂人物。

"今天怎么这么高兴啊？"裘安安喝了口茶问。

"当然是遇到好事了。夸父，你说。"封小波喜形于色。

"我们在调查最后一个典当行的时候，在视频中发现了一个细节。嫌疑人在出门之前，曾摘下了口罩，往地上吐了一口。"夸父说。

"什么？痰啊？……"裘安安皱眉。

"我们当时也认为是痰，过去一看地早就擦了，就觉得没戏了。但疯魔不甘心啊，就让老板回忆。老板想了半天才记起，嫌疑人吐的是一块口胶。"夸父说。

封小波笑了，接过话题："幸亏那个老板不爱干净，几天都不倒垃圾。于是我们从店铺的垃圾桶里找到了这块口胶，你们看。"他说着从兜里摸出一个证物袋，里面有一小块已经发黄发硬的口胶。

"哎呀，这个证据太关键了。是不是就能发现嫌疑人的身份了？"大壮问。

"是啊，只要能检测出 DNA，嫌疑人的身份就能浮出水面！"封小波激动地拍着桌子。

"那还不快去鉴定，在这儿瞎聊什么啊。"裘安安说。

"哎……法医中心的老马休假了，要做鉴定得找别人帮忙。我求了他半天，他才答应明天早上送检。"封小波叹气。

"你不是辈儿大吗？怎么不管用了？"裘安安笑。

"嘿……那是有手续的时候，理直气壮，现在不是……黑着查吗？"他笑，"可惜没有指纹，要不……"他看着裘安安。

"哎，我可说过了啊，原则和底线，忘了？"裘安安说。

"得得得，反正也没发现。那个小 A 确实狡猾，戴着超薄的硅胶手套，在玻璃柜台上也没留下指纹。"封小波摇头。

"疯魔，我们要是发现了他，怎么办啊？"耽美指了指脸上的"眼镜"。

"吃饭呢，先摘了。"封小波一把摘下耽美的"识别眼镜"，"发现了就跟着，别丢了就行，抓人的事儿得向上请示。"

"哦……"耽美点头，"那……要是跟不住怎么办？"他又问。

"你怎么这么没自信啊？是不是'疯魔团队'的啊？"封小波一脸鄙视，"想办法啊，找碴儿跟他发生冲突，拿自行车撞他，尽量拖延时间，等郭局拍板决定。"

"哎，你们这么做有点悬吧，万一他身上有凶器呢？"裘安安担忧。

"缪斯女神，我们现在抓的不是抢银行的悍匪，而是个毛贼。他身高不到一米七，体重也就大壮的二分之一，凭我疯魔多年的办案经验，这种人是不可能随身携带凶器的。他们是玩技术的，不屑于打打杀杀。所以啊，咱们只要能发现他，就胜利了一大半！"封小波说。

"好！为了最终的胜利，干杯！"大壮举起杯。

"不，是为了即将到来的胜利！"封小波也举起杯。

"祝你们成功。"裘安安也举起杯。

大家碰杯满饮，封小波犹豫了一下，凑到裘安安身旁。"哎，我还得求你一件事。"

"不是什么违规的事儿吧。"裘安安皱眉。

"肯定不是。"封小波举起右手表态，"你之前不是建议我们组建无人机视频巡控队伍、架设'移动天网'吗？能不能……先做个试验？"

"这是公司的计划，应该还没和你们市局签约。再说，我现在也不在技术部了。"裘安安有些为难。

"所以我说先做个试验啊。"封小波解释，"现在的情况你也看到了，光凭我们几个，搜寻范围太小，而且这个盗窃案与之前的抢劫案相比，也不是很受重视。所以我想，你能不能先和华总说说，出几台装有'智慧人像追踪系统'的无人机进行巡逻搜集，如果真能在破案中发挥作用，不是又给蓝晶石做了个厉害的广告吗？"

"你这倒是个好点子，我想华总也应该会支持，但是……"裘安安想着，"你想没想过，你现在做的工作并未经过领导批准，一旦公司配合你，前提是要把设备与公安的数据进行联网，这连保密协议都没签，是不是违规呢？"

"要总是按部就班循规蹈矩，那案子就别破了。出了问题我负责，破案才是硬道理。"封小波说。

"嗯，那我明天问问。"裘安安说。

"一定要促成，拜托啦。"封小波谄媚地笑。

　　大家边吃边聊，一会儿，肉串和凉菜就被一扫而光。他们信心满满，激情万丈，冬日的寒冷被热情驱散。快结束的时候，夸父的手机响了。他看了看号码，表情立马出国到了"缅甸"（腼腆），他起身离席，到门外接听。

　　"嘿嘿，肯定是他那个'水晶女孩'。"封小波笑。

　　"要见面了？"裘安安问。

　　"是啊，夸父说她已经回国了。我们想约在破案的第二天见面。"封小波笑。

　　"夸父是个暖男，他们肯定能成。"裘安安笑，"哎，你这么着急破案，是不是怕瞎猫回来了，就没你的机会了？"她突然问。

　　"你怎么总是这么想我啊。我没那么狭隘。"封小波皱眉，"他说我'贪心不足，好胜心太过'，我倒要让他瞧瞧，我的方法不仅正确，而且比别人更专业，更厉害。"他自信地说。

　　鉴定结果一天就出来了，违法犯罪数据库里没有口胶上面DNA的信息，看来小A之前没被处理过。封小波和三个年轻人在重点区域里蹲守了整整两天，女娲的后台也没有报警。蓝晶石的华总确实帮忙，在听取裘安安汇报之后，指令技术部的新任老总唐达全力配合。唐达给封小波支援了八台带有自动巡航功能的中型无人机，上面配备了最先进的视频搜索系统。他还让技术经理全程协助指导，没用半天，这八台无人机就能在封小波等人的手里上下翻飞、灵活应用了。

　　过了中午，天色渐暗，不一会儿就下起了雨夹雪。街上湿漉漉的，气温也降到了零下。封小波把八台无人机设置成自动模式，让它们分别在D、F、L、V区几个"鹰眼"拍不到的衔接处巡航。又安排好夸父、大壮和耽美的工作，让他们一旦发现情况立即通报，这才自己打车回了市局。他拿着厚厚的工作记录，在视频工作站里和女娲碰着这两天的工作情况，但还没说完就趴在桌子上睡着了。女娲没叫醒他，把衣服披在他身上。别说疯魔连日在一线冲锋了，要不是凭一口气撑着，女娲这个后台支援者也早就累趴下了。视频队已经显出疲态，工作效率也下降了不少。但女娲知道，越是在这个时候越得挺住。办案就是这样，最初拼的是思路、方向和工作技巧，到了后期就得靠坚持和韧性了。他点上一支烟，缓缓地喷吐，默默地看着平静如水的六行十二列显示墙，他计算着黎勇出院的时间，他在想，黎勇要是出院了，得尽快跟郭局汇报，封小波的这种玩法太冒险了。想着想着，女娲的思维也模糊起来，他靠在椅子上睡着了，做了一个不长不短的梦。

　　"嘀嘀嘀，嘀嘀嘀，嘀嘀嘀嘀……""鹰眼"突然报警。女娲和封小波一起惊醒。

　　"哪个位置？什么报警？"封小波问。

女娲揉了揉眼，摸到鼠标，点了几下。"V区6号'鹰眼'，是……小A的动作识别！"他一下清醒过来。

"夸父夸父，夸父夸父！"封小波拿起电台大喊。

"疯魔，请讲。"夸父立即回应。

"V区6号'鹰眼'，发现小A动向，你和大壮立即行动！耽美，操作无人机围住那个区域，尽快锁定目标！'"他说着站了起来。

城西新区，夸父率先蹿下视频侦查车，他没有等笨手笨脚的大壮，边跑边启动了视频回传系统，同时戴上"识别眼镜"。雨夹雪越来越大，街上的行人很少。夸父没有直奔V区，而是绕了个道，准备从侧面堵截。他眼中的情况，实时映在了视频工作站的显示墙上。

"疯魔，快报郭局，要求抓捕队马上行动。"女娲焦急地说。

封小波在显示墙前犹豫着。

"你还等什么？再不报就来不及了。"女娲看着显示墙上的海城地图，夸父正在快速接近目标，还有不到五百米的距离。

"报也来不及了。要等郭局批准，一切都晚了。"封小波看着女娲。

"那怎么办？"女娲问。

"咱们自己抓！"封小波说。

"自己抓？你忘了瞎猫说的了，只盯不抓！"女娲急了。

"那是他！"封小波的语气不客气起来，"现在就一个嫌疑人，身材瘦小，一米七以下的身高。你看。"他指着显示墙上L区08号"鹰眼"的图像，"黑棉服、黑帽子、戴着口罩，身后背着起码三十升容量的书包，就一个人。夸父他们三个抓不住吗？"

"无论能不能抓住，咱们都不能越界！"女娲坚持。

"瞎猫不在，你得听我的！"封小波拍了桌子，"咱们自己能做的，凭什么把功劳分给别人！我就是要让局里的人看看，咱们视频队，不仅能盯还能抓！"

女娲喘着粗气，看着他。"你就是……"

"我就是贪心不足，好胜心太过。女娲你别教育我！"封小波大声反驳，"预测一下他现在要去的地方。"他转头看着显示墙。

女娲稳了稳情绪，操作着电脑。"应该是要去'家和'典当行。疯魔，是你做了什么吗？"

"当然做了，不然他怎么会这么快上钩？"封小波露出自信的表情，"我让老板等他的电话，如果他再打，就按之前说的价格全收。"他把电台交到左手，用右手擦了一把头上的汗。

"你疯了，万一打草惊蛇呢！"

"不打草惊蛇，怎么能引蛇出洞。"封小波有他自己的道理。

这时，夸父已经跑到了 L 区的 14 号"鹰眼"下，耽美操作的无人机群也成合围之势，将各个路口封锁。雨夹雪越下越大，一阵狂风刮来，发出魔鬼般的嚎叫。

"大壮，跟上夸父，准备动手。"封小波在电台里喊。

"明白，我们已经看到目标。"大壮回答。

在显示墙上，已经出现了小 A 的背影。夸父放慢了脚步，慢慢地接近着目标。封小波和女娲看着屏幕，似乎都能听到夸父和大壮的脚步声。越来越近了，成功已近在咫尺。

30. 收网

狂风卷着雨雪在窗外肆虐，街上漆黑一片，冰碴子打在玻璃窗上，发出阵阵声响。下午四点，还没过医院探视的时间。老金拎着几大兜东西，一脚踹开病房的门，大大咧咧地走了进来。

"什么鬼天气，预报的时候不下，不预报的时候猛下，老天爷装孙子啊，弄我一身脏。"他咒骂着。

"哎哎哎，你轻点儿，隔壁刚做完手术。"黎勇说。

"哦，呵呵……"老金点头，"哎，你怎么知道人家刚做完手术？眼睛拆线了？"

"嘿，我都快成精了。"黎勇苦笑，"现在这儿不灵了，但其他地方都灵了。昨天大半夜里总能听见水声，我以为是厕所龙头没拧紧呢，后来找了半天，才知道是隔壁病人在打点滴。"

"真的假的，你又蒙我……"老金笑。

"哎，你又瞎买东西。牛奶留下吧，香蕉拿走。"黎勇用手指了指。

"你怎么知道我买香蕉了？"

"闻见的，还买了两把儿。"黎勇说。

"信了，我都信了。"老金点头。

黎勇已经住院一周了，上午周主任给他换了药，说恢复得不错，再有一两天就能出院。但不知道是即将出院的心理暗示，还是天气骤变对身体的影响，黎勇这一天都坐立不安的。他和封小波一样，闲不住，你要真让他一张报纸一杯茶地在办公室耗着，他能疯了。

"你呀，就是那代号起得不好，瞎猫。瞎了都闲不住，不抓耗子就闹心。"老金摇头，"要我说，等治好了眼睛得换个代号。"

"还换个代号，换什么啊？猫头鹰？"黎勇笑，"以后啊，还不一定有代号了。视侦大队开始遴选了，等人员到齐了，我就上不了一线了。"

"那最好，有事儿让那帮年轻的上，你坐在中军大帐指挥。"老金说。

"哎，也不知道那时会怎么样……"黎勇有些忧虑。

"你呀，当官儿就得有当官儿的样儿，别老大大咧咧地拿自己当大头兵。要想服众，除了有本事，还得有手段。就好比我那个快递公司，也几百号人呢，刚开始确实不会管，整天跟下面的人称兄道弟，还玩江湖那老一套。但最后发现，不成啊，你跟他们拉不下脸，他们就跟你蹬鼻子上脸，不好好干活儿不说吧，杂七杂八的事儿还惹了一堆。最后没辙，我就去海城大学花钱念了个 MBA，一下就顿悟了。什么叫管理啊？你管他，他才理你。什么叫老板啊？你得老板着个脸，他才拿你当回事儿。"老金说。

"嘿，又是歪理。哎，这段儿没听你说过啊。行啊，混进知识分子队伍了。"黎勇笑。

"狗屁知识分子，我上那班儿纯属闲得没事儿。"老金笑，"那个班儿啊，三分之一商人，三分之一公务员……没劲透了……"

"那你呢？属于哪拨？"

"我？哪拨都不是，属于冷眼旁观，看他们表演的。"老金笑。

"说说说说，都学什么了？"

"怎么说呢……"老金想了想，"我也是零零碎碎地听，觉得有意思的就记下，没意思的左耳朵听右耳朵出。比如，老师讲过啊，政治经济学，你懂吗？政治永远在经济前，所以才叫政治经济学。还有啊，政治文化，文化不加上政治，永远没有文化……"老金说着他的歪理。

"我怎么听着不对啊，你这是 MBA 的课程吗？"黎勇在病床上盘起腿。

"嘿，怎么不是啊。我是把他们那些故弄玄虚的话给翻译成白话文儿了，怕你听不懂啊。"老金笑。

"哎哟，那谢谢了，我还真没太听懂。"

"还有啊，这人啊，往往是缺什么才说什么，越说没事还就越是有事。比如吧，有人跟你借钱，到年根儿了，你打电话催债，他说能不能缓缓，你要是有面儿，肯定说没事。但你心里，绝对是盼着他早点儿还上。还有啊，一个人总说自己大度、乐善好施，你放心，他绝对是一小肚鸡肠；一个人总说自己朋友多，你到他家看看，茶杯都没两个，肯定是一孤僻。这就是经常说的'正话反说''欲盖弥彰'。"老金总结。

"嗯，还有那么点儿道理。"黎勇点头。

"哎，我也是没辙，做生意就得琢磨人，人琢磨不好事儿也就办不了。都说见人下菜碟，这是最基础的。现在我是学会了，想要卖弄啊，就出去少说话，你越不说话，人家越拿你当人，整天拍胸脯吹牛的大部分都是狐假虎威的。让别人捉摸不透你，你才游刃有余。"

"得，我记住了。"黎勇笑。

"还想听啊？那我就再跟你喷喷。"老金来了兴致，"你当了领导之后啊，还得分得清君子和小人。小人什么样，三句话就能看出来。第一，总跟你拍胸脯，说没问题。那一准是心虚没底，硬往上冲。第二，闹矛盾了，你跟他说对不起，他说'我都忘了'，那一定是记仇了。第三是你话还没说完，他就说'对对对'，这种人最好敬而远之。他拍你马屁的目的无非是想利用你。想利用你才会恭维你，你想啊，他没所求，干吗向你卖好啊。"

"也不能这么说，别人想利用你，也起码说明你有被利用的价值。反正你说的这三句话，就没人跟我说过，因为我没有被利用的价值。"黎勇说。

"你就扯吧，社会上多少人想利用你们呢。你那是不接招。"老金说。

"哎，那你说说，应该接近什么样的人呢？"黎勇问。

"简单的人啊。哎，但我说的简单可不是傻啊，而是经历过复杂以后再回归简单的人。"

"比如呢？"

"比如……"老金想了想，"咱还是拿刚才那三句话举例吧，厉害的人不说没问题，说没事儿。这种人就可交。"

"有什么区别吗？"

"区别大了，没问题是拍胸脯，给自己壮胆。但没事儿呢，是轻描淡写，举重若轻。这两句话看似差不多，但力道可截然不同。"

"那第二句呢？"

"第二句是没关系，依然发轻声啊，轻描淡写，一笑泯恩仇。"

"哦，这个也比'我都忘了'高级？"黎勇问。

"对，高级多了。你听，多大气量。"老金点头，"第三句就是'放心吧'，不跟你这山南海北地做什么承诺，但简简单单的三个字儿，就给你一颗定心丸儿。这种人啊，帮了你也不图回报，送人菊花手有余香。多好。"

"那叫送人玫瑰手有余香。"黎勇说。

"送什么玫瑰啊，多俗啊。我就喜欢菊花。"老金说。

"得，我明白了，但凡碰见跟你说'没问题''我都忘了''对对对'的，就得防着。跟你说'没事儿''没关系''放心吧'的，就值得交。"

"哎，我给你一百分儿。"老金笑。

"这是你在 MBA 班上学的？"

"嘿……他们有这干货吗？是我在社会生活中长期积累出的斗争经验。"老金拍了黎勇一下。

黎勇跟老金扯了半天淡，心情好了许多。他让老金把窗户打开一个缝，摸出烟递给他。两人在"禁止吸烟"的牌子下吞云吐雾，黎勇突然想起了封小波。他伸手想摸手机，却没留神碰在了玻璃杯上，"啪"的一声，玻璃杯掉在地上摔了个粉碎。

"没事儿没事儿，碎碎平安，碎碎平安。"老金怕他被扎到，忙用手拦住。

黎勇一惊，不禁转向窗外。

"别跑，警察！"夸父和大壮在雨雪中狂奔着。小 A 太鬼了，他在过 L 区路口的时候，从路旁的转角镜里看到了尾随的两人。但他却不动声色地佯装系鞋带，侧身用余光向后打量，夸父和大壮为避免暴露，就一左一右地分开行进，却不料小 A 突然发力，猛跑起来。他速度很快，背后的书包颠起来老高。

"警察！"大壮喊的声音最大，但他的一身蛮劲在此时却不占优势，190 斤的体重将他与小 A 的距离拖得越来越大。还好夸父一马当先，冲在了前头，他一袭白衣，像一只白色的飞鸟在雨雪中穿梭。他边跑边估算着距离，预计三分钟之内就能擒获小 A。

"你不是走地鸡是飞鸟！你不是配角是主角！"封小波的话在他耳边回响。

八台无人机已经锁定了小 A 的位置，耽美把模式设定成自动巡航，也蹿下了车。

"耽美，你直接奔 D 区，他无论怎么跑，也得走那个路口。别空手，拿电棍！"封小波在电台里喊着。

在显示墙上，三个绿点在合围一个红点，绿点在封小波的指挥下，离红点越来越近。封小波低头看了看表，预计着耽美在 D 区路口与小 A 碰撞的时间。外面的雨雪越下越大，屋里的气温也降低到十八摄氏度以下，但封小波的额头上却布满了汗水。他知道，之前的孤注一掷，为的就是即将到来的大获全胜。他太渴望成功了，太想证明自己所做的一切了。汗水、眼泪、疲惫，都即将化为鲜花、掌声和赞美。在瞎猫回归之前，他将在海城警界扬名立万！他等待着胜利的一刻，一分钟开始倒数，59，58，57……49，48，47……但不料就在这时，女娲的系统又发出了警报。

"嘀嘀嘀，嘀嘀嘀，嘀嘀嘀嘀……"报警声短促而有力，猝不及防。

"怎么了？什么报警？"封小波慌了。

"是……是'暗影人'！'暗影人'！"女娲大声地喊着，"暗影人"的'动作识别'竟也在系统里出现了。

"什么？什么'暗影人'？在哪里？"封小波愣住了。

"F区06号'鹰眼'。"他说着操作起鼠标，但显示墙上的06号'鹰眼'中却什么人也没有。

"是不是系统错了，没人啊！"封小波说。

"那我回看一下视频数据？"女娲问。

"来不及了，那边还追着呢。"封小波忙乱起来，他拿起电台，"夸父夸父，你别追小A了，耽美在前面堵着。在F区发现'暗影人'，你马上过去。"他布置着。

"暗影人？"夸父也很惊讶，"明白，我马上过去。"他掉转身体，从下一个路口直奔F区。

女娲知道事关重大，不再跟封小波商量。他拨通了章鹏的电话。

"喂，章队，我们在城西新区D、F两个区域发现了犯罪嫌疑人，请你马上派人协助抓捕，快！"女娲急了。

"什么？你们怎么不早说啊！好，我马上派人。记住，你们只盯不抓！"章鹏在电话里也急了。

女娲挂断电话，又拨通了城西分局指挥中心的电话。"喂，我是市局视侦大队，在你们辖区发现了两名嫌疑人，请你们立即布置附近警力，协助抓捕，要快！要快！"他举着电话的手颤抖着。

封小波拿过女娲的鼠标，在显示墙上切换着F区几个"鹰眼"的画面。上面只有漫天飞雪，根本看不见"暗影人"的身影。

"夸父，到了吗？有人吗？"他大喊。

"看到了，一米八身高，穿蓝色大衣、黑色运动鞋、戴着黑色帽子。"夸父在电台里回答。

"我怎么没找到？"封小波诧异，他又切换成夸父携带的视频回传画面，上面也空无一人，只能看到夸父在奔跑时左右晃动的街景。

"没有人啊！你是不是看错了？"封小波大声问。

"怎么没人啊，就在前面，五十米左右。"夸父大喊。

"没看到，没看到啊！你是不是游戏玩多了？方向错了？还是眼花了？"封小波急了。

这时，封小波的手机响了起来，是黎勇的号码。他犹豫了一下没有接通。

夸父全力奔跑着，努力缩短着与穿蓝色大衣的"暗影人"的距离。但没想到"暗影人"突然蹿进了一个胡同，奔着西南的方向跑去。夸父一愣，知道从那个方向出去，正是 D 区的路口，而耽美正在那里堵截。他呼叫耽美，让他注意堵截。夸父大口地喘气，连续奔跑已经有了缺氧的表现，他咬紧牙关，钻进了那个胡同。

"不对，不对，我觉得不对了。"封小波在原地打转，"大壮，耽美，你们抓到人没有，回答！"他喊着。

但两人始终没有回答。

"女娲，抓捕队什么时候能到？"封小波语气变得焦虑。

"这么大的雨雪，起码得二十分钟的时间。我已经通报城西分局了，他们最近的一辆 110 车在往那儿赶。"女娲说。

"来不及了，来不及了。"封小波摇头。

"夸父，你那怎么样了？报一下情况。实在不行就放弃，别冒险！"封小波拿着电台喊，"夸父，夸父！"

同一时间，夸父也没了回信。封小波的右手颤抖着，他努力稳住操作鼠标，把画面切换成夸父身上的视频回传，不禁惊愕地张大了嘴。显示墙的回传画像已经静止，四十五度仰角拍摄着漫天的雨雪。

"夸父，夸父！"封小波大喊起来。他来不及穿外套，疯了一样地冲出视频工作站。

雨雪遮盖了海城，整个城市都陷入了黑暗。封小波的手机在车上一直响着，他却不敢接听。他把油门踩到底，疯狂地赶到了 D 区。还没等去寻找夸父，已经从远处看到了闪烁的警灯。抓捕队已经到位，城西分局的 110 车也守在了路口。十几名制服警在胡同里忙碌着，外面拉上了警戒带。封小波感到彻骨的寒冷，他低头钻过警戒带，发现章鹏正蹲在地上。他走了过去，看到了倒在雨雪里的夸父。

夸父一袭白衣，趴在地上，右手握着拳向前伸展着，似乎在够那个伪装成 BOSE 耳机的视频回传设备。殷红的鲜血在他脖颈的位置渗出了一个海城地图的形状。

"夸父，夸父！"他扑了上去。

章鹏一把拦住他。"别激动，注意保护现场。人……已经没了。"

"没了？怎么就没了？刚才还好好的，还跑着呢。不可能，他肯定是撞晕了，让我看看，让我看看。"封小波挣脱了章鹏，又往前扑。

两名刑警跑过来，架住了封小波。

"疯魔，我还问你呢！行动为什么不报告？！这是怎么回事？"章鹏也急了。

"我……我……"封小波无言以对。

这时，胡同外又来了几辆车，郭局、林楠，还有女娲等人都赶过来了。

他们走到近前，默默地伫立着。

"大壮、耽美呢？他们人呢？"封小波慌乱地问。

"他们没事儿，在车里。发现的时候昏迷了，被电击枪击中了。"章鹏说。

"电击枪……"封小波傻了，他感到一阵眩晕，扑通一下跪在了地上，茫然无措地看着面前肮脏的灰色积雪。"夸父……是我害了你，是我害了你……只盯不抓，我不该让你抓人啊……你还要和'水晶女孩'见面呢，夸父……"他痛哭起来。

这时，一双脚站在他面前，封小波缓缓地抬头，看到是黎勇。

"师父，我……"他话还没说完，就被黎勇一脚蹬倒。

"我错了，是我害了夸父。"封小波痛哭流涕。

"王八蛋！王八蛋！"黎勇的双眼还蒙着，歇斯底里地踢向封小波，却脚下一滑，跌倒在地。

"你打吧，打吧，我也好受点儿。"封小波拉起黎勇。

章鹏等人赶忙阻拦。

"你个王八蛋，兔崽子，我让你什么都别做，你答应没有？我让你只盯不抓，你答应没有？"黎勇大喊着，痛苦得浑身颤抖，"为什么要贸然行动，为什么！？"

女娲抹了把眼泪，也过来劝，却被黎勇一把推开。

"还有你，赵普，你干吗呢？为什么不阻拦？！干了这么多年了，你不明白吗？只盯不抓，为什么啊？没有过惨痛的教训吗？"黎勇大喊。

女娲不说话，默默地低下头。

郭局走过来，拍了拍黎勇："行了，有话回去说。"

黎勇重重地叹气，蹲在了地上。

"王八蛋，王八蛋！那小子还欠我一顿涮羊肉呢。呜呜呜……他还答应我，还要把网友给带过来……我还要教他泡妞呢……怎么就……"他病态地重复着。

郭局也哭了，他俯下身体，搂住黎勇："回去吧，案子还没完，咱们得继续夸父没有完成的工作。"

"嗯，嗯……"黎勇点头，他被郭局拉起，停顿了一会儿，转过身，冲着封小波的位置伫立了良久，什么话也没说，转头离开了。

封小波蹲在地上，望着漫天的雨雪，浑身上下一点儿力量都没有了。

31.完败

　　现场发现了两具尸体，一具是夸父的，一具是小A的。黎勇坐在市局的会议室里，在黑暗中听着章鹏对案件的汇报，他惊讶地获知，那个银湾别墅盗窃案的嫌疑人小A，竟然姓陈名博，正是老金那个飞飞快递公司的职员。他见过那个孩子，瘦瘦小小的，很腼腆很羞涩，笑起来像个女孩。他身上的致命伤和夸父一样，被利器刺穿了颈动脉，昏迷后大出血死亡。从他的口袋里，发现了一张人皮面具。大壮和耿美算是捡了条命，他们当时在路口遇到了两个穿蓝色大衣的人，被电击枪击晕。从现场的痕迹来看，凶手一共有三个。这个数字正与"小螃蟹事件"中石庆的供述相符。

　　陈博携带的书包不翼而飞，搜查组从飞飞快递公司陈博的宿舍里搜出了大量赃物。经过统计，约有三百万现金和价值五百万左右的物品。其中，还发现了一些政府的公文材料。副市长张望的受贿金额又增加了不少。银湾别墅盗窃案随之告破，但却又引出了更恶劣的凶杀案。郭局用力地拍着桌子大喊："这是犯罪分子在向海城警察宣战，在向法律宣战！"

　　金卫国被专案组带走了，作为飞飞快递公司的负责人，他难逃干系。世事难料，黎勇觉得反转得太快，有些接受不了。他与老金下午还在促膝聊天，现在就成了黑白对立。他在心里判断着，老金会不会就是银行抢劫案和盗窃案的幕后主谋，但想了半天也没有结果。他想起了从电视上听到的那个荒诞的新闻，愚蠢的猫和老鼠做起了朋友，老鼠为了防止被猫捕食，还会将食物送给猫。黎勇觉得那像是一个寓言，在警示和嘲讽着自己，但自己却无动于衷，不但眼瞎了，心也瞎了。

一夜未眠，黎勇和封小波在医院停尸间外的长椅上沉默着。他们坐在两头，一句话也没有说，眼泪也没再往下流，直到天亮还一动不动。女娲买来油条和豆浆，分成两份默默地放在他们身旁，但过了好久，两人也没有打开。

送葬的那天，海城市局去了上千名民警，他们制服齐整地伫立在冷风里，送夸父最后一程。在写挽联的时候，女娲几次都写错了名字，把夸父这个代号写在了上面。

卓飞，二十六岁，体育大学毕业的长跑好手，在视频组负责远端回传工作。这小子踏实，听话，就是整天扎在游戏里，不求上进。封小波站在人群中，忘不了黎勇对他最初的介绍。

封小波抬起头，看着灵堂中间悬挂的夸父遗像。那是他二十二岁刚入警时照的，他穿着笔挺的制服，腼腆地笑着，似乎还在大家身旁。

战友们在他面前深深鞠躬，将白色的菊花放在他身前，之后去安慰夸父的父母。黎勇出院了，摘下了眼罩，戴上了墨镜。封小波和他隔着很远的距离，也能看出，他的视力已经恢复，目光如炬。打扒队的老同事们也都到了，老头和快腿在行完礼后一直没走，他们站在灵堂前，默默地注视着夸父的遗像。"四大名捕"，再也凑不齐了。

封小波流着眼泪，往事一幕一幕浮现在眼前：

——"打扒队的四大名捕，老头、快腿、学生和鹰眼。这两位就是老头和快腿，我嘛，在来视频组之前，代号学生。"

——"你呀，什么都好，就是野心太大。我觉得吧，只要能干好自己分内的事就足够了，别有太多奢求。战斗到最后，是要依靠法师的'侦察''陷阱'及辅助的'补血''净化'的。这样，一个团队才能更加强大。"

——"哎哟，那你不是走光了，我一直在你后面。还有，你那眼镜放什么位置了？"

——"要不，你就请裴大专家或女娲帮你查查，探头、'鹰眼'、定位，咱们什么人啊，守着高科技不能不用啊。"

——"不用，我才不在乎呢，只要能见到她就行。"

——"哎……你是我见过所有九〇后里，最像八〇后的。"

——"夸父，你不是走地鸡是飞鸟！你不是配角是主角！"

——"我……"夸父犹豫着，"我……同意。"

封小波再也受不了了，他逃出为夸父送行的队伍，挣扎着不让自己失态。他突然明白，在警队可以没有神探和英雄，却永远不能少了像夸父一样的人。他们甘当绿叶，默默付出，不求鲜花掌声，像平凡的石头一样守护着城市的平安。警察的工作不求波澜壮阔，只求平凡至伟。而自己，看中荣辱，贪恋掌声，太渺小了。即将走出灵堂的时候，他突然看到一个黑衣女孩，正拉着一个旅行箱往里面走。她端庄清秀，眼睛哭得通红。

"是……'水晶女孩'吗？"封小波不禁问。

"哦，你是？"

"我……是他同事。"

"是……疯魔吧？"女孩问。

"哦，是。"封小波点头。

"他总提到你，说你很优秀，是个神探。"女孩看着封小波，眼睛里闪烁着泪光。

封小波泪水决堤，什么话也说不出来了。

"贪心不足，好胜心太过，祸之端也。"他突然想起了这句话。

市局对封小波的私自行动做出了处理，暂停一切职务。陈博被确认为银湾别墅盗窃案的主犯，他在"家和"典当行留下的口胶 DNA 数据，与尸检结果一致。而他盗窃的现金和物品则被加在了副市长张望的受贿数额上。市局成立了专案组，从刑侦、经侦、预审、特警抽调了精干力量，黎勇因和老金过从甚密，被勒令避嫌，没有进入专案组。郭局让省厅来的陈博士负责视频数据的收集和研判，女娲也被排除在外。追踪"暗影人"的工作在全力展开，蓝晶石公司指派唐达进行技术支援，裴安安因为和封小波的关系，被彻底架空。法医在夸父的右掌心上发现了一枚血指纹，应该是夸父和"暗影人"搏斗时留下的。封小波判断错了，夸父在临死之前，并没有试图去够那个掉落的回传设备，而是用生命去保护了那枚指纹，那个破解"暗影人"身份的关键线索。郭局又率先垂范，案件不破绝不回家，海城市局的各个警种都上满了发条，在全速地运转着，大家都憋着一股劲，誓要为战友报仇，为警察名誉雪耻。

副市长张望被抓后，海城震动，政界商界不少人接连被调查。海城正茂科技的董事长邹光华和财务总监江平因涉嫌行贿锒铛入狱，经审讯，又供出了不少官员。他们每笔支出都有账目记载，受贿的官员无法抵赖。在省厅纪委监察委的主导下，海城开展了一次大规模的反腐行动，拔出萝卜带出泥，一批人受到牵连。正如老金所说，政治经济相互纠结。海城博览会的余热还在，但因主要负责人的落马，许多合约中途停止。正茂科技树倒猢狲散，最终被蓝晶石收购。老金被刑事拘留，因被怀疑是抢劫案和盗窃案的幕后主使，省厅派来了测谎专家柳主任进行预审攻坚。在这个冬日，海城蒙上了一层灰色。

春节了，海城灯火通明，热闹非凡，打工的游子回家团聚，与亲人共享珍贵的时光。远处不时传来鞭炮声。天色灰蒙蒙的，没有下雪，封小波一个人坐在海城体育馆的看台上，四周空空荡荡。那场令他一战成名的张学友演唱会似乎还在昨天，但此时自己已坠入谷底。他看着手机，"平安海城"的公众号上，推出了一首由市局宣传处谭彦谱写的歌曲，名字叫"警察职责"，后面是"——献给我的战友，英雄卓飞"。

他按动了播放键，歌声传遍了整个体育馆。歌中唱道：

面对枪口，你害怕了吗，
面对质疑，你郁闷了吗，
面对凶险，你犹豫了吗，
不要忘了，你是个警察；
每个清晨，你疲惫了吗，
每个冷夜，你寂寞了吗，
父母妻儿，你照顾过吗，
不会忘了，你是个警察。
既然从警，就不会懦弱，
兄弟倒下，也不会退缩，
抛洒热血，去践行承诺，
眼含热泪，去接替职责；
为了妈妈，幸福的笑容，
为了孩子，安心的生活，
付出生命，又能算什么，
一生奉献，去坚守职责，职责！

封小波站了起来，从口袋里摸出警官证，打开放到眼前。上面金黄的警徽庄严肃穆，"公安"两个字熠熠生辉。他合上警官证，放回了口袋，转身走下看台。他想，自己总要做些什么。

市局的讯问室密不透风，四周安装着厚厚的隔音棉，墙上挂着"犯罪嫌疑人权利义务告知"。老金坐在冰冷的铁质讯问椅上，双手戴着手铐，右手的食指和拇指连接着导线，胸口围着黑色的呼吸测试带，一台监控探头在屋顶直对着他。他对面的审讯台边端坐着两个制服严整的警官，坐在右侧审讯位置的是预审的那海涛，左边是一个温文尔雅的中年女性，来自省厅的测谎专家柳主任。

老金早已褪去了一身名牌，换上了蓝黄相间的"号坎"。他低着头，有气无力地应答。

"我都说了多少次了，我跟陈博没有别的关系。他就是来我这儿打工的，他出力，我给他开工资。"

那海涛俯视着老金，用余光看了看柳主任面前的测谎仪，上面老金的心跳、血压和呼吸基本正常。

"什么时候认识陈博的？说具体时间。"那海涛问。

"去年冬天，十二月中旬吧，应该是在冬至以前。具体日子可以到公司查他的入职记录。"老金回答。

"我问的不是入职，是何时认识的。"那海涛重复。

"我以前不认识他，就是公司需要招募快递员，他来面试的。"老金说。

"说一下过程。"那海涛说。

老金想了想，叙述了过程。他辩解自己和陈博除了工作关系外，再无交集。

"他之前有盗窃前科吗？"那海涛问。

"我不知道，也没问过。"老金摇头。

"为什么不问？"那海涛问。

"英雄不问出处，赃物不问……"老金一不留神说顺了嘴，中途停住。

"赃物不问来路？"那海涛帮他把话说完，"金卫国，据我们调查，你的快递公司里，有二十一名员工有前科记录，还有十四个人曾经被行政拘留过。整体比例竟达到了六分之一。我问你，招这么多有前科劣迹的人，你到底想干什么？"

"我什么也不想干啊，就是想给他们找个出路，让他们好好活着。"老金抬起头，看着那海涛。

"啪"，那海涛拍响了桌子。"你别跟我这儿唱高调，我就问你，你是想当晁盖还是宋江啊？"那海涛提高了嗓音，敲山震虎。

但老金却显然不吃这一套。"什么晁盖宋江的，我开的是快递公司，不是水泊梁山。哎，现在是共产党的天下，可不是大宋王朝啊。"他反唇相讥。

那海涛被噎住了，他停顿了一下，控制住情绪。他知道，此时在审讯室外的监控室里，郭局等领导也在实时观看，多余的废话自己也尽量少说。

"十二月二十二日，你在哪里？"那海涛换了个问题。

"二十二日？我在美国。"老金回答。

"在美国哪里？去干什么？"那海涛问。

"美国佛罗里达，我儿子在那上学。"老金答。

"什么时候回来的？"

"二十三日。"

"第二天就回来了？"那海涛皱眉。

"什么第二天啊？我去了好几天呢。"老金反驳。

"知道二十二日，海城发生了什么事儿吗？"那海涛看着老金的眼睛。

老金没有躲闪："你是说哪个？张学友演唱会，还是？"他没把话说完。

"还是什么？"

"哎……你们怎么总是怀疑我啊，把我和那事儿也扯上了？"老金叹气。

那海涛侧目看着柳主任的仪器，上面显出了波动。

"哪个事儿？扯上什么了？"他追问。

老金没说，低头不语。

"那我告诉你，在十二月二十二日傍晚的十八时许，也就是张学友演唱会即将结束的时候，海城银行城中区分行发生了一起重大抢劫案。你不知道吗？"那海涛提高嗓音。

老金没有抬头，但从柳主任的测谎设备上看，几项指标都波动异常。

那海涛心里有了底。

"你知道那起银行劫案的情况吗？被抢了多少钱，有多少名劫匪？"那海涛问。

老金依然不回答。

"一共被抢劫三百多万，贵重物品折合人民币一千二百万。"那海涛说。

老金突然抬头："这个跟我没关系，不是我做的！"

柳主任转头看着那海涛，做了个手势。测谎仪已经报警，发问已经达到目的。

"你别激动，我们也是按照程序发问。"柳主任说话了，她声音温和，用手势控制着老金的情绪，"我想问你，海城银行城中区分行的抢劫案，你是听说的吗？"

"是的。"老金点头。

"你认识那些劫匪吗？"柳主任问。

"我不认识啊，怎么可能？"老金辩解。

"好，不要激动，回答我的问题就行。"柳主任向测谎仪的屏幕瞥了下。

"你知道他们开的什么车吗？"她跳转问题。

"不知道。"老金摇头。

"是小轿车吗？"柳主任问。

"不知道。"

"是大货车吗？"柳主任问。

"不知道。"

"是垃圾车吗？"

"我真的什么也不知道。"老金叹了口气。

那海涛盯着测试仪，意外地发现所有的指标又恢复了正常，显然老金没有说谎。

"那我问你，你参与那起银行抢劫案了吗？"柳主任把语气加重了一些。

"我……没有！"老金肯定地回答。

但测试仪的指标再次波动起来。

柳主任冲那海涛使了个眼色，那海涛衔接上问题。

"咱们继续陈博的话题，我问你，陈博盗窃的事情你知不知道？"那海涛问。

"不知道。"老金摇头。

"陈博为什么盗窃？怎么去踩的点儿？"

"我不知道。"老金说。

"他怎么实施盗窃的，为什么把赃物藏在公司里，偷了这么多钱为什么还在公司打工，又是什么人要去杀害他，金卫国，这些你都不知道吗？"那海涛故意刺激他。

"不知道，不知道，我什么也不知道！"老金大声反驳，"有人害我，肯定是有人在害我……把脏水泼在我身上，让我当替罪羊……"他的声音虚弱下来。

"你怎么知道有人想害你？"那海涛把语速放缓。

"我……"老金无言以对。

监控室里，柳主任拿着一组数据汇报着。郭局和章鹏等人在认真地听着。

"测试结果显示，我们就陈博盗窃案对金卫国的发问，结果均为阴性，也就是说，他对银湾别墅盗窃案一无所知。但当我们就海城银行盗窃案对他进行发问的时候，却出现了两种截然相反的结果，在提到'银行抢劫''被劫赃款''海城高速''九转十八弯'等字眼的时候，金卫国各项指标反应强烈，均呈阳性。但当问到案件细节，比如犯罪嫌疑人的身份、抢劫的金额和具体的发案时间等，金卫国的指标却反应不大，呈阴性。"

"他会不会是在刻意掩饰呢？"郭局问。

"不会，心理素质再强的人，就算能控制住自己的心跳和呼吸，也无法控制自己的'皮肤电'反应。我们的发问也采取了'点状发问'的技巧，相同问题会在不同阶段重复发问，金卫国的反应是相对一致的。"柳主任说。

"也就是说，他对银行抢劫案件有反应，但又不知道细节。他会不会……只是这起案件的参与者，但并不是主谋？"郭局想着。

"不排除这种可能。"柳主任说得很严谨。

"让那海涛继续加大审讯力度，适当可以熬一下。你要实时跟进，测谎本身也是一种压力。"郭局指示。

"好的，我马上换一组问题。"柳主任说。

审讯整整持续了八个小时，那海涛和柳主任一个红脸一个白脸，分工配合，审讯技巧和测谎手段并用，老金最后扛不住了，吃了两片降压药才勉强维持。测谎的结果出来了，他与那起银行劫案确有关系。老金知道自己躲不过了，木然地看着那海涛，眼神没有畏惧和躲闪，而出现了一种决绝。"警官，你们什么也别问了，我说。"

那海涛冷冷地看着他，感到自己的手心也出了汗。

"说。"那海涛只说了一个字。

"你们把这东西撤了，难受。"老金满脸疲惫。

那海涛犹豫着，看了看柳主任。柳主任点点头，起身撤去了在他身上的所有仪器。

"我干过不少缺德事儿，但是并不像你们想得那么坏。十年了，我一直想当个好人，所以开了快递公司，自以为是地想帮一群像我一样的人痛改前非，好好地活着。但是……"他惨笑，"这脏东西啊，就算被雪给埋上了，早晚也得露出来。屎拉了一裤子，怎么兜也兜不住。我认，我都认。但是……我只想跟一个人认。"他抬头看着那海涛。

"谁？"

"黎勇，瞎猫。"老金说。

32. 旧案

　　黎勇赶到审讯室的时候满脸通红，大家没想到他竟在工作时间喝了酒。他的眼睛已经恢复如初了，但此时的目光却恍惚游离，他洗了几把脸，还显得醉醺醺的。郭局没和他说话，那海涛就把他拉到审讯室的楼道里。黎勇点燃一支烟，表情漠然。

　　"瞎猫，你怎么回事儿啊？报备了吗就喝酒。"那海涛皱眉。

　　"没报备，市局纪委随时可以处理我。"黎勇一副破罐破摔的样子，"大晚上的，叫我来干吗？我也不是专案组成员。"

　　"你……"那海涛语塞，"郭局指示，由你审讯金卫国。"

　　"由我审讯？你逗我呢？这事儿我得避嫌，你不知道吗？"黎勇看着那海涛。

　　"我知道，他曾经是你的线人，而且这两年还有交往，让你去审确实不合适。但我和柳主任已经把他逼到死角上，所有招儿也都使上了。现在他已经崩溃，马上就快撂了，但指名点姓地找你，最后这一锤子，得你来。"那海涛说。

　　黎勇没说话，看着那海涛。

　　"瞎猫，我知道，夸父的死对你影响很大。但你要明白，咱们干警察的，无论受到什么打击和伤害，只要案件需要，就算折胳臂断腿也得上。"那海涛说。

　　黎勇摆了摆手："甭跟我这儿唱高调。说吧，他都承认什么了？"

　　那海涛看黎勇这德行，非常生气，但还是压抑住情绪："根据柳主任的测谎结果和我的审讯结论，银湾别墅盗窃案跟他无关，但每当问到海城银行抢劫案的时候，他的心理波动都很大。我们判断，他应该与该案有关。"

"你是说，他是银行抢劫案的幕后？"黎勇皱眉。

"还不能确定。很奇怪，他似乎并不知道抢劫案的具体细节，但只要提到抢劫、赃款等字眼儿，就会非常紧张。"那海涛说。

"嗯……"黎勇低头想了想，"我去趟洗手间，稍等一会儿。"他转身走了。

黎勇再走进审讯室的时候，已经换了一副模样。他衣装整洁、眼神犀利，一扫刚才的醉态。他径直走到审讯台后，坐到了那海涛的审讯位置。

老金默默地看着黎勇，一句话也没说，胸口起伏着，像是在克制着自己的情绪。

"叫我来干吗？"黎勇冷冷地问。

"我……"老金欲言又止。

"有事儿说事儿，别藏着掖着。既然叫我来了，就痛快点儿。"黎勇看着他的眼睛。

"唉……"老金叹了口气，"前几天还总结别人呢，现在轮到被别人总结了。"他苦笑。

"是啊，你说的，人越说自己没事儿就越有事儿。你有事儿吗？"黎勇问。

"有事儿。"老金点头，"瞎猫，我对不起你。"他看着黎勇。

"对不起我？"黎勇皱眉。

"我……对不起你！"老金突然爆发，猛地从审讯椅上站起，扑通一下跪在地上。

"干吗？！起来！"黎勇忙上去拉扯。

"瞎猫，我不是人，是浑蛋。这么多年了，我一直在愧疚着，没一天好过。我该死，罪该万死啊。"老金哀号着。

黎勇把他拽起来，按回到审讯椅上。他看着老金的表情，突然感到一阵惶恐。

"你……怎么了？"

老金稳了稳情绪，缓缓地说："还记得十年前那个案子吧？海城的农村信用银行被抢，押款员一死一伤。是四个人作的案，主犯是娄四儿，他们在逃跑的时候冲出了'九转十八弯'的山崖，最后一个都没活了。我没告诉过你，娄四儿跟我有交道……"

黎勇愣住了，呆呆地说："跟你……有过交道……"

"实话实说，我当时确实没有参与抢劫。娄四儿在动手前找过我，让我开车，我没答应。那时你盯我盯得太紧，算是间接救了我。对不起，我当时没报告，我不敢啊，真不敢，娄四儿你知道的，心狠手辣，我怕他们把我给灭了。但就在他们动手的前一天，娄四儿又找到我，让我在晚上七点的时候盯住三经路路口的那个垃圾桶，我没明白什么意思。但他威胁我，不照办就让我永远见不到儿子。我儿子那时刚上小学，那臭娘子跟别人跑了，他只能指望我一个人。我没辙就答应了娄四儿。到了快七点的时候，我听见了枪响，就赶紧往那个垃圾桶跑，没想到在里面发现了……"老金用双手胡撸着脸。

"钱？"黎勇问。

"对，整整两大包钱，就是那笔七百万。"他叹了口气。

"然后呢？"黎勇的呼吸急促起来。

"我当时特害怕，没敢拿回去。我怕'粘包儿'啊，这么大的事儿，谁粘上谁死。但回家一看新闻才知道，他们被你们堵住了没跑出海城，一个没活了，全扔'九转十八弯'底下了。我吓得够呛，但还是掉钱眼儿里了，就趁着你们在海城高速那忙活的空档，拿走了那些钱。"

"那就是你中的五百万？"黎勇浑身颤抖起来。

"瞎猫，我……对不起你……我不该……"老金想解释，却又词不达意。

"你个王八蛋！"黎勇突然爆发了，冲过去一脚踹在老金身上。老金没有躲闪，被黎勇踹中，审讯椅发出轰鸣，"这么多年，你都拿我当傻子！什么中彩票，什么金盆洗手，我真是一傻子，我看错了你！"黎勇发疯地对老金拳打脚踢。

那海涛和柳主任赶紧跑过来，扯住黎勇。但黎勇奋力地挣脱，又一拳向老金打去。老金一点不躲，拳头正中他的面门，鼻血顿时流了出来。

"够了，你想干吗啊！"那海涛急了，用力将黎勇拽倒。黎勇倒在地上，气喘吁吁。

"瞎猫，我罪该万死，罪有应得，但是，我没想到他们会撞倒海伦，真的没想到啊……我也想过把钱交公，但是我不敢，真不敢啊……"老金痛苦地辩解着。

黎勇站起来，那海涛挡在了他的身前。黎勇用力地拨开那海涛，怒视着老金："金卫国，这么多年了，人家叫我瞎猫，我一直以为是开玩笑。今天我知道了，我不但眼瞎，还心瞎。我看错了你，我不配当一个警察。我干了这么多年，以为自己是什么神探，狗屁！"他笑了起来，"我就是个笑话，是个傻子，是一直跟耗子做朋友的猫。"他说着就往门外走。

"兄弟，对不起，是我瞎了心了。"老金在他身后说。

"别叫我兄弟。"黎勇停住脚步。

"兄弟，我……"

"别，叫，我，兄弟！"黎勇咬着牙说。

"瞎猫，是我不对，我全都认！这么多年了，我一直在后悔。那笔钱我都给补上了，一直存着，总想着能交公。这是我的报应，报应啊！这一天终于来了，我认！"老金在他背后说。

黎勇停住脚步，背对着老金："那队，他糖尿病很严重，记得让他吃药。他儿子小佳在国外上学，家里没有其他亲属了，发《犯罪嫌疑人家属通知书》的时候要讲究方式方法，这事与孩子无关。金卫国，你说我给了你尊严，但你玷污了尊严。你给我上了一课，我不配当一个警察。"黎勇说完，摔门而去。

会议室里，众位领导围坐在一起。那海涛在做着汇报，黎勇低头不语，郭局在对面冷冷地看着黎勇。气氛非常压抑。

那海涛说："金卫国供述，他在海城农村信用银行抢劫案发生之后，私自占有了外号为'娄四儿'、原名为娄广力等人抢劫的赃款，并藏匿于家中。在一年半之后，他为了洗钱，谎称中了第一千一百二十五期公益彩票，之后将赃款用于开设公司等用途。按照他的供述，经侦在银行查获了以金卫国儿子名义开立的账号，冻结了账户里共计七百余万元人民币的资金。其中七百万元为赃款，其余为利息。"

"太荒唐了……以谎称中彩票进行洗钱，这么多年就没被发现？"郭局问。

"他很聪明，也确实拿着尾号为08、10的彩票兑了奖，在缴纳税款之后获得了四百余万的奖金。但这个彩票并不是他自己的，而是从别人手里买来的。真正中彩票的人叫塔政，是一个来海城经商的生意人，当时塔政住在金卫国出租的房子里。金卫国得知他中奖的消息，就以高于中奖金额五十万的价格从他手里买来了彩票，之后冒名顶替领了奖。金卫国在领奖的过程中十分高调，所以身边的人都信以为真，现在还能查到他当时中奖的新闻。而赃款也随之被其顺利洗白。"

"哼……估计他一直在寻找着洗白的机会。"郭局摇头，"那个塔政呢？找到了吗？"

"已经电话联系到了，初步承认了案件事实。他人在东北，我们已经委托当地刑警与他接触了。"那海涛说。

"咱们的人马上出差，找塔政固定证据。"郭局指示。

"他那个快递公司，与案件有没有关系？"郭局问。

"公司建立之初的注册资金，肯定用的是赃款。但建立之后公司业务发展不错，从财务报表上看，几年来的年盈利都在三百万以上。五年前，他按照赃款的数额将七百万元以其子的名义存了定期，一直没有动。"那海涛说。

"嗯……"郭局点头，"能确认他与另两个案件无关吗？"

"没有发现相关的线索。金卫国的指纹、DNA等信息没有出现在两个案件现场，同时在海城银行抢劫案发生的时候，他确实在美国，有出入境记录和入境照片佐证。陈博藏匿赃款的地点是他的宿舍，作案使用的电动自行车也不是快递公司配备的。陈博没有前科，在他宿舍的电脑里，我们发现了大量有关盗窃的电影和视频资料，他的作案手段应该是从网上学的。"那海涛条理清晰。

"陈博的背后有指使者吗？我想问，他为什么要以张望的别墅作为目标？"郭局的提问有深层次的含义。

"这个还没查清。"那海涛说。

"一个没有前科的人，如此专业地躲避探头，长途奔袭到银湾别墅区精准地潜入副市长的家中进行盗窃，之后还不马上逃离海城，而是将赃款隐藏在公司的宿舍，最后被人杀害。这么多巧合凑在一起，就不会是巧了。"郭局说。

"金卫国曾经辩解，说有人在害他，把脏水往他身上泼。"那海涛说。

"谁想害他？为什么往他身上泼脏水？"郭局皱眉。

"他说自己不知道。"那海涛回答。

"嗯……"郭局停下来想了想，"大家手里的活儿都不要停。那海涛，你继续审讯，查清事实固定证据后，尽快向检察院提请对金卫国的逮捕。刑侦、经侦、视侦，那两个案子继续追查，有线索立即向我汇报。散会吧。"郭局言简意赅。

大家都站了起来，走出会议室。黎勇刚要走，就被郭局叫住了。黎勇低头沉默着，郭局看人走得差不多了，才开口。

"哎，你是第一天当警察吗？"他问。

黎勇抬起头，眼神茫然。

"干了十多年，曾经是打扒队最年轻的主办侦查员、探长、副中队长、中队长，后来奉命组建刑侦支队视频工作组，架设'鹰眼''天网'。二等功、三等功、优秀公务员、嘉奖弄了一大堆，锦旗多得可以挂满墙。现在是即将任命的视频侦查大队的大队长，四级高级警长，市管干部。就这个德行？啊？"郭局突然拍响了桌子。

"我辞职，不干了。"黎勇站起来说，把警官证放在了桌上。

"为什么？"郭局冷冷地问。

"我辜负了市局领导的信任，没有尽到职责，跟犯罪嫌疑人走得太近，还有……我渎职，造成了同事的牺牲，我……我不配当一名警察……"黎勇热泪盈眶。

"别说套话，真实想法，说！"郭局大声说。

"我……"黎勇无言以对。

"害怕了？畏难了？黔驴技穷了？"郭局瞪着他，"瞎猫，你让耗子给吓傻了？"

"我……不是，我……"

"我告诉你，论警龄，我穿着这身衣服三十五年了，比你长得多！论办案，我搞得也比你多。这些年，风风雨雨、成败得失，我和海城的所有警察一样，拿自己的生命去换取案件的成功。什么是成功，我问你？抓人破案是成功吗？追赃减损是成功吗？立功受奖是成功吗？升职加薪是成功吗？不是！那只是工作的结果而已。作为一名警察，真正的成功是去守护这个城市的稳定繁荣，让百姓安居乐业，是无论多黑的夜晚，孩子都能在街上无忧无虑地玩耍。这才是我们努力的目的，这才是我们自身的价值，这才是我们的荣誉感！我以前看得起你，因为你虽然散漫但在关键时刻能顶得上，能不掉链子，能拿自己的生命去破案，能不给警察丢脸。但现在呢？你这副样子对得起自己吗？对得起身上的警服吗？"郭局质问。

黎勇愣愣地看着郭局，心潮起伏。

"要想让别人看得起你，就得先看得起自己，黑猫白猫我不管，抓不住耗子就不配叫猫。我听过你给警校的学生讲课，说得挺好，当警察不是理想和冲动，而是责任感。现在，我把你的这句话再送给你，同时也要告诉你，就算这条路再崎岖艰难，别人都摔倒了，咱们也不能倒！倒了也得爬起来，爬不起来了也要倒在前进的路上。"郭局把话说完。

黎勇沉默了一会儿。"郭局，我懂了。"

"懂了就去做，要做就做好！"郭局说。

"明白了。"黎勇点点头，转身离开了会议室。

他刚走出门，就发现章鹏、林楠、那海涛一大堆人都没走，他们围在黎勇身边，默默地看着他。

"瞎猫，需要抓捕队的时候说话，我这儿的精兵强将给你留着。"章鹏扶住他的肩膀。

"赃款交易的事儿交给我，需要冻结我安排专人跟进。"林楠也扶住他。

"审讯的活儿我来，你们要是人手不够，整理卷宗我也可以帮忙。"那海涛说。

"干宣传好几年了，枪是用不好了，但笔杆子是练出来了。哎，什么时候弄文字材料，想发布通报，我候着。"谭彦说。

黎勇终于忍不住了，颤抖着流出眼泪。"谢了哥儿几个，我傻了，囧了，不该那样儿。"

"嘿，谁没傻的时候啊，醒了就好。"章鹏说。

"傻了没事儿，能治。难得糊涂嘛。"林楠笑。

"我问纪委了，你虽然喝了酒，但没在岗位上，口头警告一次，不用停职检查。与嫌疑人虽然接触，但并不明知，没哪个条款让你避嫌。回家背诵'党章'和'纪律要求'各一百遍，以后记住。"那海涛打趣。

"嗯……"黎勇点头。

"四级高级警长，市管干部，为什么不干啊，还真想留给省厅挂职的那位？犯什么傻啊。"谭彦皱眉，"嘿，还不快点儿把警官证拿回来，一会儿郭局真给你收了。"

"哎哟。"经他一提醒，黎勇才想起自己的警官证还落在会议桌上。他转过身，正犹豫着是否再进会议室，这时郭局走出来了，拿着他的警官证。

"什么都能忘，这个不行。"郭局把警官证递给黎勇，"女娲提出提前退休，我没批。你把他找回来，还有那个疯魔。"

"好。"黎勇点头。

"大点声！"郭局皱眉。

"好！"黎勇大声说。

看黎勇走远了，郭局才放松了表情。"谭处长，我这思想政治工作做得怎么样？"他背着手问。

"非常好啊。要说政工宣传工作，您是专家。您可是我的老主任啊。"谭彦忙说。

"刚才是不是拔得有点儿高了？就'崎岖艰难'那段儿。"郭局比画着。

"稍有……有点儿，要是低点儿，更好。"谭彦也比画着。

"哦……"郭局笑了，谭彦说的话总能让他舒服。"响鼓得用重槌啊。这小子干活儿是把好手儿，但要是真让他带队伍啊，我心里还真没底……"郭局笑着摇头。

谭彦看着郭局，笑了笑没说话。

33. 重装上阵

　　华灯初上，城中路派出所门前，封小波和大壮、耽美坐在台阶上。封小波望着远处路上车流涌动，默默叹了口气。

　　"真按你们说的，还神了……"他转头看着大壮。

　　"真的，他们肯定练过。我你还不知道？平时对付两三个都没问题。但那俩人，动作很麻利，我还没弄明白呢，就被放倒了。"大壮说。

　　"你那是废物。"封小波说。

　　"你是没看见啊，那两个人左右夹攻，不但配合得好，而且十分精准，拿手里那个东西往我脖子里一塞，我就没感觉了。"耽美也说。

　　"真没看见长什么样儿？"封小波还是不甘心。

　　"都是假脸，还戴着帽子，穿的那个蓝色大衣特别奇怪，不像是一般的服装。哦，上面还有许多亮晶晶的东西。"大壮说。

　　"亮晶晶的东西？你不是眼花了吧？"封小波说。

　　"不是不是，是有亮晶晶的东西，好像镶在衣服上，但还没看明白，我们就倒了。"耽美补充。

　　"他们戴着人皮面具吗？"封小波问。

　　"应该是，一点儿表情都没有。"大壮说。

　　"'动作识别'锁定的是哪一个呢？"封小波问。

　　"应该是夸父遇到的那一个。"耽美说。

"为什么你们只被电晕，但夸父却糟了毒手？"封小波不解。

"我们要是遇到那个，估计也凶多吉少了。我们和那两个'暗影人'是在胡同口相遇的，但小A和夸父是在胡同里与另一个相遇。我觉得……"大壮想了想，"那个'暗影人'是带头的，是奔着小A去的。"

"奔着小A去的……"封小波倒吸一口凉气，"他怎么知道小A在那里？"

"我哪儿知道啊。"大壮摇头。

"嗯……"封小波沉默了。

"哎，怎么着，你还在查啊？"大壮问。

"啊？我……"封小波不知怎么回答。

"我看你算了吧，都被停职了，就别再较劲了。"大壮说。

"别管了。"封小波站起来。

"哎……"耽美犹豫了一下说，"我们去视频队那事儿，是不是黄了？"

封小波看着他没说话。

"废话，哪壶不开提哪壶。"大壮打了一下耽美的脑袋。

市局家属院旁的小饭馆里，黎勇给女娲把酒斟满。牛栏山百年陈酿，香气扑鼻。女娲夹了一口花生米，看着黎勇。

"老赵，退休以后有什么打算？"黎勇夹了一筷子麻椒鸡，往嘴里送。

"嘿，一辈子没闲过。退了休陪陪老伴儿，去四处看看祖国的大好河山。"女娲说。

"哦，那不错，趁着身体好，多转转。要不以后有孙子了，还得忙。"黎勇点头。

"你呢？什么打算？"女娲问。

"我？瞎干呗，走到哪算哪。"黎勇说。

"那不行啊，你跟我不一样，正当年，还有机会呢，可不能这样。"女娲说。

"来，喝酒。"黎勇举起酒杯。

"你报备了没有？"女娲没碰。

"报什么备啊。"黎勇伸手与女娲碰杯。

两人各怀心事地满饮。

"嗯……忙了几十年了，在家的时间都没有在单位的一半多。现在往家里一坐，反倒不适应了。"女娲叹了口气。

"那就慢慢适应，后半辈子还得享清福呢。"黎勇又给他满上。

"瞎猫，我以为你是来劝我的，你怎么……"女娲没把话说完。

“劝你？劝你干吗啊？你这样不是挺好的吗？”黎勇反问，“哎……要明白世事无常，要看淡人走茶凉。”

“这可不像你说的话。”女娲看着他。

“怎么不像？我也想好了，准备跟郭局提提，把领导职务给辞了，找个清闲地方一待得了。我都问了，洪山公园派出所的编制虽然满了，但要是郭局特批，还能再挤进一个。后勤处管食堂的老韩马上就要退休了，我觉得那个活儿也不错……”黎勇说。

“不错个屁！”女娲皱眉，“我问你瞎猫，咱们视侦队就这么散摊子了？那案子就这么交给那个陈博士了？夸父还没闭眼呢，你就撂挑子了？”他激动起来。

“老赵，别再叫代号了，叫我黎勇。你那女娲的代号也成为历史了，以后我叫你老赵。”黎勇冲他摆手。

“我……想不通……”女娲摇头。

“那你觉得应该怎样？”黎勇问。

“我觉得，就算你不想干了，也得先把案子破了。”女娲看着黎勇的眼睛。

“那你为什么申请提前退休啊？”黎勇问。

“我……我是气不过……”他摇头。

“气不过什么？那些流言蜚语？”黎勇皱眉。

“是。说什么案子失败是因为咱们跑风漏气，是视侦队里有内鬼。我去他大爷的，咱们一共就四个人，谁是鬼啊？”女娲声音颤抖。

“管他们说什么呢，来，喝酒。”黎勇并不接招，“不要用你的业余挑战人家的专业……”黎勇满饮。

“谁业余了？咱们是最专业的！”女娲说。

“贪心不足，好胜心太过，祸之端也。”黎勇又说。

“没贪心哪有动力？没好胜心能赢吗？什么祸不祸的，警察不信这个邪！”女娲加快语速，“你……你怎么这个揍性了，瞎猫……”

“老赵，叫黎勇，别叫瞎猫。”黎勇打断他。

“叫什么老赵，叫代号，女娲！我还就叫你瞎猫。”女娲急了，拍响了桌子。旁边的食客纷纷转头注视。

黎勇看着女娲，表情渐渐舒展了，最后笑了起来。“呵呵……哈哈哈哈……”他用手捂着脸，摇着头。

“你……”女娲愣了，“你这是给我下套吧？啊？等着我往里面钻，是不是？”他用力摇晃着黎勇。

“嗯，是，是。”黎勇点头，笑出了眼泪。

"你个小兔崽子！你要气死我啊！"女娲笑了，"什么都甭说了，我明天就把退休申请给要回来，夸父的仇咱们得报，没办完的案子，咱们得办完。要不我死了都不踏实。"女娲说。

"你甭去了，我都给你拿回来了。"黎勇说着，从口袋里拿出一张纸，正是女娲的退休申请。

"你个瞎猫，真行。"女娲摇头。

"女娲，夸父是条汉子，咱们不能给他丢脸。他没完成的事儿，咱们不但要做完，还要做好。要除恶务尽！"黎勇一字一句地说。

"是，疯魔也这么说。"女娲回答。

"他也找过你？"黎勇皱眉。

"下午来的，问了问血指纹的事儿。我给技术的人打了个电话，让疯魔过去拿结果。"女娲回答。

"血指纹……"黎勇愣住了。

星光商业广场的地下停车库，封小波疲惫地靠在宝马 X5 的副驾驶上，旁边的裘安安沉默着。

"公司的大数据融合做完了，前景非常好。华总决定了，让我下个月就去襄城的新公司报到。职位上调到 P12，负责全面工作。"裘安安看着封小波说。

"哦……"封小波心不在焉地点头。

"我没有答应。"裘安安说。

"哦……"封小波又点了下头。

"我想，明天就向他提出辞职。"裘安安加重了语气。

"哦……"

"封小波，你没听我说话吗？"裘安安生气了。

"安安……"封小波并没叫她昵称，侧过脸看着她。裘安安很美，长发挡住脸颊，眼神如水。

"你今年过节都没回家。"封小波说。

"哦，公司太忙，没时间。"裘安安说。

"你妈一个人在襄城，不回去看看？"

"她怕打扰我工作，自己报团出去旅游了。"裘安安说。

"你在海城快乐？我是说，这是你想要的生活吗？"封小波问。

"你想说什么？"裘安安皱眉。

"我觉得这不是你想要的生活，你该离开海城，去襄城重新开始。"封小波说。

"我是……"裘安安犹豫了一下，"我是为了你，你不懂吗？"

"你不该为了别人而失去自己的快乐。"封小波摇头。

"你是别人吗？"裘安安声音颤抖。

"安安，咱们分手吧。"封小波突然说。

"分手？……"裘安安愣住了。

"我想了好久了，我是一个警察，即使被停职了也仍然是一个警察。我这辈子可能不会再干别的了，就算社会上的公司给我再高的薪金，我也不会脱了这身警服。我喜欢它，爱它，穿着它就觉得踏实，脱了它觉得自己什么也不是。"封小波看着裘安安，"我很忙，你知道的，以后，我会越来越忙。我陪不了你，也顾不了家，在执行任务时还会经常有危险。夸父，你看到了，多好的一个人，没了，二十六岁，就没了……"他眼里闪着泪光，"我不能再拉上你，让你也过这样的日子……"他的眼泪流了下来。

"疯魔……"裘安安也流下了眼泪，她攥住了封小波的手，"我不会离开你的，你要忙我就在家等你，等你平安回来。"

封小波擦了把眼泪，看着裘安安："我真的是想让你快乐、幸福，才要你离开。"

"我不会离开你的。"裘安安一把搂住他，"我会留在海城，和你在一起，等有条件的时候把我妈接过来。不要再说分手了，我不会和你分手。"她的眼泪滴在了封小波肩膀上。

但此时，封小波却话锋一转，开始了下一个主题。

"谢谢你，缪斯。"他换上了一副真诚的表情。

"你放手干吧，不必考虑我，我会全力地支持你。"裘安安说。

"夸父遇害的时候，倒在雨雪里，他右手的掌心里，有一枚血指纹。我知道，他是在用自己的生命，去保护那条线索。他在等着我们，找到那个指纹的主人。"封小波直直地看着裘安安。

裘安安看着他，默默地叹了口气："你是让我到融合的大数据里去找？"

封小波没说话，把视线转到窗外，他叹了口气："我不想给你找麻烦，突破你的原则和底线，但是……"他没把话说完。

"你知道的，这是违法的行为。"裘安安说。

"但这是夸父用生命换来的！"封小波突然激动起来，"技术已经鉴定过了，那枚血指纹和在洗浴中心发现的，一模一样。"

裘安安没有说话，表情冷了下来。封小波泄气了，沮丧地看着她。

"我知道，你不是为了个人的荣辱，而是为了警察的责任。"裘安安说，"给我，我试试吧。"

封小波一挺身坐了起来。他从裤兜里拿出一个 U 盘，递给裘安安："从刑侦支队取的，扫描版。"

"这就是你今天找我的目的吧？"裘安安表情骤变，冷冷地看着他。

"啊？不是啊……"封小波言不由衷。

"你刚才说的我会考虑，下车吧。"裘安安做出"请"的动作。

"考虑什么？"封小波慌了。

"分手。"裘安安失望地说，"我不喜欢被人算计。下车。"她提高了嗓音。

封小波走到车外，看着黑色的宝马绝尘而去。在黑暗里，他点燃了一支烟，学着黎勇的样子吸吮。他决定要做下去，为了夸父，也为了自己最后的警察荣誉。哪怕失去一切也要做下去，不论是否被停职，还是有其他的后果。

他在海城的夜色中游走着，缓慢地、疲惫地、艰难地游走着。寒风渐起，路上没有一个行人，整个城市空荡荡的，仿佛只有他和自己身后的影子。他想起了夸父，想起了他那阳光的笑容，想起了他骑摩托时的飒爽，也想起了他玩游戏时的痴迷。他是个多好的人啊，办起案子从没有怨言，就算知道你在欺负他也不会发火。那时为什么要挖苦他啊，就不会好好跟他说话吗？世界上还会有像他那样的人吗？真想跟他成为一辈子的朋友啊。教他怎么追那个"水晶女孩"，看着他幸福地结婚，生子，直到变成女娲那副样子。封小波感到脸上凉飕飕的，用手抹去泪水。他不知怎么的就走回了市局，来到了六号楼前。他犹豫了一下，走了进去。

虽然被停职了，但视频工作站的指纹还没被抹除。封小波打开门，走进房间。里面黑漆漆的，只有一片月光透过落地窗照在六行十二列的显示墙上。昔日繁忙的场景历历在目，但如今却人走屋空，冷冷清清。封小波感到一阵心痛，蹲在了地上。但没想到与此同时，右前方的台灯却"啪"的一声，亮了。封小波抬头，竟然是女娲。他正端坐在工作台后，看着自己。封小波怕自己眼花了，是错觉，赶忙揉着眼睛再看。这时，显示墙前的灯"啪"的一声，也亮了。下面站着两个人，正是打扒队的名捕老头和快腿。

"你们……"封小波站了起来，不知所措。这时，左边工作台的灯也亮了，黎勇坐在那里，旁边站着大壮和耽美。

"我们到处找你呢，手机也不接。正好，一起开会。"黎勇说。

"师父，我……"封小波鼻子一酸，眼泪流了出来。

"什么都别说了，我知道就算把你停职了，你也没闲着。郭局批准你归队了，一会儿回去拿换洗衣服，从明天开始，案件重启。"黎勇说。

"好，好！"封小波泪流满面地笑着。

大壮和耽美走过来，和封小波拥抱在一起。

城中区最繁华路段的万业大厦，蓝晶石集团海城分公司，一身"OL"套装的裘安安，不时向过往的员工点头微笑。十分钟前，她趁唐达陪华天雪外出开会的机会，以调研数据融合的名义来到了技术部。此时，她坐在一台电脑前，正在听一个员工讲解。在她离开之后，唐达对技术部进行了大换血，许多员工都很面生。员工讲得很仔细，裘安安频频点头。

"你刚才讲了这么多，可以演示一下吗？比如，某一个客户的购物习惯。"裘安安说。

"可以啊，比如您看，咱们随便找一个人吧。"员工在大数据里随意点中了一个"目标用户"，然后操作系统，屏幕上顿时出现了几十列相关数据。"您看，这个目标用户二十八岁，男性，五年前来海城工作，现在单身。在数据融合之前，我们只能还原他的行动轨迹，但是现在，他的饮食习惯、购物喜好、收入情况和作息时间等，都可以还原了。"

"是通过'嗅探功能'吗？"裘安安问。

"是的。"员工点头。

"数据融合对我们来说，有什么实际意义呢？"裘安安问。

"在蓝晶石将正茂科技和通斯奥达并购之后，对视频数据的资源整合已经上了新台阶，加之另外几家网络巨头的数据共享，我们已经实现了对客户的精准选择和广告的精准投放。说简单些，就是用最小的付出获得最大的收益。"员工说。

"对，这正是我们的目的。"裘安安点头。

"裘总，这里面有你的功劳啊，谁不知道，蓝晶石公司最大的广告就是你做的。"员工笑。

"啊？嘿，那是运气罢了。"裘安安摇头，她拿过鼠标，自己操作着，但没几下屏幕就显示出"权限不够"的字样。

"这是怎么回事？"裘安安问。

"哦，裘总，我的权限不够，要想搜索更多数据，得用唐总的机器。"员工说。

"明白了。"裘安安点头，不禁望着不远处的"总监办公室"。

"好吧，请继续给我演示吧。"裘安安冲员工笑笑。

测试室里恒温二十二摄氏度，四周白墙，有窗，墙上没有张贴带有压迫感的语句。柳主任把传感导线连接在封小波的手指上，又试了一下围在他胸口呼吸带的松紧，提醒他在回答问题的时候不要紧张。

"准备好了吗？"柳主任问。

"好了。"封小波点头。

柳主任按动鼠标，操作了几下，然后看着封小波。

"在海城银行抢劫案中，你将案情向专案组之外的人透露过吗？"她的语气温和。

"没有。"封小波回答。

"你将案犯的位置向专案组以外的人透露过吗？"她问。

"没有。"封小波回答。

"你是否与案件的涉案人或关系人有过联系？"她问。

"没有。"封小波回答。

"你在办案之中，接受过他人的礼品和馈赠吗？"她问。

"没有。"封小波摇头。

在夸父遇害之后，局里有不少流言蜚语，说视频队的行动失利是有因为人跑风漏气。在侦办银行抢劫案的最后抓捕中，突如其来的匿名电话让嫌疑人亡命潜逃、坠入山崖；在侦办银湾盗窃案的时候，在即将抓获嫌疑人的时候出现凶手，不仅将嫌疑人杀害，还造成夸父牺牲。加之黎勇昔日线人金卫国的被捕入狱，这一切都让视频队的人，特别是黎勇难以自证清白。面对这些质疑，郭局才无奈做出让省厅专家陈博士替代视侦队开展行动的决定。但事实证明，没有视侦队这几位不行，博士专家虽然很努力，但却收效甚微，案件毫无进展。所以在黎勇的要求下，郭局批准了视频队全体成员接受测谎的申请，用科学的方法去证明视侦队的清白，为他们重装上阵扫清道路。

柳主任非常严谨，对封小波连续测试了一个小时才宣告结束。这也正是黎勇的意思，既然测了就绝不走过场，得有一个经得住推敲的结果才能服众。

封小波走出测谎室，抹了把头上的汗。

"怎么了？心虚啊？"黎勇问。

"嘿……这架势，就是没事也觉得有事。"封小波说。

"测谎的本身也是一种压力，正常。"黎勇说。

"师父，结果什么时候出来？能看看吗？"封小波问。

"看什么？心里没底啊？"黎勇笑。

"那倒不是，就是有点儿……好奇。"封小波笑。

"估计一会儿就能出来，但结果咱们看不到。柳主任直接向郭局汇报。"黎勇说。

"哦……"封小波点头。

"要是有问题就赶紧交代啊，坦白从宽。"黎勇笑。

"我？不可能。但是……"封小波犹豫着。

"怎么了？"

"柳主任问了好多关于你的事儿，我没隐瞒。"封小波说。

"跟老金吃吃喝喝？"黎勇问。

"对，还有你们之间的交往。"封小波说。

"你做得对，实话实说，绝对不能隐瞒。再说，郭局什么不知道，早有闲人到他那儿给我扎针儿了。我已经向他详细汇报了情况。"黎勇说。

"哦，哦……"封小波点头。

"柳主任也问了我好多关于你的问题。"黎勇说，"比如，你和裘安安的关系。"

"问这个干吗？这是个人隐私。"封小波皱眉。

"在案件面前，没有个人隐私。再说，她还是蓝晶石公司的技术专家。"黎勇说。

"有人怀疑蓝晶石？"封小波问。

"不必在乎别人说什么，只要做好自己的事儿就行了。"黎勇说。

两个人边走边聊，到了六号楼前。

34.指纹

十八点三十分，已经过了下班时间，蓝晶石的员工陆陆续续离开了办公区。裘安安在楼道里转了一圈，确认唐达和华天雪还没有回来。她走到技术部办公区门前，在确定里面没人之后，拿卡刷开了门禁。她反手锁上门，摸到了唐达"总监办公室"的门前，抬手输入了密码，门打开了。这是她在技术部时为防止密码遗失而设置的解锁码。

唐达的办公桌很凌乱，许多材料散乱地摆放着。裘安安晃动了一下鼠标，电脑屏幕亮了，他没有关机。裘安安搜寻了几下便找到了大数据系统，她迅速拿出密钥，插在电脑上，却仍显示"权限不够"，她想了想，输入了一串二十六位的解锁码，系统终于打开了。她不禁笑笑，庆幸自己留了"后门"。她点出了搜索界面，拿出U盘，将指纹数据录入系统，然后按动了"回车"。系统立即检索，还不到一秒的时间，屏幕上就列出了两行数据。裘安安没有细看，为防止拷贝的过程被系统记录，就拿出手机拍摄。但就在她关闭大数据系统的时候，却发现屏幕的任务栏中有一个"最小化"的电子地图。裘安安犹豫了一下，把地图打开，上面是海城的全貌。

裘安安停住动作听了听，门外没有任何声音，才把视线转回到屏幕。在那个电子地图上，划分着上百个区域，都用罗马数字标记着，Ⅰ、Ⅱ、Ⅲ、Ⅳ……ⅩⅤ、ⅩⅥ、ⅩⅦ、ⅩⅧ……每个区域里都密密麻麻地标记着许多黄色圆点，应该是蓝晶石视频监控系统的布设情况。裘安安从未见过这个系统，也不知道是何时开发的。她操作鼠标，统计着探头布设的情况，发现仅在城中区就布设了十一万个探头，数量远超市公安机关布设的数量，这个数字竟是市场部不掌握的。她继续操作系统，点击"总量"，屏幕下列出数字，1627215。这是蓝晶石探头在全市的实际数字。地图上有一个切换按键，她点击了一下，地图顿时变成"反色"，那I、II、III、IV等数百个区域间，出现了许多条白色连接线，那些连接线细密曲折，时接时断，像无数条蜿蜒的河流。裴安安正在看着，门外突然响起了脚步声。她赶忙关上屏幕，俯身蹲在了办公桌旁。

有人进了办公区，翻找了几下东西就走了。裴安安感叹，幸好不是唐达。她点亮屏幕，用手机将地图拍下，这才拔出密钥和U盘，悄悄地走了出去。但她却没有注意，就在办公区的门口，有一个新安装的红外监控探头，对着她。

视频工作站的显示墙上，画面在剧烈地晃动着，那是一段主视角的回放录像，前面是扑面而来的漫天雨雪和空荡荡的街道。

黎勇的眼睛彻底好了，露出鹰一样的光芒，他脚踩椅子凝视着显示墙。

"什么都没有？"他问。

"什么都没有。"女娲回答。

"他在追什么？"黎勇又问。

"当时他说在追目标，一米八身高，蓝色大衣、怀疑是'暗影人'。"封小波说。

这时，回放的视频里传出了夸父的声音：

"看到了，一米八身高，穿蓝色大衣、黑色运动鞋，戴着黑色帽子。"

"我怎么没找到？"

"没有人啊！你是不是看错了？"

"怎么没有人啊，就在前面，五十米左右。"

"你是不是游戏玩多了……"

"怎么发现'暗影人'的？"黎勇问。

"在跟踪小A的时候，F区的06号'鹰眼'突然报警，但在视频数据里却没有发现任何人。"女娲说。

"会是系统错误吗？报警之后'鹰眼'系统失灵？"黎勇皱眉。

"就算是系统错误，也不可能全部瘫痪啊。D、F、L、V区域所有的'鹰眼'都没有拍到'暗影人'。"封小波说。

"嗯……"黎勇托腮，"女娲，调轨迹图。"

女娲把视频缩小，将城西新区F区的地图打开，标记出同时间段夸父奔跑的轨迹。

"夸父从 F 区的 03 号'鹰眼'附近开始加速，速度越来越快，大约追了五百米之后，就转到了那条胡同，然后在即将到达 D 区路口的位置倒下。技术查了，夸父的前面确实有脚印，但由于雨雪太大无法保护现场，没有搜集到有价值的线索。"女娲说。

"大壮、耽美，你们与那两个人怎么相遇的？"黎勇问。

大壮和耽美就又把当时的情况叙述了一遍。

"动作麻利，戴着人皮面具、黑色帽子，穿蓝色大衣，上面有亮晶晶的东西……"黎勇想着，"他们在系统中是否有报警？"

"没有报警。系统报警的，是对夸父和小 A 行凶的'暗影人'。"女娲说，"同时，这两名'暗影人'也没被'鹰眼'拍到。"

"奇怪了……"黎勇说，"很明显，他们是奔小 A 来的，杀害夸父只是偶然。"

"但如果他们想干掉小 A，为什么要在我们抓捕的时候动手？他们知道小 A 的位置，随时可以杀了他啊？"封小波不解。

"因为避险。"黎勇看着封小波。

"避险？"封小波皱眉，"怕小 A 被咱们抓到？"

"对。"黎勇点头。

这时，显示墙上的视频回放已经接近结尾，从晃动程度上看，可以想象夸父在剧烈地搏斗，但面前却空无一人。最后，镜头突然旋转起来，掉在地上，可以看到夸父摔倒的身影和伸出的右手。

"他们怎么会知道咱们在抓小 A 呢？"封小波又问。

"你觉得呢？"黎勇反问。

"难道是……走漏了消息吗？"封小波想着。

"在行动的时候，都有谁知道？"黎勇问。

"我、女娲、夸父、大壮和耽美，还有……"封小波犹豫了一下，"裘安安。"

黎勇没有说话。

这时，封小波的手机响了起来，他一看，正是裘安安。

"接。"黎勇冲他努着嘴。

封小波接通。

"喂，什么？哦，哦，太好了！谢谢。我马上过去。好，好……"他挂断电话。

"怎么了？"黎勇问。

"夸父右手掌的那枚血指纹，有线索了。"封小波说。

"什么？不是在违法犯罪数据库里没找到吗？"

"哦，我找了另外一个库。"封小波含糊地回答。

裘安安很严谨，将手机拍摄的画面打印出来交给了封小波。上面是两行近似于乱码的字母数字混合排列：

Asdodjho9012n312ioasdd

Fgimnbad2123deomomad

"这是什么？"封小波不解。

"我查了一下，这是两段交易代码。是那个指纹用虚拟货币购买的手机软件。"裘安安说。

"都是什么软件呢？"封小波问。

"不知道，查不出来。"裘安安摇头。

"时间呢？什么时候？"

"两年前的八月十一日。"裘安安指着前面的日期说。

"从哪里可以调到细节呢？比如支付资金的账户？姓名？"

"不好查，这是虚拟货币，而且支付的是国外电商的手机软件，服务器在境外。而且时间比较久了，这两个软件都下架了。"裘安安说。

"那起码可以肯定，这个指纹是对的，指纹的主人确实存在。"封小波说。

"对。这点没问题。"裘安安说。

"已经下架的软件，国外电商，境外服务器，虚拟货币……嗯……我想办法吧。"封小波说。

"你怎么查呢？"裘安安问。

"我有办法。"封小波笑笑。

第二天上午，街上阳光明媚，最高气温已经达到了十摄氏度，路旁的枯枝发了嫩芽，到处都是春天的气息。

黎勇穿着一身运动服，在街头搜索着，他的位置被标记成了红点，显示在视频工作站的显示墙上。黎勇通过耳麦与女娲实时联系。

"女娲，我走的轨迹和夸父一样吗？"

"一样，在前面路口左转的时候要靠近墙的一侧。"女娲说。

"疯魔，你那边怎么样？"黎勇对着耳麦问。

封小波在西郊新老城区的衔接处，他停住脚步回答："这里没有公交车，三个'暗影人'要想以最快的速度到达，肯定要驾驶车辆。"

"车辆的情况我在还原，但新老城区之间有十公里的衔接处，四通八达，暂时还没摸到线索。"女娲说。

"继续找，如果沿途有小摊贩等游商，不要落，都要走访。"黎勇说。

"好的，明白。"封小波捂住耳麦。

黎勇继续走着，突然发现了路旁的一个烟蒂。他觉得自己都神经质了，看到烟头和矿泉水瓶就敏感。他蹲下身体，取出手套戴上，轻轻地捡了起来，没想到是利群香烟。

"女娲，在 F 区转角发现利群烟蒂。"黎勇说。他拿出证物袋，将烟蒂装了进去，之后又取出手机，将此处的位置做了标注。他站起身来，觉得伤感，以往这些工作都是夸父负责，一遍一遍地搜索、收集，辛苦程度可想而知。

黎勇活动了一下双臂，继续沿着轨迹疾行，快到中午的时候，才与封小波会合。

视频侦查车的音响开着，里面播着新闻广播。封小波开着车，黎勇打开车窗抽着烟。

"在副市长张望被调查之后，海城多个民营企业负责人相继被调查。其中正茂科技的董事长邹光华在三年间共向张望行贿一千余万元。近日，外逃澳洲的通斯奥达科技公司董事长齐建军被'猎狐行动'小组缉捕回国，该公司主营楼宇对讲及可视门铃等业务，现已被蓝晶石集团收购……蓝晶石股价疯涨，安装该品牌监控设备的市民也越来越多，但有专家却提出质疑，如监控市场形成垄断，将不利于行业的健康发展……"

"蓝晶石可真是越做越大啊……"黎勇默念着，"哎，你那两个线索是从蓝晶石获得的？"

"哦……嗯……"封小波点了点头。

"下午补手续，正式调取。"黎勇说。

"啊？那不行。那不是把裘安安给卖了吗？"封小波为难。

"不知道程序不合法，证据无效啊？"黎勇问。

"知道，但你怎么调啊？拿一个指纹到他们数据库里滚，他们肯定不同意。再说了，他们那些融合的数据，也都上不了台面儿。"封小波说。

"为什么？"

"那都是公民的隐私啊。生活习惯、购物喜好、行动轨迹，这些数据之所以能被收集到，都是那些网络巨头留的'后门'。"封小波说。

"留的'后门'。"黎勇想着，"疯魔，你们在抓捕小 A 的时候动用蓝晶石的设备了吗？"

"用了啊，蓝晶石出了八架无人机。"封小波说。

"裘安安提供的？"

"哦，对。"

"嗯……"黎勇想着，"你问问她什么时候有时间，来趟市局。"

"来市局？干吗啊？"

"测谎。"黎勇说。

"哎，师父，她就算了吧……"

"没办法，早晚得到这一步。你知道吗？警务保障处的老沈被抓了。"黎勇说。

"老沈，那个老头儿？为什么啊？"封小波惊讶。

"是通斯奥达的老板齐建军把他供出来的，说他索贿。"黎勇说。

"索贿。"封小波愣住了。他当然清楚，蓝晶石公司也是老沈介绍过来的。

"哎，你在前面路口停车，我下去办点儿事儿。你回市局网安找趟老田，问问他查询结果。"黎勇说。

"老田……师父，我就不去了，让女娲找他吧。"封小波拒绝。

"只能你去。我问了几遍了，他都爱搭不理的，我估计是等着你上门呢。见了面儿服个软儿，一笑泯恩仇。"黎勇说。

"哎……他就这德行。"封小波摇头。

石油大厦是海城最高级的写字楼，黎勇在大厦前下了车，走进大堂。位于一层的海城银行门前人来人往，几个月前银行劫案的阴影已经渐渐淡去。他抬头看着墙上悬挂的楼层指示牌，发现正茂科技和通斯奥达分别位于大厦的五层和十七层。他转过身，看到身后一个监控探头正在对着自己，又环顾四周，发现仅在大堂就装着四个探头。他找了个保安，亮出警官证，把安保经理叫了过来。

五层正茂科技的办公区门前，安保经理在黎勇前面引路。透过玻璃可以看到，里面已无人办公。

"在银行抢劫案发生之后，我们引以为戒，全面更新了大厦的监控系统，现在全都升级成'蓝晶石4.0'了。您看，仅这层的公共区域就安装了二十二个探头，可以说，除了卫生间、更衣室等私密空间，其他都已经做到三百六十度无死角了。"经理介绍着。

黎勇听着，不知怎么的，突然想起了银湾别墅区被窃现场那个安装在二层的蓝晶石探头。

"整个大厦的监控系统都是蓝晶石的？"黎勇问。

"是啊。蓝晶石的系统稳定、速度快，搜索、预警能力又强，现在海城大部分的企业和商户都在用，供不应求啊。"经理说。

"那这家公司里面呢？"黎勇用手指了指正茂科技的办公区。

"他们肯定是在用自己的设备。呵呵，正茂科技跟蓝晶石曾经是竞争对手，但现在已经被收购了。"经理说。

黎勇点点头，走到步行梯前。为确保大厦各层的私密性，每层的步行梯都装着门禁。

"哎呀，忘了带卡了。"经理摸着口袋。

"没事，那坐电梯吧。"黎勇说。

"没关系。"经理笑笑，他拿出电台，"小李小李，把五层的门禁打开。"

不到十秒钟，门禁"啪"的一声开了。

"哟，够高级的啊。"黎勇说。

"呵呵，我都说了，三百六十度无死角。"经理笑。

他们溜达着上了六层，黎勇发现在步行梯也安装着监控。

"视频数据你们保留多长时间？"黎勇从六楼进了电梯。

"我们的硬盘保留六个月的时间，但在蓝晶石的云存储里，可以永久保存。"经理按动了十七层的按钮。

"云存储？"

"哦，就是通过网络保存在蓝晶石公司的服务器里。我们支付年费，可以随时调看。"经理说。

"那安全吗？"

"安全啊，用户名和密码只有我们自己知道。"经理回答。

黎勇到了十七层，通斯奥达公司里还有人，像是在收拾残局。黎勇抬头看着通斯奥达门前，两台蓝晶石监控正在工作着。

市局四号楼的网安支队里，封小波磨蹭了半天才敲响了支队长的门。他本想让黎勇去查询那两个代码，没想到这活儿又回到了自己手中。

支队长老田坐在办公桌后瞥了一眼封小波，连屁股都没抬。

"田支，好久没来看您了。"封小波咬了咬牙，换了副笑脸。

"哎哟，这不是海城十佳青年卫士吗？是哪阵风把您给吹来了？"老田夸张地问。

"哎哎哎，田支，没您这么损人的啊。我可是您的兵。"封小波嬉皮笑脸。

"你不是永远不踏进我办公室的门了吗？怎么了？忘了？"老田冷着脸。

"田支田支，我错了，当初是年少无知，您支队长肚子里能撑船，大人有大量。"封小波说。

"行，你小子总算跟我说话了。嘿，你说这市局大会小会多少次了，你见我面儿就没动过嘴。"

"嘿，那是我眼瞎，没看见您。"封小波赶忙找补。

"你也瞎了？随了瞎猫了？"老田嘴上不饶人。

封小波在离开网安的时候是跟老田拍了桌子的，这口气老田直到今天还窝在心里。黎勇让封小波自己来的目的，就是给老田顺气来了。看封小波一个劲地赔礼道歉，都到了低三下四的份儿上，老田的心也软了。他扔给封小波一根烟，让坐下来说话。

"你呀，就是没里没面儿，我当初不让你去行动队是为你好，看不明白吗？我想让你搞技术，网安凭的不是腿，是脑。"老田说。

"是是是，我当时没正确理解。"封小波点着头，"再说了，我还得感谢您啊。"

"感谢我什么？"老田一愣。

"您要是不把我给前置了，我哪能去派出所啊，不去派出所，哪能立功啊，不立功，哪能去视侦啊。我……"

"哎哎哎，你小子这是损我吧？"老田问。

"那不能够！我是说，您给了我机会。"封小波坏笑，起身拿火机给老田点烟。

老田抽着烟，无奈地笑了，他知道这小子是个案痴，为了拿到线索什么气都能忍。

"以后记着，网安永远是你的家，没事儿得常回来看看。"

"是是是，您永远是我家长。"封小波就坡下驴。

"行了，别废话了。那两个数据查出来了。"老田终于入了正题。

"那确实是两个交易代码，一个手机服务商的，买的软件已经下架了，一个是用于测声音分贝的，一个是治疗失眠的。我们查到了用于购买和支付软件的手机号，又发现了机主的姓名和身份证号码。"

"啊！那太好了！"封小波惊喜。

"别高兴，我查了一下，机主的姓名和身份证号码是假的，叫周润发，身份证410505开头，安阳人……"老田撇嘴，"手机也是用这个假身份证办的，早就停用了。"

"唉……"封小波叹了口气。

"但是我又让小赵他们往下做了几步工作，发现了新的线索。"老田说。

"啊？"封小波又惊喜起来，情绪跌宕起伏。

"这个手机号在'暗网'的数据中出现过，购买过实体物品，但由于'暗网'的服务器都在境外，很难查到交易的资金支付情况，但我们发现了一条实体发货的记录。"老田说。

"暗网？"封小波一愣。

"是啊，你在网安干过，不会不懂 Surface Web 和 Deep Net 吧？"老田问。

"懂懂懂，是什么物品？发到了什么地址？"封小波问。

"自己看。"老田说着打开抽屉，拿出几张纸递给封小波。

封小波接过来一看，第一页是一张彩图，上面正是人皮面具。

"这个在国内已经禁售了，买家就通过暗网从国外的卖家那里买。你看第二页，上面有买家的名称和地址。"老田说。

封小波翻看着，读着上面的英文。"Room 1201, Building 10, No.3 Courtyard, Wulidian, East District, Xiangcheng City, China。中国襄城市城东区五里店 3 号院 10 号楼 1201 室。"封小波翻译着，"收货人是 zhao xing rong，赵兴荣？"

"对，下面的落地侦查工作就得靠你们了。"老田说。

"太棒了！谢谢了！田支，网安永远是我家，您永远是我家长。"封小波跳了起来，拿着材料就蹿了出去。

"这小子，跟着瞎猫真是疯了。"老田笑着摇头。

城东兴旺道步行街，老金公司门前的快递车已没剩几辆，"庆祝飞飞快递飞奔八周年"的红绸子掉了一角，随风飘摆着，像一只无力的手在挥舞。门前的两个蓝晶石"鹰眼"俯视着这一切。

黎勇走到门前，正看到铁子和另外几个员工在往外搬东西。

他犹豫了一下，叫了声铁子。

铁子一看是他，放下东西，走了过来。

"你来干吗？"铁子双手叉腰，一副剑拔弩张的架势。

"我来看看，公司怎么样了。"黎勇说。

"公司能怎么样，金爷都让你们给弄进去了。"铁子语气蛮横。

黎勇知道铁子的底细，不想和他过多争辩。

"他进去也是因为自己的事儿，你跟我这儿说不着。"黎勇也没好气，"我来就是想告诉你，公司那帮人得管好。"

"公司没人了。金爷不在了，兄弟们就全散了。"铁子瞪着黎勇。

"散了？那活儿怎么办啊？不吃饭了？"黎勇皱眉。

"哼……"铁子摇头，"我告诉你瞎猫，当时我们之所以跟着金爷干，是图个踏实。但凡在社会上找个活儿，都比干这个轻省。现在金爷进去了，兄弟们也自然各奔东西了。怎么着？你有意见吗？"他挑衅着。

"唉……"黎勇叹了口气,这是他最不愿意看到的结果。他没再说话,转过身就要走。

铁子看着他的背影,狠狠地冲地上吐了口痰。"臭警察!跟你们沾上边好不了!"

黎勇一听,又转过身。"你嘴给我放干净点儿!我还告诉你们,散了可以,但别惹事儿。惹事儿就办你们!"他也不知从哪儿冒出的无名火。

"哼……我就说过,在你们眼里,就从来没把我们当过人。金爷真是交错了朋友。"铁子苦笑着摇头,转身走进了公司。

黎勇感到胸口的火气一涨,又迅速冷了下去。

35.点　线　面

　　在局长办公室里，郭局坐在沙发上抽着烟，他眼圈发黑，显然几天没睡好觉了。黎勇坐在对面，默默地看着他。

　　"一个盗贼，偷了一个别墅，生出了一个案件，查出了一个贪官。然后抓到了行贿的商人，商人又供述出多个贪官，每个贪官又供出了其他的商人。瞎猫，你知道什么叫裂变吗？这就是。"郭局叹了口气。

　　黎勇知道，副市长张望的案件影响越来越大，几乎到了不可收拾的地步。"这些事都是省厅在查？"他问。

　　"是啊，不可能交给咱们这个层级。我让林楠过去配合了，但干的活儿也都是小孩打醋的辅助工作，接触不到核心。"郭局说。

　　"郭局，现在无论是从线索上看，还是从现状上分析，银行抢劫案与银湾盗窃案都有紧密的联系，但现在涉案嫌疑人却都死亡了，线索中断了，只有继续摸排。"黎勇说。

　　"需要加派人手吗？"郭局看着黎勇。

　　"不用，人越多越不安全。"黎勇说。

　　"是啊，你们都经过测谎了，其他人不能再测了，那样会人心惶惶的。"郭局说，"当了这么多年警察了，你还不明白，谁没有点儿人心隔肚皮的事啊……老沈的事儿知道了吧？"

　　"知道了，收钱了。"

"他供述，收钱是为了供女儿留学，每年学费四十万，唉……真糊涂啊。"郭局摇头。

"听说他接受了通斯奥达公司的贿赂了？"黎勇问。

"不止那一家。"郭局摇头。

"那蓝晶石……"

"暂还没涉及，怎么了？有什么传言吗？"郭局问。

"没有，就是问问。"黎勇说。

"瞎猫，这件事越来越复杂了，你得加快工作进度。以前咱们以为城市博览会结束了就万事大吉了，但现在看起来，咱们想得太简单了。"郭局说。

"您是说，城市博览会办得不成功吗？"黎勇问。

"唉……以为是潮水，其实只是泡沫啊……"郭局叹了口气，"从现在看，博览会是失败的。负责招商的领导被抓，还牵连出一批商人。不但造成了海城政界和商界的动荡，也影响了海城的对外形象。唉，连锁反应还在持续中……"

"那……这次博览会最大的受益方是谁呢？"黎勇试探地问。

"受益方？"郭局看着黎勇，"这种事，你不该问我这个公安局长啊。"他笑。

"蓝晶石算是吗？"黎勇问。

郭局看着黎勇，陷入了深思。

"郭局，我想接触一下那个副市长。"黎勇说。

"谁？张望？不可能了，人已经被带到省纪委了。"郭局说。

"那行贿的商人呢？正茂科技的邹光华。"黎勇问。

"他还在咱们的看守所，但押解的手续和提票都是省厅的。这样，你如果觉得真有必要，我让林楠帮你安排一下，但是只能询问，不能做笔录。"郭局说。

"好。"黎勇点头，"郭局，我们还发现了一个重要线索……"他欲言又止。

"怎么着？怕我也跑风漏气啊？你个瞎猫，要不也叫柳主任给我测测？"郭局皱眉。

"嘿嘿，哪敢哪敢。"黎勇笑了，"我们查到了一个收货地址，在襄城，可能与主要嫌疑人有关。"

"好，马上派人去查，记住要绝对保密。我一会儿给你联系一下襄城公安局的陈局，他是我'晋监班'的同学。有什么要做的，让他派人配合你。需要抓捕直接找章鹏。"郭局说。

"好的。"黎勇点头。

在六号楼的天台上，阳光耀眼，微风拂面。黎勇和封小波并肩伫立着，望着已见春色的海城。

"还记得我第一次带你来这儿吗？"黎勇问。

"记得，你问我为什么当警察。"封小波说。

"时间真快啊。"黎勇感叹，"后悔来视频队吗？"他看着封小波。

"不后悔。抓人，破案，让那些脏的臭的在太阳下无所遁形，这些你都放手让我做了。"封小波说。

"但是咱们做得还不够。"黎勇摇头。

"咱们还有机会的，你不是说过吗？能让咱们继续负重前行做下去的，只有责任感。"封小波说。

"你小子，记性倒不差。"黎勇笑了。

"我当时体会不到，但现在懂了。"封小波说。

"你看。"黎勇指着面前一望无际的海城，"咱们以前看到的是海城的一百七十个网格、十六万个'鹰眼'、五十多个责任区，但现在还要看到那里隐藏着的更深层次的东西。"

"天与地，虚与实？"封小波问。

"还有，欲望与人心。"黎勇说，"知道视频侦查的基础顺序吧？"

"时间、空间和逻辑？"封小波问。

"不止，还有点线面。"黎勇说，"你看，所谓'点'，就是侦查中的重点线索，我们要以此为基础，进行串并、扩大，力争发现更多的'点'；而'线'呢，则是通过'点'来连接的活动轨迹，以确定对手的活动范围和动向，以此梳理出重点嫌疑目标；那'面'就是在梳理'线'的基础上，完整地还原嫌疑人的活动过程，以恢复案件全貌。"他一口气说完。

"你的意思是，咱们现在有了'点'和'线'，但还没有恢复到'面'？"封小波说。

"不是没有恢复，而是没有正确恢复。咱们办案，时刻在与对手博弈，同时也在与自己博弈。真正的去伪存真，既要去掉对手的伪装，也要去掉自己内心中的武断。"黎勇说。

"嗯……"封小波点着头，望着一望无际的海城大地。他知道，看到风景容易，但看到真实太难。下一步他们要做的，就是从各种假象中去伪存真。

"你相信老金吗？"封小波突然问。

"不知道。"黎勇摇头，"我这些天一直在想，自己是不是被他误导了。"

"你呢？相信裘安安吗？"黎勇问。

"相信。"封小波点头，"她的眼睛骗不了我。"

"哼……"黎勇笑了，"但有时，恋爱中的人是最容易受骗的。"

封小波没有反驳，笑了笑。

"夸父以前说啊，玩游戏，总会有两个 Boss。哦，就是关底啊。第一个看着很强，但实际上却是个小角色，你拿所有攒的法宝和武器把他办掉了，后面又会出来一个。这时你才发现，那才是真正的大 Boss。"封小波说。

"这才是真正战斗的开始。"黎勇说。

"对，这时就不能再靠法宝和武器了，而得看团队合作，拼耐力和韧性，最终才能获胜。"封小波说。

"呵呵，我是得学学你们的思维了。"黎勇笑。

"你没听说过一句话吗？九〇后不相信故事。"封小波说。

"那相信什么？"

"相信自己。"封小波说。

"好，这是最重要的。"黎勇点头，"你一会儿记一个电话，到了襄城后，他会配合你。郭局已经打了招呼。"

封小波记下号码。"你在问那个行贿商人的时候也策略点，别露出咱们的底细。"他提醒黎勇。

"呵呵，好的。你小子还教起我来了……放心，有一说三，虚假难辨。"黎勇笑。

"我等你的好消息。"俩人几乎异口同声地说，之后都笑了起来。

海城看守所里戒备森严，黎勇和林楠穿着制服，在看守所民警的带领下，走进了监区。因为不是正式做笔录，邹天华被带到了一间民警的办公室里。他年近六旬了，头发花白，漠然地看着黎勇。

黎勇做了开场白，询问了几个问题，但邹光华却并不配合。

"你们是海城公安局的吧？"他问。

"是的。"黎勇回答。

"我的案子由省厅来办，你们有什么权力来问我，而且还在这个地方。"邹光华看着黎勇的眼睛。

"正常询问，没那么多为什么。"黎勇说。

"正常询问，呵呵……"邹光华笑了，"这些天，找我'正常询问'的人很多啊。"

"还有谁？"黎勇问。

"呵呵，我不知道，但穿的衣服都和你们一样。"他挑衅地笑着。

黎勇知道他在暗示警队内部的问题，与林楠对视了一下，没再追问。

"你是什么级别的干部？"邹光华又问。

"我？四级高级警长。"黎勇说。

"呵呵……你这个级别就不要再问了，别给自己惹麻烦。"邹光华苦笑。

"我知道你请了律师，但你该知道，你行贿的证据已经板上钉钉了。"林楠不想让他这么狂妄。

"我知道，当然知道。"邹光华点头，"我那个案子的数额属于'情节特别严重'，应该处十年以上有期徒刑，但法律同时规定了，如果行贿人主动交代了行贿行为，并协助办案机关进行破案，有立功表现，就可以从轻处罚。你们要知道，我并没有主动向张望行贿，而是他在向我索贿，如果企业的经营能正常进行，我们有何必要把辛辛苦苦挣来的血汗钱，送给他呢？再有，我揭发检举了其他的贪官，也算是重大立功吧。"他的思路很清晰。

黎勇知道，律师已经给邹天华打好了预防针，想要从他嘴里撬出更多的情况，难上加难。

"邹光华，就算你以后出来了，生意也是别人的了。我知道，你一直是蓝晶石的竞争对手。"黎勇调转话题。

"唉……繁华落幕，曲终人散，商场博弈，愿赌服输。"邹光华说出了心里话，"你们来找我的目的，是问蓝晶石的事儿？"他看着黎勇。

黎勇没回答，与邹光华对视着。

"我不知道，也不可能说他们的事情。"邹光华的话里充满矛盾。

"你在怕什么？他们攥着你的把柄吗？"黎勇借题追问。

"呵呵……"邹光华用笑掩饰心中的不安。

"你这么快地同意收购，是被威胁了吗？"黎勇又问。

"我说过，我什么都不会说的。"邹光华已经暗示了结果。

"你在担心什么？家人吗？说出来，我们会保证他们的安全。"黎勇说。

"呵呵……"邹光华摇头，"你……能保证自己的安全吗？"他反问。

走出看守所，黎勇递给林楠一支烟。

"你怎么看？"黎勇给林楠点燃。

"也就问到这儿了，他很明白，只承认被索贿的事实。你知道他请的律师是谁吗？方启才。"林楠说。

"哦，最贵的那个。"黎勇点头，"他是个聪明人啊。"

"商人哪个不聪明？无商不奸，没听说过吗？商人做事就是为了利益。有时啊，越是说自己无私奉献、回报社会的，往往干的越是见不得人的勾当。"林楠是多年的老经侦，看得很明白。

黎勇笑笑，不禁想起老金说的那些歪理悖论。

"你觉得蓝晶石有事儿？"林楠问。

"不知道，没发现什么线索。"黎勇说。

"最好别有事儿，他们可关系着海城的整个'天网'系统……"林楠没把话说完。

"嗯……"黎勇点头，"老沈呢？也是省纪委在问？"

"是的，他是局里的人，咱们肯定得避嫌。听说他供出来不少商人，但应该没有蓝晶石。"林楠说。

"哎，你得提醒一下省厅办案的。邹光华得关在单间里，绝不能让他出现危险。"黎勇说。

"呵呵……你以为咱们刚才是浑水摸鱼啊？省厅对邹天华的看押和提讯有严格监控，每一次'出号儿'都要进行记录。你没注意吗？刚才的办公室里有暗藏的监控，估计咱们说过的话，都被记录下来了。"

"暗藏的监控，我怎么没看见啊？"黎勇惊讶。

"要不说你是瞎猫呢。对面那个电源插座，中间的眼儿多大啊。"林楠笑。

"哎哟，那我没说错什么话吧？"黎勇想着，"省厅这招可够狠的，这不是明摆着'钓鱼'吗？谁要真有歪的斜的，不全漏了？"

"哼，是啊，纪委的同志们也想让贪腐人员无所遁形。"林楠笑。

封小波以最快的速度赶到襄城，襄城刑侦支队的焦副支队长按照陈局的指示，亲自配合他。查证工作非常顺利，那个安阳身份证的周润发自然是假的，查起来没任何意义，但襄城城东区的地址却是真的。焦支和封小波带着几个便衣民警，蹲守摸排了整整一天，确认了该地址为出租房，而那个赵兴荣就是这个出租房的房东。据资料显示，赵兴荣，男，七十五岁，原籍浙江，现户籍所在地和实际居住地为襄城市城东区五里店 1 号院 2 号楼 204 室，那个 3 号院 10 号楼 1201 室也是他的房产。

封小波和焦队经过研究，决定直接与赵兴荣接触。赵兴荣长得瘦小枯干的，一头花白的乱发。他至今单身，膝下无子女，说起话来是蹩脚的襄城口音，看起来糊里糊涂的。他断断续续地回忆着："1201 的房子一直出租，每月两千块，租户叫什么名字我没问过，也没看过他们的身份证。哎，我这样一个老头子，就靠着租金生活，也不懂你们的法律规定。对不起啊，下次我一定注意……"

"我刚才说的那个时段，是哪一个租户？"封小波问。

"嗯……不好意思啊，我真的不记得了。"赵兴荣仰头想了半天，还是没能想起。

"这个手机号是您的吗？"封小波问。

"什么手机啊？"他恍惚着。

封小波又说了一遍号码。

"不知道，我没有手机啊。"他回答。

封小波有些着急，快一个小时了，还没问出一点儿有价值的线索。焦支见状，拍了拍他的肩膀，示意他出去说话。

在楼下，焦支递给封小波一支烟。

"兄弟，这老头不好对付啊。"焦支说。

"为什么？"封小波不解。

"你以为他是真的糊涂吗？我看啊，他是揣着明白装糊涂。"焦支说。

"您是怎么看出来的？"封小波问。

"你不了解这儿的人啊。襄城有句话，叫城东五里店，雁过拔撮毛。哼，知道什么意思吗？就是说这里的人都太精明。五里店原来是一片荒地，后来被建成了襄城最大的贸易市场，大部分居民都是后迁过来的商人。我查了这个老头的底细，老家是浙江的，做了一辈子生意，可不糊涂。"焦支的工作果然细致。

"对了，浙江的。"封小波突然来了灵感，"那他怎么说话没有浙江口音啊？是在故意掩饰吗？"

"呵呵，所以说他一点儿都不糊涂啊。"焦支笑。

"那，咱们下一步怎么做？"封小波问。

"下一步咱们这样……"焦支说着计划，"得给他来点儿压力了。"

"嘿嘿，这样好。他越是想摆脱干系，咱们就越给他下套儿。"封小波笑着点头。

"打蛇打七寸。你别忘了，我们襄城人在古时候也是捕蛇的好手。哎，等案子完了，我请你吃全蛇宴。"焦支说。

俩人再一进屋，就换了一套说法。封小波开门见山地告诉赵兴荣，自己是来冻结他房产的，这么一说，赵兴荣就傻了。

"你们凭什么冻结啊？我与租客没有关系啊？"他的表情生动了，眼睛也亮了。

"他借了债，用你的房产作抵押了，有人告到我们这儿了。"封小波说。

"哦，那你不是公安局的，是法院的吧？"赵兴荣思维清晰。

"对，法院的，负责查封冻结。你要是无法提供租客的情况，那他们只能先行冻结你的房产，再去寻找租客。"焦支说。

"什么抵押啊？是借款还是贷款啊，给我看看啊。"赵兴荣急了，说话也有了浙江味。

封小波在心中暗挑大指，焦支的计策一下就让这个老油条原形毕露。"案件还不能透露，我只是过来核实，但从原告的举报上看，确实有你的签字。"封小波说着拿出一张纸，上面歪歪扭扭地写着赵兴荣的名字。老头一看就急了。

"这不是我的签字，这绝对是骗子写的。"

"哪个骗子？"封小波追问。

"嗯……"赵兴荣低下头想着，显然在做着趋利避害的选择。"我想起来了，那个租客是个男的，四十岁左右，个儿挺高，有一米八。"他终于吐口了。

"哪里人，叫什么名字？"封小波问。

"是我老乡，浙江人。叫什么名字不知道，就知道姓吴。"赵兴荣说。

"不知道名字你就把房租给他？不怕出事？"焦支问。

"哎……他神神秘秘的，什么也不说。我刚开始也没想租给他，但后来他多给了些房租，我就……"赵兴荣笑着，满脸精明。

"给了多少房租？"焦支问。

"双倍的房租。说是押一付三的，但最后只租了两个月，走的时候连押金也没要。"赵兴荣说。

"够大方的。"封小波皱眉，"他抽烟吗？"

"抽得挺凶的，是老家的香烟，好像是利群。"赵兴荣回忆。

封小波心里一震，没想到全对上了。"他有别的朋友吗？有人来这找过他吗？"

"他平时就一个人，但有次我在楼下溜达，看到了他和另外几个人在一起。"赵兴荣说。

"是这几个人吗？"封小波说着，从书包里拿出几张打印好的照片。其中有银行抢劫案的郭晓冬等人，还有银湾盗窃案的陈博。

赵兴荣拿着几张照片仔细地看着，突然指出了一个人。

"有这个人。"他指的正是王韬。

"你看清楚了？"封小波问。

"没错，我记得清楚，他长得又高又壮的，得有一米八几，两百多斤的样子。"赵兴荣说。

封小波思索着，王韬是襄城人，身高一米八二，体重九十六公斤，曾有多次抢劫、故意伤害的前科。在帮石庆联系"暗影人"追债的事件中，王韬也是联系人。一切都对上了。

"其他人呢？还有见过的吗？"封小波问。

"其他人……"赵兴荣仔细端详着照片，"说不好了。这两个人好像也见过，但是不能确定……"他指着郭晓冬和刘磊。

"这个呢？"黎勇指着陈博的照片。

"这个……没什么印象。"赵兴荣摇头。

"说一下那个房客的具体情况。"

"我说了是浙江人，姓吴，四十岁左右吧，哦，身高也有一米八，不胖不瘦的，留个寸头。"赵兴荣回答。

"还有什么细节吗？与众不同的。"封小波引导着。

"哦，他说话办事很利落，看着身体条件不错，像是练过的样子。"赵兴荣说。

"如果让你辨认，能认出来吗？"封小波问。

"应该没问题。"赵兴荣非常配合，急于找到租客给自己解套。

"好。"封小波点头。

他给黎勇打了电话，申请从市局调来专门的画像专家，通过赵兴荣做租客的模拟画像。而他则在焦支的配合下，继续开展工作。他这边信心满满，却不料裘安安在海城那边遇到了麻烦。

36. 后门

蓝晶石集团海城公司会议室，华天雪站在台前宣布着总公司的决定。

"按照集团总公司的决定，从即日起，裘安安、李倩、陈悦蔚、王维和范慧鹏，被派驻到蓝晶石襄城分公司工作。我也会暂时到襄城，负责总体的市场开发和经营工作。海城公司由唐达代管。"华天雪说完，台下的高管都面面相觑。

裘安安感到惊讶，虽然此前华天雪曾跟她提过到襄城工作的事情，但当时说的是由她牵头，而现在却变成了由华天雪牵头，她只是随同到襄城协助。再说了，论级别，李倩、陈悦蔚那几个人都是P10以下的经理级人员，现在却与自己并列。

"华总，我可以不去吗？"裘安安在台下问。

"为什么不去？"华天雪看着裘安安。

"市场部的工作还没进展，我想先做好海城的工作。"裘安安找了个借口。

"你到市场部已经几个月了，为什么还没有进展？"华天雪一改曾经对她的客气，质问道。

"我……"裘安安哑口无言。

"你们要知道，虽然公司现在发展势头很好，市场越做越大，但这并不意味着大家可以躺在功劳簿上睡觉。市场风云变幻，今天你在潮头起舞，明天就可能跌到谷底。正茂科技和通斯奥达的教训还不够吗？"华天雪加重语气，"你们每个人，都要时刻牢记，你们的身份是蓝晶石集团的成员，所做的事情和所说的话，都要站在公司的立场上。不要以为曾经对公司做过一些贡献，公司就要迁就你，就亏欠你。这个时代，最不缺的就是人。"他"啪"的一声，拍响了桌子。

高管们噤若寒蝉，裘安安知道，华天雪是在暗指自己。她下意识地转过头，发现唐达正冷冷地看着自己。

会后，待高管们散去，华天雪叫住了裘安安。

"你知道我为什么做这样的决定吗？"他问。

裘安安没说话，看着华天雪。

"我是在保护你。"华天雪说。

"华总，如果你真觉得我的能力不行，我申请辞职。"裘安安说。

"呵呵……你不必这样。"华天雪笑了，"我没有质疑你的能力，只是要提醒你，该知道自己的位置。"

"位置？"裘安安皱眉。

"你是蓝晶石公司的高管，不是警察，你优越的生活是公司给的，而不是公安局。"华天雪把话挑明。裘安安顿时明白了，自己私查数据的事情暴露了。

"华总，我……"

"你不必解释。我知道，你不是为了个人利益。"华天雪摆手，"但你该知道这事的严重性，如果公民的隐私被泄露，一旦让媒体或咱们的竞争对手知道，将对公司产生巨大的影响，造成巨大的损失。视频行业最重要的原则和底线，就是保证客户的隐私安全。你不懂吗？"

"对不起……"裘安安低下头。

"所以，我想让你先离开海城一段时间，去新的环境工作一段时间，然后还可以再回来嘛。"华天雪缓和了语气。

"华总，谢谢你对我的宽容。"裘安安说。

"你是人才，我还要重用，先跟着我到襄城去拓展市场吧。这里的工作交给唐总，你们做好交接。安安，你要提升视野，不要陷在女孩的小感情里。恋爱中的人是最容易受骗的。"华天雪说。

裘安安看着华天雪，点了点头。

"那些资料你都拿给公安局了？"他问。

"是的。"裘安安回答。

"给了谁？"

"给了封小波。"裘安安说。

"确实用于他们办案了吗？不是私事？"华天雪问。

"是用于办案了。是他们发现的案件线索，您不是一直让我配合吗？"裘安安说。

"嗯，这种事情以后不要再发生了。封小波作为警察，在没有法律手续的情况下，私自获取公民的隐私信息，也是违法的。"华天雪告诫道。

"对不起，以后不会再发生了。"裘安安低下头。

裘安安走后，唐达从门外走了进来。华天雪从口袋里拿出一支录音笔，交给他。

"她查到什么了？"唐达问。

"她比对了一枚指纹，调出了两条记录。"华天雪回答。

"哦。"唐达点点头。他走到落地窗前，看着海城的景色。"华总，你去屠宰场看过吗？"

"什么？"华天雪不解。

"一群猪被赶到一个通道，然后一起往前走，之后被吊起来屠宰、劈开、去掉内脏，然后分割，非常血腥。在这个过程中啊，大部分的猪都表现得很沉默，逆来顺受，但也有个别冷静的，知道不能往前走，就停住甚至逆行，来阻挡队伍。但就是这样，也不会影响到队伍行进的速度，它们会被大多数猪拱着往前走。你知道吗？少数人永远无法阻碍潮流，它们看似清醒，实则更加愚蠢和痛苦。"唐达回头看着华天雪。

华天雪没有说话。

"当你发现自己和少数人站在一边的时候，就该停下来反思一下了。"唐达冷冰冰地说，一双眼睛炯炯有神。

海城看守所的讯问室里，老金坐在讯问椅上默默地抽烟，他不时抬头，却始终不敢直视审讯台后的黎勇。黎勇不说话，等他把一支烟抽完。屋里只有两个人，为说话方便，黎勇没叫书记员，讯问室的监控也关闭了。

"管教说你求提？"黎勇问。

"嗯……"老金点头。

"什么事儿？"黎勇问。

老金抬起头，看着黎勇，刚想叫瞎猫，又把这个称呼咽了下去。"我是不是，得叫你黎警官？"他苦笑着问。

"叫瞎猫吧，这没别人。"黎勇说。

老金点了点头："抱歉对不起的那些废话我就不再说了。事到如今，我罪有应得，眼看着起高楼，又看着楼塌了，所有不义之财都还回去了，公司也散了，这确实是报应。"他叹了口气，"这些年，你看我过得光鲜亮丽，人模狗样儿的，实际上我那是在麻痹自己。我一直想把那件事儿给忘了，就像喝断片儿一样，哪天早上醒来的时候，什么都不记得了。但是没辙啊，别看过了十年，当时的情形还历历在目，那些细节就像刻在我的脑子里一样，怎么忘也忘不掉。恐惧、彷徨、矛盾、退缩、欲望、惊喜，真是五味杂陈……哎，我这么说你不烦吧？"

"你说吧。"黎勇看着他。

"在我拿到那笔钱之后，其实非常害怕，我不敢花，怕露馅啊，所以才憋了一年多的时间，才找到了机会把钱洗白。之后我觉得没事了，万事大吉了，彩票是我领的，新闻都报了，全世界都被我骗了，有时候我甚至钦佩自己的智商，哼……"老金摇头，"但时间长了，我慢慢觉出了不对，我感觉那个案子里，还有人存在。"

"还有人？"黎勇皱眉。

"在娄四儿拉我入伙的时候，曾经跟我保证，那个活儿万无一失，因为有内应。"老金说。

"能确定吗？"黎勇问。

"不能确定，但娄四儿不会无缘无故地说这话。"老金说。

"如果真有内应，他为什么让你去取那些钱？"黎勇问。

"只有一种可能，就是那个内应当时就在现场，为了自证清白不能脱身。"老金说。

黎勇没有说话，看着老金。

"你不觉得娄四儿他们的死非常蹊跷吗？天儿再黑，他们再急，也不至于把车朝山底下开啊。"老金说。

黎勇思考着。"你是说，有人动了手脚？"

"道上的人都这么说。"老金说。

"我们也调查过，但是没有下定论。哎，道上的传言，你怎么没跟我说过？"黎勇皱眉。

"哼……我当然会对你封锁消息，我是你最信任的线人，一叶障目，明白吧？以后别再这么相信一个人了。"老金苦笑，"他们都传，说娄四儿看着精明，实际上就是个替死鬼，他的车让人动了手脚，真正的钱是让幕后的人拿走的。当然，他们都不知道钱在我这儿。但我觉得那个内应，应该就是幕后的人。"

"有什么线索吗？"黎勇问。

"你知道我为什么开一个快递公司吗？其实根本就不怎么挣钱。我跟你唱高调了，养那帮兄弟，确实是给他们一条出路，但我还有一个目的，就是找到这个幕后人。这些年，我让铁子他们一直帮我搜着，娄四儿他们身边的人、被抢银行里面的人，能查的都查了。铁子这帮人也有优势，送快递的，骑个破电动车跟着谁都不会被怀疑，但愣是查了几年都没结果。我有时也想，是不是自己想多了，就压根儿没这个人啊。"

"你调查的目的是什么？"黎勇问。

"哼……当然不是为了你们破案，而是为了我自己的安全。"老金说，"娄四儿那孙子身边虽然烂人不少，但真能成事儿的却没几个，要不也不能拉我入伙儿。后来他身边的兄弟小彪子和刘源跟着他一起挂了，从娄四儿身上已经找不到突破口了。当然，这些情况，你们官面儿也都查了。而银行内部的人呢，刚开始的几年我也一直盯着，在抢劫中一死一伤的不用说了，其他的人这些年无论是调动、离职，我都有一个记录。每个人的情况我都记着，每个人的住处和单位我都让人盯着，结果从这些人身上，并未发现什么异常。"

"嗯，这些工作我们也都做了。"黎勇说。

"后来我一度放弃了，觉得自己是庸人自扰，多想了。但几个月前，海城银行抢劫案发生了，过程竟然和十年前娄四儿的事儿一模一样，也是晚上动手，也是在'九转十八弯'的地方坠崖，你说，有这么巧的事儿吗？我当时就觉得不对。你们查了没有，他那车上有没有异常？"老金问。

"车在坠崖时爆炸了，支离破碎，交通支队虽然进行了勘查，怀疑有人做了手脚，却无法证实。"黎勇说。

"对啊，这就更有问题了，哪个抢银行的成天带着炸药啊？而且抢了之后还不把钱脱手？我总觉得，这后面有更大的事儿。"老金说。

"嗯，爆炸物的问题还在查，但他们想拿它干什么，也无法查实。"黎勇说。

"我倒觉得，他们不一定知道车里有炸药，而且在被人控制着。"老金说，"所以在这个抢劫案发生之后，我就又让铁子他们重新开始干活儿了。那个银行当时一共七个人，一个主任，一个副主任，五个员工。我重新摸底，主任高升了，到市里的分行工作了，他的科罗拉也换成了奥迪，与收入相符，还要了二胎，生了个闺女，没什么异常；副主任辞职了，干什么P2P去了，弄了一屁股烂账，你们经侦在查他；另外那五个员工，也大都按部就班。但除了这些人之外，还有一人你们当时没掌握。"

"什么人？"黎勇皱眉。

"一个临时工，定期来银行调试设备，名字叫叶伟。"老金说，"在出事儿之后，他没有离开海城，直到两年之后才辞了职。后来就消失了。"老金说。

"消失了？"黎勇问。

"对，这也是我后来才发现的。整整八年，这个叶伟没有任何消息。"老金说。

"你接着说。"

"但就在近期，我偶尔在电视上看到一个人，长得和他很像。我怀疑，他就是那个叶伟。"老金说。

"谁？"黎勇问。

"叫唐达，在蓝晶石工作。"老金说。

"唐达？"黎勇一愣。

"我不知道是不是自己瞎想啊，虽然这两个人的姓名、年龄、籍贯，甚至胖瘦都不一样，但我总觉得他们的眼睛很像。我曾经亲自骑着快递车跟过那个叶伟，他的眼神很特别，在单位的时候显得很厌很卑微，但走到街上就截然不同了。和那个唐达一样，似乎什么也打不倒他似的。"老金回忆着。

黎勇感到震惊。"这么重要的线索，你为什么一直不说？"

"我跟你说了，不就把自己暴露了吗？"老金叹气，"瞎猫，有时啊，越紧张就越出错，越用力就越偏离方向，离敌人越近就越无法出拳。有时要离得远些，才能看得清。当然，也包括对我。原来在社会上混，张嘴就吹牛的，大都是小角色，真正的大哥都低调，怕招惹官面儿。但现在呢，也变了。真真假假，虚虚实实，这就是现在的世道。乱花渐欲迷人眼的时候，就别睁眼，得闭上。这段时间清净，我就天天琢磨这事儿，其实不必想那么多细节，就想想在那个银行抢劫案和贪腐案件发生之后，谁是最大的受益者，就都明白了。"

黎勇点燃一支烟，点了点头。

"我觉得，他可能也发现了我。这次是冲我来的。"老金说。

"你的意思是，是他让陈博进入到你的公司。"黎勇皱眉。

"很有可能，他想借刀杀人，一箭双雕。既通过陈博揭出张望受贿的黑幕，来打压竞争对手；又借陈博的事儿往我身上泼脏水。"老金说。

"就因为你让人跟踪他？"黎勇问。

"哼，谁愿意总有一双眼睛在暗处盯着自己啊？再说了，我抢了他的七百万，毁了他的十年。"老金摇头。

黎勇看着老金，又不禁看着他身后被关闭的监控。

陈博士对黎勇很客气，和他一起将一台电脑服务器抬到桌子上。自从他来到海城市局参与办案之后，处境就很尴尬，空炮放了不少，但击落的敌机却没有。据传近期就将被调回省厅。

"陈博士，得麻烦你了。"黎勇指着那台服务器。

"别客气，虽然我不是这方面的专家，但我可以请省厅的同事帮着做。"陈博士说，"一般的情况，所谓的'后门'是程序员为了便于软件测试和改进留的通道，在软件交付使用之后必须去除。但从现状上看，许多网络公司制作并销售的软件，都或多或少地存在着'后门'。"

"这件事儿请务必保密。"黎勇说。

"放心，工作纪律我还是懂的。再说，我也是专案组的成员之一嘛。"陈博士苦笑，"但我确实没发挥什么作用，公安实战太复杂了，技术与实战之间的距离太大了。"

"如果软件有'后门'，容易被发现吗？"黎勇问。

"那要看对方的技术实力了。你放心，我会找省厅最好的专家。这个工作任务我一定完成。"陈博士说着与黎勇握手。

封小波有些着急了，裘安安一直不接他的电话。模拟画像已经做出来了，虽然只有大概模样，但已有了零的突破。但奇怪的是，到了晚上的时候，赵兴荣却突然不见了，封小波和焦支找到了他的家，已经人去屋空。封小波有种不好的预感，他刚拿出电话要向黎勇报告，没想到黎勇的电话却打了过来。

"赶紧回来。"黎勇言简意赅。

"师父，赵兴荣不见了，我得找到他。"封小波说。

"先回来，其他以后再说。"黎勇命令道。

封小波挂断电话，琢磨着黎勇的语气，知道有事发生了。

37. 视频忽略

　　市局会议室里，黎勇和封小波坐在郭局对面，谭彦打开电视，上面正放着重播的晚间新闻。

　　"今天下午，蓝晶石公司在万业大厦召开了新闻发布会，就该公司客户信息被内部员工窃取的情况向社会通报。据悉，该名员工为蓝晶石海城分公司市场部总监，其私自窃取客户数据的目的尚不明确。在被公司相关人员发现之后，蓝晶石公司暂停了该员工的工作，并将其移送到公安机关处理。具体情况正在进一步调查中。蓝晶石公司称，维护客户隐私，保障数据安全，一直是公司的原则和底线，此次事件发生，暴露了公司内部管理的一些问题。但幸好发现及时，才未对客户造成影响。公司总经理华天雪在现场向全体海城市民鞠躬致歉，并宣布引咎辞职。公司将暂由技术部总监唐达代管……"

　　郭局让谭彦关上电视，转头看着黎勇和封小波。

　　"郭局，是我的错，我不该不经请示，就……"封小波自责着。

　　郭局摆摆手，让他打住。"谭彦，你说说情况。"

　　谭彦打开一摞材料。"这条消息经新闻播出之后，在社会上引起了巨大的震动，网上也炒得沸沸扬扬。仅微博的相关点击量，就有几千万，相关评论也数不胜数。我们在紧盯舆情，已经拟好了'答复口径'，随时做好应急准备。"

　　郭局点点头："封小波，你现在说。"

　　封小波理了理思路，详细地报告了自己如何让裘安安到公司比对指纹的情况，又把从网安发现的线索和到襄城的侦办情况进行了汇报。

"这么说，那个租客很有可能就是'暗影人'？"郭局问。

"是的，我们已经通过画像专家做出了模拟画像。"封小波起身把一张纸递给郭局。

郭局看着画像："瞎猫，你觉得蓝晶石这是在干什么？"他看着黎勇。

"在避险。"黎勇说。

"避嫌还是避险？"郭局皱眉。

"两者都是。"黎勇说，"我也反复看了他们的新闻发布会，还有网上的报道。虽然蓝晶石主动发布了消息，对员工进行了惩罚，并移交给了公安机关处理，但却对被窃资料的去向缄口不言。也就是说，他们还给咱们留了个'面子'。"

"这正是现在网民追问的重点。"谭彦补充。

"把给公安局提供信息的员工，交给公安局处理。哼……这个皮球踢得好啊。他们既脱了自己的干系，清除了内部的隐患，又给公安局留了面子。哼，我看啊，他们这不是在避嫌或者避险，而是在威胁。"郭局说。

"是的，一旦他们对外发布被窃资料的去向，舆论的后果将不堪设想。"谭彦说。

"那裘安安呢？"封小波问。

"她正在被传唤之中，没有进看守所。"谭彦说。

"郭局，都是我的错，我……我请求被处分。"封小波站起来。

"坐下。我的话还没说完。"郭局用手示意。

封小波犹豫了一下，又坐了下来。

"瞎猫，你认为那个华总为什么引咎辞职？是真的壮士断腕吗？"郭局问。

"我觉得他不是在壮士断腕，而是在金蝉脱壳。"黎勇说。

"哼……他们有点儿太着急了。知道为什么吗？因为你，疯魔。"郭局指着封小波说，"你拿到了他们最害怕的东西。"

封小波一愣："您是说，'暗影人'的线索？"

"对，如果查明，肯定会牵扯到他们公司的。瞎猫，你还记得吗？在老沈被抓之后，交代出一堆公司，但唯独没有蓝晶石。这正常吗？"

"不正常。"黎勇摇头，"而且同样的事情也发生在正茂科技老板邹光华身上，只要提到蓝晶石，他就缄口不言。"

"还有那个赵兴荣，也突然消失了。"封小波补充。

"我不相信这一切都是巧合。"郭局总结。

"看来您早就怀疑蓝晶石公司了？"黎勇问。

"哎……但是有些晚了。"郭局摇头,"你给他看看,那两张照片。"郭局抬了抬手。

黎勇把两张打印好的照片递给封小波。

"这不是蓝晶石的唐达吗?"封小波皱眉。

"两张都是吗?"黎勇问。

封小波低头细看:"应该都是。这张是他的近照,这张……是他年轻时的身份证照片吧?"

"我让省厅的同事将这两张照片进行了人像比对,认定了同一。"黎勇说,"他原名叫叶伟,原籍浙江,曾经学过搏击和散打,后来到海城做过维修工。现在改头换面变成了唐达,在蓝晶石公司担任技术部总监。"黎勇说。

"就算是他,这与案件有什么关系吗?"封小波不解。

"叶伟所在的农村信用银行,在十年前也发生了抢劫案,而且主犯和海城银行的案件一样,都在逃亡中坠下了山崖。"黎勇说。

"天哪。"封小波愣住了。

"从现在开始,所有数据分析的工作都找陈晓文博士,让省厅的专家来做。"黎勇抬头看着会议室里安装的监控。

"放心,已经做好隔离了。"谭彦说。

黎勇点点头:"我这些天一直在城中区的几个高档写字楼里调查,发现百分之九十以上的监控探头,都是蓝晶石的。在生产车载监控的'正茂科技'和生产楼宇对讲、可视门铃的通斯奥达被其收购之后,蓝晶石的触角延伸到了更广阔的领域。现在海城大部分的企业和居民社区,都在接受蓝晶石的服务,海量的视频数据也被主动或被动地保存到蓝晶石的云端服务器上。也就是说,蓝晶石可以随时随地三百六十度无死角地收集和分析用户的隐私。"

"正茂科技和通斯奥达的数据已经与蓝晶石合并上了吗?"郭局问。

"已经合并上了。"黎勇回答。

"也就是说,车载监控和可视门铃的数据也被他们掌握了?"郭局问。

"是的。"黎勇点头。

"那咱们的'鹰眼'和'天网'呢?"郭局皱眉。

"这个……"黎勇犹豫着,"虽然咱们从技术上做了硬件隔离,但如果系统被他们留了'后门',咱们也防不胜防。我已经委托陈博士,让他帮着调查。"黎勇说。

"嗯……你知道吗?在海城银行抢劫案之后,蓝晶石已经成了全国范围内的知名企业,产品不仅在海城火爆,而且遍及了全国多个城市。如果真是这样,他们在下一盘大棋啊。"郭局皱眉。

"是不是能给邹光华加一些力度？我认为他知道实情。"黎勇试探地问。

"不行，省里的领导已经给我打过电话了。这个人不能再动了，一切情况都由省里的人直接负责。"郭局说。

"会不会，有人在保护他？"黎勇问。

"不要乱讲，我们要相信上级机关。但可以想象，邹光华所知道的事情，要比咱们想得还要复杂，省厅在拿他当突破口。"

"瞎猫，你知道全市有多少个蓝晶石建的'鹰眼'吗？"郭局问。

"一共十六万个。"黎勇回答。

"那是咱们局的数字，你知道他们一共建设了多少个吗？"郭局又问。

黎勇摇头。

"一共一百六十二万个，是咱们的十倍。"郭局说。

黎勇惊讶。

"咱们以为建了'鹰眼'和'天网'，能让违法犯罪无所遁形了，城市就安全了。但却没料到，反而被别人利用了，让善良的百姓曝光在别人的视线下。"郭局说。

"确实如您所说，在银湾别墅区张望的家中，我们也发现了蓝晶石的监控。在抓捕银行劫匪郭晓冬等人时，我们也佩戴了蓝晶石的识别眼镜。"黎勇说。

"对，咱们用的都是他们的设备，在追缉'暗影人'的时候，我还把数据连在了他们的无人机上。唉……都怪我！是我害了夸父。"封小波顿足捶胸。

"切记不能武断，一切都要靠证据。现在咱们只是怀疑，找到证据就要靠你们了。"郭局说。

"但是……裘安安都被传唤了，我还能在视侦队吗？"封小波抬起头问。

郭局看着他，沉默了一会儿说："根据市局决定，你已经调离视侦队了，被前置到城中路派出所工作。"

此言一出，封小波低下了头。

"但是……"郭局又说，"现在专案组需要人手，我准备从城中路派出所借调一个人过来。怎么样，你有时间吗？"

"有，有！"封小波笑了。他知道这是郭局的迂回战术。

"那……裘安安在传唤之后怎么处理？"封小波又问。

"她在传唤之后，会留在市局，但不是变更强制措施，而是参与专案组的行动。"郭局说。

"真的？"封小波惊喜。

"我已经让人跟她谈了，她愿意配合工作。在这个时段，咱们也必须保证她的安全。"郭局运筹帷幄，"瞎猫，下一步有什么计划？"

"下一步……咱们要反着来。"黎勇看着郭局，"我正想请谭处长帮个忙呢。"

"什么事，您吩咐。"谭彦说。

"我想发个悬赏通告，将这张模拟画像公之于众。"黎勇说。

"还像上次一样，A3纸，挂高墙？"谭彦笑。

"不，这次要广泛发布，电视、报刊、网络，影响越大越好，同时要与所有'鹰眼'隔绝。"黎勇说。

"嗯，这个方法好，打草惊蛇才能引蛇出洞。"郭局点头，"还有啊，行动一定要保密，一旦跑风漏气，行动将功亏一篑。"郭局提醒。

"明白，办案人员将缩到最小范围。之所以这么多官员落马、这么多商人被抓，却没有一个人敢举报蓝晶石，那只有一种可能，就是他们受到了更大的威胁。"黎勇说。

"对，他们的隐私很有可能都被蓝晶石窃取了。商业机密，私人生活，家人安全，上不了台面的暗箱操作和权钱交易，都成了蓝晶石要挟他们的砝码。哎……谁能想象，守护者变成了行凶者……"郭局摇头。

"您放心吧，我们不会让他们得逞的。"黎勇说。

"但是，还有一个问题啊。那个房主赵兴荣配合得不是很好，中途还溜了。现在模拟画像做得不细，是不是还没到对外公布的时候？"封小波问。

"那就重新做一个模拟画像，照着这两张的样子。"黎勇晃动着手中的照片。

"你是说，唐达？"封小波问。

"对，发布的时候，就说通过群众举报。"黎勇说。

在视频工作站里，裘安安见到了封小波。她显得十分憔悴，看到封小波眼泪就流了下来。

"对不起，是我让你受苦了。"封小波一把搂住她。

"不，我要谢谢你，是你让我看清了他们的嘴脸。"裘安安擦干了眼泪。

在被传唤的时候，裘安安已经通过了柳主任的测谎，她签署了《保密协议》，准备全力协助公安机关破案，这自然是华天雪始料未及的。大壮和耽美叙述了遭遇"暗影人"的经过，并对"暗影人"的蓝色大衣着重进行了描述。裘安安听后，打开了随身携带的笔记本，让女娲把所有的网络断开，做好了物理隔绝，才将笔记本接在"天网"系统的服务器上。

她看着显示墙上回放着视频数据，扑面而来的漫天雨雪，还有空荡荡的街道。里面传出了夸父的声音：

"看到了，一米八身高，穿蓝色大衣、黑色运动鞋，戴着黑色帽子。"

"我怎么没找到？"

"没有人啊！你是不是看错了？"

"怎么没有人啊，就在前面，五十米左右。"

"你是不是游戏玩多了……"

"他前面有人？"裘安安问。

"是的，但画面里什么也没有。"封小波说，"会是系统错误吗？"

裘安安没有回答，认真地看着。"大壮和耽美遇到的'暗影人'，视频里也没有记录？"

"没有。"女娲说。

"你们刚才说，那两个人的蓝色大衣上面，有亮晶晶的东西？"裘安安问。

"是的。"大壮和耽美异口同声地回答。

"我明白了！"裘安安突然想到了什么，她伏在笔记本上搜寻，不一会儿，把一张图片打在显示墙上，"你们看，是类似这样的亮片吗？"

"是，就是这样的。"大壮点头。

"而且还很多，全身都是。"耽美说。

"不是全身都是吧，而是在身体的各处均匀分布，前胸、后背、肩膀、四肢都有？"裘安安问。

"是的，一点儿没错。"两人说。

"这就对了，他们很有可能在使用一种技术，叫'视频忽略'。"裘安安说。

"视频忽略？"封小波不解。

"对。这是我之前参与研发的，但由于技术不成熟，所以没有继续。"裘安安说，"现代技术，都有相反的一面，既然有'智慧追踪'，就会有'视频忽略'，所谓的'视频忽略'，当时有两个研究方向，第一个是通过动作进行忽略，对应就是'动作识别'；而另一个，则是按照特殊标记进行的忽略，对应是'人像识别'。从现在的情况来看，他们使用的很有可能是第二种。"

"按照特殊标记进行的忽略……"封小波思索着，"这么说他们身上的那些亮片，就是'视频忽略'的标记？"他问。

"是的，那是一种特殊材料，学名是'Brh46光源结晶'。"裘安安说，"只要把这种材料制作成标记物，放在需要被忽略的物体上面，'智慧人像系统'便会自动去除这个物体的影像，同时用周围的影像进行补充，既能起到'忽略'的作用，又不至于破坏整体画面。"

“但研究这个有什么意义呢？”封小波皱眉。

“这种技术开发之初，目的是为了屏蔽无用信息。比如说，安装监控的时候，前面正好有一个障碍物，受条件所限无法躲闪，就可以依靠这种‘视频忽略’技术将障碍物从视频资料中去除，并在其原有的位置上通过智能计算模拟还原出图景。”裘安安说。

“就是粉饰太平呗。”封小波说。

“对，可以这么说。”裘安安说，“这种技术并不值得推广，加之研发耗资巨大，没有什么实际意义，技术不成熟，推进困难，所以就搁浅了。但没想到，他们做了后续研发。”

“那为什么是蓝色大衣呢？”封小波问。

“知道拍电影的‘绿幕’吧？是同一个道理。将‘Brh46光源结晶’设置在蓝色大衣上，更容易被‘视频忽略’系统识别。”裘安安回答。

“那怎么解释F区的报警呢？‘动作识别’确实发现了‘暗影人’啊？”女娲问。

“这就是技术不成熟的表现。很有可能在那一刻，‘天网’系统中的‘视频忽略’出现了问题，错误地造成了目标被识别。”裘安安说，“其实除了借助‘Brh46光源结晶’的‘视频忽略’技术外，自然环境对蓝晶石监控系统的影响也是很大的，比如在雨雪、沙尘和光线阴暗的地方，‘人像追踪’和‘视频识别’都会失灵。”

“嗯，我说他们为什么总是选在天黑和雨雪的时候动手呢。”女娲点头。

“照此推断，也就解释了银行抢劫案和银湾盗窃案的许多谜团。沈奎在洗浴中心发现了穿蓝色大衣的‘暗影人’，我们在搜查中发现了喝过的矿泉水瓶和指纹，却没有发现任何影像；在银行抢劫案的许多重点区域，我们都发现了带有相同DNA的利群烟蒂，同样‘暗影人’也被‘视频忽略’；而在银湾盗窃案的现场，也有他的痕迹，影像也被忽略。最后，他们怕东窗事发，组队杀害了小A和夸父。这帮王八蛋，太狠了。”封小波咬紧牙关。

“这怪我，把你们的数据连接在了无人机上，造成了数据泄露。”裘安安叹气。

“这是我的责任。”封小波说。

“但是，他们为什么要这么做呢？比如，抢劫银行。”裘安安不解。

“张学友演唱会和海城银行劫案，是给蓝晶石做得最好的广告，他们先制造危机，再借机大力推广自己的产品。”黎勇从后面走到显示墙前。

“太阴险了。”封小波感叹。

“还有一个情况。”裘安安说着，拿出手机，把一张图片输入到笔记本里，打在显示墙上。这是一张反色的地图，用罗马数字Ⅰ、Ⅱ、Ⅲ、Ⅳ标记着数百个区域，区域之间有许多条白色连接线，细密曲折，时接时断，像无数条蜿蜒的河流。

"这是什么？"黎勇问。

"是我在唐达电脑里发现的，我总觉得那些连接线似乎代表着什么。"裘安安说。

大家都凝视着显示墙，分析着这张反色地图。

"我知道了！"女娲突然喊起来，他操作起电脑，把海城的"鹰眼"地图和这张反色地图重叠，两张图的各类信息合并在一起。

"看出什么了吗？"女娲问。

黎勇看着，默默地摇头。还是封小波眼贼。"我明白，明白了！"他大叫。

"你明白什么了？"黎勇凑到前面看。

"这张反色地图中所有的白色线条，都是海城'鹰眼'拍摄不到的'盲区'。你看。"封小波指着一条白线，"这里是 V 区 015 至 018 号'鹰眼'之间的街道，因为临近望海地区的城中村，没有'鹰眼'的架设条件，所以有一条狭长的盲区。还有这里，西郊新老城区的十公里衔接带，正好被地图中的最粗的白色线条覆盖。"

"嗯，看懂了，我看懂了……"黎勇点头，"这简直就是一个'暗影图'啊！这帮孙子，还真是处心积虑啊。"

"那现在怎么办？"女娲问。

"都说魔高一尺道高一丈，但魔会永远在道的前面跑。咱们不但要追上，而且还要比他们跑得更快，做得更高。他们给系统设'后门'，做'视频忽略'，那咱们就以不变应万变。"黎勇说，"安安，下一步你和女娲全面负责数据和技术，记住，对所有数据的搜集、分析和研判都要与主系统进行隔绝，同时你能否找到那个'Brh46 光源结晶'，也做出一个'视频忽略'的模型？"

"可以，这是我参与研发的，我可以做到。"裘安安说。

"他们那个'视频忽略'的道具，咱们就叫他'蓝晶衣'吧。"黎勇说，"疯魔，你和大壮、耽美负责追踪，我再让打扒队的老头和快腿来帮忙。范围不要再扩大了。一旦安安制作成功咱们的'蓝晶衣'，你们就立即进行试验。"

"好的。"封小波、大壮和耽美一起点头。

"师父，全市的'鹰眼'和'天网'是不是要马上停用？"封小波问。

"这个还不行，影响太大了，在没有找到确凿证据的情况下，还无法停用。而且一旦停用，也会打草惊蛇，让蓝晶石有所防备。记住，咱们的对外口径是裘安安已经被采取强制措施了，而你，疯魔，已经被前置回城中路派出所了。明天宣传处会对外发布相关信息，你们两个现在是专案组的'暗影人'了。"黎勇笑。

封小波和裘安安都点着头。

"你们要通过传统方式进行摸排，尽量避开咱们自己布设的'鹰眼'，位置疯魔熟知了啊。"黎勇叹了口气，觉得荒谬，现在警方竟要躲避自己架设的系统。"郭局已经下令，让章鹏继续带刑警大张旗鼓地在明面上调查。要想暗度陈仓，必先声东击西。"黎勇说。

　　"师父，你是从什么时候开始怀疑蓝晶石的？"封小波问。

　　"从银湾盗窃案发生的时候就觉得不对，但始终没有证据。唉……监控技术原本是为了保护使用者的安全和隐私，结果，却成了作恶的手段。那些嘉宾也不是杞人忧天啊。"黎勇叹了口气。

　　"啊？哪个嘉宾？"封小波问。

　　"嘿……整天在电视里喷的那帮人。"黎勇摇头。

38. 诱饵

讯问室里，老金在讯问椅上稀里哗啦地吃着盒饭。

"我天，你们市局的夜宵真不错。"

"别忘了打胰岛素。"黎勇说。

"打了打了。哎，你同意我那个计划了？"老金问。

"我不同意又能怎样，现在外面都传遍了，说你知道杀害陈博的真凶。你是怎么传出去的？"黎勇点燃了一支烟。

"呵呵……"老金胡噜了最后一口，才把饭盒放下，"这世界上没有不透风的墙，这里面什么人都有，今天进来，明天出去，带个话儿还不容易？"

"你为什么这么做？想拿自己当'诱饵'吗？"黎勇皱眉。

"嘿，别说得那么难听，我就不能把自己当成个钓鱼的？"老金笑。

"你怎么知道他们会上套？"黎勇问。

"呵呵，在我出庭做证之前，他们只有这次机会。"老金说。

"但这么做太危险了。"黎勇下意识抬头看了看已经关闭的监控，"他们现在无孔不入。"

"我知道。"老金点头，"这里面不安全，你们的人也不可靠。"他撇嘴。

"我们的人？哪个？你告诉我。"黎勇问。

"不确定，也不能瞎说，更没有证据。"老金摇头。

"那你为什么怀疑？"黎勇问。

"知道什么是老炮儿吗？就是像我这样儿的。十四岁就进看守所，来这儿跟回家似的。这里的人在干什么，怎么想，想怎么做，我心里都跟明镜儿似的。"老金说。

"把你认为有嫌疑的名字告诉我。"黎勇说。

"我不知道姓名，只知道班次。你记着，前天晚上值班的，昨天下午值班的，还有今天上午一个提了我隔壁号儿的管教，都有问题。"老金说。

"这么多人？"黎勇说。

"只是嫌疑，不能确定。他们有的暗示我闭嘴，有的旁敲侧击地探听，与我接触过的几个人也都被他们盯上了。"老金说。

"我马上给你转号，或者转到区里的看守所。"黎勇说。

"甭价啊，我得在这儿待着，要不就前功尽弃了。"老金说。

黎勇犹豫着。

"嘿，你就让我给你做件事儿吧。我欠你一条命啊。"老金笑，"记住他们行动的时间，估计在我被'换押'之前，只有这次机会了。"他正色。

"好好活着。"黎勇表情凝重。

"得。"老金点头，"哎，要是需要帮手了，找铁子，我进来之前交代了。"

"找过了，没戏，你们公司都散了。"黎勇摇头。

"哼，他是不是跟你犯浑了？呵呵，别怪他，那是我交代的。别忘了，我公司门口儿也对着探头呢……"老金笑，"公司也是我让他给散了的，我都进来了，再聚着太扎眼，危险。兴旺道已经成为历史了，去菜园西里的国兴胡同二号，我有个院儿，他们在那儿新开张了。"

蓝晶石总经理室里，电视中播放着"暗影人"的悬赏通告。华天雪站在窗前，眺望着远方。海城夜色很美，从落地窗向外看去，车水马龙，繁星如火。唐达坐在华天雪的位置，脚跷在大班台上，用手把玩着一个高档的打火机，在黑暗中不时闪烁着火光。

"怎么了？不想走？"唐达问。

"是啊，眼看着事业蒸蒸日上，真不忍心就这么放弃啊。"华天雪叹了口气。

"你走了，一切都不会变，所有的危机都会消除，海城还是我们的。"唐达说着，掏出利群香烟，给自己点燃。

"我就说你不要玩得这么大，循序渐进不好吗？为什么要搞这么大的事情啊？"华天雪转过头看着他。

"富贵险中求。不伤人，怎么能让他们明白监控的重要；不发案，哪里还有蓝晶石的海城'天网'。华总啊，做生意啊，空有理想不行，还要有野心。"唐达靠在椅背上。

"那也不能伤人命啊……你说，多少人……多少人都为此倒下了，郭晓冬、陈博，还有那个警察。唐达，你住手吧。"华天雪激动起来。

"住手？开弓没有回头箭，我、你，我们还能住手吗？"唐达看着华天雪。

华天雪走到唐达身边。"唐达，一年前，我的公司还没被蓝晶石收购，也没那么大的野心，只想踏踏实实地做好企业。但你来了之后，就怂恿我要打出知名度，要让监控设备遍布全海城、全中国，我……我受到了你的蛊惑，被你洗脑了，我没想到是现在这个结果……"

"现在是什么结果？是最好的结果！如果没有我，我们的公司会有这么高的知名度吗？会被蓝晶石收购、拥有如此雄厚的资金吗？会在整个海城布下'天网'吗？"唐达仰头看着华天雪，"我完成承诺了。但还远远不够，世界这么大，不止一个小小的海城。"

"不要总说'我们'。"华天雪声音颤抖。

"呵呵，我说过，我们是合作关系。你有资金，我有手段，你管经营，我管拓展，你在明，我在暗。有利益大家平分，但绝不越界。忘了吗？成功的路上注定要有牺牲，你看，如今的海城。"他站起身来，搂着华天雪，指着窗外，"这里遍布着我们的'天网'，我们让这个城市安全，帮助警方维护治安，这不是你的理想吗？"

"理想……你别说得那么高尚，你是在利用我的理想为自己牟利，现在的'天网'是当初我向海城百姓承诺的吗？为海城平安稳定发展做出贡献，真正让违法犯罪在'天网'下无所遁形，诚实、信任、安全、使命……笑话，真是个笑话。"华天雪长叹。

"你太幼稚了，无论技术多发达，犯罪都永远不可能消失，因为人的心里永远有填不平的欲望。什么是犯罪，就是所谓侵犯了大多数人的利益，破坏了规则的行为。但人类的每一次进步不都是建立在破坏规则的基础上吗？犯罪推动法律的进步，推动时代的发展。是，是死了些人，但那些人是什么？是渣滓，是垃圾，是应该被清除的败类。你以为我是在利用他们吗？错，我是在惩罚他们。十年前，我被一群恶棍胁迫，帮他们踩点，我想过拒绝，但是他们威胁我，如果报警就杀掉我。我当时混得很惨，在一个小单位，所有人都看不起我，他们无视我的存在，践踏我的尊严，把我看作下等人。有人的地方，就能划成三六九等。我本想告诉单位的领导，但走到他门前的时候却停住了脚步，我想，我还有另一种选择，就是用自己的方法。我按计划进行了，那帮流氓都得到了惩罚，但是，呵呵，我也没有拿到钱，这是报应。直到不久前我才知道，这笔钱在哪里，太可笑了，这简直是老天的恶作剧。"唐达点燃了一支利群。

"但郭晓冬他们可是你的朋友，他们的死你也无动于衷？"华天雪声音颤抖。

"没有永远的朋友，只有永远的利益。正因为弱肉强食，所以才优胜劣汰。你不要以为是我引诱了他们，如果他们心中没有欲望和原罪，怎么会抢劫。如果是你，会这么做吗？还有那个陈博，我的目的可不是让他偷东西啊，是为了引出贪官，惩处罪恶啊。要是他不去销赃，怎么会被警察发现？这怪我吗？怪他自己太过贪婪！"唐达大声地说。

华天雪看着他，无言以对，他当然知道这是谬论。银行抢劫案的结果，并不是惩罚犯罪，而是成就了蓝晶石最大的订单；银湾盗窃案的结果，并不是揭露贪腐，而是打垮蓝晶石的重要竞争对手。"你也在利用我……不是用钱，是用理想。"他苦笑。

"唉……"唐达叹了口气，"华总，你要明白，现在这个世界上，只有你我最重要了。我们如果失败了，那蓝晶石的未来也就搁浅了，你那个让全世界都安全的梦，也就搁浅了。咱们是一根绳上的蚂蚱，谁也离不开谁，离开了，就都得死……

华天雪看着唐达，不再争辩。他想起了一个词，叫引狼入室。从唐达进入到公司的那一天开始，华天雪就步步落入陷阱，直至成为傀儡。如今在蓝晶石，表面上还有华天雪的位置，但实际上已大权旁落，唐达用卑劣的手段控制了所有人。现在华天雪已成了唐达的共犯，再也脱不了干系。他不知噩梦何时能够醒来。

"我……什么时候去襄城？"他问。

"去襄城只是个幌子，等过几天去国外避一避吧。"唐达说。

"为什么？不是要到襄城拓展市场吗？"华天雪问。

"哼……如果海城的事情解决不了，你认为襄城还会有蓝晶石的市场吗？"唐达问。

"他们已经查到了你的暂住地，发布悬赏通告了。"华天雪说。

"那只是个模拟画像，不足为虑。再说，那个房主已经回老家了，不敢做证。"唐达说。

"还有，那个快递公司的老板好像知道一些情况，陈博毕竟在他那干过……"

"放心吧，我会让他闭嘴的。"唐达打断他的话。

"你……"华天雪愣住了。

"等我处理完这些事，咱们就暂时离开。我不相信，他们在没有证据的情况下，敢把苦苦经营的'天网'废掉。再说，我们还有足够手段施展，包括让他们每个人为我们所用。"唐达说着拿起遥控器，按动了一下，对面的书架开始晃动、分开，露出一个六行十二列的显示墙，上面清晰地显示着海城"天网"系统的各处"鹰眼"，与公安局的几乎一样，只不过标记的方式是罗马数字。

"华总，这是我们的理想、我们的地方，我们要寸土不让。"唐达说。

下起雨了，淅淅沥沥的，裹挟着泥土的气息，落在城市和田野里，溅起了水花，映出了波澜。天已经黑了，街上行人不多，封小波穿着一件蓝色的风衣在城西新区的 F 区疾行着，车灯晃过，映出了他风衣上的雨滴和亮晶晶的光点。他走出一个路口，停在了一个"鹰眼"下。

"女娲，女娲，看见我了吗？"他在耳麦里问。

"没有，你在什么位置？"女娲在视频工作站里，看着显示墙。

"我在 F 区的 06 号'鹰眼'下。"封小波回答。

"没有影像，你继续走，依次反方向经过 05、04、03 号'鹰眼'。"女娲说。

封小波按照指令，转身向路西侧走去。在不远处，大壮和耽美也在一前一后地走着，身上都披着蓝色风衣。

"女娲，女娲，我们在 D 区路口，你那里有显示吗？"大壮在耳麦里问。

"没有，你们往 F 区的 06 号'鹰眼'走，我再看看。"女娲说。

裘安安坐在女娲的身旁，仔细盯着显示墙上的画面。他们在开机之前，已经将数据进行物理隔断，屏蔽在了蓝晶石的监控之外。这自然是省厅陈博士的功劳。裘安安不负众望，仅用了三天时间，就做出了'蓝晶衣'的模型，同时改进了款式，变成了春季的风衣。

"安安，你的'蓝晶衣'做得比他们好，连 F 区的 06 探头都没有报警。"女娲说。

"报警与否与我做的'蓝晶衣'好坏并无太大关系，重要的是系统。那次报警是意外，我说过，'视频忽略'的技术还不成熟。"裘安安说。

"那起码说明咱们的'蓝晶衣'过关了。"女娲笑。

"对付他们，要以其人之道还治其人之身。"裘安安说，"还有，得让所有参与行动的成员熟悉那张'暗影图'，尽量在监控盲区的'暗影'中走，避免系统错误时出现的报警。"

"嗯，你说的很重要。"女娲点头。

雨越下越大，封小波和大壮、耽美试遍了 D、F 两区的'鹰眼'，确认了警方"蓝晶衣"的成功。他们又按照夸父追捕的路线走了一遍，想象着"暗影人"的轨迹和手段，知己知彼，百战不殆，天时地利人和，必能克敌制胜。

封小波站在雨里，闭上眼，想象着自己飞升到天空，以上帝视角进行俯视。整个城市是一个五彩斑斓的巨大机体，无数个街区版块是他的血肉，密布的街道是他的血管，车流熙攘如波光粼粼的河流，广阔的绿地像宽广的胸膛。政治、行政、人口、历史、文化、经济形成了他的文明，而十六万个"鹰眼"组成的"天网"则凝视着他的每一寸肌肤。突然，所有的光亮都熄灭了，城市陷入黑暗，等再次亮起的时候，五彩斑斓的地图变成了反色，无数条细密的曲线组成白色的蜿蜒河流。封小波慢慢地从空中落地，站在河流之中。他睁开眼，看到了所有真相。雨水打湿了他的眼睛。

　　同样是在雨里，黎勇敲着国兴胡同2号的铁门，但里面却没人应答。雨越下越大，黎勇把伞撑开，又等了一会儿，无奈地向胡同外走去。但没想到刚走了几步，就看到了一个人。他披着黑色的雨衣，推着一辆快递车站在不远处，正是铁子。黎勇忙走几步，来到了他的面前。

　　"铁子，老金让我来找你。"黎勇开门见山。

　　"对不住了，金爷交代过，在兴旺道必须对你没里没面儿。"铁子笑。

　　"嗯，我知道。"黎勇点头。

　　"这里放心说，金爷自己的宅子，所有的监控都卸了。"铁子说。

　　"我需要你们的帮助，还有人手吗？"黎勇问。

　　铁子笑笑，没有回答，转头向后面努努嘴。在漆黑的雨雾里，亮起了数盏车灯，它们由远而近，越聚越多，直到把整条胡同堵满。

　　"一个没散，'飞飞'改名叫'跑跑'了。我们都在等金爷出来。"铁子一脸坚毅。

　　"好兄弟。"黎勇拍了拍他的肩膀。

　　"瞎猫，谢谢你。"铁子说。

　　"谢我干吗？"黎勇不解。

　　"谢你给了我们尊严。"铁子回答。

39.天网

晨曦微露，万业大厦门前，唐达仰望着天空。雨停了，白云层层叠叠的，像一群奔腾的骏马。他拿出一支利群，缓缓地点燃，喷吐了一口，转头等着来接他的车。正在这时，不知从哪儿突然蹿出来一辆快递车，冲着他就撞了过来。唐达猝不及防，慌忙躲闪，手中的烟也掉在了地上。

快递车与他擦身而过，"吱扭"一声，险些侧翻。快递员用脚刹车，扶稳自己的头盔，回过头抱歉地招招手。"不好意思啊。"

"没事儿，慢点儿。"唐达大度地摆摆手。

快递员点点头，骑着车走了。唐达看着他的背影，若有所思。

这时，一个清洁工拿着扫把跑过来，将他脚下的烟蒂清除。

接他的车到了，唐达又掏出一支烟，拿在手里，打开车门走了进去。黑色的奔驰 S 级缓缓开动，消失在前方的路口。那个清洁工抬头看着，将手抚在右耳上轻轻地报着：

"瞎猫瞎猫，我是老头，检材已取得。"

"好的，继续监控。"耳机里传出了黎勇的声音。

唐达在车里点燃了香烟，他打开车窗，看着路旁春意盎然的景色，让司机播放音乐。车里传出一首钢琴曲，是贝多芬的《降 E 大调第三交响曲》，又名《英雄交响曲》。钢琴曲气势磅礴，感情奔放，描绘了英雄在战斗中成长。唐达陶醉着，却没想到，在前方的多个路口，有数百名穿着相似的快递员在穿梭着，他们将接力追踪，让唐达无所遁形。

而他身后的那个快递员，已将头盔摘去。他拿起手机，听着兄弟们在微信群里的语音。

小马："小光，小光，'快递'已过三经路，我撤了，你跟上。"

小光："明白，前面堵车，我在下一个口等他。"

"哎，小光，别跟得太近。注意安全。"铁子说完抬起头。

太阳朝升夕落，日子周而复始，平凡的一天即将过去。时至傍晚，天又阴了下来。天气预报说，凌晨将会有一场大雨，但人们却并不在意。下班的人群熙熙攘攘的，许多的个体汇成了河流，组成了回家的大潮。执勤的警察在街头伫立，110巡逻车闪烁着红蓝色的警灯，密布的"鹰眼"俯视着一切。

城中路派出所的小会议室里烟雾缭绕，胡铮拿过郭局的水杯，加满了热水。屋里人不多，却集中着海城市局最精干的力量。郭局拿起杯喝了口水，继续听着陈晓文博士的汇报。

"经过省厅专家的鉴定，蓝晶石公司的'智慧人像追踪系统3.0'确实存在'后门'，他们在服务器联网的时候，将我局'天网'系统中的数据进行秘密回传，以做到数据共享。"

"也就是说，我们能看到什么，他们就能看到什么？"郭局问。

"是的，甚至有可能权限更大，范围更广。"陈博士说。

"什么意思？"

"因为在我局'天网'系统的十六万个'鹰眼'之外，还有数字相当庞大的企业和民用摄像头。可以说，蓝晶石的监控范围已经做到了随时随地、无所不在、实时监控、不留死角的地步。"陈博士说。

"嗯，明白了。"郭局点头，"哎，小胡，这个会议室没问题吧？"

"没问题，监控设备都切断了。"胡铮说。

"嗯，打扒队，说一下情况。"郭局说。

代号快腿的石磊走到会议室的白板前，用笔在上面画了几个位置。

"根据我们这几天的跟踪，基本掌握了唐达和华天雪的作息时间和行动规律。唐达今天上午八点十分从万业大厦出发，到广业路二十三号的玲珑酒家与两个人一起吃早茶，十点三十五分离开，然后到电视台参加活动……现在，他已经回到了万业大厦的蓝晶石公司，老头一直在大厅里守候。唐达与其他商人不同，生活自律、起居规律，很少到娱乐性场所消遣，但烟瘾较大，抽利群香烟，早晨获取的检材已送至法医中心鉴定。而华天雪则相对简单……"石磊汇报着。

"唐达的本名叫叶伟，曾经学过搏击和散打，现在还保持着训练。法医中心的老马刚刚来过电话，他的 DNA 已经与'暗影人'认定同一了，且烟蒂上的指纹也相符。一切都对上了。"黎勇插嘴。

"嗯……经侦，说一下你们掌握的情况。"郭局点燃一支烟。

林楠汇报了蓝晶石公司的人员构成和股东结构，同时分析了其在海城视频监控行业的市场占有率。在华天雪宣布辞职之后，唐达正式成了蓝晶石海城公司的负责人，但他似乎并不想在海城久留，近期正在与襄城的百商集团谈着股权转让的事宜。他上午在玲珑酒家见到的人就是百商集团的副总李梦君。可以预见，唐达在有步骤地撤退。而华天雪则另有打算，他通过黑市购买了一本假护照，预定了下周出境的机票，但此举唐达似乎并不知情。

"唐达不知情？何以见得？"郭局问。

"因为唐达已通过李梦君与襄城百商集团的董事长约定，下周末与华天雪共赴襄城见面。我们分析，唐达与华天雪之间已有隔阂，华天雪想尽快逃离、避险。"林楠回答。

"嗯……"郭局点头。

"还有，在银行、税务等部门的配合下，我们调查了蓝晶石公司的财物支出情况，发现了一些问题。他们公司的员工工资支出总数，要大于公司的实际人员工资支出数。"林楠说。

"这是为什么？"郭局不解。

"在财务报表上，蓝晶石公司有一个保安队，大约十多个人。公司一直在给他们发着工资。但经过我们秘密调查，这些人却并不在公司出现。"林楠说。

"哼……隐秘力量。能查到这些人的情况吗？"郭局问。

"正在查。"林楠说。

"好，加快速度。纪委监察，你们说。"郭局说。

"我们正在就相关部门提供的线索进行核查，看守所等部门的涉嫌人员也已列入视线。但也不能说案件出现了问题，我们就草木皆兵，盲目怀疑局内的同事。我们会处理好调查与澄清之间的关系，下一步的具体情况我们会单独向您汇报。"纪委的同志言简意赅，很有原则性。

"好，瞎猫。"郭局冲黎勇抬了抬手。

黎勇走到台前。"首先要感谢一下各兄弟单位的支持，这些天没日没夜地干，大家都辛苦了。特别是打扒队，上的都是经验丰富的老同志……"

"年都过了，就别说过年话了，入正题。"郭局打断他。

"好。"黎勇笑，"为了避免蓝晶石的'人像追踪'和'动作识别'，按照郭局的指示，这些天负责追踪的都是打扒队的老手和生脸。长期暴露在'鹰眼'和'天网'下的巡逻民警和刑警，原则上都不参与行动。从DNA和指纹的鉴定结果来看，我们已经掌握了抓捕唐达的证据，但为了一追到底一网打尽，以最大力度消除蓝晶石的隐患，我们还在等待行动的时机。此刻刑警的抓捕队已经待命，随时可以行动。"

"章鹏他们都不是生脸，如果被系统追踪到怎么办？"郭局问。

"我们以蓝晶石'追踪系统'的短板为参照，让所有行动队员都打扮成快递员骑行跟踪，这样就可以规避'动作识别'，同时因为戴着头盔，'人像追踪系统'也会失灵。我们以其人之道还治其人之身。"黎勇说。

"好……"郭局点头。

"现在，整体案情已基本清晰，海城银行抢劫案、银湾别墅盗窃案，和十年前的农村信用银行抢劫案已经并案。初步分析，银行抢劫案和别墅盗窃案的幕后策划为华天雪和唐达，而杀害我局民警卓飞的凶手，就是唐达。唐达原名叶伟，在十年前策划并参与了农村信用银行抢劫案，之后改头换面与华天雪狼狈为奸，一暗一明，以恶劣的手段开拓市场，牟取暴利。他们首先策划并指使郭晓冬等人制造了银行抢劫案，借助我局布建'天网'的机会，成就蓝晶石最大的订单；后引诱陈博盗窃副市长张望的别墅，以此牵出贪腐案件，有效打击了竞争对手通斯奥达和正茂科技，以垄断市场。同时为了消除罪证，在作案后再痛下杀手，致郭晓冬、陈博等五人死亡。可以说，蓝晶石罪行累累。"黎勇攥紧了拳头。

"哼，我们本想架设'天网'，让违法犯罪无所遁形，没想到最后反被利用，让执法人员曝光在罪犯的视线之下。唉，我要负主要责任啊。"郭局叹了口气，站了起来，"同志们，下面我们要面对的，既是一场艰苦卓绝的硬仗，又是一场黑白博弈的智慧较量。嫌疑人已经入侵了我们的防范系统，我们所有的行动都可能曝光在他们的视线之下。他们为达到目的，无所不用其极，生活隐私、商业机密、家人安全，甚至官商的交易，都成了他们手中的砝码。他们拿人们最见不得光的东西作为交换，来换取自己最大化的利益，让守护者成了行凶者，在扭曲着正义和善良。这是我们绝不允许的！"郭局拍响了桌子，"我们总说'万无一失''一失万无'，现在就算我们很难做到'万无一失'，也必须要守住'一失万无'的底线。各单位负责人记录，我提几点要求。"

台下众人纷纷打开笔记本。

"第一，搜集证据时要放弃所有电子设备，全部使用笔录纸和钢笔手写。笔录制作后，不要用扫描备份，要用非联网的老式复印机进行备份，变电子证据为纸质证据。第二，专案组成员全程禁止使用手机的通信软件，禁止在电话里透露案情，我让技术部门启用了加密的警务集群电台，大家以此作为办案联系方式。第三，重要案件线索的汇报，以人传人的方式进行，联系不到我的时候，直接向专案组内勤谭彦汇报，纪委派专人全程监督，如出现跑风漏气，立即按党纪国法处理。第四，在行动开始后，暂停所有警务执法记录仪的联网，'天网'和'鹰眼'的技术处理工作由陈晓文博士负责。最后，参与行动的所有人要牢记使命不忘初心，无论受到多大的诱惑和威胁，都要时刻铭记我们的名字是人民警察。说实话，此刻我心里也没底，正义是否最终能战胜邪恶，不仅在于我们是否能用传统手段去打击高科技犯罪，更在于我们能不能用一腔热血和忠诚的信仰去战胜他们的邪恶与伪善。"郭局字字如钉，"知道为什么我要在这里开会吗？"他看着大家，"张学友演唱会、银行抢劫案，一切都是从这里开始的。蓝晶石的犯罪从这里开了头，我们也要从这里开始行动，将他们一网打尽、绳之以法！考验大家的时刻到了，考验我们海城警察的时刻到了。"

"我们一定完成任务。"众人都站了起来，异口同声地回答。

"还有，大家记住，从经侦调查的线索来看，他们绝不止三个'暗影人'，那个所谓的保安队很有可能就是隐藏的势力。他们手中有武器，极度危险。会后各部门检查好枪械和视侦设备，随时待命。"郭局说。

"瞎猫，咱们还在等什么？"林楠问。

"等风来。"黎勇看着窗外。

"什么？"林楠不解。

"风来了，雨就会来。天气预报说了，今夜凌晨将有一场大雨。"黎勇看着林楠。

晚间新闻发布了暴雨橙色预警，凌晨过后，天开始降雨，但淅淅沥沥的并没形成规模。黎勇站在六号楼的天台上，闭着眼让雨滴打在脸上。他倾听着远方的雷声，感受着风的强度、空气的湿度和云层的变化。渐渐地，雷近了，雨密了，风大了，湿度高了，天空阴云密布。他睁开眼，看到云层中闪烁着的闪电，滚滚雷声越来越响，他知道，一场大雨即将降临。天时已到，他拿起加密的集群电台轻喊："各组准备。"

轰隆隆……一声滚雷，大雨降了下来。雨水冲刷着沉睡的城市，所有声音被雨声掩盖。突然，城市的"天网"系统停止了，全市监控系统瘫痪，市局指挥中心显示墙上的各处"鹰眼"画面都漆黑一片。值班员立即向郭局报告，技术部门赶来维修。在市局的技术室里，陈博士和裘安安正伏在连接蓝晶石主机的笔记本前，紧张地操作着。

海城看守所里也漆黑一片，监控失灵了，灯也灭了，楼道里除了雨声，再无其他的声音。一道闪电划过，映出墙上挂钟的时间。凌晨两点了。

老金熟睡着，在单间里鼾声如雷。一阵脚步声却由远至近，慢慢地来到他的监室门前。"吱扭"，监室的铁门被打开了，一个黑影缓步走了进来。在月光的映照下可以看到，他手中拿着一支针剂。

他停顿了一下，在确认没有惊扰老金之后，才缓步上前。他拿起针剂，轻轻地扎向老金的手臂。那里面是最大剂量的胰岛素，足以让老金永远闭嘴。但不料就在此时，老金却突然起身，一把攥住了那人的手。监室的灯随即打开，亮如白昼，那人惊慌失措地用手捂脸，两名特警闯进来将其控制住。预审队长那海涛走进监室，看着他。

"老殷，晚上你值班啊？"那海涛问。

"哦……我……"老殷知道事情败露，抖如筛糠。

"我给你一个最后的机会，下一步按我说的做。"那海涛说。

"好，好的……"老殷痛苦地低下了头。

郭局从加密的集群电台中听到汇报，对陈博士发令。

"开始吧。"

"啪……"海城的"天网"系统重启了，全市监控系统恢复，市局指挥中心显示墙上的各处"鹰眼"都点亮了。可以看到，一辆救护车驶进了海城看守所，在暴雨中闪烁着蓝色的灯光。

老殷在那海涛的监控下，用手机拨打着电话："喂，得手了。人马上送人民医院。"

在看守所监控的注视下，两名医护人员用担架将老金从监室抬出，送到救护车里。随行的还有两名制服民警，一起上了车。救护车开出了看守所的大门，驶进了漆黑的暴雨里，郭局和黎勇伫立在视频工作站的显示墙前，看着监控里渐远的蓝色灯光。从看守所到人民医院有十五公里的距离，开车不会超过二十分钟的时间。

"疯魔，注意安全。"黎勇拿起加密电台说。

"明白。"电台里传出封小波的声音。

此时，他正驾驶着救护车，密切观察着周围的一切动向。他抬腕看表，已经到了凌晨两点半。暴雨掩盖了所有的景物与声音，宛如那张黑暗的反色地图。封小波在心中默念着，时间、空间、逻辑，天与地、虚与实，点、线、面，他手中冒出了细汗，判断着此时的位置是在海城 W 区，刚刚经过两条繁华的街道，已经驶过了08至15号"鹰眼",距离人民医院还有不到五公里的距离。车即将进入一段城乡接合部的小路,那里有一段狭长的视频盲区。

"咔嚓嚓……"一道闪电将前路照亮。封小波一惊,浑身的汗毛都立了起来,他用余光看着后视镜,后面出现了两辆黑色的无牌奔驰车,车上有多个闪亮的光点,那个学名是"Brh46光源结晶"。

两辆车突然加速,一左一右地包抄过来,封小波躲闪不及,一下与左侧的车辆相撞。钢铁尖厉的摩擦声撕破了沉闷的雨声,救护车一下就歪了头。

在万业大厦的总经理办公室里,华天雪紧盯着书架后六行十二列的显示墙,上面"XVIII"区的多个"鹰眼"正在直播着拦截的现场。他颤抖着点燃一支烟,默默地在黑暗中吸吮着。

在市局的视频工作站里,显示墙上直播着一模一样的画面。可以看到,救护车暂未被截停,正在与前后两车周旋着。黎勇、裘安安、陈晓文等人站在郭局身后,屏住了呼吸。

"晓文,安安,系统没问题吧?"郭局问。

"您放心,我们已经植入了'病毒',他们通过'后门'获取的数据,是经过咱们处理的。"陈晓文回答。

"魔高一尺道高一丈,他们给咱们'视频忽略',咱们给他们'忽略再忽略'。"黎勇说。

"对,以其人之道还治其人之身。"郭局说。

此时此刻,救护车已驶入小路的中段,一辆奔驰车蹿到了前面,不断左右地拦截,后面的车也提速猛撞,救护车多处被撞坏,保险杠掉落在黑暗里,眼看就要被逼停。这时,突然从前方又开来一辆无牌奔驰,急停在距离五十米左右的路中间。封小波无奈,狠狠地踩下了刹车。

"吱……"路面被磨出十多米长的刹车痕,救护车被三辆奔驰团团围住。从奔驰车里冲出十几名"暗影人",他们穿着蓝色大衣,戴黑色帽子,脸上蒙着人皮面具,戴着硅胶手套持着枪,迅速地冲到救护车前。但与此同时,天空中突然传来巨大的鸣响,一架闪烁着红蓝灯光的警用直升机由远而近在天空盘旋,用探照灯将黑暗照亮。上百名穿着蓝色风衣的刑警出现在四周,为首的章鹏大喊着:"警察!立即放下武器。"

"暗影人"大乱,有的刚想抬枪就被刑警击倒。救护车的后门打开了,里面冲出了假扮医护人员的特警,他们拿着95式突击步枪,对准了车后的多个"暗影人"。

"不许动,蹲下!"随着特警的指令,"暗影人"束手就擒。

"好！"郭局拍响了视频工作站的桌子，通过显示墙的直播可以看到，现场"暗影人"无一漏网，全部被擒。

但在万业大厦的总经理办公室里，华天雪却不解地盯着"XVIII"区的 015 号"鹰眼"。他拿出电话，反复拨打，对方却始终没有接听。"他们在干什么？怎么回事？"在显示墙上，所有的"暗影人"都停止了行动，然后缓缓地散去。四周什么人都没有，只有那三辆奔驰车在雨中静静地停着。他意识到不好，赶忙打开抽屉，拿出准备已久的护照。他提起旅行箱，快步向门外走去，却不料门突然被撞开了，几名荷枪实弹的特警冲到了他的面前。华天雪大惊，刚要躲闪，一个清洁工模样的老者走到他面前。

"我们是海城警察，根据《刑事诉讼法》的相关规定，现在正式对你采取强制措施。华总，伸出手吧！"打扒队的老李命令道。

华天雪一松手，旅行箱掉落在地上。他叹了口气，低着头伸出了双手，一副冰冷的手铐戴在了他的手上。

40. 陷阱

　　行动大获全胜，但唯独唐达不知去向。刑警们在蓝晶石公司内进行着搜查，几名留守在公司的员工也不知道唐达身在何处。

　　蓝晶石公司的大厅重新做过装修，甲醛的味道还没消散。章鹏和那海涛赶到的时候，看到一些建材还堆放在角落里。他们在总经理办公室见到了华天雪。

　　"唐达在哪儿？"章鹏问。

　　"我不知道，一个小时前他还在公司呢。我以为他一直在办公室。"华天雪说。

　　"我跟着他回到的公司，没见他离开。他的手机还放在办公室里。"打扒队的老李说。

　　"这是他的障眼法。"那海涛皱眉。

　　"我被他骗了，骗了……"华天雪眼睛发红，满头乱发，与之前的形象有天壤之别。

　　"最后见到他是在什么时候？"章鹏问。

　　"一个小时前他来到我的办公室，让我看'一出好戏'。所有的行动都是他安排的，与我无关，与我无关啊……"华天雪辩解着。

　　"银行的抢劫案与你无关吗？银湾盗窃案也与你无关吗？华天雪，你脱得了干系吗？你要清楚，我们是在给你机会，最后的机会！"那海涛突然拍响了桌子。

　　华天雪一愣，浑身颤抖着："那些事儿与我无关，与我无关……都是他干的，他疯了，疯了……我也阻止不了他。"

"哼，别把自己择得那么干净……"那海涛冷笑，"你是蓝晶石分公司的法定代表人，所有与公司相关的事情都由你决定，所有的案件背后你都是罪魁祸首！别拿唐达当挡箭牌，找不到他无所谓，我们抓的就是你！"那海涛使用激将法。

华天雪傻了，身体一软靠在了沙发上。"我……我真是被他利用的……他……他在哪儿啊？唐达你这个王八蛋，你在哪儿啊！"他突然大喊起来，"唐达！"楼道里回荡着他绝望的声音。

章鹏走到蓝晶石的显示墙前，看着上面停顿在追车现场的画面。天色微亮，已经露出鱼肚白，他拿出电台，刚想向郭局汇报，不料此时显示墙上却突然一闪，出现了唐达的影像。

"你们是在找我吧。"唐达穿着一身"蓝晶衣"，在画面中直视章鹏。

"你在哪里？赶紧出来！"章鹏对着屏幕大喊。

"哼……"唐达不屑地笑笑。

"唐达，蓝晶石完蛋了，你唯一的出路就是投案自首。"那海涛走到屏幕前说。他知道，此时此刻，唐达正通过房间里的监控看着众人。那海涛默默地按住了电台，把现场的语音向指挥部传送。

"章鹏，什么情况？章鹏？"黎勇在电台里听到了声音。

郭局也听到了，走到黎勇身边："怎么回事？"

黎勇没有说话，指了指手中的电台。

"唉……"屏幕上的唐达叹了口气，点燃了一支利群香烟，"你们是不是觉得你们赢了，我失败了？蓝晶石的计划搁浅了？"

"难道不是吗？"那海涛反问。

"呵呵……"唐达摇头，他低下头，似乎在操作着什么。突然，他的图像缩小了，被放到了显示墙正中，六行十二列的屏幕上出现了十多个画面，上面是多个网站的直播平台。"你们走不出这里了。"他说着把手往下一按，门外就响起了一阵轰鸣。

"怎么了？"那海涛对外面喊。

这时，打扒队的老李跑进房里。"公司的两道铁门都关上了，我们被关在这里了。"

那海涛转过头，看着画面中的唐达，大声问："你想干什么？"

章鹏抬头搜寻着，发现两个探头正在直视他们。

"我知道你们会来，所以……在公司里留了些礼物。"唐达轻笑，"哦，就是你们俗称的爆炸物。"

章鹏和那海涛愣住了，一旁的华天雪也吓傻了。

"从现在开始，你们都是我的人质，让你们的局长跟我对话。"唐达威胁道。

"胡扯，这里根本就没有炸弹，别听他的，他是个骗子！唐达，你是个流氓、恶棍，你骗了我，骗了所有人，你不得好死！"华天雪大声喊了起来。

"华总，我没有骗你，只不过借你的理想实现了我的抱负。你不该恨我，该恨他们，是他们这些警察让你的理想破灭。我说过，人类的进步是建立在破坏规则的基础上，有进步就会有牺牲，对不起了。"唐达说着又把手往下按去。

章鹏意识到不好，赶紧将那海涛扑倒在地。只听耳畔"嘭"的一声巨响，华天雪身旁的旅行箱爆炸了，炽热的烈焰将华天雪狠狠抛起，破碎的墙壁如雪片般飞扬。所有的玻璃都被震碎了，在滚滚的浓烟中，四处一片狼藉。巨大的耳鸣堵住了章鹏的听觉，他挣扎着爬起，艰难地上前查看，发现华天雪倒在狼藉中，已经变成了一具焦尸。

那海涛也扶着墙站了起来。房屋损毁严重，显示墙也被震碎了，两人捂着口鼻，用脚踹开了门，将华天雪的尸体拉了出去。他们走到蓝晶石的办公大厅，公司的员工都吓傻了，趴在地上一动不动，民警们也不敢妄动，戒备着随时可能发生的爆炸。老李被玻璃划破了脸，用手捂着伤口走了过来。

"怎么回事？"

"唐达在公司安装了爆炸物，咱们成了他的人质。"章鹏说。

那海涛环顾四周，发现在办公大厅东侧的房顶上，正有两台探头在向他们转动。他找来遥控器，打开了大厅的电视，上面又显出了唐达的身影。

"怎么样？这下相信了吧。"唐达冷冷地说。

"你想干什么？"那海涛质问。

"让你们局长跟我对话！"他提高了音量，"还有，告诉你的人别乱动，不然会有更多的人像华总一样。"他告诫道。

市局指挥中心的大屏幕前，郭局和黎勇并肩站着，根据唐达提供的网络视频地址，双方进行了连线。

"唐达，你想干什么？有什么要求可以对我说，但一定要保证人质的安全。"郭局说。

"放心，我不会无缘无故地杀人。我要见他，你身边的那个人。"唐达通过画面指着黎勇。

"找我？好啊。"黎勇上前一步，"我去哪里找你，咱们怎么见面？"他问。

"你五分钟后下楼，到你们市局门口，会有车来接你。记住，只能你一个人来，不要带武器，不然那四十个人会和华天雪一个下场。"唐达叫嚣着。

"瞎猫，你……"郭局转头看着黎勇。

黎勇冲郭局点点头。"好的，一言为定。你要是食言，就不是个爷们儿。"黎勇大声说。

五分钟之后，黎勇走到市局门前。为防止意外，技术部门在他的鞋底安装了追踪器，他的衣服上也埋入了微型的视频回传设备。陈晓文和裘安安负责技术，封小波和特警进行跟踪。天色已经大亮，沾着露水的花草散发出清香，微风拂来，令人心旷神怡。晨练的群众在街头慢跑，勤劳的商贩已经支好了早点摊，再普通不过的一天开始了，但黎勇即将面对的，却是危机甚至死亡。

这时，一辆银白色的电动汽车从远处驶来，缓缓地停在黎勇身边。车门自动打开，里面并无驾驶者。黎勇正犹豫着，车里的音响发出了唐达的声音。"黎警官，请进吧。"

黎勇低头望去，电动车里的一个探头正在对着他闪烁。他没有犹豫，低头坐了进去。

车速不快，始终保持着八十公里的时速。一路无话，大约经过了一个多小时的时间，无人电动车驶出海城高速，又左绕右绕，停在了城东郊的海城山下。车门自动打开，音响里传出了唐达的声音。

"我在上面等你。"

黎勇下了车，抬头仰望，看到山上三个大字："悬空寺"。

悬空寺建在海城山的峭壁上，共有殿阁二十余间，大殿就在悬崖旁，下面是望不到底的深渊，站在上面可以俯视整个海城。黎勇走到大殿前，四周烟雾缭绕，巨大的檀木佛像向外俯视着，但四周却不见僧人的踪迹。黎勇走了进去，发现四周架着十多个高清摄像头，一组四行六列的显示墙摆放在悬崖边，檀木佛像正注视那个方向。

"瞎猫，我果然没看错你。"唐达穿着一身布袍，从佛像后走了出来。他站在佛像下，表情平静。

"哼，我是该叫你唐达，还是……叶伟？"黎勇问。

"叫我唐达，叶伟早已经死了。"唐达说。

"事已至此，你该认输了。"黎勇上前几步，与他保持着十米的距离。

"呵呵……"唐达笑了起来，缓步走到佛像前的一张矮桌旁，盘腿坐了下来。"请吧，茶刚沏好。"他抬手指了指对面的位置。

黎勇停顿了一下，坐了过去。

坐上摆着茶和一副围棋，棋局已经摆开，黎勇瞟了一眼，是一局死棋。两人相隔着两米的距离对峙着，一边是巨大的檀木佛像，一边是显示墙后的悬崖峭壁。

"先喝茶，上好的普洱，解毒，清肺。"唐达抬手斟满黎勇的茶杯。

　　"你到底想干什么？直说。"黎勇没动茶杯。

　　"这里马上将开始一场直播，我们将在海城百姓的见证下，做一次对话。你，瞎猫，一个海城警察，我，唐达，一个普通市民。"唐达说着拿出一个遥控器，按动了一下，显示墙被打开了，上面出现了十多个画面，是多个网站的直播平台。而在屏幕中间，则出现了唐达和黎勇对峙的画面。

　　黎勇这才明白他的用意。

　　"哎，你说话可要注意啊，直播已经开始了。"唐达笑。

41. 直播

市局指挥中心里，郭局凝视着屏幕。谭彦跑到他的身旁。

"郭局，十六个网络视频平台已经开始直播，观看的用户已经超过了一百万，咱们是不是……把信号进行屏蔽？"

"不行，他手里有四十名人质。咱们不能冒险。"郭局摆手，"排爆专家呢？"

"已经潜进大楼里，但万业大厦面积太大，需要时间。"谭彦说。

"稳住，千万不要打草惊蛇。"郭局叮嘱道，"裘安安，唐达发现不了吧？"郭局转头问。

"排爆专家都穿着'蓝晶衣'，应该可以躲过监控。"裘安安说。

"好，你和陈博士也马上行动，一定要注意安全。万无一失记得吧，你们的任务同样重要。"郭局说。

"好的，但最少需要二十分钟。"裘安安说。

"瞎猫在拖延时间，你们尽快。疯魔带特警已经将悬空寺围住了，万不得已的时候，狙击手会开枪。"郭局拿出一支烟，在点燃的时候微微颤抖。

直播开始了，十六个网络平台的图像顿时点燃了平静的清晨，各网站的观看量节节攀升，二百万、三百万、五百万……还不到十分钟就突破了一千万次。

在画面里，唐达将自己扮演成智者，他用手中的四十条生命作为要挟，要把自己的名字永远留在这个世界上。黎勇看了看表，时间已经过去了五分钟，他知道排爆组已经潜入大厦，自己要尽量拖延时间。

"何必呢，你知道自己跑不了了。"黎勇说。

"哼……我没想跑，跑得出海城，也跑不出中国。十年前我跑过一次了，我累了，不想再隐藏十年了。瞎猫，我已过了不惑之年，许多事情都想通了。"唐达说。

"十年前的案件你就是幕后策划？"黎勇问。

"不是，我不是幕后策划。"唐达摇头，"我只是做了自己该做的事。"

"该做的事？"黎勇皱眉。

"那些行凶者是流氓、垃圾、渣滓，他们逼我成为帮凶，把我按倒在地，用脚踩在我的脸上。他们威胁我的生命，告诉我如果报警就要杀掉我。而那些所谓的受害者呢，呵呵……"他发出一丝冷笑，"他们世故，圆滑，傲慢，冷漠，把人分为三六九等，无视我的存在，践踏我的尊严。我本想把消息告诉他们的，但在最后一刻，我选择了用自己的方法。"

"杀人吗？这就是你的方法？"黎勇问。

"我没有杀人，我只是选择了不让他们逃走。"唐达拿出一支利群，点燃，"抽吗？"他问黎勇。

黎勇摆手。"你在他们的车上做了手脚？"

"哼……别忘了，我是搞技术的。"唐达笑。

这时，封小波和特警已经潜伏到门外，狙击手的瞄准镜已经对准了唐达。

"哎，能不能让你的人离远一些，不然我手一颤，那些人质就灰飞烟灭了。"他指着桌面上的遥控器说。

"都离开，撤到山下。"黎勇冲门外喊着。

唐达操作着遥控器，屏幕上显示出封小波和特警的身影。封小波请示郭局，最后无奈地撤到了山下。

"这次的海城银行抢劫案呢？银湾别墅盗窃案呢？你敢说与你无关，你不是凶手？"黎勇质问道。

"你怎么证明我是凶手？"唐达反问。

"你遗留在现场的烟蒂和矿泉水瓶，暴露了你的 DNA 和指纹；牺牲的民警卓飞在身受重伤的情况下，还撕破了你的手套，把你的指纹按在了自己的手上。这一切，你还有什么可狡辩的吗？"黎勇拍响了桌子。

"呵呵……呵呵……"唐达笑了，"好，你既然说到这了，那我问你，你们是通过什么方式查到我的指纹的呢？啊？我现在要当着所有的网民说，是通过盗窃！你们窃取了大数据的信息，用非法的手段获取证据，这是你们海城警察的办案方式吗？以侵犯公民隐私权为手段去维护公权力，这就是你们无耻的嘴脸吗？"他说着拿出一支录音笔，按动了播放键。

里面传出了裴安安的声音：

"那些资料你都拿给公安局了？"

"是的。"

"给了谁？"

"给了封小波。"

"确实用于他们办案了吗？不是私事？"

"是用于办案了。是他们发现的案件线索，您不是一直让我配合吗？"

"嗯，这种事情以后不要再发生了。封小波作为警察，在没有法律手续的情况下，私自获取公民的隐私信息，也是违法的。"

"对不起，以后不会再发生了。"

"哼哼……你们警察，一张嘴就是严惩犯罪，我问你，这是不是违法，这是不是犯罪？权力失去制约就会产生罪恶，那个副市长张望的事情还不说明问题吗？他们为了达到目的，不择手段！贪腐、淫邪、暗箱操作，拿别人的利益作为交换的条件，名、利、欲望，沟壑难平。我承认，我用暴力手段惩罚的就是这帮无耻的人，那你们呢？你们敢面对自己警队里的问题吗？"唐达逼问。

黎勇沉默着，看着咄咄逼人的唐达。他侧目看着显示墙，上面的弹幕已经盖满了屏幕，其中不乏大段对警察的恶语相伤。

"好，那我们就给大家一个交代。"黎勇说着站了起来，他对着高清摄像头的方向，大声说，"疯魔，我是瞎猫，你怎么看自己的问题？"

封小波和特警已经退到了山下，他们也拿着手机，关注着直播的动向。

"师父，我违纪了，我请求市局给我最严厉的纪律处分。"封小波对着耳麦说。

"好，你等等。我们会给你一个交代。"黎勇回到座位上，看着唐达。

"呵呵，好啊。我想，广大的网民会和我一样期待。"他笑着，"你知道我们公司的口号吗？诚实、信任、安全、使命。我刚才问你的第一个问题，就是诚实。你们窃取资料，就是不诚实。"

"哼，那你诚实吗？你虚构身份，制造谎言，利用华天雪和所有身边的人，用欺骗的手段让这个城市充满危机，这是诚实吗？"黎勇反问。

"呵呵，这与是否诚实无关，只是一种手段。不制造危机，会引起城市管理者的重视吗？不出现事端，他们会亡羊补牢吗？不找些借口，海城人怎么会如此重视隐私安全？不留下伤痛，他们怎能牢记不忘？你说我让这个城市充满危机，那是因为你们警察的软弱无能！"他反驳着。

"哼，你的歪理不仅多，还够无耻……这就是你劫持人质的目的？想发表演讲，给自己树碑立传？"黎勇笑着摇头。

"对，我就是要让全世界都看清，你们警察的真正嘴脸，也要让全世界都记住，有我这样一个英雄。"唐达说。

"狗屁，你别玷污这个名词了。"黎勇没绷住，爆出了粗口，"哎，说了这么半天了，你既然拿自己当英雄，敢不敢接受我的挑战？"

"什么？"唐达问。

"现在一共有四十个人质，你既然说了，诚实、信任、安全、使命，那咱们就玩个游戏。我每正确回答一个问题，你就放十个人质，你敢不敢应战？"黎勇盯着他的眼睛。

"这……"唐达犹豫着。

"我就问你敢不敢，是不是个爷们儿！"黎勇逼问。

唐达侧目，看网上的评论已经偏向了警方。

"好，就这么办。"唐达笑。

这时，黎勇的耳麦响了起来。经过海城市局纪委的研究批准，对封小波做出了处理决定。谭彦让"平安海城"发出的消息，瞬间转遍了网络。

黎勇站起来对着高清摄像头说："处理结果出来了，现在，请广大网民关注海城警方的'平安海城'网址，上面已经有了对民警封小波的处理结果。"

黎勇坐下，看着唐达说："海城市局刚刚决定，因在办案过程中违反规定，造成重大影响，对封小波予以辞退处理。"

"哦……呵呵……"唐达笑了。

"我们做出决定了，你呢？"黎勇质问。

"好，我放十个人。"唐达拿起遥控器，黎勇转头看着显示墙上的图像。

蓝晶石公司的大门缓缓地打开了，在探头的监控下，章鹏和那海涛把十个人质送出了门，自己却继续留在公司里。

"好，那咱们继续。"唐达又操作了一下，公司的大门再次关闭，"第二个问题，咱们说信任。瞎猫，你有值得信任的人吗？"他问。

"当然，有很多，亲人、朋友、同事、战友。他们帮助我，支持我，是我的后盾，我们一起战斗，相互的信任永远会放在第一位。"黎勇回答。

"哼哼……"他笑了，"那对于别人呢？他们信任了你，但你却利用了他们，你把他们当成了办案的工具。金卫国，这个名字你不会不知道吧？"

"我知道，他曾经是我的线人，但现在，是我的朋友。"黎勇说。

"朋友？可笑！你骗得了别人，骗不了我！"唐达大声说，"你会拿他当朋友？他在你眼里，只不过是打探消息的工具而已。你利用完他，就把他投进监狱，你们怎会是朋友？你们是死敌！"

"你凭什么这么说？"黎勇问。

"如果他没死，敢用自己的命去换十个人质吗？我想他不敢，他不会再为你牺牲。"唐达说，他站起身来，对着高清摄像头大喊，"金卫国，你敢吗？敢用你的命去换别人的自由吗？为了一个臭警察，你值得吗？"

黎勇沉默了，他不知道此刻老金能不能听到。他自然明白，这是唐达的诡计，他在用道德去逼老金就范，想干掉老金，报仇雪恨。但没想到，几分钟后，一个音频就插进了显示墙中的一个直播间。

"嘿，孙子，我就是你爷爷金卫国。"那边的声音确实是老金，"你说话可算话啊，别放了屁再坐回去。你等着，爷爷现在就过去换人质。你要是说话不算数，就不是爸妈亲生的！"老金的嘴够损。

十分钟后，老金出现在蓝晶石公司门前的画面里。唐达笑着遥控开了门，让老金走进去，又有十名人质安全脱险。

"行，你的线人够执着，被你洗脑得够彻底。"唐达笑。

黎勇低头看看表，时间已经过去了十五分钟。"咱们接着来，第三个问题，安全。"黎勇说。

"好。"唐达拿起茶杯，喝了口水。"我问你，城市的安全是什么？是公民的利益重要，还是公共利益重要？你们架设'天网'，到底是在保护谁的利益？你们打击我，是为了保护谁的利益？"唐达连连发问。

"你别拐弯抹角，有话直说。"黎勇不屑。

"哼，你们说我犯罪，认为我在引诱他人作恶，以达到自己的目的。你们错了，如果不期待暴富，郭晓冬他们会抢劫银行吗？如果不贪恋钱财，陈博会实施盗窃吗？我做的，只不过是把这些渣滓内心的肮脏曝光于天下，让他们得到应有的惩罚。我不但没有错，而且是在净化这个世界……"

"黑白善恶，有道德和良心在见证，是否犯罪，有国家的法律在审判。你有什么权力去惩罚别人？你有什么资格作为审判者！"黎勇打断他的话，言辞激动。

"哼，你激动了，我知道为什么。"唐达冷冷地说，"因为你害怕，你不敢让我再往下说，你怕在所有网民面前出丑，怕我问到事情的关键。是，我无法成为一个审判者，但我起码是一个监督者。如果所有的信息都掌握在你们手里，没有监督，你们就会保护贪官，纵容贪腐！表面上一片太平，但背地里都是肮脏的勾当。你不承认吗？那我问你，你们抓了正茂科技和通斯奥达的负责人，他们供述自己行贿了，但他们只行贿了这几家吗？还有没有更大的鱼？你们现在抓了一个副市长，一个局级的官员，那他背后呢？还没有更大的'老虎'？你们抓的，都是傀儡和小喽啰，而他们背后的保护伞，你们根本就不敢动！而我，在身体力行地挖出他们的内幕，将他们的丑恶曝光于天下，让践踏百姓的人受到惩罚，让他们的肮脏无所遁形。"唐达振振有词。

"你是想把自己装扮成超级英雄吗？超人？蝙蝠侠？呵呵……别扯了，这都是你的借口！你表面上是在曝光犯罪，实际上不过是为自己牟利罢了。你制造银行劫案，目的是提高蓝晶石的影响力，扩大生意；你盗窃贪官的别墅，目的是打垮竞争对手。你能抵赖吗？"黎勇问。

"哼，你知道那个邹光华的背景吗？知道他是谁的女婿吗？他何止行贿了一千万啊……你知道张望除了接受邹光华的行贿之外，还有多少家产吗？你们警察敢在这里曝光吗？"他说着拿起了遥控器，"如果不敢，我会用那二十条生命作为代价，让所有的人记住这一刻！你们为了掩盖罪恶，而牺牲了无辜者！"他威胁道。

黎勇的额头布满了汗水，唐达的这个逼问，显然不是公安局能解决的。他知道，张望的案件牵扯到了太多的官员，而正茂科技的邹光华，行贿的金额也远不止一千万。

谈判陷入僵局，蓝晶石公司里的章鹏和那海涛浑身是汗。他们知道，排爆专家已经排除了大部分爆炸物，但两个威力最大的，却还在排除之中。在办公区大厅的探头监室下，最后的二十名人质显得很镇定。特别是老金，他叼着一支烟，靠在办公桌旁，看着手机上某个直播平台的"吃播"。

"这小娘们儿，一个人吃十大碗啊……"混了这么多年，他早就看淡生死了。

42. 无所遁形

  在大殿里，唐达缓缓地站了起来："对不起，看来你们无法给我答案了。我知道，你们的局长也不过是个芝麻官儿，管不了神仙的事儿。对他最重要的，不是什么百姓的安全和城市的稳定，而是他自己的仕途。"唐达说着就要按动遥控器。

  "等等！"黎勇大声喝止，"你看。"他用手指着屏幕。

  在显示墙上，一个直播间切换了画面，一个戴眼镜的中年人端坐在一个办公桌后。

  "网民们，大家好，我是省纪委的副主任李东。"

  直播平台的画面顿时被弹幕覆盖。经过网民的搜索，李东的身份被迅速核实。

  "我现在向大家通报，对海城原副市长张望受贿一案的工作进展，以及正茂科技法定代表人邹光华背后保护伞的调查情况。"李东副主任进行通报。

  唐达惊讶了，没想到省纪委的负责人会出面解释。在将张望留置审查之后，牵出了海城以及省里的十四名官员，省纪委监察委在中央纪委监察部的直接领导下，本着不放过一个、严肃处理的原则，全部予以严惩，开除的开除，免职的免职，涉嫌犯罪的移送司法机关。省纪委正好通过这次机会，将情况进行了通报。李东副主任提示，下午省纪委将正式召开新闻发布会，进一步通报细节，同时他还披露了中央对于正茂科技法定代表人邹光华的岳父、副省级干部乔维祥做出的处理决定。李东副主任通报结束，唐达瘫坐在地上。他本以为自己能成为受人拥护的正义斗士，却不料成了哗众取宠的小丑。他感到疲惫和无力，看着手中的遥控器。还没等黎勇说，他就打开公司的大门，让十个人质走了出来。

"好了，唐达，一切都结束了，你失败了。把遥控器给我吧，放过那些无辜的生命。"黎勇站起来伸出手。

"不可能，不可能。"唐达坐在地上，向后退着，"还有最后一个问题，你还没回答，还没回答！"他大声喊着，精神已经濒临崩溃。

"什么问题？使命吗？"黎勇问。

"对，就是使命！"唐达大喊。

"哼，那你问对了。我们当警察的，惩恶扬善就是使命。警察工作危机重重，时刻要面对血腥的匕首和黑色的枪口，支持我们前行的不是所谓的理想和冲动，而是一种责任感。对人民的忠诚和对国家的热爱，是让我们负重前行的动力，是让我们能够付出生命的使命！你懂吗？"黎勇质问着。

"得了，你别说漂亮话了。那我问你，最后留在蓝晶石公司的是些什么人？他们是警察吗？不！是我们的员工！"他说着切换画面，显示墙上出现了蓝晶石公司的影像，办公区里的最后十个人质，都穿着公司员工的衣服。

"你们口口声声地说着奉献和牺牲，实际上也只不过是谎言和借口！我会和这些卑微的人一起牺牲，让整个世界都记住你们的嘴脸！是你们这些贪生怕死的警察，剥夺了他们的生命。"他猛地站了起来。

"哼，你太不了解我们警察了。"黎勇摇头。他转过身面对着显示墙。蓝晶石公司办公区里的最后十个人，突然整齐地列队，他们脱下穿在身上的员工制服，露出了齐整的警服。

"我，章鹏，海城市公安局刑侦支队民警，三级高级警长，警号012783。"他拿出警官证，对着探头。

"我，林楠，海城市公安局经侦支队民警，四级高级警长，警号069680。"他也同样拿出警官证，放在探头前。

"我，胡铮，海城市公安局城中路派出所民警，一级警长，警号……"所有警察都同样照做。黎勇看着这帮战友，热泪盈眶。

"好样的，你们没给海城警察丢脸！"黎勇默念。

唐达绝望了，面对此情此景无言以对。他张开嘴，想说些什么却理屈词穷，闭上嘴却心有不甘。

这下黎勇来劲了："哼，你说了半天什么诚实、信任、安全、使命……荒谬！那我问你，这四点你做到了吗？你诚实？你为了私利欺骗了所有的同事、朋友、亲人、伙伴，你甚至不敢用自己真实的名字，整天像过街老鼠一样地潜伏逃窜。你信任过别人吗？被别人信任过吗？没有！你利用华天雪的理想，让他成为帮凶，而你却藏在背后，杀人放火，无恶不作！你为了自己的所谓安全，双手沾满了鲜血，娄四儿、郭晓冬、陈博，他们都成了你手中的冤魂。最后说使命，在你心里根本就没有这两个字，你只有欲望，填不满的欲望，你才是渣滓、垃圾和败类！如果不是为了那些无辜的生命，你根本不配和我谈判！"

唐达彻底被打败了，他歇斯底里地大叫："不可能，你们在骗我！那些画面是假的！你们在使用'视频忽略'！瞎猫，是你毁了我的计划，是你，是你……"他语无伦次，"我……我不能放了这最后十个人，对，我不能！现在，现在我再给你一个机会……你从这里跳下去，我就把他们放了，不然，我就让他们全都陪葬！"他指着面前的悬崖说。

"哼……哼哼……嘿，我说，你这不是耍流氓吗？"黎勇突然笑了，"你看看弹幕，网民们都是怎么说你的。"他冲着显示墙努努嘴。

唐达转过头，显示墙上满屏的弹幕显示着：

"神经病。"

"流氓，比流氓还流氓。"

"世纪垃圾，绝无仅有。"

唐达的面目狰狞起来，他下了狠心，猛地按动了遥控器。但显示墙上蓝晶石公司的画面却依然如故，现场并未发生爆炸。他再次按动，不料公司的大门反而打开了，十名警察冲探头招着手，走出了门外。

黎勇早已接到通报，排爆专家已成功拆除了所有爆炸物，危机被解除了。

"怎么着？结束吧？"黎勇说。这时，大批的特警冲进大殿，用枪口对准了唐达。

"哼哼……你们以为我只有这一手吗？"唐达又笑了，僵硬的脸颤抖着，他说着又举起了遥控器。

"不许动，再动开枪了！"几个特警瞄准了他。

唐达惨然一笑，按动了最下面一个红色按钮。特警的枪响了，击中了唐达。遥控器飞在空中，摔碎在地上，唐达重重倒地，浑身鲜血。

"我……亲手建立的世界……也要……亲手毁灭，哈哈……哈哈……"他嘴里吐着鲜血，"所有的一切……都灰飞烟灭了，这个城市所有的数据……都……都崩塌了……我不会让你们抓到我……"他还没说完，就闭上了眼。

黎勇惊呆了，赶忙捂住耳麦，向郭局报告。

郭局得知唐达的死讯，叹了口气。他站在指挥中心六行十二列的显示墙前，凝望着早高峰的车流和人群，一切依旧，又是新的一天。他默默地拿出一支烟，缓缓地点燃。

"瞎猫，一切都结束了，他没能毁掉服务器的大数据库。"郭局说，"在排爆专家行动的同时，陈博士和裘安安已经紧急对数据进行了拷贝，多亏你拖延的时间，所有数据都很安全。"

黎勇点着头，眼里含泪："好，那就好。"

这时，封小波走了过来："师父，你刚才说得真棒，简直了……没法形容，这是我听到过的最厉害的演讲。"

"嘿……"黎勇笑了，谦虚地摆摆手。

"哎哎哎，瞎猫，你可别贪功啊，别忘了军功章上有我的一半儿！"耳麦里响起了谭彦的声音。

"嘿……原来有场外指导啊。我说怎么个别段落听着耳熟呢。"封小波笑了。

"你这小子，我真舍不得你啊。"黎勇拍着封小波的肩膀，哭了。

案件告破了，海城恢复了宁静。省纪委召开了新闻发布会，通报了对相关干部的处理决定，邹光华的副省级岳父被中央纪委监察部正式立案。海城市局的"内鬼"也被揪出，受到了法律的严惩。全市的"鹰眼"和"天网"在裘安安与陈博士的配合下，彻底清除了数据"后门"，新的系统在一周后上线，由海城市局严格掌控。视频侦查大队遴选结束，三十名民警全部到位，黎勇被正式任命为视侦大队的大队长；陈晓文博士没回省厅，被任命为视侦大队的政委。夸父被公安部追授为"一级英模"，他的名字被刻在海城市局的英烈墙上，精神将永世流传。老金由于戴罪立功，被法院轻判，两年之后将重掌"跑跑快递"。封小波辞职了，他脱下了心爱的警服，准备离开海城。

在海城山上的墓园里，春意盎然，花草飘香。黎勇坐在海伦的墓前，静静地打着手语。

他在"说"着：海伦，我又破案了，抓了好几个坏蛋，没给警察丢脸。你还好吧？春天了，你那边是不是也和这里一样很美？我的眼睛治好了，世界都清晰了，我很想你，曾经和你一起的日子每时每刻都忘不了。你还画画吗？芭蕾学得如何了？张学友又要开演唱会了，在襄城，如果有时间我就去，希望你能在天上看到。我听女娲的话了，去相亲，你不会生气吧？如果生气我就不去，对方也是个警察，在预审支队，我也怕以后会被她审。海伦，人的一生很短暂，我们很难做出什么惊天动地的事情，但我相信，只要坚持，有责任感，我们就能问心无愧，对得起自己这平凡的一生。海伦，我爱你，永远……

他站起身来，凝视着墓碑前洁白的菊花。这时，封小波和裘安安也走了过来，把一捧花放在了墓前。

"下一步，要去哪儿？"黎勇问。

"去襄城，我们一起。"封小波回答。

"好好照顾安安啊，欺负她我可找你算账。"黎勇笑。

"放心，我会珍惜研究生学历、月薪过万、有房有车、社会交际圈极小的姑娘。再说，她对我还有救命之恩呢。"封小波搂住裘安安坏笑。

"你呀，别憋着了，我知道你现在很难受，但……早晚会习惯的。"黎勇拍了拍他的肩膀。

"习惯什么？"封小波挑着眉问。

"脱下警服啊。"黎勇叹了口气，"我知道，这是你最珍爱的东西。"

"哦……是啊……"封小波显得沮丧，"我本来没想去襄城的，但省厅决定，让我过去。没办法，服从命令吧。"他看着黎勇说。

"省厅决定的？"黎勇一愣，"你……"他恍然大悟，"疯魔，你小子，报到去了？"

"嘘……绝密。师父，你以为结束了吗？错，才刚刚开始。"他挤着眼睛说。

"嗯……"黎勇点头，笑了。

"记住，互联网、大数据、云计算、智能 AI，再先进的技术，也比不过人的智慧。"黎勇叮嘱。

"记住了，师父。"封小波点头。

天空湛蓝如洗，白云层层叠叠，像一群奔腾的骏马。在阳光下，所有的阴霾都被一扫而光，所有的罪恶都无所遁形。三个人往山下走着，慢慢消失在画面中。

第一稿于陶然亭，2018 年 12 月 26 日至 2019 年 1 月 20 日

第二稿校正于 2019 年 2 月 20 日至 2019 年 3 月 3 日

享讀者

WONDERLAND